寸

CUNDAO

刀

申剑/著

漓江出版社

图书在版编目（CIP）数据

寸刀 / 申剑著．—桂林：漓江出版社，2017.5
ISBN 978-7-5407-5589-8
Ⅰ．①寸… Ⅱ．①申… Ⅲ．①长篇小说－中国－当代 Ⅳ．①I247.5
中国版本图书馆 CIP 数据核字（2017）第 092366 号

CUNDAO
寸 刀
申剑 著

策划编辑：张 谦
责任编辑：张 谦
谢青芸
版式设计：石绍康
责任印制：杨 东

出版人：刘迪才
漓江出版社有限公司出版发行
广西桂林市南环路 22 号 邮政编码：541002
网址：http://www.lijiangbook.com
全国新华书店经销
销售热线：0773-2583322 010-85893190
北京汇瑞嘉合文化发展有限公司印刷
[北京市经济技术开发区荣华南路 10 号院
荣华国际大厦 5 号楼 1501 室 邮政编码：100176]
开本：960㎜ × 690㎜ 1/16
印张：19.5 字数：240 千字
2017 年 5 月第 1 版 2017 年 5 月第 1 次印刷
定价：40.00 元

他们每天都在朝圣

——写在前面的话

申　剑

这部小说的主人公是林纵横。如果以林纵横为圆心，纵横绵延，画成一个圆圈，那么整个的圆径之上，是分布着好几个重要的节点的。林纵横的老师是王惊雷，王惊雷的好友是何无疆，何无疆的学生是韩心智，韩心智的学生是于立秋。还有一个人物不可以缺少，她是林纵横的爱人项点心。他们全是医生，有着相同的职业，以及不同的人生际遇和个人喜好。每年每月的每一天，不管发生了什么，不论遭遇了什么样的人和事，只要不是休假，他们就要上班。医生这个职业的工作服众所周知，是白衣。当他们穿上白衣，就必须要进入状态了，这种状态就叫作面对生命。生命的神圣无须赘言，所以，医生这个职业是极为残酷的，因为他们每天都在朝圣。如果不是主动改行，或者被迫改行，本身也没有得上诸如恶性肿瘤之类的重大疾病，那么，从二十几岁开始从业，直干到六十岁的法定退休年龄。这当中的所有岁月，他们都要走在朝圣的征途上。而那袭白衣，就是他们的征袍。

这六个人，都是认命的人。认自己的命，也认患者的命。不该死的生命，会在他们的手中获得新生，继续生活下去。他们的手下，从无冤死的生命。所以他们会始终走在一起，是相同的职业信念让他们彼此相重，即便天各一方，也无法相忘于红尘的。这就是同道之交了。林纵横是主人公，当然应该是最先出现的，再往后，越来越多的人物陆续露面了，然而水调歌头，大浪淘沙，到了最后的饭桌上，也就只剩下这六个人把酒同欢了。说不上是在庆祝，因为平凡人的日子难得拥有太大的成就与喜庆，这顿饭对于他们来说，不过也就是一次家常性质的小小聚会。之前有过很多，之后也不会中断，因为朝圣之旅永无尽头。在很多年之前，或者之后，他们的前辈和他们的后辈也都是这样的。是医生这个职业所设定的饭局，非同道者，即便入了局，也注定是要提前退场的。

在他们当中，林纵横的经历最为复杂，从脱下白衣到重披白衣，他在短短的数年间，活过了普通人的三生三世，不该见识的都见识了，不该遭受的都遭受了。他变了很多，却未曾改变过对于职业的基本尊重与恪守。正因为如此，他在成熟之中永葆着天真，与别的都无关，只是对于生命本身的极度热爱。他的经商，他的出家，他的感情生活，都曾经跌宕起伏过，崖顶有多么繁华，谷底就有多么寂寞。然而他很懂得回头。每次回过头来，都能够再度看见自己。这样的人生是用不着畏惧所谓的绝境的。绝路重生，林纵横所依靠的正是职业性的冷感。

他们都是冷感的人，热不起，太热了是会出人命的。一个差不多每天都要面对生死的人，不可以拥有太多的个人情感。他们的工作说起来很简单，治病救人，救死扶伤，只有区区八个字。可是真的操作起来呢，任是神仙，也会被磨得无力负荷的，艰险叵测的医患关系，复杂变化的病情病势，难以言说的合作状况，整个医疗体系的背景原因，等等。涉及做人行事，上级下级和同行之间的整体平衡，有些问题只关乎医术，更多的问题和医术乃至医德，都相去甚远。中国的医生大概是全世界最累的，最难的，也是挨骂和挨打最多的。西方的医生单凭医术就足以立身，中国的医生呢，如果他只会看病的话，那他只能活得很失败，也很伤感。失败是必须的，伤感是自找的，谁让你只会看病呢，白痴都懂的，那是远远不够的。由此就分化出了各种各样的医生，有的只擅长看病，有的更擅长做人，更多数的是两者都要兼顾，极少数的是只顾一头的。然而千变万化之后，如果只站在患者的角度，只选择以患者的眼神来审视医生，那就可以万宗同源了，患者的标准简单至极，好医生首先要会治病，同时还要会省钱。治病就是医术，省钱就是医德。至于服务态度等，省钱本身就已经包括了。会省钱的医生必然是体恤患者的，体恤是什么意境？那绝对与居高临下无关，与彼此敌对无关，即便出于某种程度的防范心理，终究也还是同样的人性与人心，怎么也远不了的，只会越来越近，一直近到了敢于信任与托付。信任难得，托付无价，纵观天下百业，如此以生命相托的职业，也唯有法律与医学。法律是决人生死的，医学是救人生死的。法律之神圣在于严惩罪恶，保万众平安；医学之神圣在于面对所有人群的无数种疾患，能治愈的就要治愈，能留命的就要留命。至于那些因目前的医学技术而无法彻底治愈的疾患，那要想方设法给患者缓解痛苦，至少不要让人那么难受，以至于生不如死。总之法律和医学同样，从业者的手中只要做到了从无冤死鬼，那就是司法庄严，那就是医学昌明。

法律从来都是最高端的，同所有的行业一样，医学也在法律的保护和制约下，得以常态地运行以及发展。然而每年都在增多的医患官司以及医疗纠纷，还有不时发生的暴力事件，让医学从业者无不胆战心惊。这当中的原因各有说法，孰是孰非各有苦衷。故而对于一个好医生的价值判断，就要看他怕不怕了，怕与不怕，对于某些疾患的治疗方案甚至治疗方针，那是不能够完全一致的。如果该救命的时候，具体状况会涉及自身的风险系数，医生应该怎么做？自保第一还是救命第一呢？在这个小说的最后的饭桌上，这些医生的选择完全一致，那就是毫无保留，人命至上。至于其中的风险，他们选择认命。先认患者的命，再认自己的命。把自己的生命托付给某个医生，那是患者的信任。将自己的职业生命托付于患者，那是医生的信仰，都信仰了，那要不是朝圣，又该怎么命名呢？

像王惊雷和何无疆这样的医生，像韩心智和于立秋这样的医生，像林纵横和项点心这样的医生，在每个城市的每个医院，都不在少数，当然也不算多数。他们拥有患者的信任和追随，也都遭遇过不明原因的种种不幸，对于大一些的不幸，比如构陷与报复，他们有句口头禅："幸亏不是肿瘤。"这句口头禅不太简单，完美体现了由职业所塑造的人生态度。对于小不幸，他们没有任何感喟，那是压根就不值得一提的。他们的工作量如果以手术来进行核算，那么他们每一个年头的手术量，约等于西方医生至少十年以上的手术量；如果以患者的人数来例行统计，那么他们每一天的接诊人数，至少会让西方医生忙上足足半个多月的。

在他们之上，还有着不少更为成功的大医；在他们之下，则是数量广大的医务工作者。就其个人成就而论，他们永远也不可能成为山顶上的人，但是他们都是很好的从业者，是很好的医生。这个群体不在少数，并且仍在日益增多。好医生都是好人，起码在中国是这样的，因为医保等级不同，服务的人群不同，患者的要求也不同。给离休医保和公务员医保治疗用药时，太便宜了就是不负责任；给城市普通人群和乡下患者看病时，不尽心考虑怎么省钱，那就是宰人了。看人下药，是中国医生的悲哀，更是医疗体系的整体无奈。当医学简单到了只有医学，没有其他；当医生面对患者时只需要考虑疾病本身，不再有所惧怕；当医患双方只需要共同面对疾病，再无猜忌，那就是医学的春天，是生命的春天。春天里的花朵，有盛开的，也有凋零的，那是生命的自然轮转，那是春天本身的故事。

故事总是要有着故事的底色的，底色之上总是姹紫嫣红的。医生的底色就是白衣，至于其他的色泽，那就是爱好了。他们都是有爱好的人，这些爱好可以适度缓解职业的压力和焦虑。有些爱好是释放的，比如旅行和美食；有些爱好是隐忍的，比如林纵横对荷花的超级迷恋。千金散尽遁入空门后，他在荷塘里发现了另一个世界，甚至还在这个逝去的世界里，交到了一个朋友。生活不是童话，但在很多很多的时候，生活比童话更为美好，也更为真实。有温暖有归属，有着明确的方向感的生活，本身就不逊色于童话，只是童话简短，而日子琐碎罢了。林纵横的职业险如刀锋，正是那挥刀的风情，使得他最为平常的生涯，显得好看了不少。对于拿刀的人生，精湛的刀法就是灵魂，刀下留人就是最极致的绽放，如同荷花，更胜荷花。

永不回头的只有光阴，没有什么是可以留得住的，人生如此，人生所承载的一切都只能如此。但是，当夕阳染红了天际，当岁月走到了尽头，唯有医生这个职业，也唯有他们这样的医生，可以从容地回过头来，望向远山，盘点生命。他们可以说，我这辈子，留下了多少人命呢，怎么算不清楚呢。这个小说，也只能就算作是一册小小的清单了，姑且为他们做了稍许的记录。

目 录

第一章

每到夏季，林纵横总在渴盼，渴盼着新生的莲藕。盛夏的时候，不待新藕成形，他会趁着夜晚，下到荷塘捞藕，是用手术刀划拉的。刀锋划过初生的藕芽，就跟划开人心差不多，就是那么快，就是那么利落，似过塘的夜风玩弄着荷叶上的露珠，没有什么意思，却总也不愿意撒手。只需要轻轻地纵横两刀，不多不少，藕芽就到手了，搁手上看，也不急着入口。他吃过数不清的藕，都是藕芽，还没有出落为藕的小芽芽。捞藕芽很讲究刀工，斜斜地只取了半边，并不影响藕的生长，和水面上荷花的绽放。他最爱端详藕的满身窟窿，藕用窟窿呼吸生长，用窟窿养出满头的荷花。林纵横也是棵藕，藕皮囫囵光滑，肉里头都是孔，孔里头都是丝。丝的尽头没有荷花，也没结出莲子，还是丝，只有丝。于是他总在抽丝，抽着抽着就抽回去了，人也成了丝，丝也化了人。如初生，也如老去。

林纵横在种藕之前是医生，西北某大医院的心外科医生，从割人心到割藕芽，跌宕起伏，风波过后心死如灰。而今，又从种藕的变成了拿刀的，却是春水去向秋风里，人还是那个人，刀还是那把刀，心意却不是那回事了，心若荷叶意如藕根，偶有心念摇摆，也都拗不过稳扎在烂泥中的根茎。像极了这口荷塘里的藕，林纵横也是扎了根的，就在这个院子里扎了根，再没打算过离开。

这是丹青市人民医院的院子，林纵横是医院急救中心的医生，刚来不久，还没足年，来时正逢秋末，满塘的枯枝败叶，林纵横就等，等过了冬，等得春花都萎靡了颜色，他就开始捞藕了。他喜欢吃藕芽，他只习惯吃藕芽，他总是比别人早，干什么都比别人早。就连吃藕，也比常人要早上个百多日的。常人都是吃秋藕，秋藕是脆的甜的，熟得恰到好处，人人爱吃。当秋风凋敝了荷叶，满塘的莲蓬都沁出了铁锈红，像数不清的小榔头伸向天空，水下的藕方才熟透，才能够入锅入口的。常人是把赏荷和吃藕分开来做的，是跨季节的。林纵横不是常人，他干什么都要合纵，他不能单单吃藕，他还要赏荷，赏着吃着，就着荷香嚼藕，才是极致的味道。

没有办法，林纵横真的是太会吃了。富贵过的人都比较会吃，林纵横富过，是暴富，在西北当心外科医生之后，在东南山区种藕之前，他可是个少见的富人，是纵横药业集团公司的老板。公司老板充其量爱吃，集团老板大多不爱吃，却都很会吃。林纵横发迹发得太早，属于青年才俊级别的，又爱吃又会吃，胃口正值青春，也很能吃。吃得不择手段，吃得匪夷所思，走味走色也走量，后来破产了，没钱了，出家了，当和尚了，沦落到寺院里种藕，还是改不了毛病，把个吃斋也搞得花样百出。全寺僧人都鄙视他的好吃，他们馋极了偷偷开荤，他只吃素，吃素吃得比吃肉还香浓，很犯众怒，总有人告他的状，林纵横才不在乎。红尘无内外，他早就被人告惯了，当医生有人告，当老板有人告，当和尚自然也是要被告的。曾经有些日子真的没人告他了，他简直寂寞得受不了，弄不清是自己得道了，还是花花世界不花了。后来寺里不让他种藕了，让他去斋堂做饭，做给香客们吃，林纵横不干了，肉就是肉，素就是素，把素菜做成肉菜的样子，还要叫成素鸡素鸭素鹅，甚至佛手佛唇佛肚皮的，也太亵渎食材了，对不起肉菜，也对不起素菜。既然两头对不住，林纵横只得又辞职了。从医院辞职他开公司，公司做大了他做集团，集团被查封了，他遁入山门进了寺庙，从寺庙出来，林纵横没了退路，活着就得脚踏红尘，深山古寺也同样红尘万丈，丝毫不逊于职场商场。退无可退，唯有向前，林纵横只能给自己画了个圆，终点又回到了起点，从佛门的三尺灶台，重新回到医院七尺长的手术台上。

脱了袈裟，再披白衣，林纵横又成了林医生。由于角色的转换太过于颠覆，林纵横常常忘记自己是谁，接诊首位患者时，他开口就说阿弥陀佛，看完病后患者道谢，他说我佛慈悲，切莫无为做有为。患者说林医生是真慈悲真有为，治病的钱比烧香还便宜，我只信医生不信佛。林纵横说佛苦众生苦，佛本是人，人却不是佛。患者说现在流行看病谈佛吗？林纵横说无处不在，无时不在，即是佛法，于此刻便是医术。患者被雷倒了，连问这种方式是不是属于最新式心理疗法，是不是医院最新的治疗手段。林纵横笑得很遥远，也很无邪，他说真是对不起，我刚换工作服，新衣服还没穿习惯。

林纵横不知道该怎么处置手里的佛珠。握着手术刀的手，是不应该被佛珠所缠绕的。林纵横就把佛珠给埋了，埋在了荷塘里，医院的荷塘里。没人知道这个秘密，只有藕知道，蛙知道，当时很多青蛙为他欢呼，叫得荷塘乱糟糟的，比求偶时节还要热烈。林纵横对声音也比较讲究，发迹时他是捧过小歌星的，一听就知道这些个青蛙没什么见识，就朝塘里抛了把猫粮，果然，刹那间万籁俱寂。他没用盒子，也没用纸包，直接把佛珠送到了藕下的泥中，直起身子才觉得后背凉飕飕的，是濡湿的，也不知道什么时候下的雨。丹青是海边的城市，日照足，雨水也多，水汽却不显得重，春夏交际的雨水总是偷偷摸摸的，也没个招呼，就绵绵密密地包裹了前心后背，触手方知雨，雨过不知晴，总是没个声响。只有在月光下的荷塘中央，才能听得出雨来了，是天上的水和地上的水风云际会的奔流，初听是沙啦沙啦的，抽丝般细微，再听就听到了哔啵哔啵的律动，似火焰跳动，一簇簇的，跳着跳着，就跳成了千千簇万万簇，仿佛荷塘着了火，到处都成了火焰，而那些荷花，恰似生来就摇曳在火光之上。

林纵横爱刀，手术刀；爱钱，各种货币都爱；爱佛，每尊佛都爱；也爱藕，不分南北，不介意品种，是藕就爱。他当了三年的和尚，整整养了三年的藕。他还种菜，打理着相当不小的菜园子，水里的活土里的活都熟络，最痴迷的还是荷塘。他就住在荷塘边的瓦房里，只有早课晚课才去佛堂唱经，寺里的早饭和午饭他有时去吃，有时不去，不怎么合群。他的瓦房，相当于全寺僧人的诊所，有病了都找他看，人缘自是错不了的。因为拥有治病的本事，他可以比别人自在许多。千把个日日夜夜，林纵横总在看藕看荷，也看水，看土。藕是舶来品，来自印度，南北朝时兴佛，也不知是哪个游僧带来了这个物种。藕是莲的根茎，水也活得，土也活得，跟人似的，哪里的水土都能活命。是藕生出的荷，却是荷养大了藕，藕与荷同根同脉，同宗同源。在南方，这个源是水，很多的水压着极少的土，叫莲塘，叫藕池，也可以就叫作江河湖泊；在北方，这个源大多是土，浅不及一米的浑水覆盖着深厚的土壤，就成了荷花池，或是莲菜园，也有人忽略了那道水和土的界限，直呼它泥巴地，甚至干脆就没把那么几滴水看到眼睛里头，不管什么塘呀池呀，都称土地，都是黄土地黑土地，都是山川，是盆地，也是平原。

林纵横种藕是在山上，山里的寺庙，岭上的荷塘。山雨总爱晚来急，阵仗招摇，声势显摆，却耗不起时间，来也匆匆去也匆匆。就靠着那些雨水，山上的荷塘挺过了千年风霜，硬是把自己熬成了古迹。林纵横在荷塘里摸到过许多白骨，都是人类的白骨。他是学医的，解剖课上过无数堂，随便拎起根骨头，就能准确判断出，这块骨头原本位于人体的哪个位置。这些骨头要是埋在土里还好，沤在塘底就惨了，大多都被腐蚀得不成样子，伸指轻弹，立刻骨屑纷飞。林纵横不再理会白骨，摸到了骨头就给扔回到塘底去，兴致好了还要再踩上几脚，每当脚底传来碎裂感，他都要唱歌庆祝。林纵横最感兴趣的是那方石碑，这块碑是最后才被他给摸到的，是这口荷塘的压轴货，属于荷塘的核心机密。压轴与核心，是林纵横怎么也绕不过去的蛊惑。中蛊之后，林纵横气力剧增，盗宝般扛起了这块石碑。

碑是仰面倒着的，刻意躺倒般沤在了烂泥里，驮碑的赑屃断头损尾，残破不堪。这块碑很奇特，也很袖珍，大概是古时候山高路陡，石料难运，此碑通体也不过半米高，而且窄窄的，也没个碑帽，上半拉光秃秃，下半拉挺周全。林纵横费尽气力，将碑拖出荷塘，立妥当了细瞅，怎么看怎么怪，这东西比灵牌大了不少，比碑小了很多，也像灵牌也像碑。

千百年的老泥黏附力超强，用水冲不掉，林纵横抠泥抠到天亮，用手术刀抠出了碑文，碑文很清晰，也很杂乱，清晰可见的是字迹，杂乱的是内容。这块碑竟然属于不同时期的三个人，立碑的是隋代人，出山博取功名时立碑为誓，誓言刻在正面，说是此去不归，必在朝中做栋梁。反面也有字，是元代人刻的，此人是成功人士，可惜建功立业后陷于党争，诈死逃至此处避难，活到自然死亡时还是没忍住，把自己的生平炫到了碑上。最绝的是赑屃肚子底下的留言，是明代某人所写，这个人居然是锦衣卫的身份，干脏活太多，自知不会有什么安乐结局，干脆趁乱逃之夭夭，潜入深山开了个寺庙，就这么把身份给洗白了。这人是自杀的，死前疑神疑鬼，看每个香客都像仇家派来的刺客，看哪个僧徒都像组织派来的卧底，精神近乎崩溃，吃草药吃香灰都不管用，就抢在彻底发疯之前留了个言，然后把自己给杀了。他的留言很有职业感，也很有水平，什么都招了，就是没名字，年月日上头落名字的地儿就三个字，思无邪。也许是刻碑时太亢奋，刻完了才想起来最重要的没交代，于是又特地在碑文中补了行小字，郑重声明自己不是太监。一块碑立了三个人，从栋梁到隐士又到锦衣卫，物换星移越过千年，林纵横不能不感兴趣。尤为曼妙的是，这三个人都以青莲自诩，都把自己的大背景说成是个烂泥塘子，他们虽然分别置身于隋代元代明代的淤泥中，却都是无比洁身自好的，个个香远益清亭亭净植。

林纵横读碑读了大半年，比当年读医科大学还专心。本来学西医的大多对碑文之类的都不感冒，感冒的也够不上发烧级别，最多半蒙半猜。林纵横当医生时也不耐烦这类事物，经商了就不同了，商人做大了都是必须成为儒商的。不儒不高端，不儒不入流，林纵横在别人的药企当部门经理时下苦功把商业给弄明白了，自己开公司当总经理时，抽空上了几个顶级学府的总裁班什么的，学费动辄几十万上百万的，镀金镀得不伦不类，医不医商不商儒不儒的，为了通体透出儒味儿，林纵横只得请了好几个文化圈的儒士，一对一地辅导。儒士们都很了得，几个课时就把他教得儒起来了，从皮囊到骨子，林纵横儒得厉害，儒得滴水不漏，历史风物典故什么的张口就来，佛道儒的精华要义背得烂熟，茶道古玩书法玩完，又操练了风水堪舆奇门遁甲。都是速成的，速成也是成，说起来不比那些慢成的露底，这些个学问都比较玄，玄得深不见底，说对了叫作博学，说歪了那是见解，也是突破。怎样读碑他也学过，每个朝代的碑各有特点，如果找不准特点，又凑巧不认识几个碑文，他会从石料和雕工入手，迅速获取穿越感，搞出大致的具体时间段。时间是世间万物的坐标，人和事都逃不出时间，石碑比人活得长，却也是人做出来的事，都得在光阴中见底。理顺了时间，就能理顺万物，儒商自能做得得心应手。

林纵横聚焦平生所学专心读碑，拍了大量照片传给当年的儒士老师们，师生结论完全一致，此碑无假，绝对是真的。不过实在不具有什么考古和开发价值，因为隋代的那个栋梁没成名，科举中的最多就是个县级状元的水平，当官当到了大约处级，官虽小，却也被划到太子杨勇的派系里，壮志未酬就被断了头。元代的那位隐士行政级别倒是很可以，可惜生逢乱世，派系杂乱，在朝中倒戈倒了好几次，名声比较臭臭的。至于那个锦衣卫，林纵横拍了照片，却没传给任何儒士，不仅如此，他还把赑屃肚子上的留言给打磨掉了，半丝不留痕。林纵横把碑读够了，又原样撂泥里头了。他不想让这块碑毁了岭上的清净，也不想让思无邪暴露身份，思无邪说了，谁看到他的留言就是他的身后知己，他会以绝世至宝相赠的；但是不准说出去，任凭改朝换代换了人间，也不许说出去，说出去就是不仗义，不兄弟，不是人。林纵横是医生，医生都不信邪，林纵横也不信，他只是同情，同情思无邪。这人分明具有精神系统的严重疾病，虽然不需要手术治疗，却也是患者，隔着朝代的患者。就如同保守每个患者的隐私权，林纵横选择了封碑。封碑，就是让这块碑继续长眠，就睡在它的旧窠臼中，如此对死人对活人，可谓双赢。至于所谓绝世至宝，林纵横没当回事，精神病患者发作起来，连月亮星星都敢随便送人的，压根不足采信。

可是封碑之后的每个夜晚，林纵横都睡不着觉，为自己失眠是痛苦的，为别人失眠是愚蠢的，若是为古代人失眠呢，林纵横觉得那都不仅是痛苦和愚蠢了，那简直就是有病。可他就是有病了，他总在默背思无邪的留言，越背诵越相信那些话，越背诵越亲近那个人。既然信任了，既然亲近了，林纵横就不能不动手了。思无邪说他的骨头也在塘底，可他的骨头与众不同，别人的骨头都是白骨，只有他的骨头是花儿。花儿啊，姹紫嫣红的花儿般的人类骨头，林纵横闻所未闻。想到读碑时为思无邪所流出的滚滚热泪，想到思无邪隔着四百多年的岁月，就那么情真意切地把他称呼为小兄弟，林纵横毅然再度下塘，打捞思无邪的花儿骨头。如果林纵横没捞到，那他就再也不会失眠了，问题是，他还真就捞到了。最先出水的是头骨，好大好硬好花的头骨啊，林纵横拍不烂摔不破，就那么坚硬如铁，就那么花色绚烂。林纵横情怀激荡，又泪奔了，比读碑时奔得还要汹涌。林纵横不能不说话，也不能不改了称呼，他对那颗头骨说无邪大哥，你没骗我，你果真是身中奇毒。你句句是真，字字无假，我不该怀疑你。你等着，等着小弟我继续打捞，我要把你全身的骨头都给捞全了，我要把你给拼回来。你放心，再零碎的骨头我也能给你拼囫囵，给你拼回个人形。无邪大哥，你原本就是个大写的人形，就让小弟我给你拼回个英雄本色吧。就如同天人感应，林纵横的拼骨行动极为顺利，半个多月后，林纵横每晚躺在床上，思无邪的人形骨骼就在床下陪着他。不是投桃报李，而是高山流水，林纵横常常要跟这个人形进行对话。倾诉过后的睡眠质量总是特别的好，林纵横早晨起床还要收拾骨头，不然他怕吓死了偶尔闯入的同门僧人。再后来，林纵横就把思无邪的骨头给装到坛子里了，只剩下那个头骨，与他日夜相对。由于花色的头骨仍具毒性，也太过于引人注意，林纵横就用盐酸浸泡消毒，把这颗头骨给泡得雪白雪白的。往床头凳子上一立，沟通无障碍，四百年的时光不过咫尺之间。似这般咫尺天涯，三年犹胜百年，林纵横下山时，把头骨送入坛子里，他说无邪大哥，记住我们的十年之约，我必归来践约。你就在这屋里好好晒太阳吧，我跟他们说过了，他们都以为你是我的医学标本。我此去丹青，是要做回我的医生。丹青是个好地方，也不知道你从前去过没有。我真是喜欢丹青，丹青比这里迷人多了。

丹青的地势没什么起伏，都是平地，目光望出去，视野极为开阔。不像山上那样，不登高就没法望得远。林纵横很快就适应了，适应了平坦开阔的水土，也适应了自己的新身份。从和尚到医生，从山上到平川，他总是适应得很快。除了离不得荷塘，他抛掉了山上的一切。医院的荷塘在院子的东北角，相对隐蔽的角落。这里的荷花比山上的个头要高些，花朵也开得烂漫，只是缺了山霭，塘面上再没了升腾弥漫的雾气。医院的荷塘水很浅，最多半米，加了水下的淤泥，也才过腰的样子。林纵横重披白衣的当晚，邀约了两个重要人物，他要捞藕给他们吃。他说我吃了医院的藕，才是医院的人。不吃藕我找不到归属感，请你们陪我吃藕，我需要这个仪式。林纵横这回没敢太放肆，他是穿着长裤下塘捞藕的。岸上有人看着，他们是王惊雷和于立秋。王惊雷是林纵横的老师，从前是，现在是，永远都是。于立秋是医院急救中心的主任，是林纵横的现任领导，也是手术台上的合伙人。林纵横和王惊雷很熟，早就熟到可以共同裸泳的地步；跟于立秋就不行了，还没混太熟，衣冠楚楚是很有必要的。

于立秋跟林纵横同岁，三十几岁，不老不小的年纪，自称青春显得有些装嫩，也不好说自己人到中年，那会把医院里头的真中年少壮派比老了，虽然他们很爱说自身的配件都是老胳膊老腿，还有老腰老眼什么的，别人却不能说，说了就会听到千篇一律的回击，那就是，都会老的，很快的哦，吃防腐剂越多老得越快，到时候你就知道了。于立秋比林纵横活络，见了小的很时尚，面对老的很传统，特别能扎堆，青春派少壮派夕阳派的人堆都扎得如鱼得水。绝大多数医生的脸都没表情，看不出什么个人情绪，尤其急救中心的医生，整天看鲜血看伤口外加看死亡，脸上俱是无悲无喜的平淡。于立秋不是，他总在笑，只不过脸上的笑意时而深时而浅，有时也不得不隐匿，抢救患者时不能笑，患者死亡时笑不出来，患者发飙时不敢笑，其他时候都在笑。由于本身就帅，笑起来更加动人，于立秋的女性患者特别多，老的小的都多，于立秋说纵横，我把王大妈李阿姨她们都给你，你刚来，没有回头的患者。都是些发烧感冒小外伤什么的，很容易处理。林纵横说最好是王小姐李小姐她们，我刚下山，只会僧话，还没太熟悉人话，大妈们都太敏感，很容易被惹得不高兴。于立秋摘下口罩，林纵横只觉得抢救室的灯光都黯淡下去了。于立秋笑得太过于明亮，他说我试试，就怕她们不肯，你得配合我。林纵横也笑，他说会肯的，试试吧。于是两个人就试了。结果是林纵横顺利收编了于立秋的许多年轻女性患者，至于那些大妈和阿姨，她们对小于医生铁血丹心，怎么说也不肯离开他。她们无比信任小于医生的医术医德医风和耐心，尤其他的笑容，早就成为她们战胜疾病的定心丸。于立秋天生爱笑，笑了三十几年，把嘴角都给笑得稍稍上扬了，总是喜气洋洋。林纵横正好相反，他的笑容极为罕见，偶有笑意，也总是稍纵即逝，并且是逝到了千里之外，叫人再也见不着踪影，正是少女少妇们最为欣赏的类型。于立秋说纵横，我要请王老师吃饭，吃大餐，感谢他介绍你来。急救中心总缺医生，尤其外科，熟手都不肯来。你来这里大半年，真是太顶使了。我曾经几天连轴转，以后就不用了。林纵横说，他也正要请你，当时我回来，他不是第一个跟你说的，人家都是婉拒，嫌我手废了，不能到岗就干活，只有你立刻答应要我。于立秋给王惊雷打电话，约定了晚上吃饭。问林纵横，王老师爱吃什么。林纵横说他没有不爱吃的。于立秋又问，那你呢？林纵横说，我没有什么爱吃的，所以吃什么都行。于立秋说我介于你们之间，那就按我的口味走吧。

第二章

于立秋上了饭桌才知道，王惊雷和林纵横都不是吃素的，都是吃遍万水千山的人。王惊雷说立秋你不用管他，咱吃咱的。纵横好几年不吃晚饭了，都是半夜吃个水果。于立秋问为何半夜，林纵横说那时候弄了个会所，招呼那些个有用的人物，大人物来了我得亲自下厨，心不定，不想吃。忙完差不多都是半夜，吃干货怕上膘，就水果呗。于立秋惊讶，你不是集团老板吗，怎么还要你下厨？再说男人怕什么发胖，女人才怕得要命呢。林纵横说集团老板和小店老板的区别，就是请客对象的大小，请客手段没什么不同，都是见客低一辈。我就是后来忘了辈分，不怎么孝敬长辈，集团就玩完了。还有身材也不能不注意，我那时候太得意，经常买节目买版面，上电视上报纸的，我想玉树临风多吸点粉丝。于立秋说，我记得纵横药业集团被查封，是由于同行举报。林纵横说举报天天有，同行是冤家，主要是不敬老。于立秋说事儿挺大，我记忆犹新。你确实粉丝不少，出事后粉丝还在骂，说个个药企如此，为何只查纵横。林纵横欣慰，我没白挨饿。王惊雷说我也是网上看到的消息，然后到处找你，几个手机都没人接，公司和家里都贴了封条。纵横，我曾担心你会自杀，后来想起你对我说过，你要是哪天死于自杀，必是被自杀。我这才放心。因为你的事情也还要不了命，你就是根顺藤摸瓜的藤。林纵横说惭愧，好藤卖好瓜，卖瓜才能赎出藤。我从经商那天就给自己划了底，搭钱不搭人，赔钱不赔命。做药我也有底线，我的药品和器械我自己敢用，我家人敢用。有些同行不用自己企业的产品，只敢用进口的，他们都比我自爱。于立秋肃然起敬，举杯道，前几天出急诊，挺大个老板跳楼了，我们去了只能宣布死亡。见过的这种人可是不少了。得敬你一个。林纵横说山上三年没沾过酒和肉，不敢这么喝，让我先闻半年吧。等荷塘正式出藕了，我酒肉开禁。

荷花初绽时，于立秋送给林纵横两瓶酒，他说接着闻，闻光了就开喝。林纵横说这酒好像几块钱一瓶吧。于立秋说对，闻的，用好的就浪费了。待到荷花将谢，林纵横把两瓶酒都给闻光了。林纵横郑重相约，立秋，今晚十二点，荷塘见。我请你和王老师吃藕。于立秋不解，怎么大半夜的？林纵横说王老师刚进手术室，估计出来就那时候了。你出来有困难吗？于立秋摇头，几点都能随便出入，不过你先来个电话，就说有急诊手术，你自己做不了。林纵横也摇头，出家人不打诳语。于立秋叹气，真羡慕你，随便就敢把酒瓶盖扔了，搞得满屋子酒气。我在家连茶杯盖都当不了家。林纵横说我没人管，你有人陪。于立秋说等你成家了，你会特别看重自由。林纵横表示暂无打算。于立秋忽然奇怪，纵横，你的夜晚和节假日怎么过的？林纵横说自己过。干什么都是自己，包括下棋和说话。

王惊雷和于立秋都吃不下林纵横捞出来的藕，王惊雷说太难吃，于立秋说太苦涩。林纵横说压舌下，像速效救心丸那样。让唾液浸浸，再咬，就好吃了。主要是刚出塘，还没控水，其实会吃藕的人都这么吃。王惊雷吐了，嫌费事。于立秋勉强咽了，咽得笑容都没了。林纵横说都给我，别扔，怎么就这么好吃呢。

王惊雷是林纵横在西北医院心外科的老师兼领导，说是领导，官也不大，心外科主任。林纵横从毕业就跟着王惊雷，王惊雷的小乌纱帽被摘掉后，对手乘胜追击，王惊雷待不下去，才千里迢迢来的丹青。林纵横和王惊雷到底有多熟呢，总之是王惊雷在哪里，林纵横就会追到哪里，平日里各干各的，也不见得常常联系，关键时候却总是成双成对的。当年林纵横从西北的医院辞职，是因为手术台上死了人，患者家属十几人上前围殴，打的就是他，那台手术他是主刀。本来麻醉师和手术护士也在被打范畴，可他们跑得都比较快，跑到隔壁手术室锁了门，也报了警。王惊雷就在那间手术室，他正在做另一台手术，那是王惊雷平生首次把自己的患者给撂台上不管了。王惊雷冲出门的速度比武林高手还要快，可惜他没练过任何武功，于是师徒两人都被打断了骨头，皮外伤更是遍布全身。紫的红的瘀青的，通体难见本色。

两人住院住的是同间病房，本来王惊雷应该住在脑外科，他坚持住在了骨科。王惊雷身上头上打满了纱布绷带，林纵横除此之外还打了石膏。晚上睡不着，每晚都要注射安定才能睡着觉，林纵横半夜总把自己给哭醒，抹抹满脸的泪，看看鼾声震天的老师，接着再睡，清晨还要哭，把王惊雷也给哭醒。王惊雷就笑，纵横你别这么瓤，干这行的哪个没被修理过。血都流过了，不用再流泪。林纵横哽咽，老师，我不是哭自己，我是哭你。那么多医生都被打过，我早有心理准备。可你干吗要替我挡那一棒子啊，把你的头骨都给砸碎了。你让我怎么还你啊？王惊雷呵斥，纵横就你这智商，我真是白教你了。咱们这职业就讲个眼疾手快，那一棒是冲着你脑门砸的，我要不挡你就是个尸体了。当时你只知道猫着腰护着头，倒是怪专业的，可你把脑门全给露出来了。就那么紧急，我也没用手去挡，我那台手术才做一半，手不敢有损伤。我用的是后背，谁知道也没算计好，头顶中招了。林纵横哭得更欢快了，呜呜地哭，呜里哇啦地说，王惊雷就很罕见地温柔了，他温柔的方式是无语，无语地凝视，凝视窗外，而不是对方。脑科医生来查房换药，回回感叹，幸亏只是头骨，要是力气再大点，脑组织受损，王老师你就是个植物人。王惊雷说我醒过来先查数，个十百千万，然后回忆心脏手术图谱，知道没被砸傻，觉得很幸运。骨科医生来查房时，总是要问，王老师，你怎么不哭呢，怎么总是林医生自己哭呢。你也哭哭吧，哭出来就好了。王惊雷说我倒是想，可我哭不成。骨科医生鼓励，放开哭吧不丢人，咱们医院被打断骨头的医生都在我这里住过，都哭过。

后来王惊雷离开西北到丹青，林纵横把自己的公司也迁到丹青了。干了几年，干成了纵横药业集团。王惊雷说完了，做大了，你回不来了。我还总想着哪天你能回来跟我干呢。林纵横说老师，我始终都是跟着你的。王惊雷说我是想让你回到心外科，回到手术台上。林纵横说回头无岸了，老师。我资产已经过亿，只能在这条道上走到底。王惊雷说现在街边水果摊老板谈的都是上亿元的生意，没钱的钱在家里，小富的钱在银行，中富的钱在市面，真有钱的钱在国外。林纵横说我的资金都在转动状态。转得有多大，赚得就有多大，赚够了我也搁国外。王惊雷叮嘱，满世界都在转，只有少数人在赚。人家就是要让你转，你转了，人家才能赚嘛。纵横，有钱多攒着点，别总拿出来转。你集团再大也是草根，草根比不得树根，人家树大根深，草是风过就倒，成片地倒。林纵横什么都听王惊雷的，就是经商这回事，他认为自己比老师高明得多。

巨额资金转来转去，林纵横意气风发，看钱就像看纸，甩出手都是成沓成捆成摞的，香车美人已经无法让他的肾上腺指标飙升，都玩腻了，林纵横开始下赌场，赌来赌去也赌疲了，不知道还能怎么着寻欢作乐。吃喝嫖赌抽都不提神了，就只剩下吸毒了。林纵横才不会吸毒，不是怕上瘾，而是怕不过瘾。人世间比吸毒过瘾的事情海量，他打算等老了，钱多得没法子花了，身体的其他原始欲望都衰退了，再好好地吸毒，在国外弄个仙境般的庄园，满院子都开成荷塘，每天赏荷吃藕吸毒。自己吸有点乏味，他计划邀请王惊雷和几个要好的朋友共同分享，慢慢地吸慢慢地聊慢慢地惆怅旧欢如梦，吸得形销骨立了，再戒。戒完了再吸，吸完了再戒，彼此鼓励戒毒，磨炼意志，动嘴动脑，折腾到死也不得老年痴呆症，那才是活神仙呢。

王惊雷跟着林纵横见了不少世面，吃喝玩乐都学得挺上路的。虽然觉得高尔夫没有乒乓球好玩，好歹也去草坪上开了几回洋荤。有次王惊雷领着老婆孩子去吃饭，进门也不看菜单，开口就要点厨子，搞得人家羊肉汤馆的老板连说我就是我就是，我是厨子兼掌柜。王惊雷愣怔半天，如梦初醒，次日紧急招来林纵横进行规劝。王惊雷说不对，这些日子不像日子，像梦游。是梦就得醒，纵横，你得醒醒了，脚踏实地才不会栽。林纵横说好风送我入青云，我不舍得落地。王惊雷说不要阴阳怪气，自打发了财，你都不会说人话了。林纵横忍不住大笑，笑得豪气干云，笑得断金裂帛，笑得几乎背过气去。

笑声未歇，大祸当头，林纵横失踪了，药业集团被查封了。再相见，林纵横笑得比哭还难看。他说老师，你把我给说栽了。这回真栽了。王惊雷轻轻点头，我知道，比前头那几次栽得狠。前头那几次还能翻身，这次断崖式降落，落地面了。纵横，你不是最渴望一举成名吗，这回真红了，红遍医疗行业。林纵横下意识地问，只是医疗界？社会公众知道我不？王惊雷说关注民生的都知道。比毒米毒鸡那几个事件更有民愤，你集团所有药品被集中销毁，都上了新闻了。林纵横正色道，老师，我从没造过假药。我是医生出身，永远不会造假药。出事那个药品是最新抗肿瘤制剂，属于暴利，我错在跟风，未向国外产权机构支付巨额相关费用。王惊雷说我懂，大众不懂。如此生产的药企很多，大众只会记住你的品牌。他们分不清造假与克隆的区别。林纵横说没法不克隆，我这等规模的药企，付不起那么多品种的那么多版权费用。从生产到销售，我们都得把钱用在刀刃上。王惊雷还是说我懂。说完就沉默了。林纵横说我至今不知道是谁。王惊雷反问，张三李四王五有区别吗？林纵横缓缓摇头，是的老师，没有区别。

林纵横决定出家，出家做和尚去。他跟不少大和尚名道士有过来往，归佛归道都有地方落脚，之所以选择寺庙而不是道观，是考虑光头容易打理，留长发洗头不方便。出家，只相当于林纵横的跳槽行为，跟信仰没什么关系。西医没有信鬼的，不信鬼，又如何信神呢。他是个无神无鬼的人，风雅时也爱参佛论道，以追星的心态面佛面道，上香也好，捐款也好，抽签也好算卦也好，他都是对着人做的，对着那些和尚道士做的。做来做去就做成了朋友，大老板的身边不能缺了穿袈裟穿道袍的，就像小老板不能没有最新款的豪车和手机，都属于行头，属于个人身份的配套装置。林纵横只会信人，每次被人出卖，他都跑到深山老林去对佛祖倾诉，说完了重归人堆，仍然信人。随着事业不断壮大，被出卖的次数有点频繁，林纵横在山里逗留的时间不得不延时，不然下了山总是疑神疑鬼的，看着有些人像神，有些人像鬼，完全丧失了分寸。这次是透心寒，每个毛孔都结了冰，看谁都不像人，街道和闹市俱是鬼影幢幢，怎么也寻不着人类的踪迹。打电话问朋友，朋友们都急忙发誓，纵横，要是我出卖你，就让我天打雷劈不得好死。问手下，手下都急忙表功，老板我真是死扛硬顶啊，怎么折磨我都扛住没说。

再问女朋友，没有都问，问了 ABC 三个最喜欢的，只有这三个知道他些许的商业机密。A 姑娘智商爆棚，B 姑娘情商吓人，C 姑娘的身材巧夺天工，林纵横跟她们约会时各取所长，用 A 练脑跟 B 谈情拿 C 健身，C

的大床就是他的健身房，回回锻炼得都能把床单拧出水来。A 姑娘反问他，你年轻帅气出手豪阔，我为什么要出卖你？你倒了我能有什么好处？难道去投奔那些又老又丑的款伯款爷？你个白痴。B 姑娘幽怨，虽然我们都是彼此的男友女友之一，可你是我的男一号，我才是你的女二号。我的理想就是熬走一号我来接班。还没成呢，我干吗要自毁前程？再说我跟你是被窝里的交情，你说过被子比杯子可靠，女人比男人好骗，你骗我那么多我都没舍得拆穿过，我又怎么会舍得出卖你？你个负心人。C 姑娘呜呜咽咽，苍天在上，我要是告过你，就让我肚比胸高，腰比桶粗，脸比手机黑屏还黑。C 姑娘当场就要嫁给他，越破产越嫁，让他速到民政局门口见面，立即办理结婚证。林纵横费了好多口水，才取消了婚姻大事，C 姑娘说别玩失踪，我就等着你结婚，破底的股票必反弹，我看准了你会东山再起。林纵横说乖乖，我真小看了你，你才是三合一的综合版，可比她俩强多了。C 姑娘泣不成声，两人约定今生缘来生续，来世再结连理枝。林纵横连番道歉，对所有朋友手下和女友连说对不起，我真是小人，我不该怀疑你。我行医被打经商被卖，活该活该，我无怨无悔，我众望所归，我当之无愧。

林纵横只对一个人说了保重，没有进行道歉。这人原是他手下，没等他去电，先来的电话，开口就说老板对不起，那个什么什么事，那笔什么什么钱，我都招了。没种，实在撑不住，我得出来养家糊口。林纵横说招得好。我的企业我最想保全，连我都招了，还有谁能不招。你叫什么名字？那人失声，老板你连我都忘了？我是咱们拓展部小满呀。林纵横说我连自己叫个啥都忘了，难得你还记得我。也就你相信我失忆，太老实，难怪市场打不开。你名字叫满不满，集团市场拓展部经理，31 岁，山东泰安人，工作能力不咋样，贪财好色很像我。我让你担当重任，是因为这两年动静太大，集团也需要韬光养晦。搁前几年飞速发展期，我最多让你干个地区级销售经理。满不满憋不住笑意，老板，给指条路呗，我是单干，还是到别的药企去混？林纵横说这环境没法单干，找棵大树去投奔吧。满不满问，那我能不能把咱们的客户都给带走？林纵横笑了，行有行规，不纳投名状，你进去就是个销售员。带着你所知道的集团所有商业秘密，去换个经理当当吧。满不满说老板，你什么时候再出山，我还回来。林纵横说好。不满，咱们各自保重，我会记住你。这些年忙着叱咤江湖，也没顾上问你，怎么会叫这么个名字？满不满说，是我自己改的，每天问问自己，就有力气去争去抢了，我天生太懒惰。林纵横感叹，高人啊，我手下卧虎藏龙，怎么会兵败如山倒？忘记从来都比记住难，手机上的几百号人，林纵横转眼忘了个干净，就只记住了这个满不满。软骨头记软骨头门当户对，那么多的钢铁硬汉，林纵横对他们说的都是再见，再也不见的再见。

做不成医生时，林纵横还可以做药企；做不成药企了，他已没法在医疗界生存了。他是学医的，只懂医和药，从未踏足过其他行业。医疗界就是他的全世界，是他的滚滚红尘。唯有遁出红尘，才能再入红尘。林纵横说不，老师，我此去不会再回头了。王惊雷说人长脑袋，是为了想事，也是为了回头。哪个没回过头？成王败寇都得先学会回头。临出家之前，林纵横跟王惊雷要钱，王惊雷把兜里的钱全都掏给他了，就连硬币都没放过，让他上公交投币用。林纵横说不够。老师，我所有账户被封，身无分文。你回家去要点，要不就跟同事借点去。王惊雷说不好，家里有卡没有钱，你嫂子去旅游了，临走跟我交代密码，我没记住。科里医生最近都不敢多带钱，手术室更衣间丢过好几次钱，来进修的人员太多，人多手杂，丢了也不好声张，就都不带了。王惊雷拿起电话要请示密码，想想又放下了。他说不行，她不让我用电话说密码，她说电话不安全，不法分子会偷听密码，然后偷钱。林纵横头都晕了，就说算了，那就这样吧。王惊雷冷笑，我还不信我就弄不来钱了。转身就出了办公室，片刻工夫就拿了个信封回来，塞给了林纵横。捏捏还是挺厚的，林纵横相当满意，问是怎么回事。王惊雷说这患者身份大手术也大，上午给我的，我退给他家属了。刚才去跟他家属借，家属喜出望外。我说明天还，他大声说好好好，然后趴我耳朵上咬小话，让我放心，他说他可没录音。

林纵横看着王惊雷，老师，我走了。王惊雷说你赌瘾重，回回都是你跟我赌。纵横，这次我跟你赌一把吧。林纵横意外，王惊雷是从不赌博的。王惊雷说平生只此一赌。我就赌时光，赌岁月，我赌什么都会过去。等到都过去了，纵横，你回来。林纵横说时光怎么可以当赌注？王惊雷拍桌子，这才是人世间最大的赌注。这是豪赌。你赌不赌？林纵横说你用时光下注，我用什么？我已打回原形，一无所有。王惊雷说纵横，你就用自己下注吧。我赌的就是你，我要的就是你的原形。林纵横低头无语，很久才说，老师，这时候也就只有你会为我下注了。他们看我，就像看个死人。经商的人，破产如破命。王惊雷说胡言乱语，破产不就是没钱吗，那也算个事？要是这么说，十几亿人民里头有几个有钱的？剩下的都得死？林纵横轻呼，对呀。我原本就是大多数里头的呀。王惊雷说好受了吧，咱们有十几亿同伙呢，人多势众。你想当少数，没当成嘛，就这么简单。赌吧？林纵横说赌，老师我跟你赌。王惊雷送给林纵横一把手术刀，本赌局以刀为证。林纵横指尖划过刀锋，来来回回地摩挲，他说用刀的日子，就像上辈子。王惊雷说，你再回来就是下辈子。你可真会活，这辈子顶人三辈子。

这把刀，林纵横念经时也没离过身，整天怀揣利刃面对佛祖。山上的白昼比梦还短，夜空的星月亮得异常，月亮明似黄金，星星灿若碎银，林纵横整晚整晚地数金子点银子，松涛过耳秋风去，瓦上苔绿春雨来，苍黄了前尘，斑驳了旧事，坐拥的仍是自己的肉身。大半年过去，再没了兴趣望夜空，任凭金银当头，林纵横倒头便睡，直至满脸热辣，像是被谁扇了耳光，睁开眼，总是错不了，是太阳，喷薄的旭日就挂在峰顶，扇得梦中人浑身发软，恨不得就此长眠不醒。又过了几个月，林纵横跺跺脚，下了趟山，把手机给开通了。然后就是打电话和接电话，相互问候互诉衷肠，朋友手下个个问遍，就跟刚认识差不多，亲昵得很。女朋友没联系，林纵横历来守规矩，连酒肉带女人全戒了，也不想，他修的是心戒，心戒的最高修为是无。林纵横还没修到巅峰，也没见到过有哪个同行顺利登顶的。要是真的无了，就不会用戒字了，戒就是想着忍着，忍得住就算功果。

两年后，林纵横忍不住问王惊雷的微信号，王惊雷说没有，没那个闲时闲情。林纵横提示王惊雷太落伍。王惊雷说别忘了身份，你可是出家人。林纵横说，我是林纵横。王惊雷说没白去，学会绕口令了。林纵横说老师，我是最后一个才跟你联系的，他们那些人，我已经不说话了。王惊雷说知道，他们让你再度成名，前药业集团董事长一贫如洗出家为僧，有照片为证，我见过。林纵横默默挂了电话。没过几天，周末，王惊雷上山了，窄窄的青石板路，走到黄昏才进了庙门，七拐八绕地直扑荷塘。人影还没见着，先听到了林纵横的声音，他说你别摇，就你不听劝，总爱乱摇，看看，把腰都给我摇折了吧。还有你，怎么这么爱点头，知道你脑袋大，别显摆了。王惊雷驻足，看着那个背影，是林纵横的背影。林纵横站在塘边，他说话的对象，是满塘的荷花与莲叶。风不大，有些微的凉意，林纵横的僧衣下摆随风波动，衣是青的，莲也是青的，王惊雷分不清楚了，快速打断了林纵横的话。林纵横转过身，也没走过来，两人不远不近地相望。王惊雷说你快去食堂弄点吃的给我，饿得我眼都花了。林纵横拔脚就跑，一溜烟就不见了。

吃饱喝足歇够，两人不停地喝水，说话太多是要润口的。林纵横下塘捞藕，捞来捞去捞不着，王惊雷着急，也脱光衣服下了塘。林纵横说就是想让你下水，西北的水硬，这里的水软，可以游泳。上次跟你游泳，是我刚进医院，那么多人都想跟你，可你偏偏就挑了我。想请你吃饭又怕上桌了怯场，就请你下河游泳了，水里不用多说话。王惊雷说二十多个人，全都找过我，那时候外科还很吃香，心外科更香，不像现在，都嫌外科活儿重风险大，都不愿来了。纵横，就你没来找我，也没托人找我，我就要你了。你请我游泳好大气魄，黄河，又大又免费。我就知道我没走眼，这孩子不精，好教好带。林纵横说我也不傻，我是没人可托。我用全部身家，好几百块，给你买了个名牌火机，那时候你多牛啊，别人抽烟，你抽雪茄。王惊雷说就是太牛了，所以弄得背井离乡的。到了丹青才改毛病，咱学低调了，啥也不抽了。原来火机是你送的啊，你怎么不说呢，就搁我办公桌上，还整个礼盒，打个蝴蝶结，我还以为是哪个暴发户患者送的呢。林纵横望天，他说要下雨了，也下不大，荷香太浓，水汽密，封住花香了。说话间雷雨结了伴赶到，风也加了力助阵，塘外轻雷塘上雨，雨声滴碎了满塘的荷声。

王惊雷只住了一夜，都没睡成。王惊雷躺床上，林纵横打地铺。床前没柜子，有只板凳，当床头柜用。板凳上有水杯有台灯，还有颗人头。人头立得端端正正的，脸对着床铺，眼睛和嘴巴都是黑洞，三只黑洞在台灯下都透了光，光影交叠，纵横迷离。这是只品相完好的人类头骨，王惊雷有点惊艳。学医的都上过解剖课，操刀剖开过无数的尸体，男女老幼的每个脏器每块组织每根神经腺体，对他们毫无秘密可言。王惊雷办公桌上也放过头骨，是标本，当年受伤后，脑外科医生先用片子，还嫌不够，又去拿来只头骨给他讲解具体伤情，讲完也没拿走。王惊雷和头骨面对过不少日子，那只头骨和这只头骨一比，立刻就失了风采。这只头骨相当好看，比王惊雷见过的所有头骨都好看，色泽雪亮，线条圆润，无裂痕无凹凸，骨质也比较硬朗。王惊雷拿起来敲敲，他说看这骨质的厚度和密度，应该死得比较早，还没来得及老呢。林纵横说很早，有四百多年吧。王惊雷说哪有那么早的标本，我上解剖课时用的尸体，最早的也就是抗战时期的。林纵横说它不是标本，老师，是我在荷塘里挖出来的。王惊雷满脸问号。林纵横说也算是我朋友吧，不对，老师，我跟他都是以兄弟相称的。他叫思无邪，我管他叫无邪大哥。他让我把他的头挖出来。我按他交代的，在石碑底下挖出了这颗头。本来都是土锈，惨不忍睹，我用了盐酸才泡干净。王惊雷瞪大眼睛，林纵横笑眯眯的，老师你别不信，他死前还给我留了言，既然认识了，我当然要按他说的办。王惊雷盯着林纵横，你说他多少岁？你再重复一次。林纵横说他死时四十几岁，但他是明代人，所以这颗头骨有四百多岁了。老师，我没心理疾病也没精神疾病，你别用这种表情。我回头跟你好好说说他的事儿，真是编都编不出来，太惊心动魄了，让你听完夜夜失眠。王惊雷说就算是，你把它搁这里干什么？你领导也不管？这里可是寺庙啊。林纵横说，寺里所有僧人都找我看病，山上几个村子的村民也是。我在这座山算得上名医了，几天前大半夜的，我还去村子里给早产的女人接过生呢。名医，他的屋里放个医学标本，那不是合情合理吗？老师，我白天跟荷花莲叶说说话，夜里就跟无邪大哥谈天论地，我怕总不说话，会让我的表达能力下降的。王惊雷深呼吸，纵横，你明天就跟我走吧，不能再待了，再待下去你会精神错乱。林纵横说老师，我没半点毛病。你知道明代的锦衣卫吧？他就是个锦衣卫，他还是个不大不小的首领呢。我刚上山时特别沮丧，幸亏认识了他，跟他比比，我那点事都不是事了，他才真是惨绝人寰呢。他自杀前其实已经中毒，我的诊断是间歇性精神错乱。错乱时他无限痛苦，清醒时他无比寂寞。他把寺里僧人都给杀光了，最后才杀自己。那些僧人都是伪装的，他们其实都是杀手。他们的骨头都在塘底，我估计很快就会化为淤泥，因为我把它们都给踩烂了。王惊雷问道，纵横，你平时有没有幻听幻嗅现象，失眠时是否有幻觉感？林纵横坚定地摇头，老师，我很正常。是我的荷塘不太正常。天下荷塘都是以淤泥做底，我这口荷塘，它可是用血肉垫底的。真的，塘底有好多白骨啊。王惊雷说收拾行李，纵横，和尚这职业你干不了。天亮就下山，跟我回丹青去。林纵横说老师，我还在修行呢，不能说走就走。王惊雷不容置疑，收拾行李，立刻。

第三章

林纵横和于立秋的正式会面，是在一年后。他跟王惊雷下山了，把王惊雷送到公路边，又上山了。上山容易下山难，是普通人的难，难不住王惊雷和林纵横。王惊雷的老家就在山里，林纵横出家后常走山路，都不觉得难走。青石小路复转溪桥，就在兜兜转转间，流光奔突了四百余年，跨出山门时，王惊雷说纵横，我相信了。你没病，你那个朋友思无邪是真人真事。你想回去就回去吧。我不勉强你，知道你还想待。林纵横低语，老师，你说那个绝世至宝，是真是假？王惊雷说举世滔滔都在流血流汗，有时十分耕耘，还不得一分收获，你待在山上图个清静也就罢了，还想不劳而获得个宝贝？叫我说就是做梦。还有，别跟邪恶之辈交朋友，古代人也不行。不管多少年过去，正就是正邪就是邪，怎么也混不了。你回去把它给我扔塘里去。林纵横说老师，不知邪怎知正，很多人被邪恶所欺骗，是因为错把邪恶当作正义了。邪恶的人和事，都是举着正义的旗帜骗人的。我就是通过他，才弄清了正和邪压根就是两极，从起点到终点，以及当中的路程，永远不会交错。他毕生都在追求正义，追求江山永驻，他不是普通人。他杀人是为了救世，可他救世失败，连自己的命都保不住。王惊雷说没见过放下屠刀能成佛的，只见过放下屠刀再举起的，都是惯性。林纵横说脱胎换骨不亚于改天换地，所以我现在只跟软骨头保持联系。王惊雷上车时叮嘱，多跟人说话，好好说人话。林纵横说好，老师，我现在不走，是因为还没准备好，还需要时间。心里还是怕人防人，这种心理怎能从医，就这样从医会贻误人家患者的。王惊雷上车坐定，从车窗伸出头来，咱们丹青见，林医生。

林纵横抵达丹青的当天，就成了林医生，速度之快超乎想象。于立秋办事效率惊人，见了面寒暄几句，就领林纵横参观了急救中心。林纵横说有味道，刚装修过吧？于立秋笑说，你鼻子超过警犬，装修好几个月了，正常人闻不出来。林纵横也笑，山上只有树味草味花味，没有别的味道，所以闻什么都觉得刺激。于立秋好奇，香火味呢？林纵横说山岭上总有风，消散得极快。于立秋边走边介绍，此次装修既是升级也是扩建。本来市级医院的急救中心按常规具有抢救室观察室洗胃室输液室等，还有内科外科诊室，基本以急救为主，在此基础上按照患者病情病况，将他们送入不同科室，或住院或手术。现在好了，咱们自己也有病房了，急救内科病房和急救外科病房，咱们也可以一条龙了。也就是说有些患者可以在咱们这里手术，也可以住院，直至痊愈出院。比如120拉回来个急性阑尾炎患者，以前我们只做紧急处理，然后须立即转给普外科进行手术，患者就等于普外科的了。患者的费用也分得清楚，前半部分属于急救中心的，自转走那刻起，所有费用都归普外科了。林纵横说以前我和王老师在西北，医院早就是这样，急救中心还有住院部呢。于立秋说那是省级大医院，市级医院都是这两年升级的，当然有前提，你得三甲医院。有多不好评，你都清楚，属于各医院高度机密。于立秋挤挤眼，林纵横咧咧嘴。

外科诊室比林纵横的瓦房大不了多少，林纵横感慨寸土寸金。于立秋说这地段有张办公桌，机关得是个啥长，公司得是个啥领导，医院呢，现在患者都爱把职称当职务，所以你是林主任，我是于主任，没办法，他们就是不叫你医生。林纵横说我还没评呢，我原先职称主治医师。于立秋说赶快评赶快过，今年赶不上了，明年要评。后年那茬儿，人特别多，竞争太激烈。林纵横说那我就大后年吧。于立秋说人更多，并且你最老，最老的有点不受欢迎，大家都担心评委会可怜你年纪大。何必讨人嫌，你不要拖。看到外科病房时，于立秋说回来再看，跟我走，先办人事手续，领了衣服再说。林纵横吃惊，这么快？那我什么时候上班？于立秋说今天。穿上白衣跟着我，有手术做手术，我主刀你助手；有急性外伤需要缝合清洗的，你做，我看；都没有的话，我们就接诊普通挂了号的患者，我看病，你负责所有杂务，写病历，出处方，急性患者送检等。林纵横不出声。于立秋站住了，望着林纵横，纵横，你所有情况王老师都跟我交代过了。按说你是熟手，还是大医院出来的，心外科手术你都能拿下，我不应该让你干杂活。可是外科医生的手是干出来的，两年不摸刀等于作废。虽然急救中心的手术跟心脏手术没法比，可手术哪有大小，就算割个手指，你没给人家割好，患者身体痛苦，总找你，你名誉受损，心里也不好受吧。所以你得先跟我干干，只要你的手找回感觉了，对手术刀的感觉，你就立马独立，我不缺打杂的，我缺能独立干活的。林纵横说于主任，我没其他意思，只是觉得今天上班太快了，有点意外。于立秋说别叫职务，你要是这么叫，我也得这么叫，咱们不是衙门，是医院，并且是急救中心，随时会面对十万火急命悬一线的患者，对他们以及他们的亲属，咱们都是医生，要强调医生的概念。林纵横频频点头。正巧身边走过两个护士，笑着叫声于主任，走远了。林纵横说我可不想当特例。于立秋说纵横，你早已成为特例。人还没到，就有人跟我打听你，上班后免不了有闲人借故来看看你什么风采，别当真。林纵横伸个懒腰，满身血肉都让我的兄弟朋友们给剥光了，该换什么换什么。有换好处的有换便利的，也不枉相识一场，挺好。现在看也白看，榨不出油水了，也不能让人换好处了。于立秋说不过几句闲言闲语，你不当回事就行。

穿上白衣，林纵横问于立秋，像不像林医生？于立秋严肃起来，纵横，你就是林医生，没时间过渡。急救中心医生护士是全医院流动最快的，刚走了两个医生，严重缺人。林纵横说于主任，全行业如此，你不说我也知道。我坐哪张桌子？于立秋指指外科诊室，林纵横过去，就坐下了，于主任，最重要的事情你还没说，我的工资待遇多少？还有，医院是否有宿舍提供给我，单人宿舍。如果与人合住，我住不了，我得出去租房，医院是否有相关补贴？另外你是否能够遵守上下班时间，不要随便叫我加班加点。以前跟着王老师，没日没夜的，还落个骨断筋折，我不想重蹈覆辙。于立秋语塞，林纵横说我在对面酒店开了房间，总不能天天这样。你是领导，这些都是你招人时就该办妥的，不然员工怎能归心？不归心就会思变，你就留不住人，留不住人你怎么创收？于立秋吸气，纵横，王老师让我务必给你争取单人宿舍，他说谁也没法跟你住，你生活习惯有些与众不同。林纵横说我早晚都是要诵经的，也不怕谁听。三年，天天如此，一时半晌没法中断，不然心里不安宁，我怎么给人看病？于立秋说宿舍已经安排妥当，我是想着先说公事，再说这些。林纵横说我当和尚也有固定工资，月末开了功德箱，寺里也是按不同级别给我们发奖金。干什么都应该先说清楚待遇。千里做官为了吃穿，何况我们凡夫俗子。于立秋说目前你是聘用，聘用制医生工资奖金跟在编的同样。王老师说好好干几年，争取正式调动。林纵横说既然同样，又为何要争取？你就告诉我有什么不一样的，岂不干脆？于立秋说住房不一样，前程不一样，心态不一样，发展方向不一样，还有，年底的福利有点不一样。林纵横说那么，办调动要花多少钱？目前行情上涨了多少？我只知道以前，这三年暮鼓晨钟，不问世事，你大致说个数吧，让我算算要干多久才够买个编制。于立秋张口结舌，纵横，回头你还是去问王老师吧。林纵横笃定的，王老师来这里可没花钱，他是患者公认的王，心脏之王。他那名声又不是谁给封的，也不是自己买来的，货真价实不掺水。我可什么也不是，不捐香火怎入庙门，香火有多大功德就有多大，佛门尚且如此，难道红尘变了规矩？

于立秋去找老师了，不敢去找林纵横的老师，只能找自己的老师韩心智。韩心智是肿瘤科主任，在科里很当家。韩心智正忙得焦头烂额，几个患者家属围着他追问治疗费用还要多少，韩心智淡淡的，那要看你们还打算让老人活多长时间，活得短就少一些，活得长就多一点。如果放弃治疗，那就没有费用了。家属眼巴巴地，当然要活，可我们兄弟姐妹再也凑不出钱了。韩心智说那你们出去商量吧，商量好了再跟我说。顺便提醒，患者本人已经决定放弃治疗，他说反正治不好，不想花干你们的存款。家属声音大了，不是说过不让你们跟他说的吗？谁告诉他的？韩心智说没人告诉，他是肺肿瘤晚期，不是脑肿瘤，他自己琢磨出来的。几个家属你看着我，我看着你，然后都看着韩心智。韩心智说这种情况太常见，我们当医生的，凡事都得听家属的，患者本人意见不算数。家属说，他怎么也不跟我们说呢？韩心智回答，亲情使然，也属常态，很多类似情况都是我们充当传话筒。家属七嘴八舌，韩医生你说，我们听你的。韩心智说我只能说病情，到了这个程度，只是时间问题以及在该时间段内生存质量如何。家属面面相觑，接不上话，韩心智只得解释，说白了，就是这段日子是在家里等，还是在医院等。在家里会极为痛苦，在医院可以不那么难受，但是会产生费用。于是话题又回到起点，家属表示心有余力不足，两个女家属痛哭流涕。韩心智说出去商量吧，但是病床边必须留人，不要发生意外，上个月有个患者就跳楼了。

家属们出了门，于立秋把门关严。他说最多十分钟就会回来，还是老话题。韩心智喝水，喝了大半杯，他说没到治不起的地步，真治不起的我不会那样说。说了也没用，照做就是了。这家子女多，全是搞均摊，贫富不均，全按贫的标准摊。还不如少生几个，子女没法推诿，还要好说些。于立秋说真是，我爸我妈有大病，都是来找我，我包办一切，我哥我弟只负责陪床。韩心智说谁不是，我家也这样，好像医院姓韩，是我开的。于立秋眉开眼笑，谁让咱们会读书，谁让咱们学医科，谁让咱们泥腿子出身，人家拼爹拼妈，咱是爹妈拼咱。韩心智说你想得美，咱是全家拼咱，全村拼咱，混成名医了更厉害，全乡拼咱，全县拼咱。于立秋惊叫，那我那里以后会不会来很多和尚看病住院？韩心智说后悔了吧，王老师也跟我说过，我可没敢要，董事长，和尚，那脾气得有多大？那脑子得有多怪？再加上手废了，我这里都是肿瘤，哪敢让他练手，一个没练好，就是医疗官司，现在讲究连坐，科里医生犯事，科主任都得跟着罚款。我不是当官的料，手下这几个还管不住，小庙不敢请大神。于立秋说你好歹也是老资格，王老师不好说你什么。那天我刚想委婉拒绝，他就吼开了，说咱们祖孙三代都见死不救，不地道，我只能说求之不得。韩心智说咱祖孙三代就你比较灵活，比我们俩善于见风使舵，青出于蓝，没白教你。

正这么说着，门被推开了，于立秋立即站起来，韩心智坐着没动，开口却比于立秋要快，他说何老师，正说着王老师那个学生呢，人家头发还没长出来，这几天不肯上班，要等头上出茬子了才能坐诊。于立秋说理由是怕吓着患者。来人是韩心智的老师，普外科主任何无疆，当初王惊雷从西北来丹青，何无疆全程策划引荐，两人共事多年，几乎从无冲突。所谓冲突，往往是医学技术上见解不同，很多患者的病情复杂多变，需要跨科室治疗，本来管头管脚各司其职，各治各的也没什么，可是王惊雷很喜欢插手其他科室医生的治疗方案，总爱说不行，这方法对心脏恢复不利，换药，你换药，我的药不能换。王惊雷在医院跟不少同事冲突过，跟何无疆也有过多次合作，每次他说你换，何无疆就换，从无二话。王惊雷说无疆，就你不跟我拧巴。何无疆说因为咱俩所有共同经手的患者，最重的病都在你手上，心脏上的毛病当然要放首位。这个问题，不看医生看疾病，别说你是个王，你就是个后生晚辈，我也会听从。

王惊雷十拿九稳地跟何无疆提要求，要把林纵横放在普外科，何无疆说恕难从命。王惊雷以为自己听错了，再问，何无疆说我没法安排，我这里刚来好几个刚毕业的，学历都怪厉害，可惜全是生手。毕业前都忙着给导师打下手，导师们都很威武，做手术要带好几个弟子，众星捧月，人多粥少，教出来的门生没法说，有的只会拉钩，有的只会缝合，还有的更绝，专门负责给导师擦汗。我带他们上手术台，想摸清楚手上功夫怎么样，摸清了，我差点撞墙。惊雷，他们全都得练手。我现在比人家导师还要威风，手术台上出汗，有专人给我擦，你让我怎么办啊。手术天天有，全是几个老家伙顶住，小家伙们没有两三年时间，哪个也不能独立操刀。王惊雷说那也不差我这个吧。何无疆说练手的给谁谁不要，老家伙哪肯听我的。没法，我自己带了好几个，他们之间还有竞争，有些手术都想上，有些手术都不想上，我做手术带谁不带谁，我还要搞平衡。你的学生你还是自己带着吧。王惊雷说那可不行，心脏手术哪能用来练手。何无疆不乐意了，那我们的肝脏手术胆囊手术就能练手？王惊雷嗓门大了，普外科什么手术都有，切阑尾切肠子切乳腺肿块，怎么就不行？何无疆说惊雷，我真是很为难。要不你问问小韩？

王惊雷很实在，转身就去找韩心智了，韩心智的理由很独到，王老师，对不起。本来我这里各种肿瘤都管，恶性良性肿瘤都归我们肿瘤科统筹，可是也不知道怎么回事，现在患者一旦确定肿瘤非恶性，就会立马要求换科室，都到胸外科普外科去治疗了。大概是嫌我们晦气，整层楼都是恶性肿瘤患者，怕亲朋好友来探望时不好说。都是恶性，怎能练手？王惊雷说何无疆让我找你。韩心智眼看王惊雷就要炸毛，立刻给他端茶倒水，王老师，要不你问问急救中心于立秋？

王惊雷对于立秋说，小于，别学你师爷和师傅，你们祖孙三代在医院都成派系了，每代都霸住一个重要科室。我是外来户，我连个学生都安排不了？于立秋很惊奇，我们都派系了？我怎么不知道？王惊雷说心连心手挽手，不是派系是什么？于立秋说，就算是，王老师也是同门同派呀，谁不知道你跟何老师老关系老交情，万水千山都挡不住。王惊雷说别打岔，就说要不要，一个字还是两个字，你说吧，我还忙着呢。于立秋说刚才师爷师傅都跟我说过了，王老师，我就两个字。王惊雷站起来就走，于立秋呆了片刻，飞快追上，挡在了王惊雷面前，王老师名不虚传，我师爷说你很没幽默感，跟你说话必须直接。来吧，就是这俩字儿呀。王惊雷的脸立马就舒展了，也不那么黑了，他说那就明天？于立秋说我全天恭候，你放心吧。王惊雷说立秋，我这学生很好，你不会后悔要他。但是刚开始你要多忍着他，他刚下山，有些习惯跟咱们不同。于立秋点头，急救中心练的就是忍字功，王老师，我忍着他，直至他变得跟咱们都一样。

韩心智对于立秋说，要了一个人，卖了三代好，还把王老师给迷晕了。你心思这么密，当初我也没发现，不然我还不带你呢。于立秋说我跟你时不密，粗得很。上头有你罩着，我都不用密。我都是在急救中心给逼密了。韩心智说君子一言，说忍就得忍。何无疆说换个角度，他要等头发出茬子才坐诊，我倒觉得可敬。换个人这么说我就不信，可人家经过多少风浪，还有什么看不开的，说得难听点，脸皮早被踩烂的人，哪还会在乎自己的头发，我看他真是怕患者不舒服。于立秋望向韩心智，韩心智说同见。于立秋问道，我怎么就没想到？何无疆说因为你太把自己当个官了，全医院最年轻的科主任，上任时是全市最年轻的急救中心主任。这几年干得不错，从上到下都是喝彩，你已经不会听逆言了。立秋，顺言逆言不在乎顺逆，只在乎真假。王惊雷从不撒谎，他看重的人可能也有这毛病。韩心智说，的确是个毛病，有时候很遭人嫌。我心情不好时，专找那些假话篓子聊几句，被那么一吹一捧，心里像鹅毛扇扇过了，凉快得要命。把真话当假话听，会错过真人；把假话当真话听，会找不着自己。于立秋不说话，脸上有点发烧。

林纵横心无旁骛，每天揽镜自顾，频度不亚于当年脱下战袍换红装的花木兰。他还喝了不少何首乌冲剂，没几天，头上冒出层青茬，林纵横再接再厉，喝完药汤还要按摩，反复按摩头皮，为了增强效果，他还不住诵经，使得头部神经都处于活跃状态，头发自然长得快。林纵横吃了几次食堂，不太习惯，干脆去菜市场溜达，采购了不少吃的喝的。总要自我庆祝一下的，于是开了荤戒，不料大半夜上吐下泻，进出厕所都是扶着墙。吃了药，不管用，看看生产厂家，是原来对头企业的产品，林纵横给扔了。天亮时已近脱水，没法，向于立秋求救。于立秋带了两个医生，用担架床把林纵横给抬下楼了。宿舍就在医院后院，走路不过几分钟，于立秋路上询问病情，林纵横有气无力的，直接就给自己开出了处方。于立秋啼笑皆非，林医生，药品更新换代极快，有些品种比手机还快，你的处方已经过时，目前只有升级版，原版已被淘汰。林纵横呻吟着报出了升级版名称，于立秋说跟我用药习惯差不多，刚才为何不说升级版？林纵横哼哼，每次升级都加价，我还没办医保，我以为原版还有库存呢。于立秋惊叹，你哪里是在山上，你简直就像在药企念了三年经。

林纵横医生还没上班，先住了院，就住在急救中心病房。同事们比较为难，看望吧，还都不认识；不看吧，以后还要共事。于是进了病房先报名字，林医生，我是谁谁谁，我来看看你，好点了吗？林纵横躺着伸手，握握手，说没好，几年没吃肉，肠胃受不了，加药，给我加那什么什么药，换100毫升小瓶盐水，快点输完，我不想总躺着。于立秋似笑非笑，纵横，你到底吃了什么东西？林纵横说鸡鸭鱼，还有猪牛羊，每样都吃了点，量很少，如点将，筷子点点就过了。于主任，我可不是撑的，我是急性肠炎。于立秋说不能总是空腹，你现在想吃什么？我给你食堂打点去。林纵横居然脸红了，于主任，知道我为什么这么急于开荤，还开这么多品种吗？不待于立秋回答，他又接着说，我是想请你吃饭，无以为谢啊。于立秋轻声责怪，纵横，我跟你，谁跟谁呀。林纵横说就是，那你能去食堂给我开个小灶吗，想吃点藕丝汤，用小米汤打底，藕丝你切细点，斜切，藕汤止呕止泻。加几粒冰糖，装碗时再加，你端着走过来正好化开，你要走快点，可别让糖味变老了。

第四章

林纵横住院几天，就连何无疆和韩心智都来慰问了，王惊雷没来。于立秋给心外科送患者时，又跟王惊雷说了情况。王惊雷说这也算病？撑的。我没空看去，你跟他说，出院我请他吃饭，让你们祖孙三代作陪。于立秋说纵横都是为我才得病的。王惊雷哈哈大笑，立秋，你也算个人精了，你也信？这样，你就说凤在龙上，他就好了。

林纵横听到凤在龙上，立刻就办了出院，他说于主任，我明天就上班，再病也不能耽误工作。于立秋问什么是凤在龙上，林纵横像打量外星人，啧啧，你连这地儿都不知道？唉，白混了。等晚上上了桌，于立秋才知道所谓的凤在龙上，也不过就是间从良的饭店，饭店前身是洗浴中心，被屡次扫黄后，人家老板痛改前非了，从洗澡变成了做饭，只是没改名字，怕熟客以为换了当家人。不仅于立秋，就连何无疆和韩心智也没来过这地方，林纵横说各位老师太纯情，真让我仰止。这老板很变态，也没个菜单，特别爱搞心灵感应。我试试看，看他还能不能感应旧人。何无疆说看起来很普通，没见什么特别。韩心智也说故弄玄虚，没菜单谁还来吃？王惊雷说就是做饭不普通，都是歪门邪道。林纵横交代服务员，给何老师上个后羿射日，韩老师是嫦娥奔月，于主任是我领导，来份塞外飞烟，我和王老师老样子，两只蝴蝶吧。服务员手上无纸无笔无电脑，听完点头，就退出了。

上菜时，老板来了，大厨也来了，额外送了几道菜，还送了酒。见了林纵横不冷不热的，就像彼此从没分离过，就像几天前还刚刚见过面。林纵横说落地凤凰不如鸡，你们可千万别免单。老板说凤飞九天都得落地，我这里八成客都落过地，有的又飞了，有的不行了，林老板太年轻，泥里头扎不久，必须飞的。林纵横报了身份，大厨说以后厨房里手破血流就不怕了，三教九流都有交情，就差医院缺人，这下就全了。老板说林医生，以后常来，咱们好好相互利用，有大医生都请赏光。这顿饭吃得何无疆祖孙三代都很称奇，连说开眼了。于立秋说旁门左道的饭店去过不少，也算见过世面，谁能想到塞外飞烟就是个鸡蛋炒萝卜丝，怎么会炒得这么好吃，不会加了罂粟壳提味吧。林纵横说这里基本上不用任何作料，拼的是食材，所有食材都是空运，当地有专人负责种植。你吃的每口东西，都来自时光深处，来自你童年的味蕾记忆。谁不想亲近自己小时候呀，所以这里再贵也不会冷场。人家花了大功夫的。王惊雷自然没能结成账，老板敬酒时把全家族的心脏都托付给他了。

于立秋对老板说，王老师是大刀，割心的；何老师是花刀，腹腔里的东西随便割；韩老师是毒刀，专割癌肿瘤；我和纵横是小刀，头破血流伤筋动骨的，欢迎之至。林纵横说老师们对我没话说，何老师韩老师不要我，是公不徇私，普外科肿瘤科原本就不是练手的地方。王老师想让我去，是想打铁成钢，是想名师出高徒。于主任要我，公私相宜，急救上的活计，我应该很快就能上手。我嘴不行，说不好话，万语千言我就以面致谢吧，我去厨房给各位老师下碗面吃。

出了饭店，几个人叫了两辆出租车，王惊雷跟林纵横同车。王惊雷说我最讨厌欺骗，压轴的清汤面是你做的吗？林纵横说大厨做汤擀面，我下锅里的，我没说做，我说的就是下面。王惊雷说长久共事，不要搞商场上那些个偷换概念的花样。往后老何小韩立秋要是哪天馋了，让你给做碗面，我看你怎么办？林纵横极有把握，就他们那舌头，吃不出来我跟大厨的分别，做就做呗。吃饭跟手术同理，最深层的功夫才见高低，大溜上的手艺谁不会，外科医生都会，普通厨子都会。王惊雷追问，那我的舌头呢？林纵横满脸同情，老师，你毕生功力都在刀上，心脏手术绝对顶级。但你不是全才，你吃穿玩乐都不行。你的舌头早先很土鳖，这些年进步了，也不过算个市井格调，都没法培养了。我对你很失望，有些好吃好玩的东西，我只能吃独食。

林纵横上班几个月，过手患者不计其数，无表扬无投诉，波澜不惊。于立秋超满意，急救中心的医生，尤其是刚上班的，能够做到不被投诉，实属人才。林纵横是他上任以来，最意外也最满意的人才。他说纵横，怎么没人告你呢，自打你坐诊，我就等着被你连坐呢。现在患者告医生都不兴去找顶头上司了，都是直扑院长办公室，要不就是质监科。林纵横茫然，不是要求微笑服务吗，我按照星级酒店服务员的标准自我约束，见人先笑，礼貌用语，患者进来和出去我都起立，临走还要说祝您早日康复。还有，我很注重物美价廉，每次下处方我都先问他经济状况，看人下药，看医保下药。公务员医保就选贵的，不然就会失敬；新农合医保就选便宜的，不然就是没医德；市民阶层的就看衣着和行头，带孩子看病的要搞清楚家长，带老人看病的先弄明白子女，总之绝不能一视同仁。拢住了不少回头客，这在商业上叫作微利销售。于立秋说医院不是商场，医患关系不是买卖关系。林纵横更迷茫了，那医院领导为何总计算收支和收入？医生为何要像服务员那样搞服务？患者为何总怕被宰？医患关系只是治病救人的关系吗？要是单单治病就好办了，分明不是嘛。于立秋说没想到，你手术上手那么快。林纵横说不过就是些清创缝合，外科医生基本功，就手而已，不算什么上手。大手术才能说上手。

急救中心输液室和病房相邻，窗户都对着荷塘，荷花莲叶的清香随风入窗，人人喜爱。蛙鸣就不行了，很招人烦，有些住院和输水的患者多次提出抗议，要求医院撵走青蛙，杜绝噪音。投诉多了，青蛙问题就上了会，急救中心的会议解决不了，连同后勤部门的会议也无良策，直至院长办公会，院长下令灭蛙，消灭荷塘里的全部青蛙，以保证患者的治疗环境。要是单纯灭蛙，那很好办，医院里有的是药，随便下点药就成。问题是患者的要求并不只是灭蛙，而是要荷花，要莲叶，不要青蛙。留着青蛙也行，临窗观望它们跳跃着的小身影，也怪招人疼的，但是不许叫，尤其不许在午休时段搞大合唱。后勤部门下足力气，几次下塘捕蛙，大的没捕住，拇指肚大小的小蛙崽儿抓了不少。痛失孩子的大青蛙悲愤问天，专拣午休时段抽风般狂叫，医院屈服了，每天午休前派专人给荷塘投食，都是剁碎的火腿肠。头两天还管使，之后就不行了，青蛙吃了美食，叫得更欢了。急救中心输液室，有好几个长期输水，正在调理更年期综合征的女患者当场发飙，把输液架都给扔荷塘里了。于立秋好说歹说，才拦住了她们，不然她们是要亲自下塘歼灭青蛙的。于立秋抓耳挠腮，上网搜寻治蛙良方，遍寻无果。院长下达铁令，填平荷塘，夷为平地。于立秋在输液室贴了张小告示，请患者们包容理解施工期间的声响。林纵横坐不住了，一反常态，蹦得很高，他说我来，不就是午休不许叫吗？我跟青蛙沟通，你跟后勤部门沟通，往后放几天。

当日中午，没蛙鸣了。之后每天中午，青蛙似乎也都学会了午休。不仅学会了午休，就连上午下午也极少长鸣。人蛙和谐，其乐融融。几个女患者非要于立秋说出方法，于立秋问林纵横，林纵横说吃饱不闹。女患者再次被激怒，给急救中心送了面锦旗，强行挂在了林纵横的诊室。林纵横投降，他说各位大姐，太简单了，我给它们吃猫粮，猫粮都是小杂鱼做的，耐吃耐嚼，青蛙很满意。女患者不满，林医生你唬谁呀，猫粮跟火腿肠没什么不同，为什么它们只听你的，不听院领导和咱们立秋的？林纵横急于脱身，我坦白，我买回来猫粮，用安定片化水，上笼蒸猫粮，就用这个水蒸。猫粮都是小干豆，蒸透，烘干，青蛙吃了就会午休了。如此不影响水质，也不干扰青蛙正常发育和生长。女患者好奇，你是怎么想出来的？林纵横说有荷塘必有青蛙，荷花青蛙相依相生。你们只要荷花不要青蛙，结果只能是毁掉荷塘。荷花青蛙都是命，我想留住它们。女患者不依不饶，你的意思是你比咱们立秋强？林纵横说我们院领导，还有咱们立秋，都比我强太多。他们管人，我管青蛙，不能相提并论的。

于立秋专就此事去跟院长汇报，并请院长签字报销猫粮。院长看发票，就这么点，走你急救中心的账。于立秋说不太好吧，林医生说集腋成裘，至少一年，才能顺利调整青蛙的生物钟，保证午休时段安宁。青蛙唱歌主要是为了求偶，也不能让人家全变成哑巴。况且投诉青蛙的患者也不止急救中心，听说就连十八层楼肿瘤科患者都抗议了。院长笑说好办，急救中心和肿瘤科平摊，你跟韩心智ＡＡ制。于立秋纠缠，还有呼吸科、妇产科、消化内科，怎么摊？院长盯着于立秋，你怎么这么抠？于立秋回答，跟你学的，你要大方你就给我报了，这可是林医生私人垫资的。院长让于立秋把林纵横给叫来，于立秋立马打电话，林纵横说对不起，手上有患者，好几个，我这会儿走不开。院长又笑，立秋，那就给他报了吧。说完就签了字。

林纵横把那面锦旗取下来，下班带回宿舍，撕掉上头的金字和流苏，洗干净，铺床边当坐垫了。他的宿舍从无人来，他也从不到别人的宿舍去，房间收拾得极为整洁，就是东西少，有些空荡荡的。林纵横生活极为规律，干什么都按钟表的指针走，时间多得几乎生出霉斑。为免发霉，他把早年的医科书又给过了眼，去地摊上买回个小木鱼，唱经的时候敲敲打打，很有感觉。他没有佛像，也没有香炉，心里只容得下木鱼，敲木鱼如敲钟表，吧嗒吧嗒的，多长的时光都会被敲打得绵软蓬松，人在其中，身如柳絮魂似盘根，关山万里也不过旦夕间的事儿。

月黑雁飞高，擅长夜行的人物露头了，满不满来看林纵横，带了两个手下，搬了几个箱子，大纸箱。踏进屋咋咋呼呼的，老板，我给你送礼来啦，什么都有，你快看看吧。林纵横没看纸箱，看着满不满，不满，看样子是做发财了，财大气粗，震破我耳膜了。满不满即刻收低音量，挥挥手，两个手下影子般隐去。林纵横这才打开纸箱浏览，不错，我都喜欢。送礼水准有长进，但是分类的门道有待进步。两人对坐而谈，几个小时很快过去。出门时，满不满踌躇着，林纵横拍拍他肩膀，不满你不用问，我没怪过你，心里没疙瘩。倒是你放不下，这些东西太贵重，不是看故人，是来赔罪的。下不为例。满不满委屈，我是听说你就靠工资吃饭了，怕你排场惯了，受不了。林纵横摇头，我日子很好，没什么花销，以前才是受罪，排场不就是花大钱买罪受吗？满不满再次回头，老板，我对不起你。林纵横凝视满不满，你这样我还真不放心，太有良心了，怎么驰骋商场？我跟你说，出卖自己都是从出卖别人开始的，没有人打从开头就想出卖自己，卖人卖多了，卖自己就不心疼了。但是保全别人，得从舍得自己开头，舍得多了，也会成为惯性，就不会心疼了。出卖和舍得，你只能选择一种，选了就得死磕到底，不然你自己都会看不起自己。我跟你属于同类，舍不得卖人，也舍不得自己，不见棺材不掉泪，两头不利索。满不满说江山易改，禀性难移。这把岁数也改不了。林纵横说我从山上带了棵藕，种到医院荷塘里，种到角落了。山上的藕跟这里的不同，荷花莲叶要小一点，颜色也稍微深些，青得发蓝，那种久经霜寒的幽灵蓝，不细看发现不了。你知道现在什么阵势，小半个荷塘都是它。满不满插话，这是兼并，老板你最会玩兼并了。林纵横说不要轻易给任何事物下结论，结论下得早，必错。你听好了，我这棵藕发多了不假，但是它不是它了，它跟这里的品种越长越像，莲叶盘子圆得没了棱角，看不到山上的凌厉了。而这里原本的荷花呢，也变了，花边儿越长越尖利。两个品种都照着对方的模样长，都长得比早先要大要高，都快合并成个新品种了。生物学上叫作物种变异，变异有两个结果，退化或者进化，还需要时间才能看到真相，要看藕，现在还不到时候。

满不满上车，是林纵横给他拉开的车门。满不满忽然泪扑眼眶，老板，这几年干了好几家药企，每次给新老板拉车门，我都想你。以前每次出差，你都送我们下楼，还给我们开车门。林纵横说当年从医院到药企，我没眼色，不懂得要伺候我老板上车，被他骂得狗血喷头，当时周围都是人，还有外地合作商。无地自容，从那时候我就决心要自己干，干得再大，我也要给我的手下拉车门。满不满说都在药企行业混，旧人总需要聚会，大家都说想你，他们真惦记你，不比都不知道，比了才懂得，是我们从前不会惜福。林纵横斩钉截铁，不见。我谁也不见。你别引他们来烦我，不然你也别来了。满不满眼巴巴的，那我的事呢？林纵横说现在不行，我在这院子里没人脉，以前认识的人都很回避我，因为以前我跟他们的合作，是药企跟医院的合作。现在我是医生了，性质就变了。等他们适应了我现在的身份，我才能跟他们好好叙旧。你要往医院进药，就按正常套路办吧。回头你自己单干了，我再给你开路。满不满反复提到王惊雷，林纵横说不行，他只会用刀，不会操作这些。什么人干什么事，好人偶尔也干干坏事，坏人却是半件好事也不会做。用错了人，事情必砸，用对了人，也未必就成。变数太多，商场上称为天意。满不满摩拳擦掌，老板，我什么时候可以单干？林纵横说以后叫我林医生。你有机会多跳跳槽，摸清底细。等藕长熟了，我看看新品种怎么样再说。满不满执意要陪林纵横去放松放松，相互给对方拉车门，拉了好几个来回，林纵横不上车，抬头望天，指着天际最亮的那颗星星，不满，我跟从前已做诀别。咱们各有各的乐，无事勿扰，有事说事。满不满嘟囔，真是四大皆空了。林纵横说达摩面壁，他还要留个影子呢。是肉身就有肉欲，谁也空不了。满不满恍然大悟，明白，你有对象了吧？林纵横不能不笑，不满，你越来越八卦，真不愧业界精英。

无梦的人睡眠都好，林纵横每晚都睡得香，倒头便睡，醒来后精神饱满，皮肤发光，眼神明亮。很多同事都说睡不着觉，问他怎么保养的，林纵横说没心没事，白天干活夜里睡觉，小时候跟家里牲口学的。同事追问什么牲口。林纵横说推磨的驴，人家转圈转一辈子，小小磨坊天宽地广，从不思考为何劳作，永不抱怨草料太少，临死挨刀前照吃不误，占全了，大勇若怯，大智若愚。于立秋不忿，驴是低等动物，没智商没情感。林纵横指指荷塘，青蛙更低等，为何比你还要懂得午休的重要性，专挑午休时段对人类实施报复？于立秋问林纵横评定副高职称的论文准备得怎样了。林纵横说何需准备，有 N 家杂志社出版社整天发短信，打电话，连写代发，不过价码不同。我已忍痛汇款，所有论文都已按时寄来，你要看看吗？于立秋说纵横，你愤世嫉俗。林纵横申辩，从没有，都是服务业，我服务患者，人家服务我们。论文都是这么出来的，你让我亲手去写？那就不合群了。于立秋幸灾乐祸，有合群的时候，评定时你得亲自去找评委。林纵横无所谓，打听过行情了，较之前几年涨幅不大。

由于治理蛙患取得大捷，林纵横在医院出了点小名气。他每天中午准时准点莅临荷塘，抛撒猫粮，整个动作行云流水，撒豆成兵。后来满塘的青蛙见了他就叫，狂叫，就连上班时匆匆路过也不行，纷纷跟他打招呼。林纵横不理会，坚持按时喂食，再后来，青蛙也不肯白叫了，不到中午不开口。有几回急救中心深夜加班，几个医生都上了手术台，林纵横也被紧急招来。每逢有这种群体斗殴的患者，头破血流的，肠穿肚烂的，都是扎堆被120急救车拉回来的。患者扎堆，医生就得扎堆，谁也睡不成，接了电话就得赶来，忙完了也就天亮了，该上班的接着上班，赶上轮休的可以回家补觉。林纵横没别人好运，刚睡着，又被叫醒，小护士先道歉，对不起林医生，你的青蛙不肯午休，患者也睡不成，我们怎么办？林纵横说猫粮就在窗台上。小护士说喂了，整包都喂光了，还叫。于主任说可能是它们认人，非得你喂才行。林纵横说不认人，认量，每次三把，少了压不住，多了更闹腾，吃得多的得意，吃得少的生气，都要叫。林纵横说完就挂了电话，不大会儿工夫，于立秋派人来取猫粮，林纵横攥了三把，交代同事，左右中间，要扔均匀。林纵横接着睡，睡不着了，换了衣服走向荷塘，老远就听到聒噪癫狂的蛙鸣，简直就是歇斯底里。然后，忽然的，就无声无息了，半点蛙鸣也没有了，林纵横站在荷塘边，手里空空，袋里空空，什么也没有。他站了很久，荷塘如同被催了眠，风袭来，高矮错落的莲叶交头接耳，恰似窃窃的私语声。林纵横微笑，笑得嘴角眼角都酸了，他才离开。

王惊雷夫妇以及于立秋夫妇，分别给林纵横介绍女朋友。说是夫妇，其实都是妇干的活，两个夫都是奉旨传达，毫无发言权。林纵横都去见了，他只敢推掉医院里那几个热心的红娘大姐，不敢对两位嫂子说不。两顿饭吃下来，林纵横俯首帖耳，因为整个饭局，几乎听不到男人的声音。王惊雷和于立秋在家里都很当家，他们只管大事，不管小事，王惊雷的平生大事就是从西北调到丹青，于立秋的人生还没来得及发生重大事件，所以都是甩手的掌柜，吃喝拉撒全无主张。王惊雷买车没去过4S店，于是他的座驾是娇柔的粉紫色，在停车场极为惹眼。于立秋买房全凭看图，在家里看多家地产商的推介画册，他说定了，就这个小区吧。结果他住进了另外一个小区。拥有这样的老师和领导，林纵横硬不起来，乖乖更衣赴约，积极配合，整个过程殷勤周到，比包间服务员还要热情体贴。散局后，于立秋立刻追问感受，林纵横说明天上班说。电话里，于立秋低语，你说个大致，我们要给女方回话。林纵横说大致很好，就是心率平稳，毫无跌宕感，回头给嫂子赔罪。次日上班，于立秋说，我真怕你答应了，太不好看。林纵横说嫂子介绍时强调的就是德行。于立秋说德行可以培养，模样没法改变。要是长成个苏妲己，身后拖条狐狸尾巴我也要。林纵横说我也要，男人都要，抢着要。

王惊雷直接告诉林纵横，我替你推掉了，下巴是磨的，眼皮是割的，鼻梁是垫的，都是假的。你嫂子很不高兴，也很受伤，她觉得被欺骗了。是她单位同事的亲戚，她看不出来是假脸，还觉得挺漂亮。凡是动过刀子的，哪能瞒得过咱们整天动刀的人。林纵横说不只假脸，还是假胸。王惊雷说这个我没看出来。林纵横说你天天给人开胸，就没关注过胸，你只关注心脏。我看心不如你，看胸比你专业，她的胸太巍峨，远远超出正常人体比例。王惊雷说那就过几天？你嫂子还要给你补一个，不然过意不去。林纵横说老师，我不太习惯介绍，不见了吧。王惊雷说好办，我就说你有了。

第五章

林纵横不愿重复王惊雷和于立秋的婚姻悲剧。就是悲剧，男人没有话语权的家庭，很难被称为喜剧。虽然普天下的家庭几乎见不到什么纯粹的喜剧，绝大多数都是郎情妾意过后的麻木不仁，林纵横以为如按照婚姻质量排名，喜剧没有，就是悲剧为王，那些麻木的杂剧乱剧，形如僵尸婚姻，毫无温度，只剩下责任义务与共同的利害，都还不如悲剧。王惊雷于立秋的悲剧，至少是以情感打底的，杂剧乱剧由于杂色太多，底色早已化为灰烬了。林纵横要喜剧，即便世间无喜剧，他也要独创喜剧。他要当喜剧之王，为此决定做出巨大放弃，绝不走王惊雷他们的道路。此生就以职业作为谋生的手段，不投入任何过多的心力以及情感，过得去就成。至于财富，他有他的掂量，也有自己的办法，过好日子绰绰有余，用不着为个好医生大医生的名头而搭上家庭幸福和个人的平静快乐。

林纵横当家做主当惯了，他若成家，必须当家，不然他宁可单挑。王惊雷和于立秋在外头都很当家，在家里不行，都是被管的角色。不仅他们俩，就连于立秋的师傅师爷，进了家门也都是唯命是从，夫纲不振，毫无雄风。林纵横太明白根本原因，他们都是当医生当得太好了，这个职业很容易毁灭家庭幸福，以及男人的尊严感。刚结婚时都想两头兼顾，顾着顾着就兜不住了，就倾斜了，整天要兜的都是患者都是病情，患者神鬼莫测，病情深不见底，要想全都兜住，得扎上全部心力精力以及体力。男人顾不了家，女人就得顾家，家庭的逻辑比外面简单，比外面原始，打从山顶洞时期至今，似乎还没有与时俱进过。谁干得多，谁说了算，是家庭。谁干得多，谁说了不算，是外头。在家里，干活多就能管人；在外头，干得多的都是被管的。尤其医生这个职业，干得越好，患者越多，整天过手的都是人家的生命和财产，不抵上整个身心，是没有办法干好的。自打医疗行业被称为社会底线，要做个好医生，简直难于上青天。都底线了，却还要手托人命，一头天，一头地，身体不会拉长拉宽，心里却要连天接地。手脚都用于支撑天地，就不可能左手老婆孩子，右手父母兄弟了。左右手都被配偶代劳的人，在家里只能管大事，定方向，不能谈细节，也不能提要求。比如于立秋，买了房装修时，多么想要间安宁的书房啊，心里惨淡了，可以躲进去调节调节。他说储存室就行，给我搁张桌子椅子吧。妻子极为温柔地答应了。等装修完毕，于立秋的所谓书房是兼具多种功能的，可供儿童嬉戏，可供亲戚住宿，同时还要装储全家所有杂物，以及米面粮油。于立秋说妻啊，你就不能给我个独立空间？妻子说你的主任办公室多好呀，每天早出晚归的，你不都在那里？于立秋低声下气，静不了，总有患者进出。我真想有个暂时不用见人的地方，歇歇心，也歇歇嘴。妻子如临大敌，你有心事？为了谁？怪不得节假日都不见影子，回家也不说话，原来心里有人了，呜呜呜。于立秋赌咒发誓，才算洗脱了莫须有的罪名。

王惊雷没受过这种怀疑，但自打被人逼出西北，妻子的胆子变得比他还小。王惊雷胆子不敢大，大不起，心脏手术总是生死攸关，再粗犷的脾气，也会被磨成胆小鬼的。于是夫妻两人都特别胆小，王惊雷回家，脸色稍不好看，就会被追问，惊雷，是不是又有人告你了？是不是惹上医患官司了，天呀，患者会不会再把你的头给砸烂？你快说呀雷。王惊雷说别怕，啥事也没有，就是累。妻子不信，王惊雷你给我说实话，你可不许学医院那个谁谁，他被人打伤不敢回家，假装出差了，结果把他老婆都给吓昏倒了。王惊雷说，我当年就喜欢你胆子大，跟我配对儿。妻子追忆恋爱时光，立马泪流满面，都是让你给吓小的，来丹青时如丧家之犬，被打破头时我还以为你会变成植物人，都是你，哇哇哇。王惊雷说不许哭，我恋爱时就跟你承诺过，不让你当寡妇，你怎么不信我。离开西北有什么不好，那里都出人命了。咱这医院多好，医生护士还没死过，也没重大伤残，总不会从我开戒吧。妻子破涕为笑，就是，还是你有见识，对患者比对我还上心，这种策略最多也就是累半死，总不能被打死。

王惊雷于立秋之所以沦丧，何无疆韩心智之所以痛失家庭权力，都是为了在外头混得好。结果混来混去混了大半辈子，只见他们混到了多，没见他们混到了好。多是人多势众的多，多的都是患者，可不是同僚同事。患者太多的医生，会被更多的患者所追随，也会被越来越多的同行不待见。加上要想把病看好，所有细枝末节都须格外操心，精力有限，就无法兼顾人脉人缘以及人力资源了。王惊雷等人穷尽毕生心力，得到了患者群的信任，却把家里搞得草木皆兵，把同行刺激得不太愉悦。和所有行业相同，医生这个职业更需要懂得袖里藏风，因为八面来风，拢不住是不行的。

和所有行业不同，医生这个职业，行不行，好不好，也有个最简单直观的丈量方式，那就是看患者，看人数，也看疗效，更要看花销。患者看病不认别的，只认两样，病治好了没有，钱花了多少。尽管患者不能给医生评职称，也不能给医生提拔提级，但底线之上的信任与托付，也算得上是苍凉征途的火炬，火焰不大，烧得多了照样成阵，那种光芒才是他们心头最为无价的慰藉。家里家外说了都不算的男人，很容易沧桑苍老，甚至抑郁悲观。王惊雷喝多了必哭，哭心脏之王活得犹如草寇，把老婆的更年期都给吓得提前了；何无疆倒是不哭，他钟情于叹气，悠悠长叹，人事上不顺了要叹，大手术成功了也叹，几乎每天都要叹；韩心智比前辈深沉，被数不清的恶性肿瘤长期折磨，他的脸上几无欢颜，于是必须定期寻欢作乐，偶有闲时就往外疯跑，见着栏杆就拍，把栏杆拍遍了，回来继续与癌细胞一决雌雄；于立秋还年轻，不哭不叹不拍栏，不会释放，憋着，把迷死人的容颜都给憋得凋零了，花容憔悴，鬓已星星。林纵横跟于立秋同岁，于立秋是帅哥，林纵横不是，也就是个平常长相。但他有绝对的把握，在未来岁月中，他会比于立秋好看得多。

男人比女人还架不住老，虽然小姑娘都喜欢大叔们的沧桑风情，但那种风情是金色漂染出来的，无钱的沧桑老男人连大妈都吸引不住，大妈们如若再度择偶，都乐意对着含金量较高的大伯大爷们撒娇兼撒泼。男人找小女人只需多金，女人要小男人，差不多相当于牺牲和殉道，牺牲这种事，总是白死的多，不死的也无非落得个感情，太过于不划算。所以聪明人都把爱情叫作传说，也叫作传奇，只用来祭梦，并不打算真刀真枪，付诸实战。林纵横由于太过于聪明，太过于自信，多年来都没追过传说，也没搞过实战，恋爱如经商，甜蜜蜜的说与做，火辣辣的买与卖。不是买卖的传奇，他还没有经历过，他觉得很亏，亏大了，都三十多岁了，还没操盘过感情，真是白花了那么多的银子，买来的都是肉，各种各样的肥肉瘦肉五花肉，不吃会馋，吃多会腻。林纵横都吃恶心了，在后半生的朝朝暮暮中，他决定吃素吃斋，把传奇咬烂，把传说嚼碎，都吃到肚子里头，就图个不反胃，就图个吃不够。既然要拿传说当饭吃，拿传奇当日子过，那就得先做牺牲。既然必须要牺牲，林纵横决定从自己开始，等到感化了对方，令对方更乐于牺牲，那时他就无须再做牺牲了。王惊雷他们就是不懂得把握牺牲的精髓，从头至尾都让人家女人搞牺牲，才会丧失了家里的权力和地位，可悲可叹。林纵横要人也要权，人生多半数光阴都要在家里安度，他要过好，就得说了算，不打任何折扣地说了算。

从良的女人很容易再入风尘，因为男人记性太好；从良的男人可不会，他们太容易原谅自己。林纵横就是这样，内心深处，他对自己的昵称是回头浪子，浪不浪都很值钱，都应该得到理解与怜爱的。他厌倦聪明的异性，她们总把他的感情当作买卖，让他很受伤；他恐惧愚蠢的异性，她们常把他的买卖行为当作爱情，逼得他脱身比进攻还要艰难。林纵横就像渴望新生的莲藕般，渴望着一个不精也不傻的女人能够出现，玩着等着渴盼着，可是岁月荏苒，上天只给他送钱送肉，就是没有给他送人。

林纵横特别注重外形的保养，比女人还要在意自己的身材和脸蛋，有钱的时候他按期去做美容保养，常常敷着厚厚的面膜，指挥手下东征西战，开疆拓土。满不满给他送的礼物，就有全套的护肤品和男用香水，送得很贴心，面膜是林纵横用惯了的火山泥海藻泥，香水都是乡野草木提炼的，闻起来的感觉，伊人始自田园归。林纵横没用，也没地方送人，医院里都是医生，男医生普遍不懂外貌的重要性，很多都是灰头土脸的。女为悦己者容，女人打扮往往是为男人，男人不是，男人都是为自己。林纵横减肥时比女人还狠，几天不吃不喝，饿得头晕眼花，他谁也不为，只为自己，自己看自己舒服，就这么简单。原先做医生时，他还不是这样，经商成功后，钱多得花不完，就从那时候，他学会了凝视自己，早晚都要照镜子，越照越爱，越爱越照，家里和办公室都立着比人还高的大镜子，离了镜子就找不着自己。林纵横不仅照镜子，还时常跟镜里人对话，真的好无奈，秘密太多的人，都会没人谈心，只能自言自语，自己问自己答。他说你告诉我，这几份绝密资料我该藏在哪里呢？镜里人回答，撕掉，记住，搁心里吧。林纵横说不行，这可是保命的东西哦。镜里人说，没有东西能保命，东西就是东西。林纵横又问，我还能相信谁？镜里人信誓旦旦，你只能信我，你只有我，不是吗？林纵横说是这样，你我都是林纵横。

出事后，由于家里和公司都被查封，林纵横失去了镜子，很长时间都找不到自己，也就不怎么说话了。山上岁月深，深如深渊的幽深，就在渊底的犬牙交错中，他又捡回一面镜子，他的荷塘就是他的镜子。这面镜子比早先的要好，清风明月相互辉映，莲叶荷花有问必答。林纵横跟它们告别，我要下山了，你们要守好我的秘密。莲叶荷花哗哗地笑，放心去吧，上千年了，也就只有你是真心对我们的，我们可比人类牢靠多了。林纵横本能地为全人类说话了，别这么没良心，我风雅时读过很多典籍文章，都夸你们是花中君子。他听到了爆笑声，满堂的莲叶荷花笑弯了腰，那些人都夸我们出淤泥而不染，他们不懂我们，我们就要淤泥，没了淤泥我们就没根了，烂根了。根在淤泥，怎能不染？是淤泥养大了我们，我们深爱淤泥。但我们更想活得干净，我们只能把自己扎出满身的窟窿，用这些窟窿呼吸天空和自然，我们生长在最脏的泥里，但是我们越长越干净。你以为自己扎自己不疼？我们也怕疼，但我们更怕脏。那些人夸得不对，我们不喜欢。我们不光长得好看，还有果实给你们，能看能吃。我们也是千秋万代熬过来的，熬着进化着。知道我们往后还要怎么进化吗？林纵横紧锁眉头，对不起，我们人类太笨了。这回没有笑声了，荷塘里居然飞珠走雨，莲叶上滚珠迸射，打得他满头晶光，你真是笨，我们就爱干净，我们满身是孔，我们要把天空的味道吃到根里去，迟早，迟早，我们要把淤泥也给改过来，让淤泥也变得干净，就跟我们一样干净。林纵横说比人类还要有壮志，只是我可能看不到了。他听到哧哧的笑声，人类就是太聪明，所以这么悲观。你们那些香客都夸我们有佛性，愚不可教。这口荷塘是用白骨垫底的，你又不是不知道，四百多年前那个冬天太冷了，我们差点冻死，多亏了那么多的血肉供养，我们才活下来的，喝血吃肉的藕根能生出佛性？我们只有血性。血性才能生出佛性，佛性怎能养出血性？你们把时光搞错了，就什么都错了。林纵横质问，为什么告诉我这些？我讨厌秘密。耳畔风声呼啸，似如人言，什么也不为，就是有点寂寞，时光也是会寂寞的，因为无涯，所以寂寞。

林纵横到医院上班后，又买了面小镜子，这面镜子不会说话，林纵横再也不与镜子对话了。跟人说，跟镜子说，跟荷塘说，都是说。林纵横无话可说，对谁都不想开口。上班总要说话，说得口干舌燥，有些患者反复追问，他就反复回答。同事问什么，他说了之后就不再重复。过往的旧人他没打算重拾，新人也没打算补充，新人旧人都无，日子罕见地清爽。也没觉得压抑，心里有话硬憋着，才会压抑；心里没话了，整个身心都通透了。刚上山的日子，太多的往事潮水泛滥，夜夜陷于灭顶。灭顶的人，要么淹死，要么学会水上漂。总在水上漂，也就没了水，踏水如踏地，水面地面都是平川。林纵横不是有话不说，而是无话可说，同事问他怎么修炼的，林纵横回答，说话的人归根到底是求个存在感，于外界印证自己，说得越多，自我意识越强，如果呼应者众，就会得到成就感甚至伟岸感。我的存在只是我，自知自明，无须求证的。同事咂舌，这就是佛法？林纵横说凡慈悲者，人法即是佛法。反之，诸法皆空。历史上每逢灭佛，都是朝廷法度混乱，有等于无，归罪于佛门抢去人心，灭佛屠僧，有用吗，短期有用，鲜血扛不住光阴，也改变不了兴亡。今天没了谁家天下，佛祖不还立在那里。同事不理解，你这么信佛，为什么还俗？林纵横理直气壮，为糊口，这里工资高；为不寂寞，这里有事干；为自由，这里灯红酒绿。够不够？同事说太成立了，因为没有大道理。

于立秋几次拉他参加聚会，林纵横都说有事，去不了。于立秋说都说你不合群，这样对以后发展不利。林纵横说按时上下班，无投诉无问责，无纠纷无事故；有合适机缘就成个家，没有也不强求；你们发展得都不错，时间都不够用；我想过得随自己，只能不怎么发展了。于立秋神往，我也想随自己，想学你，孤家寡人的，简直像秦皇汉武。林纵横说，秦皇汉武是发展得太好，脚踏白骨，头悬利剑，精神高度紧张，自恋自怜，无病呻吟。于立秋问，晚上都干什么？你屋里连个电视也没有。林纵横说时间都不够用，洗澡洗衣，看书睡觉，就这么多。

每个月，总要有那么两三个夜晚，林纵横也会外出。去从前惯去的地方，寻乐寻人，乐是放纵的乐，人是新来的人。当年的老人也有相熟的，他从来不召，他不想听见林老板这个称呼。新人只会问他，哥哥怎么称呼？林纵横会说，萍水相逢，半夕欢愉，哥哥妹妹的称呼就足够了。天亮回到宿舍，换过衣服，他会按时出现在急救中心。有次王惊雷夜里找林纵横，打电话不接，就上宿舍找，没人。林纵横回电时说，老师，昨晚我在外头睡的。总在宿舍睡，睡不着，偶尔外出。王惊雷沉吟，纵横，就这样到老？林纵横说也无妨，万般无量，转瞬百年。王惊雷后来常叫林纵横去家里吃饭，林纵横去了就帮厨，吃饱了告辞，有时绕几步去看看荷塘，有时不去。王惊雷偶尔也会送他下楼，都是有话要问，纵横，你练手练得怎样了？什么时候能回到心外科跟我干？我跟于立秋有言在先，练成了手你就离开急救中心。纵横，你不能总这样，总得买房置业安个家。林纵横不敢怠慢，老师，我不存在练手的问题，于立秋会做的手术，我都会做，并且我做得比他还要快。只是回心外科，我知道你想要我做你的衣钵传人，传授我毕生技艺，但是老师，你已是心脏之王，我很少见你高兴，倒是常常见到嫂子担惊受怕。我跟你从不说假话，老师，不高兴的王，我还真干不了。你的学生中定有优秀的，你另选接班人吧。关于买房什么的，我也在储蓄，成家的事只能随缘，人要是不对，整天硌眼，还不如单着。王惊雷气愤，你自暴自弃。

你当年在黄河游泳时，跟我发过誓，你说天地作证，黄河作证，你要做个比王惊雷还卓越的医生，你连封号都给自己起好了，是心脏大王。林纵横轻声细语，老师，唯有誓言不可信。那时候初生牛犊，口出狂言，对不起。王惊雷说，我想要回当年的林纵横。林纵横说老师，只有你仍是当年，岁月对你没用。王惊雷大声问，对你就那么有用？林纵横摇头，又点头，声调更低了，老师，对我更没用，因为我已把自己过成了光阴。

林纵横仍然极为注意形象，是那种不为人察觉的注意，头发和衣服每天都洗，衣服洗过还要熨烫，件件板正棱角分明；头发长了就理，永不杂乱；皮肤晦暗立刻补觉，睡眠是他的美容秘方，无可替代；皮鞋只有两双，没有最亮，只有更亮，上脚前必须打油的；至于内裤和袜子，林纵横在手术室独领风骚。外科医生进出手术室都要更衣，在更衣间脱得只剩内裤和袜子，有次于立秋问，纵横，你内裤为什么这么花？林纵横说调节心情呀，你不觉得内裤比外衣更影响自我感觉吗？于立秋不服，男人穿花的，女人怎么办？林纵横说，男穿花女穿素，男女最潮搭配；外穿素内穿花，男人最潮行头。于立秋说，你也太花了吧，每次脱衣服，都像只花蝴蝶。林纵横抻抻自己的青底红纹内裤，面露得意之色，外衣是学问，内衣属于艺术。我看你们祖孙三代都比较注重学问，就是不懂艺术。于立秋说你师傅更绝，上次120拉回来个心脏被捅刀的，王老师进手术室太急了，连内裤都一把扒掉了。手术后换衣服时，他累得动不了，我帮他拿衣服，他的内裤是那种乡下的大裤衩。林纵横说王老师历来如此，当所有人都在求变，不变本身就成了艺术。于立秋笑喷了，大裤衩和小花裤，你们师徒都是艺术。林纵横惊奇，于主任，目前你才是我老师，我做手术可都是你手把手教出来的呀。于立秋说纵横，头台手术一落刀，我就知道你的手根本没废。林纵横坚定地，废了，我就是跟你学的。于立秋更坚定，没废，就是没废。

第六章

林纵横最头疼的就是患者，熟脸还好说，生脸很难办。医患关系比男女关系还要惊心，全是没有信任所致。信任是需要经过磨合的，几个回合下来，患者觉得医生看病技术不错，花费基本合理，有问必答，有要求也能尽量满足，关系就算建立了。至于医生，只有被选择的份儿，他们没有选择权，照片和简介都在挂号处示众，患者点到了，挂了号，就得接客。林纵横有时接客多，多得络绎不绝，连起身去趟厕所的工夫也没有。后来经验丰富了，上班先看挂号人数，以此决定饮水量，以免久而久之，把前列腺给憋出毛病来。患者较少时，他也可以四处转转，去其他科室走动走动，都是工作关系，不能让多数人都不认识自己。

急救中心相较于其他科室，更多的是急症危症。危者必急，半秒钟也耽搁不起。急者却未必有危，发烧感冒急性腹泻都属于急症，没什么危险，挂了急诊也无非是图快，快些见医生，快些输水打针，快些治住毛病；心脑血管出了急症，少数算是高危，多数也都是输水吃药解决；高危的要赌命，病发时间很重要，有些老年人半夜发作，救护车来回快如疾风，不是必须死的，都不会死，根据病情各有安置，垂危的送入重症监护室，上尽所有设备及手段；没那么紧急的就地治疗，就在急救中心办理住院，多数都能很快痊愈；如果兼具其他并发症状，可以转入其他科室进行长期治疗，也可以不换地儿，只要求其他科室医生来此频频会诊。

最倒霉的患者，往往会死于发病时间不对，发在了上下班高峰时段，救护车突围般前进，每米都走得不容易。有几次严重堵车，车上的医生没办法，下车跑步跑到了患者家里，等做完紧急处理，还没听到救护车的鸣笛声。患者家属要求自驾车，去跟困在半道的救护车会合，医生说都是车海，还不如咱俩抬着担架，去迎救护车。患者家属跟医生，抬着担架狂奔，担架上的患者被颠得直哼哼。患者家属说医生，我背我爸，你跟着。医生暴喝，住手，不许动他。必须平躺。你什么文化程度？不知道心脏病必须平躺？患者家属仰天长呼，我学历很高，可我就是不知道啊。医生几乎要呐喊，每年有多少不该死的患者，都是被你们给折腾死了。个个开口满腹经纶，你们为什么不能学点急救常识啊。

最莫测的患者要数人身伤害型，他杀和自杀的，打架斗殴的，交通事故的，工伤意外的，电闪雷击的，甚至被宠物咬伤的。他杀能不能活，要看怎么杀的，不会杀人的凶手胡砍乱砍几十刀，也有被救活的；会杀人的只需半刀或一斧，直取要害，医生到得再快，也唯有宣布死亡。自杀的要看是不是真想死，以及真想死的会不会杀自己，手法和方式决定自杀能否成功；上吊看时间，吊得久了就是尸体，刚吊上去的都能救活，心脑血管有病的被救活后往往并发症发作，住几天院也就好了；服毒的服大量安定片的，通过洗胃和灌肠，多数都能保住性命，只是过程太难受，导致有些自杀成瘾的患者，再自杀时会变换方式；跳楼的绝大多数没救，极个别的谁也没办法，十几层楼跳下去，偏偏就是死不了；还有煤气触电等各种方式，有死有活，各有各的运气，有个吸煤气自杀的大伯，刚吸到昏迷，就吸不成了，家里欠了煤气费，被欠费停气，他也不知道，昏迷大半天，又被冷风吹醒，气得先去交足了欠费，后跑到医院问怎么办，要不要体检，医生当时刚处理完一个割腕自杀的女人，连问，为什么要死？大伯说失业失恋失独。医生说理解，我手上这个女人只是失恋，割腕割得手腕上新痕旧疤层层摞着，缝合时扎不进去，把针都给别断了。她可没法跟你比，你还死不死了？大伯说不死了，什么都能失，命不能失。医生说体检吧，然后吃药，除常规药物，再服点抗抑郁药物，自杀很容易成为习惯，你要特别注意。

屡屡自杀的大多数都死不了，当自杀成为行为艺术，自杀者的心理也就练成了演员。死亡只是表演方式，死给人看才是终极目的。几乎每个医院的急救中心，都有几个自杀成瘾的VIP患者，女性要占九成以上。都是死给男人看的，或丈夫或情人，或老男友或小男友，总之都是爱人。死前先给爱人打电话，有些爱人不接，就短信留言，怕爱人太薄幸，不能及时前来救命，还要给其他朋友也留个言，要求朋友代为敦促爱人，必须来，立即来，否则做鬼也要缠住他。爱人们很少出现，医生往往要向患者的朋友们交代病情。朋友也需及时更新，不然总是往医院跑，朋友会自动失踪。在这种时候，女人们毕生追求的名分，还是很管用的。有名分的女人，多死几次也不怕，法定配偶再烦再恼，他也得来；没名分的就惨了，爱人不见了，没地方喊冤，哀求医生护士叫人，也叫不来。很多医生不怕抢救这类患者，刀口都很小很浅，很好缝合处理，医生最怕叫人，电话打过去，爱人们总是很不耐烦，怎么叫都不来。叫的次数多了，爱人们会把医生的电话也给拉黑。

男人自杀很容易成功，除个别因精神系统疾病导致屡屡以死明志的，绝大多数都能顺利死亡。也有太过于文盲的男人，不懂电压，白触了电；不懂水位，白跳了河；不懂医学常识，割了腕，结果由于血粘血稠而出现血凝现象，白白地挨了刀，受了罪。精神及身体都正常的男人，自杀前会苦思冥想，下手时就特别利索，要么跳楼，要么上吊，跳楼敢于头朝下，上吊则选择无人时段，把自己挂上去，等到被发现，亲友及敌人都是始料未及，该哭的哭不出来，想笑的反倒泪洒灵堂。曾有两个男人同时自杀，不为别的，只为项目。两个男人是立项方，以及被立项方。项目很波澜，立来立去的，人就成了项目。立项人不择手段要项目成功，被立项人死也做不成项目。僵局的结果只能是死，被立项人以为自己会先死，谁知立项人也是苦撑残局，生不如死。就在被立项人割断自己的大动脉时，立项人也因项目失败而服毒死亡。救护车从不同地点拉回来两个死人，本来还以为人家毫无关系，谁知收尸的家属在医院打作一团，难分难解。医生护士都上了阵，就连后勤保安都集体出动劝架，搞得尸体都没人处理了。奔赴现场的医生只得到两句支离破碎的遗言，立项方说事至此，无法交代。被立项方说死怕啥，随时可死。

打架斗殴分为单打独斗和群殴，无论单独还是成群，都很难预测生死，因为该群体往往年轻气壮，使刀用棒落力凶猛，打中要害的话，随时丢命。而且由于打斗多发生于酒后，酒精使人麻痹，有些狠角色身中十余刀也不觉得疼痛，英雄般屹立不倒，继续砍杀对手。等医生赶到，这类人往往砰然倒地，因失血过多而死亡。于立秋经手过好几个这样的好汉，每次都来不及问话，好不容易遇到个还会说话的，于立秋急问为什么？失血至此为什么还在战斗？好汉气若游丝，为胜利。于立秋说后悔不？好汉说救救我，我想家。于立秋使尽浑身解数，回天无力。出了抢救室浑身是血，衣服裤子都浸透了，整夜都听到好汉的声音，医生你救救我。这笔账成了死账，光是给好汉输血就将近万元，也没人买单，这好汉才二十出头，还没成家，他的父母从老家赶来收尸，双双犯病躺倒，连自己的医药费都付不起。于立秋送老人出院时说，他如果年纪大点，血流得没那么快，也还有救。太年轻，输血没有失血快，我们已尽全力。很对不起。老人张口要说话，谁知话没出口，血流满嘴，于立秋说坏了，再住院吧，你们的身体太差，我看你们的检测报告都吃惊，浑身是病，也没治过。老人说就为了让他有出息，我们早把身体掏空了。于立秋没留住人，两人执意回了老家，走得煞是吃力，连骨灰盒都抱不住。

人行道变得越来越窄，马路每年都要拓宽，交通事故不是年年涨，是月月涨。酒驾毒驾胡驾都很容易出事，更多的事故则起于负气驾。也不知怎么就有那么多的气，生着气驾着车，驾着车生着气，似乎有多少人驾车，就有多少人在生气。生气有千万种原因，驾车却必须聚精会神，分神和生气都能引发交通事故。寻常刮擦早已不算事了，车毁人亡屡见不鲜，急救中心的医生护士到过多起车祸现场，见到过各种惨状，有些可以描述，有些无法形容。曾经为了把一个人拼凑囫囵，他们趴地上寸移，移了好几十米，才找到这个人的手脚及眼珠。死于交通事故的人群，归根到底分为两种，一种责任自负，另一种是半无辜，或者完全无辜。完全无辜者的死亡总是最令人伤感，好好地驾着车，好好地走着路，就被撞了，就被撞死了。多数人死后会得到补偿，少数人则是白死，完全白死，半分赔付也得不到。按理是应该有的，可是肇事司机如果同时死亡，开的又是辆没有保险的黑车，其家人偏又毫无经济赔付能力，枉死者的家人东走西讨，也讨不出来任何东西。最最磨人是活着，活着的人都要为生存奔波，久了，就什么也不去讨了。

工伤意外者以农民工居多，有摔下楼的，有钢筋穿身的，有被电击的，有被楼板压住的，他们轻的手断脚折，重的内脏破裂，还有不少当场死亡，毫无抢救余地的。这类人被救活后所面临的最大问题，是医药费治疗费的筹措，以及身体伤残后的赔付。很多工程属于层层转包，有些工程老板在出事后，最怕的就是人还活着，那就成了无底洞，隔几天就得往里扔银子，没个头的。死了倒还好办，跟家属一把结清，就算完事。

是人都怕死，农民工更怕死，因为活得太亏了。都是土里出来的，原本只会种地，只有力气，没有别的技艺换取生活。当种地不足以养活全家，他们就进城了。进城是趋势，就如同江河里的小鱼小虾，随着河流的方向，哪里有滩涂可以活命挣钱，就在哪里上岸。住的是工棚或简易房，冬凉夏热，日夜享受着大自然的空调；吃的都是大锅菜，大锅菜只能炖熟，无法炒熟。顿顿炖菜，天天干活。这类活技术含量都不高，以力气为主，舍得出大力流大汗就成。他们都很舍得，父母妻儿等着养活，都要吃饭，老的要看病，小的要上学，都指靠着他们往家里汇钱呢。因为钱来得太过于艰辛，他们很能抠自己，有时也会改善生活，买些猪头肉勾兑酒解解馋，街边的公共电视就是他们的文艺追求。至于人之大欲，光靠年节回乡解决，无异于画饼充饥，于是偶尔的，他们也会去城中村相会那些最廉价的女人，只需几十元便可酣畅淋漓，丝毫不逊于豪华会所里的鸳鸯蝴蝶梦。只是命运这东西，历来福祸无常，有时还在算计着这个月的工钱到底多少，算着算着，就会一脚踩空，从高高的棚顶坠落地面。生与死，要看坠落的高度，也要看地面的状况，以及坠落的角度速度，甚至当时的天气。林纵横曾抢救过一个从十几层楼跌落的农民工，令所有人不可思议的是，他不仅没死，也没什么大伤，连骨折都没有，只有几块皮外伤。他的幸运来自天气，当时风势迅猛，使他在坠落过程中偏离直线，就那么歪出去了半米，那半米，就叫作奈何桥，桥的两头分别是沙丘和硬地，他落在了沙丘上。他只是个个例，多数人都没有这种造化，摔得粉身碎骨并不可怕，触电化成焦炭也无痛苦，他们最怕的就是伤残，骨断筋折还好说，治治养养也就过去了。怕就怕终身残疾，手断腿断脖子断就麻烦了，就成了废人，就再也不能干活了。老板当然会赔付，也会支付相应的治疗费用，可是关于最后的赔付款，这个数字最令双方为难。有些老板是一把结清，有些则属于挤牙膏式的，过些日子挤出一些送到医院。残疾的农民工大多不能长期住院，老板的牙膏迟早挤不出来，有些是牙膏挤完了，有些是老板不想挤了。于立秋问过好几个摔残的民工，你们为什么不用安全防护带，为什么？回答都很奇葩，系那个麻烦，很多人都不系。我每天都系，可是从没摔过，那还系它干吗？系着它太碍事，爬高上梯解来解去的，费工夫费时间。于立秋又问，老板不是天天要求你们系吗？农民工说也发了，也要求了，可是不系也就不系了。每逢他们出院，于立秋都要用大白话写张注意事项，怎么吃药怎么养护，什么可以，什么不可以等等。对他们，他从来不使用医学术语，用了也是白用，他们听不懂，也看不懂。林纵横更绝，他甚至会使用画图的方式，画给他们带走。林纵横说立秋，我在山里待过，他们更认图片，图片比文字更实用。于立秋看林纵横画的图，笑不可支，他说就这水平你也敢画？幼儿园大班都比你画得好。林纵横毫不惭愧，水平这东西没法改变，水平低也不能不画，他们看得懂就成了。我又不是画家，我是用刀口活命的，不是画画的。

至于电闪雷击造成的人身伤害，实在少之又少。家居意外以及宠物咬伤，也大多都不严重，只需缝合清创打疫苗也就差不多了。有个养藏獒的男人几次被咬伤，林纵横每次都问他为何不把藏獒送人，他说没地方可送，送谁谁不要，太凶，也太能吃。后来丹青市严令处理大型犬只，这男人又被咬伤，林纵横给他缝合时探寻缘由，男人说这回可不是在家里，我是到乡下看它被咬的。我把它送乡下去了，它不吃饭，我得过几天就去看看，不看就饿死了。林纵横问是不是很贵，男人说没花钱，是朋友送的，养着养着就养不住了。林纵横说以后呢？男人说没以后，就搁在乡下吧，每个月光是狗粮就花我不少钱。林纵横说那又何必，早早了结多省钱，不然太浪费，我都看不下去。谁的钱都是钱，每张钱上都有血汗，省省吧。

医院几乎所有的科室，都有固定的患者，这些患者不光是对医院满意，最重要的是对医生满意。满意了就会回头，不只自己有病会回头，亲朋好友生了病，经过介绍，也会来找这个医生看病治疗。术业专攻，任何医生都不可能通吃各门类疾病，那也好办，这个医生会把他们送到该去的科室，交给合适的同行。医院院风如何，医生护士最清楚；医生医德医术如何，只有患者最清楚。医患之间也是不打不相识，打的结果有两种，下回生病绝对不再过招，或者总是来找这个医生过招，有病就来过招。过着过着，就成了熟人。熟人不比生人，熟人有权利提出任何要求，比如半夜打电话咨询病情，随时要求医生给开些物美价廉的药品，节假日理直气壮地命令医生给自己开个小灶治治病，甚至搞些指标异常的体检单，理由很简单，我没病，可我要请病假，你给我开张诊断书，什么病都行，你看着编。医生会说不好编，你喝大碗糖水，吃几根油条，再跑步上楼抽血体检，血压血糖血脂就够你请假了。如果还嫌不够，再吃点镇静剂，做个心电图，心率也会不太正常的。患者有时嘀咕，这么费事，不够哥们。医生也嘀咕，哥们，我只能提供技术咨询，就这也是冲着相信你。

急救中心重在急救，患者与医生之间以急救为媒，以急救了结关系的居多。救好了救活了，或者救成了死尸，也就应该完了，完了就是完了，也就没有下次了。奈何时代不断进步，人际关系日新月异，很多患者都具有前瞻性的目光，早已不把急救两个字放在眼里，他们的心思和智商囊括医院各科室，比院长还要善于运筹帷幄，有病了，管他什么病，我就是要找那什么医生给我看，急救算什么，我慢慢治疗谁说不行？没人敢说不行，医生能被患者信任，那是医生的骄傲。人活世上，每种活法都有着不同的骄傲。医生的骄傲很简单，那就是患者信我，患者要我，患者有病就会想起我。于立秋就常常很骄傲，他的患者很多，新面孔老面孔都很多，老面孔都曾是新面孔，新面孔终究会成为老面孔。当新面孔变老，于立秋也在变老，他说分流吧，你们不能什么病都找我，去该去的科室治疗最好。患者不高兴，不去，两分钟就给我看完了，我输水也不来看看我，我就是要在急救中心住院，你快开住院证。于立秋说我有我难处，你这种慢性病不适合在急救中心长期治疗，医院开会总强调分工，总是这样，其他科室会有说法。患者捂住心口，于主任，立秋，你开不开？于立秋连说我开，我这就开。

林纵横的患者日渐增多，他从不撵人，谁来找他他都高兴。于立秋撵人是碍于科主任的身份，林纵横什么也不是，连编制都没有，普通医生一个，不用担心闲话，也不必那么顾全大局。位置决定境界，林纵横对于立秋的屡屡提醒置若罔闻，他说我又不用参加科主任会议，那是你的事。于立秋说换位思考。林纵横说好啊，你把科主任让给我做，我就高风亮节。人家患者眼巴巴跑来找我，你让我撵人？这很不好。于立秋说其他科室有说法。林纵横说我更认患者的说法。再说你怎么不撵人？于立秋说撵了，撵不走。林纵横说那又何必要撵，徒增反复。

医患纠纷，是每个医生每天都必须高度防范的。但凡医生，行医在十年以上的，小纠纷几乎都有所经历；工作时间更长的，被患者告上法庭的也不在少数，更不要去说那些打打杀杀了。看病和防范同时并重的不只是医生，也是患者。生死相许，同时互不信任，是极为普遍的医患关系。也有例外，那就是彼此熟悉的。熟悉了就不用防了，或者说防范意识会有所减弱。面对新患者和面对老患者，医生与患者心态同样，老的无须防，新的需磨合。于立秋身为急救中心主任，不仅自己防，还时时提醒手下注意自保。有些个小吵小闹，他都处理得很好，大的事故他更是时刻提防着，林纵横对于立秋的防范心理高度认同，行为上却不怎么在意。用药和治疗，手术和预后，他同别的医生一样，提前跟患者说清楚有可能发生的任何状况，以及大致的费用。说得口干舌燥也要说，事先不说明，事后就说不明了。上班时他是林医生，所作所为尽医者本分；下班后他是他自己，很少去想工作上的事情。有患者住院，病情相对严重的，他晚上也会过去看看，问问情况，交代几句注意事项。病情很普通的，他就不过去了，但手机是全天开机的，基本做到了随叫随到，随时处理病况病情。

争执也有过，关于治疗，关于费用，关于出院后的病况反复。争执大多不严重，最麻烦的一次是患者出院后，好几个月过去，旧病又犯了。人体复杂远甚于机器，经过重新的复查，林纵横只能给这患者进行二次手术，手术费用全免。照例是走的急救中心的账，林纵横说对不起于主任，连累你跟着忙乎，跟着结账。于立秋说无妨，我经常这样，哪个医生出问题，我都得并列，免不了的。林纵横说以后注意。于立秋说谁都注意了，可是谁也免不了。今年好几个再次手术的，没办法，说不清楚责任，谁做的谁负责。患者复发，当然要找医生，医生只能重检重做。林纵横说，我早年做药企，比现在做医生还要紧张得多，挣多少就得防多少，可到头来挣也白挣，防也白防，都打了水漂。

第七章

林纵横出事，急救中心的同事都想到了，就他自己没想到。同事之所以想到，是统计学意义上的广义概念，都在急救中心干足年了，还没出过什么事，实在说不过去。大事小事，总是要出点事的。也许是人心所向的缘故，林纵横的事情出得比较大。虽说医生每天都要面对生命，虽说医院的每张病床上都死过人，但死人的事情都不是小事，总要论论该不该死。绝症的患者迟早要死，家属都有心理准备，死了就是死了，没人闹，也没人折腾，换好早就备齐的衣服鞋袜，送往太平间冰柜里过渡几天，然后火化，就算万事大吉。

林纵横手上死了人，家属不认，每天都在医院论理，论来论去，也没去上级部门控诉，也没去打官司，就是跟医院理论。很明显，这是要医院出钱了事的。死者是个老人，八十七岁的老人，某单位退休老干部。老人是因感冒发烧来医院的，当时是晚上九点钟，急救中心的内科值班医生随救护车出诊，林纵横就给老人做了常规处理。挂了几瓶水，到天亮的时候，老人烧也退了，精神也好了，还吃了早饭。家属说谢谢林医生，那我们就回家吧。林纵横说是该回家了，今天要全天按时吃口服药，按说明书，该两次就两次，该三次就三次，绝对不可减量。一旦发现有复发迹象，立即来医院。这个年龄不怕发烧感冒，怕的是并发症，搞不好会夺命的。家属频频点头。

老人回家后，按时吃了药，觉得困倦，就上床睡觉了。家属也都各忙各的去了。老人睡到中午，起来吃药，吃完接着睡，睡到黄昏，家属们下班回来了。家属们一看老人的脸，就觉得不对，老人满脸通红，红得十分异常，比平日里高血压发作还要艳红。家属摸老人额头，滚烫，找体温计想量体温，到处找不着。赶紧打120急救电话，就在等待救护车的几分钟里，老人说头难受，受不了。家属说坚持，120快到了。老人没坚持住，一头栽地上了。老人被抬上救护车时，紧拽住医生的手，喉咙里吐出几个字，救我，救救我。医生说你放松，放手，我们救你。然后，老人就再也说不出话了。医生问随车的家属，患者平时有什么病？家属说也没什么大病，就是有时吃点降压药。医生说高烧引发高血压，高血压随时引发脑溢血，几点钟发烧的？家属说不知道，我们都去上班了，回来才发现他发烧。

经快速检查，老人确实是脑溢血。于立秋跟家属说，须做紧急处理，送ICU重症监护室吧。家属愤怒，昨晚上还在你这里输水，也不过就是感冒发烧。早晨林医生让我们回家，他说按时吃药就可以了，怎么会弄成脑溢血？于立秋说林医生不可能不交代，如有复发迹象，立即来医院。家属说什么是复发？人命关天，他就不该让我们出院。你赶快救人。于立秋说我们能做的抢救都已经做了，你们都看到了。立即送入ICU，上设备。不要耽搁时间，每秒钟都耽搁不起，不然最好的结果，也可能会成为植物人。老人被送入ICU重症监护室，ICU的医生采取了所有能够采取的措施。可惜，老人脑溢血的部位太要害，ICU医生回天无术。次日，这个老人失去了所有的生命体征。老人就这么死了。

家属们不能够接受这样的现实。老人只是感冒发烧，仅仅一天，就丧了命。家属们要找林纵横，于立秋说林医生下夜班，现在联系不上。于立秋给林纵横电话，他说你这几天不要来了。林纵横的声音在身后响起，于主任，我已经来了。于立秋想关门，林纵横说没用，别关了。正这么说着，家属们蜂拥进门，团团围住了林纵横。林纵横说等我说完，再动手不迟。我的责任在于没有强调老年人的生理特征，现在补充给你们。但凡老年人，由于机体功能退化，对疼痛以及各种不适感知力低下，也就是说，老人发烧他自己往往感觉不到，曾有老人发烧到 40 度，自己还不知道。我应该提醒你们按时给他量体温，并全天在家陪护。我没有交代，是我失职。而你们身为子女，整天都没有及时察觉，是否也有责任？于立秋紧接着说道，尤其是他有高血压，患有心脑血管疾病的老人最怕发烧，因为他们自己往往察觉不到。一旦引发并发症，极其危险。对于这个结果，我们的悲哀不逊于你们。林纵横说我在这里工作，是再度行医。当年因为患者死在手术台上，我被打断几根骨头。我有足够的心理准备，挨打挨杀。于立秋说各位大哥大姐，我们都有这个准备。只是事已至此，你们就算打死我们，老人也不能复生。恳求你们熄熄火，我们理性解决，拜托了。

家属们放声痛哭，于立秋跟着落泪，林纵横满面悲戚，却没有流泪。两人跟着家属，把老人遗体送入太平间。就在太平间的师傅要把老人推入冰柜时，林纵横说等等，他揭开老人身上的白被单，凝视老人的脸，低声道，大爷，对不起。话音未落，家属们又哭起来。

老人的遗体在太平间停放半个多月，家属们不肯火化。医院所有相关部门与家属轮流谈判，最终以十万元了事。这个数字，家属觉得少，医院觉得多。家属原本是想要五十万的，医院原打算给五万。从五万到十万，从五十万到十万，这个数字看似医院获胜，事实上没有赢家，医院和家属都是输家。这是一桩无法裁决的纠纷，医院有医院的道理，家属有家属的创伤。如果走法律程序，家属须做司法鉴定，而医院对这个老人的所有抢救措施毫无破绽。家属的焦点集中在林纵横的身上，他们反复陈述的就是，林医生在老人回家时没有交代清楚，这才导致老人突发性死亡。医院强调的是，林医生在患者出院时所交代的注意事项，完全符合医学标准，老人的死亡，责任在于家属们的疏忽。至于十万元的赔付款，医院方界定为人道主义精神的具体体现。家属们则说，什么人道，医院里总在死人，怎么医院不给钱。分明是心虚，分明是欺负我们不懂医，抓不住他们的要害。

林纵横究竟有没有错，医院跳过了这个问题，林纵横自己跳不过去。他说于主任，要是真打官司，时日久长，无论是我还是他们，都是劳民伤财，最终也还未必能判十万元这么多。于立秋点头，各有道理，但是人死了，总归是要赔些钱的。林纵横说天下百业，都是多干活少说话为正道，说话多必有是非，唯独我们，不仅要多干活，还不能少说话。说多说少都有罪。这几天睡不着觉，念经也没用，心里总揪着。于立秋说已是万幸，你没挨打，私人也无须赔款。医院出的钱，应该不会算到急救中心账上，大家奖金不受影响，也就没人跟你过不去。上次赵医生和孙医生的事情，是急救中心赔钱，把大家当月奖金给赔了，都对他俩有意见。

林纵横问道，在你心里，我的责任占几成？于立秋说，从医学上来说，最多两成。但是平心而论，你的责任有九成。纵横，你是心外科医生出身，没有急救工作的足够经验。临床医学和教科书有时是两码事，因为编书的往往不是干活的，而经验是干出来的，不是读出来的。我希望你永远记住，七十岁以上的老人，十岁以下的幼儿，当他们发高烧来找你看病，当你给他们用药退烧后，绝不要轻易放他们回家。因为这两种人群，如果没有在次日持续用药，必然复发。至于复发率，我个人经验，八九成吧。也就是说，这两种人群，你必须给他们办理住院，你必须让他们连续输水最少三天。宁可被说成过度医疗，被指责宰患者，也绝不可以出问题。宁过勿缺，切记。

林纵横去找了个本子，递给于立秋。于立秋打开来看，有些吃惊，这个本子记录了很多内容，大多都是急救工作的所谓经验之谈。林纵横说，我知道自己欠经验，欠急救经验，所以平时听到的看到的，都尽量记录下来了。你今天说的就很重要，我现在就记下来。还有什么私家经验，尤其是教科书上没有的，你多跟我说说。于立秋说纵横，我在急救中心这么多年，你是唯一一个肯这么做的医生。林纵横说怕手上有人枉死。我不怕赔钱，我虽破产，出去找点钱也不难。可是钱跟命比，钱是废纸。就像那个老人，给多少钱也活不过来了。好几个同事安慰我，说他八十七岁了，八十七怎么了，活着就是活着，活着就能每天吃三顿饭，死了就什么都没了。于立秋肃然，纵横，我也这么认为。林纵横说，当年被放出来，公司和家里都贴着封条，无处可去，在丹青最高的楼顶站了大半夜，也没舍得跳下来，你猜为什么？于立秋说我不用猜，王老师告诉过我，原因很雷人，也很动人。因为你太饿，就连爬上楼沿的力气都没有，肚子咕咕叫，饿得要死要活。你只好下楼先去吃饭，吃饱了，你觉得很困，找个小旅店睡了。睡醒了，就把跳楼这事给忘了。

因为没挨打，于立秋请林纵横吃饭，连压惊带庆祝。饭店不远不近，不豪华也不寒碜，是间专做西北菜的普通馆子。林纵横说开我的车吧。于立秋意外，你啥时候买车了？林纵横得意，去开了车过来，于立秋大笑，林纵横的座驾居然是辆电动车，造型极为小巧妩媚，医院里很多小护士就骑这个牌子的车。林纵横的车头上有只篓子，里头搁着水果，还有鸡蛋和青菜。篓子上有把锁，上了锁就不会丢东西。两人上车，车子轮胎立刻被压扁不少，林纵横先骑到修车的小店，给轮胎打气。到饭店时，于立秋几乎不会走路，车太小，他的两条腿始终缩着，都麻了。于立秋举杯，如履薄冰冰未破。林纵横也举杯，天天如踩钢丝，好在丝未断。于立秋问道，这种日子要到退休吗？千秋万代的医生都这么过来的吗？林纵横说，医生都敬畏人命。因为敬畏，所以分化成为两种，一种把职业当作职业，一种把职业当作信仰。后者少之又少了，前者越来越多。于立秋说刚从医时，都下定决心当后者，结果越吓胆越小，越打越心凉，熬个十几年，都是但求平安退休了。林纵横说不是医生的错，也不是患者的错，谁都没有错，但是谁都不信谁。什么时候医生和患者真心信任了，好医生真医生自然越来越多。医生好过了，患者首先受益。医生毕竟是少数，是弱势群体，可是患者是无限的，放眼天下谁能没病呢，全社会都是患者。于立秋说医生既然是少数人，日子总不会太好过。少数人都是两头，上头的和下头的。咱们算是下头的。林纵横深深叹息，患者家属总爱对我说，林医生，我们这回可是把命交给你了，求你救命啊。患者家属说这话时都是仰视，一旦没有救活就立刻俯视，姓林的，你到底懂不懂医？你还有医德没有？你就是个披着白衣的狼。于立秋说，平视多好，平等多好，救活了人命不求谁来感激，没救活也不用担心被打被杀。但求平等而不得啊。林纵横说有信任才能平等，没信任怎么平等。

酒足饭饱，于立秋以不得酒驾为由，说什么也不肯上车。林纵横推着车走，于立秋打趣，你是当年豪车开腻了，把个电动车当成敞篷跑车享用。不像我们，从自行车到电动车再到四个轮的汽车，家里好几辆车，去菜场开自行车，高峰期开电动车，去外地才舍得开汽车。每到下雨下雪，我老婆要给汽车穿衣服，怕晒怕冻，比对我精心多了。林纵横笑，我以前手下给我送了辆车，他说老板，你骑电动车简直是扇我的脸。我说不要你的车，开走，我就是要扇你的脸，谁让你叫我老板。于立秋遗憾，白给的你怎么不要？林纵横在路灯下凝视于立秋，于主任，世上有白给的汽车吗？于立秋说没有吗？林纵横反问，有吗？于立秋说没有，仔细想想，真没有。林纵横说也不是绝对没有，你如果给我，那就是白给，我就敢要。于立秋有些感动，可惜我永远也没有那个实力。林纵横说这就对了，送得起的不敢要，敢要的偏偏送不起。

林纵横晚上睡得很早，早晨起得也很早。自打那个老人死了，也不知道为什么，他又开始失眠了。做药企时，他经常晨昏颠倒，但基本睡眠时间还是可以保证的。企业出事后，他患上严重的失眠症，每晚都要依靠药品入睡，醒来后总是思维紊乱，四肢乏力。是山上的风霜，彻底熨平了他的每个夜晚，山上三年，他再也没有失眠。下山后，山上的惯性仍很强势，就像基因作用般，颇有些不可抗拒的意思。是这个老人终结了林纵横的山风，枕畔没有了山风，林纵横的夜晚只能失魂落魄。失魂落魄就要想事，想东想西的，最终都会拐到太平间，拐到那个老人身上，然后定格，从头再想。有时想着想着会睡着，有时想着想着会醒来；睡着不踏实，醒着不清醒；睡着像醒着，醒着像睡着；前半夜半梦半醒，后半夜半醒半梦。清晨时分，他常常分不清自己是不是还在梦里。

白天的工作是绝对不敢出现误差的，林纵横的办法是喝咖啡。对于医生这种职业，失眠绝对是享受不起的奢侈品，可是很多医生的夜晚都很奢侈。上床后，他们往往习惯性地想想白天经手的患者，看看有什么漏洞没有，结果就奢侈了，就睡不着了，于是吃安定，吃完了很快入睡，可是醒来时仍然很安定，身体起床了，大脑不肯同步起床，那怎么办呢？喝咖啡。王惊雷送给林纵横两盒咖啡，林纵横很快喝完，还要，王惊雷说没了，自己买吧。林纵横说太贵，便宜的已经不能提神。王惊雷说你不是林老板吗，让你手下送呀。林纵横说要是跟他们张回口，咖啡可就太便宜了，犯不着。王惊雷不满，我这可是患者家属送的，我总不能张口要吧。林纵横笑说，你的患者都是长期住院的，心脏手术怎么也得大半个月吧，你不能要，但你可以喝，你把这种盒子放桌上，谈病情时就喝嘛。王惊雷说干不出来这种事，跟敲诈没两样。你回心外科跟我干，我保你有咖啡喝。林纵横认真了，老师，我刚出过事，我就是想来，领导也不会批。王惊雷也认真了，那你到底想不想来？林纵横摇头，老师，我不敢来，我怕出人命，我现在心理上很脆弱，每天拿起手术刀，心里就打哆嗦。王惊雷也摇头，你这么年轻，怎么这么没胆，我还以为只有我这年龄才会这样呢。说出来没人相信，我每天上台都害怕，手术前害怕，手术成功后更害怕。林纵横说不可能，你心脏之王要是害怕，外科医生哪个还能不害怕？王惊雷压低声音，你别告诉别人，传出去会吓死患者。我跟你说，越老越害怕，越想越后怕。不仅是我，于立秋的师傅师爷，他们都说害怕。你不信你去问问，何无疆说上台下台都是胆战心惊，韩心智说半夜想到手术，被吓醒好几次了。

林纵横问于立秋，于主任，你做手术害怕过没有？于立秋说正常工作，有什么可怕的？就是有时候半夜会做噩梦，梦见患者死台上了。你嫂子说我要是再敢大喊大叫，外加手舞足蹈，她就跟我分房睡觉。林纵横执着地问，平均多少天，你会做回噩梦？于立秋说，没统计过，要看患者情况而定。林纵横闷闷不乐，我经常想起那个老大爷，有时会陷入强迫性思维。这时有患者进来，于立秋同情地拍拍林纵横肩膀，迅速闪出了外科诊室。林纵横起立，调动满脸笑容，迎接进来的患者。医生见到患者要不要起立，也是有季节性的。有时强调服务意识了，有上级部门来检查了，传说有关部门要暗访了，或者看到某个患者苦大仇深了，就起立。正常情况下，是不必起立的。林纵横之所以起立，是因为这个患者太不简单，人人发怵。

林纵横字斟句酌地问患者，赵阿姨不是前几天才出院吗？今天哪里不舒服？怎么顶风冒雨地来了？患者说我头疼，恶心，胸闷，手足出汗，我给120打电话，要求派你们医院的救护车来接我，结果车来了，我一看编号，不是你们的车，我拒绝上车，直接打你们急救中心的电话，你们倒是出车很快，可是路上堵车，我等不及，怕耽误病情，就打出租车来了。小林医生，你赶紧让你们的救护车回来吧。林纵横苦笑，照办。然后就要带患者到隔壁的内科诊室，果然，再次遭到患者的强烈拒绝。患者激动地，小林医生，我早就郑重宣布过，在丹青市看病，无论什么病，我只来你们医院，我只认急救中心，我只认林纵横医生。别的医院别的科室别的医生，我不信。要么没医术要么没医德，我病了几十年了，除了精神病，我是什么病都得过，看过太多医院和医生，他们都不行，什么都不懂，西医只懂西医，中医只懂中医，连中西医结合都不懂。只有你是全才，小林医生，我这条老命就交给你了。林纵横打断患者，赵阿姨，我也不懂中医，你别这么重视我。患者压低声音，是不是他们都嫉妒你？我早就看出来了，尤其你们那个于主任，我找他看过病，他不行，他说我根本没病，后来还暗示我有精神病。我当场就去找你们院长投诉了，他才神经呢。你看他刚才见到我吓得那样子，分明就是心里有鬼，我真替你不值，凭什么你要被他领导？这个急救中心主任应该你来当。林纵横起身关上门，赵阿姨，你不能再找我看病，我不是全才，我治不了你这种综合性疾病。患者说好办，你多叫几个医生来会诊，以你为主。你先给我办个住院吧。林纵横鼓起勇气，赵阿姨，你不能动不动就住院，我统计过，今年上半年，你住院已经超过十次了。患者脸色变了，小林医生，你这是拒诊。你们医院很多医生都欺负我，你也学他们？林纵横苦口婆心，赵阿姨，根据多项检查，你这种病情并不需要住院，当然了，你们退休老干部都有预防意识，经常住院输输液打打针，我们理解也欢迎，但是我这里病床真的太紧张，你还是到内科办个住院吧。林纵横拿起电话，赵阿姨，我帮你联系消化内科吧，给你推荐个好医生，很有耐心。患者站起来，声音都哆嗦了，小林医生，你你你，你不要我了？

林纵横横下心，赵阿姨，我有我的难处，互相理解吧。患者说好啊，你可别后悔。说完就抹着眼泪走了。

快下班时，林纵横桌上电话响了，他正在电脑上处理住院患者的病历，随口问道，哪位？对方是个男声，林医生，我是你患者，前几天你给我进行过脑部缝合。林纵横反应很快，先生，我只会头部外伤缝合，不会脑部缝合，那是脑外科的事。对方说对，是你给我缝的头皮，也不知道为什么，自从你给我缝了头，我天天做梦梦见观世音，昨天夜里观世音跟我说，你没给我缝好。林纵横说我想起来了，你们当时是在街道上打群架，有头破的有腿断的，我当时缝了好几个。是这样，你同时伴有轻微脑震荡，我要求你住院，你说不住。对方说没钱怎么住？林医生，我不是赖你没缝好，我是想跟你咨询，我从来就没信过观世音，我只信钱和拳头，还有刀子。你说我为什么老是梦见观世音？林纵横说国外有个心理医学大师有句名言，如果你对上帝说话，那是你在祈祷；如果上帝对你说话，那是你精神分裂。你的情况属于后者，赶紧来医院做个脑部扫描，不要拖。对方问多少钱？能打折吗？林纵横说不能打折，我当时让你签过病情告知书，上面写得很清楚，你拒绝住院以及进一步检查，所有后果自负。对方说现在的医生比奸商还狠，见死不救。林纵横说不如奸商，奸商可以给回头客打折，我们没有这种权利。我郑重提醒你，来做检查，不要挺出后遗症来。你还很年轻，脑子不能出问题。对方迟疑，我没钱。林纵横不接茬，你必须来，我是医生，这个时候你得听我的。

放下电话，林纵横接着处理病历。省市医保时不时来抽查病历，查出毛病，动辄拒付。医保患者遭到拒付，都是医生的问题，患者是没有丝毫责任的。患者的款项将由医院支付，医院支付了之后，要么扣当事医生科室的钱，要么直接扣医生的。有些款项小，科室和医生被扣了都不太痛苦；

有些款项大，科室和医生被扣得焦头烂额。没有医生敢于对这个问题怠慢，有些职称高的医生不用自己整理病历，都由手下医生代劳。饶是如此，一旦有病例被抽查，那些老资历的医生，也得立即扔下手头所有活计，先把病历给过滤一遍。林纵横还没评上副高职称，手下没有医生，病历全是自己写，也全是自己改。写病历时，医生总是实事求是；改病历时，医生是该怎么改，就怎么改，完全以不遭拒付为大前提。比如赵阿姨的病历，她明明是内科病，却总是住在急救中心的外科病房，这是说不过去的。那就通篇处理成腹痛待查，甚至胸痛待查，反正她每次都是各类疼痛，查完之后都是常规用药，用药完毕自然百病全消，也就不用手术治疗了。与其说赵阿姨的运气好，不如说林纵横的运气好，赵阿姨的病历，只被抽查到两次，林纵横改得头都大了。如果把赵阿姨上半年十次住院的病历都给查了，林纵横纵然曹雪芹转世，也是无法给改过关的。所以他是说什么也不敢再让赵阿姨称心如意了。

第八章

赵阿姨历来不说废话，所以她投诉林纵横的过程只用了几个小时。轻车熟路，赵阿姨去了三个地方，医院质检科和医务处，之后是院长办公室。这三个地方的人，都是赵阿姨的老熟人，因为赵阿姨每次看病和住院都要光临这三个地方。尤其院长，见到赵阿姨就要挠头皮，这是院长的习惯性动作。遇见挠头的人和事，就狠狠地挠头，可以有效促进血液循环，提高思考能力。年轻时做医生时，院长大约每周挠回头，后来升为处长和院长助理，差不多三两天挠头。正式成为院长后，院长决定改掉挠头的毛病，结果却是越改越挠，频率也越来越密集。院长挠着头说道，赵老，我知道你的特点是不说废话，所以你看我工作成堆，你就告诉我，这回是谁就行了。赵阿姨强调，跟你说过多少回了，别叫我赵老，我没那么老，也没那么尊贵，你就叫我老赵。我这回也不算投诉，这回是协商。我要求你下令，让急救中心的林纵横医生给我治病。他对我拒诊，完全就是你们给逼的，是医疗体制的问题，不是他的本意。他是外科医生，像我这种内科病他不敢接了，怕同事说他抢食，怕医保抽查病历，怕你们提倡的所谓专科专治，怕身边有小人告他狗逮耗子。你得解决这个问题。院长说好，我解决，但是需要时间。现在我给你安排科室和医生，你先去看病好不好？赵阿姨坚定地，不好，我就不明白，你们的医疗体制究竟是怎么改革的？怎么改得医生越来越胆小？本来小林医生胆子还挺大，现在可倒好，拒诊。院长看表，赵阿姨也看表，院长，你别说你要开会，我不信。开会也是为了更好地服务患者，对不对？院长不敢恋战，这个话匣子要是打开了，赵阿姨会从全国的医院进行分析和论证，几个小时不停口，并且没有半句废话，字字直捣要害，句句见血封喉，会让院长的手指头上挂满被挠掉的头发的。院长抓起电话，命令于立秋立即来把赵阿姨领走，就在急救中心办理住院。赵阿姨不走，我要林纵横医生来。于立秋搀扶赵阿姨，林医生正在手术台上，赵阿姨你先跟我回去，咱们先办住院行不行？赵阿姨说行啊，是内科还是外科？谁是我的管床医生？谁？院长说林纵横。于立秋为难，院长，林纵横上半年收治赵阿姨十次，被抽查病历两次，回回侥幸过关。再查怎么办？院长呵斥于立秋，你说怎么办？于立秋说明白了，我来办。

于立秋只能牺牲自己，把赵阿姨的住院办到了自己名下，而事实上，由林纵横全权负责。并非于立秋高风亮节，勇于担当，而是别的医生压根拒绝这种张冠李戴的荒唐方式。治病这回事，从来不同于其他工作，患者的病情随时变化，医生的治疗方式以及用药也须随时跟进和调整，枉担虚名的风险极大。一旦出现问题，责任怎么划分？赔偿如何界定？

赵阿姨如愿了，林纵横无所谓，于立秋很无奈。赵阿姨是退休老干部，公务员医保，她从来不用纠结费用问题，所以头疼脑热的都要住院，少则七八天，多则半个来月，挂张病床，输液打针体检保健，完了回家睡觉，想来就来，想走就走，住院住得跟度假差不多。医保部门常常来检查这类住院患者，来了就查病床，床上有人就罢，床上无人就让医生找人，限时十五分钟，患者不到，那就算是违规了。违规的代价比较大，经济惩罚与通报批评并用。罚的批的都是医生，患者不受任何影响，所以很多老患者都会仁慈地替医生担忧和着想，他们总是反复保证，医生你就放心吧，只要有情况，我十五分钟必到。还有更加体贴的患者，上班时间都在病床上窝着，输完水就看报纸杂志，熬到下班才回家，反正检查组也是要下班的，正常情况下，谁也不会披星戴月地莅临医院的。

医生不敢放心，手上有了这类患者，哪个医生也不敢放心。不是不相信患者，而是冷风暗箭太多，几乎个个都被射穿过。都是身边人干的，有些医生知道是谁，有些医生干脆猜不着，怎么猜也猜不着。检查人员就跟长了千里眼似的，这边患者刚刚回家，人家就大驾光临了，来了直取目标，往空床边一站，叫人吧，十五分钟。医生徒劳挣扎，电话还是要打的，等患者气喘吁吁地赶来，人家早已撤了。医患相顾，彼此安慰，患者说对不起，都赖我。医生说是我的事，你别激动，小心心脏和血压。有些老患者会说，要不扣多少钱，我补给你吧。医生警惕环顾四周，这话很危险，千万不要再说了。患者都是历经风浪的老前辈，立马心领神会，耳语般问道，是内奸？医生会轻轻点头。有些患者会忆起曾经的风云岁月，立马提醒医生，你也盯着他，下次也这么搞搞他。

赵阿姨不是普通人，八十岁的人了，耳聪目明腿脚轻便，各项身体指标在同龄人中鹤立鸡群。就是身边没人，老伴早已去世，儿女都在国外，赵阿姨去国外享过福，享不了，主要是语言不通，没人说话。儿女都很忙，每年圣诞节轮流回国看望母亲，所以赵阿姨在圣诞节期间是从不生病的。赵阿姨参加过夕阳红旅游团，眼看别人都是双双对对的，自己呢，白天黑夜都和导游搭伴儿，去了两次再也不去了；去公园健身也很没意思，嫌那些个老头老太太俗，整天说的不是菜价就是养生，没聊头；赵阿姨很时尚，微信网聊都会玩，就是朋友圈没几个人，还日渐减少，这个岁数的人，过些日子不见，搞不好人就没了；请过好几个保姆，不是干活不行，就是说话不上路，很快就被赵阿姨给辞退了；原单位的同事们，关系好的都死光了，活着的几个都是从前有过节的，赵阿姨不相信那句老话，好人不长命祸害活千年，她规定自己必须死在那几个祸害之后。赵阿姨不缺钱，二百多平方米的大房住着，退休金花不完，银行存款不光是人民币，还有儿女孝敬的美元和欧元。赵阿姨的生活完全是自理的，自己买菜做饭，自己吃饭睡觉，自己看书散步，自己和自己说话。自己和自己说得多了，有时会糊涂。这回去找林纵横住院，就是因为说话说乱了，结果引发了多种臆想性疼痛。说话多是因为买了袋米，五斤装的东北大米，连米带菜，赵阿姨提着有点吃力，出了电梯开了家门，也不知道怎么回事，累得有点犯晕，忽然就像多年前那样，冲着屋里叫道，老伴老伴，快过来提米，你看我买了多少东西。也不见人来，抬眼看到老伴灿烂的笑脸，镜框里的笑脸，赵阿姨霎时间迷瞪过来了，不糊涂了，就坐在门口哭了起来。哭了好半天，哭得浑身上下到处都疼，就想到了住院，想到了林纵横。

赵阿姨喜欢住院，喜欢和同病房的患者说话，还特别乐于助人。但凡同病房的患者，她进来了就主动搭话，各自躺床上畅叙病情，两瓶水输下来，赵阿姨不仅对人家病情了如指掌，还会详细掌握人家所有家庭成员的工作以及收入状况。曾经有农民工因手臂电伤疼得嗷嗷叫，赵阿姨果断撤离自己的病房，进入隔壁病房对农民工嘘寒问暖，同时叫来了医生，命令医生给开杜冷丁，医生说要等等，这种外伤不同其他，要等神经外科医生来看过再说。赵阿姨看不下去，不行，你先给他止疼。那个医生当时是刚来的，还不认识赵阿姨何方神圣，根本不予理睬。赵阿姨自己高举着吊瓶去找于立秋了，于立秋从医学角度详细解释，赵阿姨说保手臂保神经都对，让他疼死就不对了。你给我想办法，我不能听见他惨叫，太可怜了。于立秋说你先回你病房吧。赵阿姨说不，我要跟他同病房。我要照顾他，他家里也没人来，才二十几岁的孩子，我不能扔下他不管。于立秋忍了赵阿姨多年了，每逢赵阿姨光临急救中心住院，于立秋都觉得自己不是主任，赵阿姨才是。于立秋不冷不热，赵阿姨，男女不能同病房，这是所有医院的规矩。再说他还欠着费用呢，他老板也叫不来。赵阿姨气壮山河，我这年龄还有性别吗？你给我换房。还有，他的医药费我掏，你刷我的医保卡给他治病，刷多少都行。于立秋说那我的饭碗就砸了。赵阿姨反问是吗？这种事你又不是没干过，上次那个跟我同病房的，你让她全家用她的医保卡开药，还都给做了排癌检查。当时于立秋的办公室里站满了人，都是患者，等着看病和治疗的患者。于立秋没法不脸红，赵阿姨，说话是要负责任的，我从没干过这种事。赵阿姨生气了，就把输液器给拔了，于主任，时间地点人名我可都记着呢，咱们去跟你们院长说说去？于立秋说不出话来。赵阿姨乘胜追击，于主任，这可不是你的错，这是医疗体制的漏洞，要堵，不堵住是不行的。哪个医生没干过这种事？你们也是没办法，患者提出要求，你们也不好拒绝，反正我们这种医保卡不怕花钱。可是你要小心身边人，你要让人给告了，你的主任就当不成了。

于立秋跑步出去，进来时身后跟着林纵横，于立秋说赵阿姨，从今天开始，林医生负责你，他是修佛的，跟你同样的境界，特别乐于普度众生。这是林纵横和赵阿姨的首次正式会晤。林纵横微笑，赵阿姨请跟我来吧，你看于主任这些患者都等不及了。赵阿姨打量林纵横，你是哪个医科大学毕业的？都在哪个科室干过？我可知道急救中心的医生大多都干不长，有本事的是自己走，没本事的是被打走。林纵横快速报出学历和简历，赵阿姨比较满意。临出门时，赵阿姨看着于立秋，于立秋说我忙完就来看你。赵阿姨不忘初衷，于主任，林医生是你手下，你不发话他怎么敢给那孩子用杜冷丁？林纵横正色道，赵阿姨，人事上他领导我，医学上完全平等，我的患者用什么药，怎么进行具体治疗，这是我的事情。赵阿姨说小林医生，我看你是不想进步了，以后别这么跟领导说话。林纵横淡然，从现在到退休我都是林医生，医术上自然是要进步的。

赵阿姨回到病房，农民工已经睡着了。赵阿姨问林纵横，你把他怎么了？林纵横说你都看见了，他不疼了对不对？刚才我们于主任做了调整，现在你和他都是我的患者。我是医生，在这里你们都要听我的。你们俩不能住同间病房，这个没商量。但是关于他的费用问题，我已跟他的老板沟通过了，他老板正在赶过来。他求我尽量省钱，都是小包工头，也都不容易，我说省是省，手臂必须保住，这个绝不含糊。赵阿姨不放心，小老板都会耍赖，你要当心。林纵横胸有成竹，有你在呢，我不担心，我相信你本次住院会延时的，我们要共同让他康复出院，是吧？

农民工出院时，要给赵阿姨下跪，赵阿姨恼了，孩子你给我站直了，这辈子谁也不用跪。你没钱治病不是你的错，也不是我有多慈悲，这叫分配不公，是咱俩有缘，把这个不公给它公道了，没啥了不起的。我活了八十了，这辈子什么都经过见过，现在这世道比从前好得多。你就好好干活吧，汗珠子摔出去，总归都能换成钱的。农民工走后，赵阿姨问林纵横，你就不怕有这么个把柄攥我手上？林纵横说什么把柄？我并没有违规呀，你这回住院用药有点多，我们护士都是从库房提出交给你的，是你转手交给他用的，和我们没有什么关系哦。至于他的其他相关费用，那都是你用现金支付的，并不涉及你的医保卡，我们全体医护人员都要向你致敬才对。赵阿姨穷追不舍，我用现金是为你着想，怕你犯错。可那么多药品，我又没有电击外伤，你从我卡上开出来也要处理好，别让那些小护士把你给告了。林纵横说如果是给你的家属开药，经手人那么多，倒也难免人多嘴杂。给这个小兄弟就不同了，因为我们每个人都同情他，同情弱者是人类的天性，我们谁也不希望他的手臂因此残疾。赵阿姨，人心没有你想象的那么好，也没有你想象的那么坏。人心大同，都是吃喝拉撒的普通人，每个人都是差不多的。赵阿姨说坏人多的是，那个老板就很坏。林纵横说非也，那笔手术费他还是借来的呢。不是每个老板都有钱的，他就是个小包工头，真没钱就没法不狠心了。

赵阿姨过了些日子，又来住院了。林纵横说对不起，没床位。赵阿姨说给我加床。林纵横表示不行，所有病房都有加床，实在没地儿可加。接着建议赵阿姨去社区诊所输液，赵阿姨说不去，我回家等着，有床位你就给我电话。林纵横点头，送走了赵阿姨。小护士咯咯笑，林医生你真好说话，她明明就是精神病，没盯上你之前，她每次来了都缠着梅医生，梅医生被她气哭过好几次呢。林纵横也笑，心理障碍经过发展才会演变为精神病，她的症状属于创伤应激的连锁反应。赵阿姨成不了精神病，她来咱们这里，建立和发展多种社会关系，以此缓解焦虑和狂躁型抑郁症，也就是躁郁症，这在心理医学上叫作自我脱敏疗法。小护士满脸仰慕，哇塞，你好渊博哦。林纵横但笑无语。不大会儿工夫，于立秋来了，纵横，听说你精通心理医学？林纵横说，急救中心多忙的地方，怎么闲话走得这么快？于立秋说跟工作有关的都不是闲话。林纵横说官腔。于立秋好奇，你不觉得赵阿姨精神上有病？林纵横说寂寞加有钱，这就是她的病根。我以前也得过这种病。于立秋甚为嫉妒，我怎么就没得过呢。林纵横说我曾经病得比她还严重。商业对手都说我人格分裂，身上潜藏有至少几十种人格，我自己也这么认为，因为很多事情做过之后，我无法相信那是我做的。于立秋啧啧称奇，几十种人格？那你不成了孙悟空？林纵横说老孙是分身术，我是多面人。国外心理医学领域曾经发现过同时具有120多种人格的患者，可谓冠军患者。我跟人家没法比。于立秋问，那你是怎么痊愈的？林纵横昂首挺胸，我去国外重金治病，治不好；后来赤贫，没钱烧了，反倒自动好了。于立秋快快不乐，看来我与此病无缘，不成功不发财都不配得上这种病。林纵横说太想成功太想发财，也可以得上这种病的，要看你的欲望有多大。于立秋说养家糊口和平安退休，就这么大。林纵横说祝贺你，这辈子当不了多面人。

世事几度秋凉，转眼又到了中秋时节。丹青的天空比海面还要湛蓝，蓝得没有半丝的杂质，天连着海，海接着天，海浪远远地翻腾着，像是都卷到了天上去。秋阳却是高高在上，万丈光芒直冲而下，泼得大地雪亮雪亮的，亮得刺眼。梧桐树的叶子也长疯了，每片都是那么肥大饱满，绿得流油，千万片树叶同时狂舞，并不粗壮的树干只能跟着兴奋起来，不时地左摇右摆，摇得人们恹恹欲睡，又舍不得就这么睡着了，毕竟成年的光景，好日子也并不是太多的。这样的日子，如果又恰逢无事可做的周末，傻子才会不出门，让自己闷在家里头。王惊雷和林纵横都不是傻子，所以他们就出来了，大清早查完病房就出来了。先去了海边吃早餐，吃饱了下海游个泳，游到差不多中午，王惊雷提议吃火锅，林纵横说我有个患者是开涮羊肉火锅店的，我去了能吃到正宗的祁连山山地羊。王惊雷看手机，他说我患者家属也有开火锅店的，羊好算什么，他饭店后头有片梧桐树林，我让他给咱们在林子里支张桌子，那个吃法，过瘾。

王惊雷要了羊肉羊肚羊头，还有他最爱吃的羊眼，以及林纵横最喜欢的羊尾。干吃不够味，就要了酒，啤酒。老板拎来了成箱的西北啤酒，王医生，我记得你说过丹青啤酒你喝不惯，这是我特地给你进的货，敞开了喝，别担心酒驾，我让人送你们回去。林纵横说还是心脏厉害，我也认识几个开饭店的，可没人给我专门进货。老板说王医生是我儿子的救命恩人，当时跑遍全省大医院，那几个心脏病权威都不敢接手，都说做不了。后来听说咱们人民医院来了个西北王，我就找去了，王医生当时就说，能做，来吧。结果呢，手术太成功了，我儿子现在就跟正常人没两样，而且那么大的手术，总共才花了三万多块钱啊。王惊雷说跟你说过多少回，不准叫我西北王，叫我老王！老板说没办法，我们全家都叫惯了，背地都这么叫你的。王惊雷说管不了背地，当面别这么叫，我吃不下去。

老板敬了酒后离开，王惊雷得意扬扬地看着林纵横，怎么样，回不回心外科？跟我干永远有大啤酒喝。林纵横举杯，老师，你别给我洗脑，我已经喝惯了丹青小啤酒。王惊雷说，你知道我为什么戒了白酒？林纵横说知道，你心脏出问题了，心肌缺血引起的突发性心力衰竭。

第九章

王惊雷的心脏病，属于典型的灯下黑，他从来就没意识到自己居然也有心脏病。当时他正在给第三个患者做手术，是那天的第三台手术。患者当然是轮流上台和下台，王惊雷却是连轴转的，转到第三台，他忽然感到心脏狂跳，满身冷汗。通常医生在手术室流汗都是热汗，因为手术室都是恒温，温度较高，将近三十度，完全是依据患者体温而设置的。医生在手术过程中，大脑需要高度聚焦，身体也处于运动状态，或直立或俯身或侧身，姿势完全以患者的手术部位为基准，有些手术甚至要以跪姿来完成，医生的双手更是不停地劳作，所以大多都会经常出汗。

王惊雷说不行，我得坐坐，给我凳子。助手和护士都很诧异，心脏手术都是站姿，王惊雷是历来站着手术，从不耽误时间的。护士立即扶着王惊雷坐下了，不扶不行，王惊雷打了个踉跄，几乎跌倒。助手帮着他摘下口罩和手套，说王老师你喘得厉害，你怎么了？王惊雷按住心口，他说心脏好像要跳出来，这是什么毛病？护士给王惊雷擦汗，连声说王老师，我擦不干净，你流汗比我擦汗还要快，还要多。所有的人都看着王惊雷，王惊雷强撑着站起来，刚站起来，又跌坐下去。助手轻呼，王老师，你这是累的，这台手术得停了。王惊雷使劲揉搓心口，他说你做，我看着，我心口疼。助手和护士同时惊呼，是心脏？王惊雷呆住了，呆了片刻，他也惊呼，心脏，就是心脏。话音未落，王惊雷就倒在了地板上，双手死死地按住心脏，语不成声，连连呼疼。

手术室门口的患者家属，眼见好几个医生旋风般冲进手术室，还以为是手术出了意外，个个吓得面无人色，尤其是患者的妻儿，不由得抱作一团，失声痛哭。手术室门开了，患者家属扑向刚推出来的担架床，却见床上躺着的竟是主刀医生王惊雷。他的助手对众家属解释，对不起，王老师因疲劳过度，昏倒在手术台上。患者手术尚未正式开始，未受任何不良影响，现在请你们立即做出决定，是由我们安排其他医生接手这台手术，还是终止手术，改日再做？患者家属都蒙了，谁也说不出话来。助手催促，请你们决定，患者还在麻醉状态，如果选择手术，我们要立即安排，耽搁不得。患者家属问道，王医生怎么样？助手说刚才极其危险，不过已经紧急处理，他会好的。家属们异口同声，我们就等他，今天不做了。

王惊雷醒来后，发现自己已被住院，身上的手术服也被换成了病号服。环顾病房，心外科的医生差不多都在，心内科的两个医生和 ICU 重症监护室主任也都在床边。整个病房站满了人，不是黑压压的，而是白压压的，都是穿白衣的同事。王惊雷茫然地，我这是什么病？同事们更茫然，王老师，我们都不知道你有心脏病啊。王惊雷说我没心脏病，我什么病都没有呀。我身体最结实了，年年体检从无任何指标异常，哪来的心脏病？同事说，王老师，幸亏是在医院，刚才极为危险，也就那么几分钟的事。如果你是在其他地方发作，唯一的结果就是死亡。同事接着陈述了抢救过程以及所用药品，王惊雷说我接受你们的诊断，心肌缺血引起的心梗。问题是心肌缺血通常由心脑血管异常以及高血压等疾病引起，我没这些病呀。同事说王老师，我们都明白，长期的过度疲劳以及心理压力同样可引发该种疾病，你属于这种情况，所以你必须卧床休息，最少半个月。王惊雷笑了，谢谢救命之恩，我谨遵医嘱。

王惊雷歇不成，看望他的人太多，同行还好办，都知道病因病况，来了也就是问候问候，不用多说什么。患者就不行了，他的患者太多，个个拖着病体来看他，来了就要问病情，王惊雷只能像平时那样，深入浅出地给他们做讲解，他说你们都知道，心脏相当于人体的发动机。你们的发动机原本就不健康，所以需要住院手术和治疗，我的发动机不一样，太健康了，所以我从来不保养它，几十年了，每天都让它超负荷运作，结果呢，它可能觉得太累了，它就跟我闹罢工了。幸亏被我的同事们把罢工给镇压了，不然你们都得换医生了。

王惊雷对何无疆和韩心智说，你们俩不要每天都来，严重影响我休息。何无疆说你倒下后，我们俩都特别检查了发动机，都特别健康，估计不会像你这样当先进。韩心智说小道消息，医院要给你申报全市医疗系统先进。王惊雷说我从业多年，从来就没当过先进，市级先进给多少奖金？正这么说着，院长进来了，院长说惊雷，这跟奖金有关系吗？王惊雷说不就证书和奖金吗？我不看奖金，难道我看证书？院长说荣誉，至高无上的荣誉。王惊雷说院长，你也不要总来看我，你那么忙。院长说惊雷，你给我们敲响了警钟，医院里你这个岁数的医生，都给自己做了体检，我也做了。可是这种病也不是体检能检出来的，所以我要在全体大会上着重讲讲你的事迹，让所有医护人员高度重视自己的健康。都说医者不自医，不自医怎么医人？不过我听说你当时连自己是心脏病都确认不了，你放心，我不会提这个的，王惊雷说你要大说特说才对，我不嫌丢人。很多医生都这样，眼里心里都是患者的疾病，就是看不见自己也会出毛病。让他们都以我为戒。何无疆说惊雷，不仅咱们医院，其他医院的同行也都听说了你的事情，都表示伤感，物伤其类，兔死狐悲。王惊雷想大笑，只能捂住心口笑，他说真不能死，不然亲人受不了。你们倒是无所谓，最多热议三五天，也就忘了我是谁了。韩心智也说王老师，你的实话真是伤害友情，不过我们都爱听。院长说惊雷你要戒酒。王惊雷说好，戒白酒。何无疆说惊雷你要戒咖啡。王惊雷说好，咱俩同岁，咱俩都戒。韩心智说王老师你要戒疲劳。王惊雷说同病相怜，尽量吧。

一周后，王惊雷给那个患者补做了手术。患者家属千恩万谢，王惊雷说不用这样，我那天不是因为你们的手术累倒的，那是日积月累，跟你们没关系，别放在心上。患者出院后又来了，送了不少东西，还有面锦旗，打开来看，上书两个烫金大字，医魂。王惊雷说东西都拿走，到处都是摄像头。购物卡更是不能要，拿回去吧。这个锦旗我收下，太有创意，我还没见过有这样咒我的。患者说我们全家想出来的，是要提醒你保重自己的身体。你把它挂起来，太累的时候就看看它，你是大医，你可不能成魂啊。王惊雷点头，有名堂，我喜欢。患者堂而皇之地拎走了大包小包。不一会，王惊雷手机收到短信提示，又被充值了，数额很大，全家打都没法打完。下班回家，看到客厅里那堆东西，王惊雷责怪妻子，叫你先从猫眼看清楚，认识的才给开门。妻子急了，你那点伎俩早就过时了，我连是谁都不知道。是快递员给送来的，说是王惊雷网购的，我能不收吗。王惊雷说没辙，怪不得这患者事业成功，脑袋真好使。

王惊雷出院，比任何患者都要简单，从病房走到办公室就成了。刚上班的几天，同事和助手不时提醒，王老师，你别累着。日子久了，事过境迁，也就不再说了。只有妻子念念不忘，每天早晨都要问发动机好不好；晚上问王惊雷累不累；中午到了饭点就打电话催人；周末逼着王惊雷暴走健身；一日三餐都加了粗粮，饭桌上难得见到荤腥，王惊雷抗议，我人生前二十年都是粗粮，吃烦了吃够了，坚决不吃了，我要吃精粮细粮，我要吃肉。

妻子不屑，瞧你那点出息，一听就是个土鳖。好吃活不长，你想顿顿吃肉？做梦吧，我可不想当寡妇。王惊雷的晚餐是稀粥窝头外加两碟小拌菜，全素，王惊雷稀里呼噜一扫而光，还要，妻子说定量，就这么多。现在成功人士都是吃糠咽菜配着清汤水果，饭量如猫；体力劳动者才是大碗吃肉大碗喝酒，饭量如牛。王惊雷说别装猫了，咱俩都是牛，从小都用大碗喝汤吃面，胃早撑大了，想缩也缩不了。再说我就是个干体力活的，每天劳动量跟农民工差不多，你不让我吃饱，我上台经常饿得心慌手抖。妻子温柔了，惊雷，早餐加碟鱼片，晚餐加水果，再给根蒸玉米棒子。王惊雷看看妻子，问道，你月经还是不正常？妻子慢条斯理，你才更年期呢。你领我看的妇科主任不行，调理几个月还是乱，她自己也还乱着呢。我换成小项医生了，医术真高，几盒药就给我理顺了。你下次看见项医生，千万别忘了谢谢人家，她很崇拜你呢。王惊雷说医院扩建后，招了很多医生，我都不认识。谢什么谢，都是正常工作。妻子下令，你到底谢不谢？王惊雷承诺，明天就谢。给切几块酱牛肉呗，饿。次日，王惊雷给妇产科打电话，我是心外科，请项医生接电话。护士反问，两个项医生，你要找向前的向，还是项羽的项？王惊雷回答，我找擅长治疗更年期综合征的项医生。护士为难，两个都擅长，你要哪个？王惊雷拿不准，就挂了电话。

过没几天，王惊雷有个女患者术后出血，是妇科性质的出血，出血量比较大，王惊雷的助手叫来妇科医生会诊，来的正是项医生。项医生毫不含糊，很快就给患者止住了血。王惊雷说辛苦你了，是术后应激出血反应吧？项医生摘掉口罩，满脸笑容，王老师，是子宫内膜出血引起，正常情况下应该就是你所说的术后应激所致。但我认为这位患者情况特殊，也不能完全排除她是对你们的某种药品产生了过敏反应，当然，前提是她一定患有某种妇科肿瘤或其他疾病。我想看看患者的病历，可以吗？王惊雷的助手说，住院时都有常规询问，手术前也都做过全面检查，没有任何显示表明，该患者具有你所说的情况。项医生说，止血很简单，但我还是认为，应该给她彻底确认出血原因。王惊雷的助手把病历拿来了，厚厚的一沓，项医生，你是拿回去看，还是在我们这里看？项医生望向王惊雷，王老师，你是前辈，是权威，我没有任何不敬的意思。王惊雷说不敢当，咱们是同行，你要是找出问题，赶紧通知我。本来她已经就快出院了，如果是你说的那样，就要说服她转到你们科室继续治疗了。快下班时，项医生来还病历，直接进了王惊雷办公室，王老师对不起，我看了病历，刚才又去询问患者，跟你们的用药毫无关系，她的出血确实属于术后应激反应，她在五年前做阑尾手术切除时也有过这种情况。我去病案室查了她五年前的病历，当时是何无疆主任给她做的手术，何主任和妇科会诊也有同样的结论。王惊雷起身倒了杯水，项医生，你很认真。项医生说应该的，术后应激性出血患者，多见于胃肠出血或是阴道出血，大多是精神紧张导致的，得让他们消除紧张情绪才行。王惊雷说没办法消除，你要是天天做心脏手术，你就不会这么消除了。国际医学有个概率，中等以上手术患者，术后出现精神障碍等不良反应指数高达百分之四十。他们有心理医生配合外科医生积极跟进治疗，我们没法那么讲究，只能就事论事。昨天我有个患者用脑袋撞墙，血流满面，也是术后精神紧张所致，我们只能给他用安定，然后让家属安抚他，家属讲大道理也讲亲情，不撞墙了就算过关。至于术后精神障碍以及心理创伤，出院后他只能自己开导自己了。项医生说，我有个患者，住院出院都好好的，孩子半岁时，因产后抑郁症自尽了。我们的手术等级是医学标准，对患者来说，哪有什么小手术，都是一生一次的头等大事。

项医生，我问一句，你给我老婆看过病没有？王惊雷迟疑片刻，问道。项医生说夫人有复发状况吗？王惊雷忙说没有，本来她的情绪极不正常，时而亢奋时而沮丧，大惊小怪草木皆兵，经常抱怨活着没意思，搞得我没办法。经你治疗后，她好多了，我也好多了，都好过了，谢谢你啊。王惊雷扫了眼项医生的胸牌，记住了项医生的名字，项点心。王惊雷说以后我的患者再有相关会诊，我让助手跟你联系。项点心的眼睛立刻亮了，霎时金光灿灿，把整张脸都给照亮了，照得原本平平的五官也都生动起来，极其地耐人端详。她说谢谢王老师给我学习的机会。王惊雷笑道，小项，跟我不要这样说话，互相学习吧。经过几次的互相学习，王惊雷看中了项点心，每次跟她说话都和蔼可亲，甚至眉开眼笑的。妇科主任质问王惊雷，你想干什么？我这里人手严重短缺，你可别从我这里挖人。我们小项虽然年轻，可是特别能干活。老王你别利用她崇拜你这个弱点，我是不会放人的。王惊雷反击，你就是小人之心，她再能干也是个女人，熬不住心外科大手术的，我从来不收女弟子，全医院都知道。妇科主任醍醐灌顶，老王呀老王，都说你没心眼，我看你是心眼太多了吧。王惊雷说我就一个心眼，有人嫌多有人嫌少，你说怎么办？妇科主任神秘兮兮，我可没嫌过，这回我听你的。

林纵横给王惊雷送了兜胶囊，王惊雷左看右看，这是什么药？我怎么没见过？林纵横说，我出家的山区产灵芝，我让他们采了寄来。又跟满不满要了些进口胶囊壳，把灵芝拿到药房打了粉，我亲手给你装的胶囊，提高免疫力。王惊雷说，我从来不吃补品，你知道的。林纵横变戏法般，又拿出只盒子，他说你得破例了，这是国外的大蒜精和番茄素，每天跟灵芝胶囊同吃，咱们土洋结合，强力进补吧。王惊雷说吃，这回得听林医生的。

王惊雷随身携带林纵横的胶囊，每天都吃，就连吃完了火锅，他也没忘记掏出胶囊，仔细拈出三颗，用火锅汤给送服了。林纵横说怎么样，效果不错吧？王惊雷摇头，没觉得有什么效果。林纵横说没有不适，就是有效果。王惊雷说这话就像江湖游医说的，偷换概念。你在急救中心是练手还是练嘴？林纵横说都练，手不行救不了人，嘴不行很容易被告状。这年头做医生都得练嘴，就像老师你总跟患者说发动机，你是为了让他们明白，所以你从不使用格式化的医学术语。你是名医，你说得越浅白，患者越信服你。我们就不行了，说浅了好像在哄人，说深了好像故意吓人，怎么都不对，只能广而化之，以不出错为前提。

一只蜜蜂落到火锅边沿，小心翼翼地打了几个转，翅膀急速地扇动，然后一个漂亮的反转，以倒挂金钟的姿势，向着锅底的浓汤缓缓挺近，就快挨着了，林纵横伸出筷子，轻轻夹住了蜜蜂，把蜜蜂给放到了水杯里，同时伸手盖住了杯口。蜜蜂在杯里慌乱地飞，点了水，碰了壁，林纵横松手，蜜蜂逃出生天，不见了踪影。王惊雷说它会蜇人。林纵横说它是来喝汤的，只知道汤比水香，不懂得被油粘住就没命了。这不，也喝了水，也保了命，多好。王惊雷说歪理邪说。林纵横说万物有灵，这只蜜蜂太肥，一看就是个吃白糖的，这季节没花蜜了，养蜂人都给蜜蜂喂糖，秋天的蜂蜜不能吃，都是蜜蜂吃了糖酿出来的，就是糖嘛。王惊雷说两个重要问题，纵横，告诉我原因。林纵横说老师，我不想成为第二个王惊雷。你这样的人，可亲可敬，但是不能做。王惊雷问，你是否还需要时间？林纵横想了想，我不知道，老师。我这三十多年都没过过安生日子，前二十年寒窗苦读，后十几年惊涛骇浪。从山上下来后，我只想过过安宁岁月，就像现在这样，上班下班吃饭睡觉，没有成就，也没有陷害，什么也不用多想，工作和做人尽本分就行了。王惊雷沉思，好吧，纵横，我理解。林纵横要说话，王惊雷摆手，你别说对不起，纵横，我会等你。于立秋他说你手术很熟练，你的手根本没报废，原因呢？林纵横说我出家那地方，山下有个卫生院，有什么做不了的手术，他们会叫我做。我有医师资格证，又是大医院出来的，他们都信赖我。三年，我从来就没停过手。

两人懒洋洋地呆坐着，耳畔风过林梢，哗哗作响，谁也没有再说话。当夕阳流金，染透了林子，王惊雷伸个大大的懒腰，站了起来，纵横，第二个问题？林纵横说，经你和妇科主任隆重引见后，我和她接触过几次，项点心确实很好，但是我真没什么感觉。王惊雷强调，她其实很耐看。林纵横频频点头，那当然，越看越好看。王惊雷说你都三十多了，她都三十了，都是单身，又是同行。林纵横叹息，都是剩男剩女，但凡剩下者，都是麻烦人。两个人都麻烦，实在不好相处。项点心可不是江米条蜜三刀什么的，人家名字有来头，春风多情未拂面，秋雨无意偏点心。王惊雷遗憾，她要不是女的，我就把她给收了。纵横，她跟你当年一样，对所有病患刨根问底，高度负责，太少见了。林纵横反驳，她是像你，医学上惊人地认真，人事上惊人地天真。

项点心和林纵横很谈得来，大事小事都谈得来，从医疗体制改革到具体病例病患，两人总能取得共识。项点心说，林纵横，我从小就不吃藕，我受不了那种味道，还有那些藕丝，粘嘴粘牙，你别强人所难。林纵横说试试，你就不能试试吗？项点心说在大学吃食堂，特地试了，结果就吐了，剧烈呕吐。不过我很喜欢看荷花，就是这辈子不能吃藕。林纵横若有所思，当时你吃藕呕吐，必然不是因为藕，藕是止泻止吐的，要么是食堂做的不卫生，要么是其他原因引起的。一看项点心脸色微变，林纵横赶紧把话给补圆了，比如心理原因。项点心弯腰，笑弯了腰，王老师还夸你智商特别高，我看也不过就是擅长杯弓蛇影。

项点心谈过三次正式的恋爱，每次恋爱失败后，都是漫长的相亲期。不相亲不行，新人加时间可以化解失恋的创伤。初恋是高中同学，两人恋爱学习两不误，双双考进了丹青医科大学。医科大学都是五年制，五年级时，男朋友终于提出分手。分手是不需要借口的，恋爱才会有百般的理由。

项点心这才明白，为什么长期以来，同学们的眼神总是那么饱含同情和怜悯。她什么也没说，什么也没问，什么也没做，就到食堂打了份清炒藕片，就着米饭全给吃光了。上吐下泻全在意料之中，她从小就对莲藕过敏。她要的就是卧床，因病卧床，就没人探究她的形销骨立了。毕业后，项点心四处应聘，由于学历只是本科，大医院都是只要硕士和博士，项点心进了家不大不小的医院。工作几年后，项点心把中级职称给过了，把在职硕士学位也给过了，这才调进了丹青市人民医院妇产科。事实证明，她的男朋友是极具前瞻性思维和眼光的，他毕业就结婚了，新娘子也是医科大学的同学。托岳父的光，新婚夫妇都跨进了省人民医院的大门。这扇大门太难进，当时已是非博士不要。两个本科生入门后，边工作边继续学业，几年后双双博士毕业，事业和名声都是稳扎稳打的，前程极为锦绣。项点心从不参加大学同学聚会，只和几个要好的女同学偶尔见个面。

经女同学积极牵线搭桥，项点心又恋爱了。男友是个年轻有为的机关干部，该机关很强势，男友当时已是正科级，正在向着副处级领导的位置狂奔。谈了几个月，项点心忍不住发问，你就那么想当官？男友低语，点心，我必须上进，别无他途。你要理解我，我此生会善待你。由于男友太善待她，也太体贴她，项点心不能不害怕。两人出了趟国，男友给项点心买了钻戒和手表以及诸多名贵首饰，还有皮包和婚纱什么的。男友在丹青买东西都很普通，出国买东西就不普通了，东西都太贵，以男友的出身和积蓄是不可能拥有如此手笔的。项点心担忧，你可别出什么事。男友对着她耳朵吹气，点心，把心搁肚子里，我们会越过越好的。回国后面临结婚买房，项点心把积蓄交给男友，男友轻轻推开，直接带她去看婚房，是丹青最好的地段，最好的房子。房子正在装修，满地的水泥和建材，男友说点心，这是我给你的惊喜。还有家私也都订了，都是你喜爱的款式。项点心说，我总在担心你。

领结婚证时，项点心左等右等，怎么也等不来男友。打了几个电话都没人接，项点心只好打男友的办公电话，刚说了男友的名字，电话就被对方给挂掉了。项点心到处找人，怎么也找不到。两人是在半年后见面的，男友说点心，只有你来看我。项点心说以后我会常来。只差那么几个小时，我们就是夫妻了。男友目光深邃，点心，当时我被带走，心里就一个念头，幸亏还没来得及和你领证。项点心说你从不抽烟，但我还是给你带了烟来。抽吧，日子很快的。男友说点心，以后不要再来。不然我们都会沦为彼此的负担，直至生出怨恨。学会忘记，然后开始。项点心依依不舍，我忘不了。男友劝慰，这世上也许真有海枯石烂，但不是我和你。半年的恋爱，无法负荷太多年的等待。你去吧，点心。项点心走了几步，又奔过来，她说到了那天，我来接你。男友说好好奋斗，开着你的私家车来。

项点心没有以泪洗面，也没有神思恍惚，她不给自己任何时间去回忆过往。白天上班早来晚走，夜里回家早早上床，上床之前先上跑步机狂跑，跑到筋疲力尽，睡得又沉又香。大半年后，项点心接受了医院同事的好意，开始四处相亲。都是在海边及公园等公共场所见面，顺眼了就走着聊着，不顺眼了就找个借口及时撤离。咖啡厅和饭店都是会产生消费的地方，没有感觉是不必进去的。项点心看中了一个中学老师，是教数学的，各方面条件都还不错，两人算得上旗鼓相当。吃了几次饭，踏了几回青，两人牵了手，拥了抱，也接了吻。老师摊牌了，小项，买房子的首付款我负责三分之二，你看怎么样？项点心说很合理，那么装修呢？老师胸有成竹，不仅装修，还要买车，你看怎么分配？项点心说我真没有那么多，要不买车先缓缓？老师说生活质量很重要，我都计划过了，以咱们两人的收入，目前是比较吃力，以后会逐步好转。明年就可以要孩子，孩子的医疗经费和教育经费都可以省下很多，这是咱们的优势。项点心说那我负责买车。老师说还有婚礼的礼金，我大致估算，可以用来支付房贷两年了。项点心头晕，怎么都行，你会算账，你就好好算吧。

见过了双方老人和亲朋好友，房子也都装修得差不多了，老师提出新的要求，小项，希望你不要再往监狱寄东西了，让人知道了影响不好。项点心说也不过就是几条烟，我人又没去。你要不高兴，我就不寄了。老师说你可以写信鼓励他，我可以理解。项点心说，信比烟厉害，你可真够大度的。老师着手写婚礼请柬，小项，把你大学同学录拿来。项点心说我不想请他们。老师不满，怎么搞的嘛，那么多同学，礼金你算过没有？项点心盯住老师，我就想问问你，你爱过我吗？老师说别闹了，赶紧看看婚宴的菜式，联系饭店经理，让他们把客人招呼好，把零头给抹了。项点心站在窗前，看着脚下的万家灯火，一动不动，好久才回过身来，再次问道，你爱项点心吗？老师头也不抬，爱，爱，爱，小项你快干活啊。项点心说对不起，我从来就没爱过你。老师呆愣半晌，站起来搂住了项点心的肩膀，不要紧，小项，这并不影响我们的婚姻生活。在现代婚姻关系中，爱情早已退至末位，没有它也能把日子过好。

项点心执意悔婚，意愿之强烈，远远超乎了她的想象。老师苦苦相劝，劝来劝去，总归都要落实到房子上。项点心说我那三分之一，你有多少退多少吧，分期付款退给我也行。老师也被逼急了，实在是退无可退。没几天，项点心收到监狱的来信，前男友居然是劝她结婚的。项点心冲着老师发火，你把他怎么了？老师说我能怎么他，我去监狱找领导如实反映情况，让他不要破坏我们的婚姻。项点心拂袖而去，再也没有回头。

第十章

过了三十周岁的生日，项点心成了打折甩卖的商品，人们给她介绍的都是四十岁以上的离异人士，条件好些的孩子跟着女方，条件差些的还带着孩子。项点心自问当不了后妈，就再也不去相亲了。她是丹青人，家里的独生女，跟着父母住，基本不用干家务，每天只忙工作，下班了就没事了。认识林纵横后，两人有时看荷塘，有时结伴郊游，很多同事都以为该兑份子了，却是什么动静也没有。妇科主任旁敲侧击，项点心说没有那回事。于立秋也问过林纵横，林纵横说世间无净土，月下有佳音。我和项医生都是光天化日地来往，不是花前月下那种。于立秋说没可能，干吗还要浪费时间？林纵横说你不懂，有些人的时间需要消磨，因为有点多。

林纵横为评副高职称费尽心力。主要是论文，原本想用那些包写包发的医刊杂志，可找了几本看看，又觉得不行。怕这类杂志为了赚钱，会重复使用某些论文的某些段落，出了问题就前功尽弃了。那就只好自己写，写完了自己找地方发表。著名医刊都很牛，有些牛到给钱也不给发，有些牛到给钱还要排长队。林纵横找了几家不太牛也不算烂的杂志，很快凑够了论文数量。然后就是上报和评定，评定时按说是要找人的。让王惊雷给找人，王惊雷说西北可以，我同学都在西北医疗界。丹青没有老人脉，老人总比新人好使。王惊雷领着林纵横去找何无疆和韩心智，两人很帮忙，当场就给打了电话。

王惊雷问还要不要去找找。何无疆说都行。韩心智说尽力而为吧。林纵横在评定日期前几天想去找人，不料对方不让他去，都说已进入封闭状态，不便见面。结果出来后，林纵横要去道谢，也遭拒绝。林纵横对于立秋说，欠下你师傅师爷的人情了。于立秋说没那么复杂，你怎么还是商场上的思维。林纵横说，利害和人情都不是绝对的，都是相对而言。我在商场上求人求惯了，有时候万金求一言。管用的电话哪有白打的。于立秋说我们每天不都在打电话，帮患者联系其他医院的其他医生，甚至大城市大医院的同学，哪个电话收费了？不都是白打？林纵横点头，环境造就思维模式，以及行为习惯。不该总想着欠不欠的，本来还想请你师傅师爷吃个大餐，也就算了吧。于立秋说大餐不用，小餐还是要的，也算给你庆祝。

林纵横就定了吃小餐的日子和地点，结果拖了又拖，不是这个有事，就是那个在忙，好不容易等到中秋假期，几个人总算聚齐。出医院去饭店时，林纵横在路上遇见项点心，就把她也给带去了。饭桌上五星伴月，项点心备受关照。都是寻常的菜式，林纵横点了不少，也剩下不少。王惊雷让他打包，林纵横说算了吧，我吃两天也吃不完，还是扔。扔在这里呢，人家饭店老板还能当成泔水，卖给养猪场什么的。何必费劲拿回去，扔到医院垃圾箱，那就真成垃圾了。王惊雷说可惜我也不敢往家拿，不然要听一大堆难听的。何无疆说就是，咱们平时谁也不买菜做饭，好不容易往家带回菜，还都是剩下的，自己找着挨吵。韩心智使劲点头，我家有规定，剩菜不许进门，除非是我跟她吃剩下的才能例外。项点心忽然就有了优越感，各位老师，我带走。我家就我爸我妈，他俩才不舍得吵我。林纵横说分担，分担。咱俩平分了带走，你带清淡的，我带重口味的，你爸高血压，你妈高血糖，别吃太浓重的。王惊雷看看何无疆，何无疆看看于立秋，于立秋就说话了，你们俩这个，也太底细了吧，连家里人的情况都这么了解。项点心烂漫，这有什么，林纵横去过我家好几次了，主要是教我妈做饭。我妈都跟他拜师了。好朋友，就是这样。韩心智神往，我可没有这样的好朋友，上门做饭，还负责传授厨艺，了不得。林纵横解释，每逢假期，你们都是拖家带口地到处散心。我们呢，也得扎个堆聚聚，打发时间。也不能总来饭店，就到家里吃吃喝喝的。王惊雷问，你的压底菜，亮过相没有？林纵横摇头。几个人都追问，什么是压底菜。项点心更是嚷嚷，很不甘心的样子。

周末，项点心照例寻问林纵横怎么安排，用微信问的。林纵横回复，周六见个老朋友，周日轮到我值班。项点心说我是周六值班。林纵横打出四个字，周末快乐。过了几分钟，项点心追问，你的压底菜是什么？林纵横发了张图，是秋天的荷塘。项点心发个笑脸，附言，吃什么补什么，总吃藕会变成空心人。林纵横回个哭脸，早已空心。

下班，买菜，做饭，吃饭，到荷塘静坐，看看不服秋寒的荷花，攘把猫粮，喂过偶尔鸣叫的青蛙，林纵横回了宿舍。胡乱翻几页书，洗洗衣服，擦擦皮鞋，拖拖地板，静坐。也不知道坐了多长时间，林纵横决定上床睡觉，睡不着，又下了床，还是静坐。门外的走廊过道声响不断，不时有人走来走去，相互打招呼的，打电话的，关门开门的，根本静不了。林纵横打开门，路过的同事就问，林医生没出门？林纵横实话实说，我没地方去。同事乐坏了，到处都是花花世界，怎么会没地方？林纵横说哪里花花了？我看着挺素淡的。同事热情相邀，走吧，跟我们玩去。林纵横动心，去哪里玩？同事说饭店茶馆健身房，想去哪里去哪里，来不来？林纵横就跟着去了。

去的时候，林纵横走在最后面。回来时，林纵横走在最前头，几个同事在身后纷纷赞扬，林医生，真没想到你这么会玩。纵横，以后多聚聚，真是大玩家。林纵横说，大玩家是烧钱来玩，小玩家是省钱来玩，真玩家是不花钱还能玩得好。咱们什么都不是，人均消费百元，玩了三处地方，咱是穷玩家。同事喷着满嘴的酒气，纵横，你不能这么愤世嫉俗，人太清醒了就没乐子了。比起八亿农民，咱们可都是富人，每个月都有固定收入嘛。林纵横半鞠躬，谢谢教诲。下周接着玩，我再给你们开发几个新项目。同事们纷纷掏钥匙开门，林纵横说各位富人，咱们可都喝了不少，半夜起床去洗手间，可别忘了扶着墙走，走廊灯坏了。同事大笑，互道富人晚安，各自进了自己的宿舍。

林纵横先去走廊东头，公共洗手间在东头；又去走廊西头，公共厨房在西头。他平时很少使用公共厨房，嫌乱，二十几平方米的房间，两侧墙边排列着十几张桌子，桌上是煤气灶以及油盐酱醋，桌下边塞着煤气瓶。每到饭点，公共厨房总是热气腾腾，煎炒烹炸各忙各的，大家说着做着，做好了端回宿舍吃去。林纵横在这里也有张桌子，设备完善应有尽有，可他很少使用。他做饭都在宿舍，用电磁炉和微波炉。炒菜多了，墙壁上被熏出成团的油渍，有些硌眼。林纵横就在地摊上买了几张美女图贴上遮丑。四大美人很快被摧残得不像样子，他又换成了金陵十二钗。当十二钗的花容月貌也被迸溅的滚油折磨成麻子脸后，林纵横开始启用公共厨房。同事们都是炒菜，林纵横是炒菜加炖汤，午饭时把汤锅搁灶上，小火慢炖。午休醒来再来关火，这样晚餐就有了着落，连汤带水的，有肉有菜，内容丰富。项点心受邀来吃过几次晚饭，迷上了林纵横的那锅汤。项点心想不通，林纵横为什么要下这么大功夫炖汤。林纵横一本正经，跟你们的心思一个样，美容养颜呀。项点心瞠目结舌，没见过男人这样的。林纵横坦言，我长得不太好，现在吃得讲究点，老了不至于吓人。项点心不客气，满街都是人，谁又肯看谁，不用那么多情。林纵横从床下拖出只大纸箱，他说你看看，都是进口化妆品，我以前每天都要化妆的。现在也就只能炖汤了。项点心蹲下扒拉，啧啧，都是国际名牌哦，可惜是男用的，不然还不如送给我。

林纵横说，男人女人都是人，人皮在本质上没什么不同。化妆品的无限细化，属于文化和商业概念。这些东西你完全可以使用，拿去用吧，绝对无铅无激素。项点心挑拣，把剃须水之类的扔出来，其余全给搬回家了。

林纵横每晚临睡，都要逛逛走廊，东头去去洗手间，西头去看看公共厨房。主要是检查每家每户的煤气阀门，没拧紧的都要拧紧。住宿舍的大多是年轻人，做饭完毕只关灶台阀门，桌下的煤气瓶阀门常常开着。林纵横本来也没当回事，后来收治了几个因此出事的患者，再不敢掉以轻心。这几个患者都是租住城中村的外来人员，都使用煤气瓶做饭，都没有随手拧紧煤气瓶阀门的习惯。结果由于煤气瓶漏气，有中毒昏迷的，也有被烧伤的。林纵横治好他们后总要叮嘱，以后要记得随手关阀门。患者很听话，同事不听话，林纵横贴在厨房的提醒告示毫无作用。成为义务安全检查员后，林纵横的人缘越来越好。楼上的年轻人要结婚成家，都来给他送请柬。林纵横乐得兑份子，有时也去喝杯喜酒。喜酒都是告别酒，结婚的人都是要搬走的，搬到新买的商品房里。偶然的机会，隔壁两个年轻人因为租赁婚纱拿不准主意，争吵起来，越吵越大声，林纵横只得出门劝架。翻开厚厚的婚纱册子，林纵横抬眼打量新娘子，随手指出一款，去试试这套吧。年轻人不服气，林老师，这套我们俩都没看中，我们跑了好几次，看中这三套了，你看看哪个好。林纵横胸有成竹，我这套好，穿身上才能看出来。年轻人试衣归来，简直五体投地，林老师你太神了，就连婚纱店老板都没发现这套的效果，他说以后要给客户重点推介。

林纵横就此兼任了婚纱指导员，每逢有人要结婚，都要捧着册子请他给长眼，不光婚纱，旗袍也要他挑。于立秋说纵横，帮个忙，我表妹结婚，你给她挑挑衣服，定定婚宴菜式。林纵横呻吟，宿舍楼的我要管，急救中心的我要管，现在就连外戚也要我管。你说我又没结过婚，干这些事这么在行，名声全坏了。于立秋安抚，这是成人之美，这是审美水平。名声这东西，历来忽东忽西，好坏哪有标准。大家都说你厉害，什么都懂，连青蛙都听你的。林纵横说都属于歪门邪道。在这个院子里，只有医术才是正道。于立秋嘀咕，我下午去市 120 指挥中心开会，晚上请他们主任吃饭，算不算正道？林纵横同情地说，全市各医院急救中心主任都想请他，他肯上你的桌，是你有办法。于立秋说没办法。很多时候为了求个公道，只能走邪道。刚当主任时，我每时每刻都在走正道，只想医术不理其他。结果呢，咱们医院急救中心的版图范围，被人家划得只剩西南，不见东北。西南都是都市村庄，东北方的省直市直区域，全被划给三分院了。领导不满意，手下怨声载道，我费了好大劲，才把东北失地给收复了。再也不敢怠慢了，不然疆域沦陷，还得我去奔走。

于立秋临去开会，反复交代林纵横，要高度注意那个被熨伤的患者。这患者是个半百之年的男人，由于隐蔽多年的外遇被妻子发现，盛怒的妻子当场失控，将手中正在高温状态的电熨斗狠狠熨在了男人的脸上。男人原本是个资深帅哥，骤然间遭遇毁容，心理上承受不了，被 120 救护车拉回来时，精神已经崩溃，时不时就会歇斯底里地尖叫和狂喊，随车医生不得不按住他，强行注射镇静剂，这才得以草草进行了包扎。回到急救中心，医生把男人交给了于立秋。于立秋会治各种创伤，却从没治疗过熨伤。用熨斗烙人，他只在抗战的电视剧里见过，还都是烙在胸口部位。这种烙在脸上的深度创伤，于立秋只能先行对症处理，同时立即招来了眼科医生和耳鼻喉科医生进行会诊。眼科医生说于主任，你若可以保证他的脸部不会感染以及出现并发症，这只右眼可以保住。耳鼻喉科医生说右耳和鼻子都是外伤，没有大碍。于立秋向整形美容中心求救，直接找的中心主任。主任说首例，我没经手过这种病例。前不久给一个被滚油泼伤的患者做过治疗，效果还不错，具体方法和措施可以借鉴。

进了手术室，于立秋趴在男人脸上进行清创和缝合，还不能趴得太近，怕影响眼科医生的操作。如果按照于立秋的手术操作，手术台上的男人应该呈右侧卧姿，而眼科手术需要患者仰卧，由于仰卧，于立秋就得半蹲着操作，蹲得久了，腰腿酸麻，干脆就跪下了。眼科医生飞针走线，用细若蚕丝的可吸收缝合线，缝补男人破裂浑浊的眼球玻璃体，忙乎半个多小时，这才下了台，腾出了位置。耳鼻喉科医生立即上台，也是半个多小时下台。于立秋这才得以占住了男人的整张脸，干了两个多小时，他让护士赶紧把林纵横给叫来。护士往急救中心打电话，于立秋说打手机，这会儿都下班了，今天的值班医生不适合这种细活，林医生干活很细，叫他快来。林纵横当时不在宿舍，从外面赶回来时，于立秋的手术刚好完成。

男人是半夜醒来的，一直守在床边的于立秋对男人说，我是你的医生于立秋，你已进行手术，没有危险。现在我说你听，请你保持平静。遇到这种情况，我们必须报案。现在警察就在我办公室等着，我去叫他们过来。你的脸部眼部以及右耳和鼻梁都已做过手术，为保证手术效果，这几天你绝对不能说话，只能写字。男人呜咽，于立秋制止，不得有任何表情，也不得发声，否则都会牵动肌肉组织和神经腺，切记切记。男人伸手向空中乱抓，于立秋握住他的手安慰了几分钟，随后就去叫来了警察。

警察进病房询问完毕，返回于立秋办公室。于立秋说两位老兄都是熟人，恕我无力起身了，你们要喝水就自己倒吧。警察问于立秋，根据你的经验，这种情况会是自残吗？于立秋说我没经验，也不在事发现场。我只能就具体伤情病情就事论事。警察说，伤者坚持自己是自残。于立秋说，上次那个大半夜被砍伤的也是自残，上上次那个肚子上插把刀的也是。都是自残。警察说男女还真不一样，有些女人被男人打两耳光都要报案，男人呢，刀砍火烧都是自残。于立秋没回话，直接睡着了。警察摇醒他，于立秋签了字，送警察出门。警察上车时，于立秋说，外遇的代价太高昂。警察不以为然，抢钱的代价更高昂，可满世界不都在抢钱？代价高，回报才高。于立秋说搞不好他明天照过镜子，会推翻自残的口供。警察说没准儿，拿我们遛腿的也不少。有些伤者一天能变三次卦。

这个患者没有变卦，只是流泪，面无表情地流泪。眼科医生提出警告，你不能流泪，再想哭也得憋回去，否则右眼难保。于立秋每天都要多次踏进病房，掀开绷带看看创伤面，亲手换药。男人情绪太差，于立秋根据经验，怕他出现反常行为，给他使用了不少抗抑郁抗焦虑的药品。男人的妻子来找于立秋询问病情，哭得上气不接下气，于立秋示意她要小声，以免被男人听见。于立秋说不，我建议你们暂时不要见面，他不能情绪激动。女人抽泣，我后悔啊。于主任求你帮帮我吧。于立秋说无能为力，你们之间的事情，只能等他好了再说。女人说于主任，我愿意照顾他一辈子。你说他会不会跟我离婚？于立秋反问，要是你被他烙成这样，你会不会离婚？他跟警方说这是自残，不然你也站不到这里了。

男人的情人也来了，于立秋烦不胜烦。他说不能见面，出院了再见吧。情人追问男人的伤势，于立秋说夜半歌声，就那个样子。不过可以通过整形手术进行改善，但是效果有限。情人指责医院和警方袒护凶手，表示要将真相公之于众。于立秋说出去，别再来干扰我们工作。情人转身冲向病房，于立秋早有准备，伸手就把她给拽住了。于立秋说你要是想让他好，你就离开这里。你要想让他恶化，你就去吧。情人痛哭，十几年啊，我们好了十几年。我走，我不刺激他。于主任你可要好好给他治病啊。于立秋缓和口气，当然，你可以放心。情人欲言又止，于立秋说，我要是你，就不会追问离不离婚。

第十一章

于立秋会议连着会议，开完市里 120 指挥中心的会议，又赶赴关于急救伤患现场紧急救治的学术会议，林纵横只得全面接手了于立秋的患者。林纵横骤然间忙乱起来，他自己的患者加上于立秋的患者，躺在病床上的就有十几个，还有几个能够活动自如的，也需要每天换药调药。按照常规，具有副主任职称的医生大多都有下级医生，可以协助干些杂活，由于林纵横职称刚通过不久，加上急救中心人手匮乏，所以他目前还是只能单干。所谓单干，实在苦不堪言，首先必须保证对所有患者的救治与治疗，根据病情病况的变化随时调整用药和治疗手段，还要写病历开单子，有些情况紧急的患者如需要加急检查，林纵横干脆推着患者满院子跑。有时正在手术室进行手术，急救中心的护士或者患者本人就会打来电话，护士会说林医生，你的几号几号床患者出现某种状况，我们怎么处理？林纵横会根据经验立即做出判断，交代护士如何处理和操作。林纵横最怕在手术台上接到患者本人或是患者家属的来电，患者和家属只会说难受和疼痛，林纵横就得追问怎么难受，哪里疼痛。有些术后患者嚷嚷伤口疼，林纵横必须落实是伤口里头疼还是外头疼，是钝疼还是尖锐疼，是跳着疼还是持续疼，等等等等。

要命的是，在这种时候，林纵横的双手还要同时应对手术。在手术台上，医生就是患者的上帝，医生的大脑和双手是必须完全保持一致的，可是有太多、太多的医生，都无法拥有这最基本的要求。他们不得不学会分神，不得不习惯灵肉分离，手里忙着这个手术患者，大脑也要高速运转，为病床上发生状况的另一个患者保命护航。哪个也不能等，哪个也不能耽搁，都要快，都要火速，都是十万火急，都须当机立断。手术台上的医生没有双手，他们的双手只属于患者，接打电话全由手术室的护士负责，护士要把电话举到医生耳朵上，等医生说完再拿开。有时需要拨号，护士会拨通了再放医生耳朵上。林纵横的电话有点多，接接打打，反反复复，接完患者电话，问清楚情况，他会要求护士赶紧拨通急救中心护士站电话，立即就患者状况进行用药调整，撤掉什么药品和仪器，补充什么用药，再上什么设备，都要立马兑现的。这还不算完，遇到较为复杂的病情，涉及其他科室专业专项的，还要再跟相关科室医生进行沟通和磋商，经双方定夺方案后，还得再拨电话到急救中心护士站，即行落实。

手术室护士开玩笑，林医生你要请我们吃饭，我们的胳膊都举麻了。林纵横说必须的，你们都对我的手机无比了解，想吃什么就用我手机点吧，余额足够。护士反对，那可不行，我们要求到饭店聚餐，别用外卖打发我们。林纵横笑容满面，等于主任开完会回来，他不请客天理难容。

被电熨斗烙伤的男人比较缠手，他的病情基本稳定，精神状况却是糟糕透顶。林纵横会同神经内科及神经外科医生反复商议，神经外科医生说属于我范畴的病况都已无碍，他的整个面部神经系统恢复正常，也就是说，伤愈后，他仍然拥有面部基本表情，七情六欲都能够正常表达。神经内科医生不敢乐观，林医生，按照医学标准划分，他目前病况应属于精神医学的医治范畴。如果患者经济情况允许，我的建议是跨院邀请精神病医院医生前来协同治疗。我给他应用的相关药品，只属于对症处理。只可以应急，通过抑制患者脑部神经递质的传递以及活跃指数，从而缓解患者精神及情绪反常。也就是说，我们目前是以药品来控制他的大脑，使之麻木，而不再狂思狂想。如此只能暂时应急，治标不治本。林纵横虚心讨教，那么以前辈的看法，他是应该先进行整形手术呢，还是应该先去精神病医院住院治疗。林纵横得到的答复是，两者互为因果，都很重要，让患者自己决定吧。

林纵横把会诊结论告知男人。男人已获准许，可以轻声说话了。男人说不整形，也不去精神病院，我要死。我出院了就去死。林纵横说死很容易，活着才是艰难。每个人都是如此，你也算不上什么特例。你去我们肿瘤科看看去，多少晚期癌症患者都在挣扎求生，你凭什么要死？男人呜咽，我没脸了，我自己都不敢看自己。我不敢进饭店不敢上街不敢去单位不敢进公园，全世界都拿我当怪物，我还怎么活。你们床位这么紧张，可就是没人敢跟我同房，他们宁可睡在走廊的加床上，也不愿意住这间病房。林纵横说，别这么抬举自己，你我都是草民，得不到全世界的关注。原本也就没几个人肯多看你几眼，不要太把自己当回事。你是活是死，只跟你的亲人有关，你的父母你的孩子你的兄弟姐妹，只有他们会为你悲伤。没有其他人会在乎你的死活，你如果死了，你从前的朋友圈撑破天也不过就是给你点几只蜡烛，发几句评论。男人强笑，笑容无比惨淡，林医生，恐怕连蜡烛也没有，我把自拍照发朋友圈了，原以为那些哥儿们会来看看我，谁知道他们都不理我，还有几个人直接把我给拉黑了。林纵横说那多好，正好就此鉴别友情，这种朋友留着干吗，跟他们交往还不如独处。男人再也不肯说话。林纵横说活下去吧，咬咬牙都能过去。两个女人还在争抢你，要谁不要谁全由你决定；你女儿每天从国外给我们打好几个电话，每次都哭得说不成话；你的朋友至少来过五六个人了，是我不让他们进病房的。男人忽然捶胸顿足，骗子，林医生你是骗子，于医生也是骗子，他不让我照镜子，你更毒，你整天都拿亲情友情欺骗我，还有你们医院所有来给我会诊的医生，全部都在幸灾乐祸。我知道你们一转身，就会把我当成个天大的笑话，到处去讲我的故事给人听。林纵横去护士站叫来护士，要给男人打镇静剂，男人极力抗拒，推搡之间就把那支针剂给抢到手里了。

林纵横对护士说去，去把男护士给我叫来。护士转身就跑，男人破口大骂，林纵横喝道，你给我闭嘴，你只能轻言细语，不许使用激烈言辞以及表情。男人嘿嘿笑，林医生你别假正经，其实你心里特别高兴对吧？你们都嫉妒我长得帅，都嫉妒我毁容了还被女人抢。我被毁容是我老婆干的吗？不是，是老天爷派她干的，因为就连老天爷都嫉妒我。男人望向窗外，喃喃质问，苍天，你为什么这么对我？为什么为什么？

男护士进来时，男人还在叨叨着为什么。男护士上前，想要按倒男人，谁知男人毫不反抗，乖乖地躺到了床上。他说林医生，快给我打针吧。我错了，快让我睡觉，睡醒了我就好了。哪有什么毁容呀，这都是我在做梦。林医生，其实你不是真人，你是我的梦里人。你快走吧，我不想做梦了，我要醒过来。

林纵横辗转托人找到精神病院的陈医生。陈医生医术与口碑都很值得信任。林纵横详细陈述了男人的发病特征。陈医生说，这是典型的精神分裂，因突发性心理创伤引起。该类患者时而清醒时而谵妄，清醒时自卑消沉，有轻生或伤人念头；谵妄时把自己当作世界核心，要么与全世界为敌，要么想要引领全球民众跟他走向真理。赶紧把他送过来吧，不能长期拖延，该类患者病情发展极快，极有可能出现自残或者攻击他人行为。林纵横极其为难，他说陈医生，有个不情之请。能否劳你大驾，来我们这里给他治疗？他的脸部创伤未获痊愈，涉及眼科和耳鼻喉科，也需要每天换药及治疗。陈医生说不行，我们这里是隔离治疗，要随时根据病情调整方案，还有设备以及特殊治疗措施等等。加上我手上患者较多，我不能离开。林纵横搬出介绍人来，几经相求，陈医生这才大驾光临。

经过大半个月的联合治疗，男人终于回归自我，彻底分清了现实与虚幻。分清了更惨，男人下定决心要告别这个无情无义的世界。告别之前，男人郑重感激了急救中心的所有医护人员，还给陈医生发了条致谢短信。陈医生立即致电林纵横，他说纵横你要看牢他，他要寻死。林纵横说不会吧，看起来好好的，吃得多睡得香，也不再胡言乱语了。陈医生说在这个领域，我是专家。前不久，我手上一个自称来自外星球的患者，经过治疗终于确信自己原来是个普通的地球人。按理说这就算是好转了吧，其实不然，患者受不了这么残酷的真相，当地球人没几天就割腕自尽了，幸亏发现及时，总算保住了性命。可是经过生死，他的病情再度反复，精神上出现自我逃离迹象，现在他坚信自己是月宫使者。我们不得不从头开始，我们费力费心，患者全家费尽钱财。纵横，不要掉以轻心。

两人细细研讨，终于拿出了切实可行的保命方案。林纵横问男人，你是选择坐轮椅让我推着走呢，还是自己站起来跟我走？男人不明白要去哪里。林纵横说恭喜你，祝贺你，经过和我们整形中心的反复沟通，他们认为你的脸部重塑手术可以尽快进行。手术后，你的样子会和原来差不多，只是皮肤略有色差，但是经过风吹日晒，用不了多久，色差就会逐渐消退。你还是以前的你。男人不置可否，犹犹豫豫的，林纵横笑道，有钱真好，这种手术价格昂贵。我们专门为你请到了一个大名鼎鼎的业内高手，你的手术由他主刀，我们整形中心主任也会上台，给他打打下手。你要负责他的往返机票以及所有费用，有问题吗？男人的左眼迸出光芒，右眼由于还包着纱布，林纵横无法观察。男人说钱算什么，我不怕花钱，就怕难看。这么不人不鬼地活着，还不如跳楼呢。林纵横说做完手术，如果你还觉得难看，再去跳楼也不迟。男人频频点头，从床上一跃而起，林医生，咱们快去吧。自从毁了容，我还从来没出过这间病房呢。林纵横递给男人一个口罩，男人飞快戴上了。

从整形中心出来后，男人不停地叮嘱林纵横，机票要买商务舱，不要买经济舱；酒店要定五星级的，要套房，不要标准间；还有，高手和整形中心主任都要给红包，要抢在手术前给，不要拖到手术后再给。林纵横不耐烦，我们于主任跪着给你做的手术，我整天围着你跑前跑后，精神病医院的陈医生为你风雨无阻每天都来，还有我们的眼科耳鼻喉科以及神经内科和神经外科，这么多人为你费尽心力，你怎么就不懂得感激我们。男人理直气壮，我没忘记你们，我是打算临死前给你留笔钱的，让你发给大家伙儿。真的林医生，我都安排好了。林纵横盯着男人的左眼，跟你开玩笑的。我们所做皆为本职工作，理解万岁，无须感激。医生对待患者就一个宗旨，能治好的就要尽全力治好，能活着的，我们绝不会让他去死。男人左眼泪光闪烁，林纵横拍拍他肩膀，快快忍住，不许哭，要时刻保持平静。

刚进办公室，整形中心主任的电话就追了过来，纵横，这患者要是日后跟我们打官司，算你的还是算我的？林纵横说不至于吧。整个过程需要多次手术才能完成，前后历时几个月。即便效果不理想，也还可以反复修正，总能让他满意的。整形中心主任长长叹息，纵横，他对手术寄予过高希望，术后必然会失望的。就他那张脸，别说是请个高手过来，就是把你的佛祖请来操刀，也不可能涛声依旧，完全恢复成从前的样子了。林纵横信心满满，医学日益进步，只要他活着，每天都会有希望。作为精神疾病患者，我们必须给他希望，就用希望，让他活下去吧。过上个一年半载的，当他的心理状况恢复常态，他会理解的。整形中心主任说好，共同努力吧。我那个高手同学下周飞过来，按理说现在还不具备手术条件，但他不介意乘坐商务舱辛苦一趟，他说给人整形半辈子，都是为了美，唯独此次是为救命，没理由不破例的，何况还有大套房伺候。林纵横说谢过老兄。务请每天都拨出几分钟时间，过来看看他。

急救中心的医护人员，都穿草绿色的急救服。穿白衣上班的只有于立秋和林纵横，都是习惯，两人从前都在其他科室，穿惯了白衣，穿白衣方便，上班时从衣架上拎起，抖抖，就直接套在身上了。急救服就没白衣方便，上下两截，需要脱了衣服才能换上，相对比较麻烦。林纵横到急救中心后，也领了急救服，每逢值班的日子，是极有可能随救护车出诊的，他会提前换好急救服。平日里，他都是一袭白衣，从来没有人问过他，也没有人说过他。直至宿舍楼的年轻同事特地问起，林纵横才觉出不对。

从那天起，林纵横不穿白衣了。跟所有同事一样，上班了先换衣服，换成急救服。于立秋纳闷，怎么回事，纵横，你不是说穿白衣简单舒服，还很在状态吗？林纵横解释，没法穿了，都说急救中心主任才穿白衣，普通医生都是急救服。说我搞特殊，是想竞争副主任。于立秋乐了，这种事你要当回事，简直天天都有事。我早听说了，我跟他们说，要是院里征求我意见，我会积极推荐林纵横。林纵横更乐，你赶紧推荐，我就等着提拔呢。于立秋不解，纵横，自打咱们副主任调走，这位置空出来几个月了。院里没安排，不是没人争，而是争得激烈，不好安排。我真跟院长推荐过你。林纵横打趣，得了吧你，你跟院长推荐过好几个呢。往后别拿我当挡箭牌了。于立秋说认账，的确是这样。这院子没秘密，我早知道你明白的。林纵横说我不明白，因为我没工夫琢磨。我只知道求不来的东西，就别盯着。好几个正规军盯着呢，怎么会轮到我一个杂牌军，我连个编制都没有，这张馅饼落不到我头上。于立秋忧虑，会是谁呢？林纵横开怀大笑，谁知道呢。要是个能折腾的，你可怎么办呢。

对于急救中心副主任的人选，于立秋比院长还要上心。院长只需要考察任命以及布置工作，于立秋却要朝夕相处时时面对，有事要共同协商，出事要共同担当，都需要岁月的磨合和彼此的认知，以及忍耐与成全。位置决定思维，之前的三个副主任，于立秋处得也都还不错，也就仅仅只是不错，并不是那种很默契很融洽的关系。头一个副主任比于立秋年长十几岁，是静等退休的心态，凡事不求有功，但求无过。这种心态搁在其他行业是很好的，搁在医院里就不太好了，搁在急救中心就很不好了，每当出现危重患者，副主任都不愿染指，总是说我老了，力所不能及了，立秋你上吧。于立秋只能上，上来上去上了好几年，副主任退休。新上任的副主任跟于立秋差不多岁数，急于建功立业，危难时候从不后退，总是勇往直前。问题是医生这种职业，光有勇气是不行的，还要有过硬的医术，方能立于危难而不倒。这位副主任勇气过剩，医术却不太够用，经他治疗的患者，常常出院后再度回头。不是来道谢的，都是来找事的，回家后旧病复发，发的比住院前还要严重，患者不可能不来理论。于立秋多次出手相助，费尽心思跟患者沟通，好话说尽，笑脸赔光，总算压住了八成以上的患者。剩下的两成，一成半去找院领导告状了，另半成去找法院了。副主任官司缠身，弄得有些里外不是人，医院和患者都很不满，于立秋自然是留不住人的。副主任弃医从学，考到某大城市的顶级医科大学攻读博士学位去了，临行前对于立秋说，等我读完就回来。于立秋说不等，傻子才会再回来。果然，副主任博士毕业，直接就把自己给安排在大城市的大医院了。于立秋开玩笑，这回没官司了吧。副主任不满，这个倒没有，就是患者太多，每天挂的号都看不完，平均每个患者三五分钟。上午有个丹青患者，我让他去找你，就地解决省时省力，他说不行，省吃俭用一辈子，做手术怎么也得上大城市。什么手术呢，胆囊结石，区区几颗，任何省市级医院都可以做得很好。于立秋说没辙，都迷信大城市大医院，分级诊疗也拿这种人没办法，你控制他的费用，他宁可少报甚至自费。副主任问于立秋，我的接班人怎么样？于立秋说多联系，多保重。

于立秋不想提起第三位副主任，这人没别的毛病，就是太热心，常常自觉主动地包揽于立秋的分内事务，比如急救中心的人事调度，比如对上级领导的汇报，比如与其他科室的协调等等。搞得于立秋都快没活干了，于立秋不得不主动抢活，抢得多了，两个人就不怎么愉快了。两人都在主任办公室办公，两张桌子脸对脸，两人上班都冷着脸，气氛极其尴尬。每逢有手下来请示工作，副主任开口总比于立秋要快上个几秒钟，有些事也就这么定了。于立秋去找院长诉苦，院长让他注意提高自身觉悟和领导艺术，于立秋试着提高，感觉极为疲倦，比整天站手术台还要疲倦不堪，也就不再提高了。于立秋搬出主任办公室，就在医生办公室办起公来，这就显出了高下，急救中心的医生护士都到这里来说事，主任办公室反倒冷清起来。副主任是主动调走的，调到外医院去当科主任了。临走都是要送行的，于立秋去外地开会，错开了那顿送行酒。结果副主任在送行宴上喝多了几杯，号啕痛哭，哭来哭去就哭一个名字，于立秋。

几个月之后，两人在一次行业聚会上狭路相逢，之间隔了几张桌子。于立秋假装没看见，不料副主任直扑而来，态度异常亲切，连干三杯后，副主任说当上了正的，才知道副职应该怎么做。我手下这个，比我以前还难缠。我就学你的办法，把办公室让给他了。于立秋问结果，副主任说没结果，各自一半兵马，目前算是平手吧。主要是他干的年头多，我是新去的，我要是不去，正职就是他的了。于立秋说加油，干的年头多可不是优势，朋友和对头都少不了。你的优势正是无敌无友，便于开拓。这位副主任也对接班人极感兴趣，于立秋说不知道，全看院里安排。

院里一直没安排，于立秋有点着急，不是着急没副手，而是担心副手不对路，不好共事。于立秋想套院长的话，套不出来，反被院长套了话。院长反问，你的建议呢？于立秋说，我的建议从来就没管用过，所以这次没建议。院长不客气，建议不建议是你的事，管用不管用是我的事，都得做好自己的事。于立秋报出三个名字，院长笑了，名字没变，排序变了。林纵横从老三变成老一了，立秋你急了，亮底牌了。于立秋说原先的老一老二总来找你，我也不能不注意顺序。就他没找过你，也没找过我。院长说他的经历太复杂，做过药企老板，有点敏感。于立秋说还出家当过和尚呢，可咱们是医院不是机关吧。院长说全局，要看全局，不要只看自己脚下那半亩地。于立秋伸手抹去脑门上的汗，院长，你这是要从其他科室派人来？院长问道，怎么，你反对？于立秋说反对无效，我什么也不反对。我只能管住我自己，没啥大不了的。院长呦呵一声，立秋你也威胁我，我还真没想到。我这位置坐久了，那还真是什么都怕，就是不怕威胁。当年医闹头子绑架我，不给他的雇主签字赔款就要活埋我，我都没怕过。我会怕你吗？于立秋说你当然不怕，可是我怕。急救工作特殊性太强，新人一时很难适应。我不排斥跟任何人友好合作，可这么多年来，哪个也没合作好。患者那么多，我照看他们花去大半精力，要是来个事儿多的，我还真是担心没法配合。院长说真是那样，你会怎样？于立秋说不知道，真是那样了再说。我只知道，急救中心可不是什么好地方，医患矛盾的前沿阵地，术业没专攻，医生什么都得会，什么都没法钻研精透。好不容易培养一个，走了，到别的科室去搞专攻了。目前这三个候选人，至少都还是急救中心的，都懂急救，不用过渡，都能直接上手。外头来的，人家图我们什么？无非是图个把职务走上去。所以我们全体都希望，我们的副主任能从我们内部产生。看看院长的脸色，于立秋赶紧补话，这三个，哪个都好啊。

第十二章

院里会任命谁当副主任，林纵横连参与议论的兴趣都没有。议论总是捕风捉影的，就跟谣言差不多，今天议这个，明天论那个，后天又跑出新的黑马，议来论去也没个结果。人事部门来测试民意，白纸上好几个候选人，让大家打钩。几个小护士悄悄告诉林纵横，我们都选的你。林纵横说谢谢。小护士又说，估计你的选票最多。林纵横还说谢谢。小护士不满意，眼巴巴看着他，林纵横无奈，我真不知道，你让我说什么。小护士低语，于主任脸上不阴不晴，也没个表情，我们看不出来。林纵横说没表情本身就是表情。小小年纪，别沾那些个看脸猜心的把戏。快去干活吧。小护士扔下句，我们都想你当。这才端起托盘出了门。

林纵横安慰于立秋，放下才能解脱，你要放下这个事，可别钻里头出不来。于立秋有点气急败坏，指着相连的两张办公桌，放下，怎么放，整天脸对着脸脚顶着脚。不干活，不会干活，都成，就怕太会搅事儿的，你在前头干活，他在后头搅事儿。林纵横说你并不知道是谁，正常人都是好坏五五开，善念恶念各半，要看环境和处境。你是个很好相处的人，对方也不至于处处跟你作对。于立秋说纵横，你也是处处与人为善，可当年不也被整得半死不活，人家可没对你手下留情。林纵横说利害，利害总是相伴相当的。我当年那个场子，利益太大了。咱们这里不至于。于立秋说怎么不至于，狮子抢肉兔子抢草，蚂蚁呢，为半粒芝麻都能出生入死。林纵横说真坏成那样，再说嘛，用不着提前悲观。于立秋说对，大不了我挪窝。

药企行业愈发难做，满不满找不到突破口。大型药企是求发展求创新，中等药企是求维持求稳定，小型药企但求活命，花样百出只求个不死。满不满从出道就跟着林纵横干，林纵横的药企在丹青同行业内属于中等偏上，满不满的起点不低，故而行事风格还是很规范的。林纵横破产后，满不满投身于另一家药企，担任部门经理。满不满干得不好不坏，拓展过阵地，也沦陷过阵地，老板对他也还过得去，只是每月领完薪水，点点数，要分成好几份，还房贷的，养妻儿的，给父母的，打点人脉的，总是紧巴巴的。满不满跳槽单干了，由于规模太小，不具品牌优势，形不成竞争力，日子过得比从前还为难。商场上都要撑面子，满不满打肿了脸硬撑，撑了两年撑不住，放眼看看同行们，谁也比谁好不到哪儿去。满不满面临的选择是，要么继续死撑，等待时机再谋发展；要么收了残局，关闭自己的公司，找家大药企，给人打工去。满不满多次找林纵横商议，林纵横直接问道，你手上有多少资金可以操作？满不满苦着脸报了个数。林纵横说那就去打工吧，这点钱干不成事。满不满问是什么事，林纵横说开医院，开中等规模的专科私立医院。这类医院目前在丹青有近百家，多数都还活着，有些还很能赚钱。开医院开小了不行，患者不信任；开大了开不起，投入资金惊人。你的优势数不清，干这个可以长久，稳扎稳打地就把钱给挣了。满不满说两个朋友都干这个，也都过得不容易。林纵横说都看肛肠病，都看白癜风，都看皮肤病，都看精神病抑郁症，都看男科病妇科病，都看椎间盘突出，都看不孕不育症。同样的运作模式，同样的竞争模式，你稍稍打破常规，就能有回报。

林纵横讲述了他的想法和布局，从很小很细处辐射，从很大很远处回收。小到选择具体病症和医生护士，大到如何投放广告和运营市场。满不满听得有些激动，他说我去筹钱，再找几个人入伙。林纵横说最多找两个人，最好找以前的同事。满不满问为什么？林纵横说因为，我也要入伙。老人好共事。满不满拿不准要不要卖房，他在丹青共有四套房子，都是以前干得红火时买下的。当时他问林纵横，手上有点钱，想做点投资，应该买什么。林纵横想都不用想，买地买房吧。钱多就买地，不多就买房。什么时候都赔不了。满不满言听计从，买了四套房，除却自家人住着的，另三套全部出租，租金不够还房贷，每月都要往里头贴，开始不觉得压力大，后来挣得不多，就感到紧张了。满不满找了几个以前的同事，踌躇满志地畅谈了开医院的具体方案。同事各有反应，有人觉得不靠谱，有人觉得可以做，还有人觉得拿不准。跑了大半个月，说得唇焦口燥，满不满也没拉来一个真要入伙的人。实在憋不住，满不满只得问林纵横，老板，你能投入多少？林纵横说我没钱，你要让我投钱，那你还是单干吧。满不满说别，我不是跟你要钱，我是跟别人要不来钱，有点着急，这才问你的。林纵横说想法和具体运营措施，我只有这些。你要认可，我占百分之二十的股份。你要不认可，我权当帮忙。不满，怎么样都可以。并且目前并不是最好的时机，再过几年或许更稳当些。满不满不愿意再等，每个月挣的钱刚好差不多够花，这样的日子没有奔头。他想好好干一场，把从前蹉跎的岁月都给抢回来。眼看着好多同行都在大展拳脚，满不满心里都是呼啦啦乱窜的火苗子，烧得受不了。

满不满卖了两套房，拉了小舅子当合伙人。林纵横说这算盘精，干得再大，我跟你小舅子也不可能联手吃掉你，你们俩却能随时废了我。不满，你干事总是想得太远，反而不怎么在意眼前。得了，我还是给你当顾问吧，工资你看着给，给多给少都成。满不满嚷嚷，老板你才是想太多，还没联手就盘算散伙。以前大家都说你心眼多过藕孔，我还不相信。这回我信了，当过大老板的都有这毛病。多穷多富都改不了这毛病。林纵横说不满，从前你跟我说话都赔着小心，现在你看，唾沫星子都喷我脸上了。现在你看我，就像从前我看你，都是给自己打工的，对不对？满不满大声说，不对。我从前看你是老板，现在看你是朋友。你当老板时从没欺负过我，连句重话都没说过我。我把你生意搞砸过好几次，你每次都说不要紧，好好干，下次给我赚回来。我从十几岁就给人打工，书念得少，人也很笨，每个老板都骂过我，就你没有。我就是跟着你才赚到钱买到房的，你有钱的时候我都没算计过你，现在算计你我能算到什么？林纵横说等着我，别走。

出了宿舍，下了楼，林纵横漫无目的，就到荷塘站了几分钟。深秋的荷塘苍翠如故，荷叶比夏季肥厚了不少，不增肥是扛不住秋风劲扫的。只是没有了成朵成朵的荷花，秃秃的花竿像丢了帽子的赶路人，秃着脑袋左摇右摆的，不时地就在水面上画了个圈，却是总也画不圆满，不是碰着了荷叶，就是借错了风向，许多个半圈的涟漪四散开来，转瞬即逝。偶有几片未归的花瓣儿，随了水势流连，舍不得似的，怎么也不肯沉落。林纵横捡起半牙花瓣，闻闻，放回到荷叶上，又拧断了两支花竿，揣兜里上了楼。

进了王惊雷办公室，林纵横掏出花竿，晾到窗台上。王惊雷说我不喝这些怪东西。林纵横说不是给你，嫂子问我炖羊肉怎么除膻气，用这个就行了。林纵横又问，老师你告诉我，我从前是不是很轻狂？王惊雷说不是轻狂，是很猖狂。我稍微有点不顺心，你就说老师，等我回头把这个医院给你买下来。林纵横不信，我怎么会这样。王惊雷说钱多烧的。那时我很忍你，我想着发烧嘛，都会退烧的。谁知道你直到破产才退烧。林纵横说我怎么不记得？王惊雷说发烧都说胡话，退了烧谁还会记得。林纵横说老师，你也不提醒我。王惊雷摆手，没用，怎么提醒都没用。你嫂子还抱怨我不给你看病，她认为你是疯了。林纵横迷惑不解，关嫂子什么事？王惊雷说一人得道鸡犬升天，你曾经承诺，要带她去美国，找那个给杰克逊做过皮肤漂白的医生，把她给做回青春期。

林纵横进屋就说不满，对不起，我跟你合作，也跟你小舅子合作。满不满笑问，你去看荷塘了吧？以前每逢你要发飙，要骂人，你就让我们等着，我们都知道你要去荷塘转个圈，回来就好了。林纵横注视着满不满，不满，那时候你们是不是都觉得我疯了？满不满瞪大眼睛，疯了？你才没疯呢，你要真疯了就好了。我们都怨你太清醒了，前怕虎后怕狼，白白浪费那么多发大财的好机会。林纵横感喟，我老师嫌我疯，你们嫌我清醒，因为他对我无所图，而你们要跟着我发财。我当年呢，也就是个半疯，要是全疯就好了。全疯发大财，不疯保平安。半疯呢，活该落个人财两空。满不满发牢骚，又来了，以前开会你就这样，总是要搞分析论证。本来还是论医药论市场，论来论去就成了论人，都是你自己论自己，论自己怎么好，也论自己怎么坏。谁也不敢跟着论，都怕说错话得罪你。最长的一次，你给我们训话三个多小时，从古至今滔滔不绝的，我们困得受不了，就掐自己大腿，还得装着很爱听。林纵横拍脑门，真是疯了，打激素都不能那么疯，就是钱烧的。亏得我佛慈悲，保佑我顺利破产，不然现在还得疯着。满不满立刻纠错，老板，你别以为有钱人疯，穷人更疯，想钱想疯的。我们当年跟着你拼死拼活的，不都是图个能挣钱嘛。你出事后，我们几个中层经理见了面，抱头痛哭，哭你玩完了，我们也只能跟着玩完了。林纵横和颜悦色，不满，现在是你当老板，你可别发疯。大买卖不疯不成，小本经营可疯不起。咱们得往长久了做。

私立医院不比公立医院，公立医院都有级别，行政级别和技术级别，行政级别光看院长就行了，院长是处级，医院就是处级单位；院长若是厅级副厅级，医院也自然是等同级别的。技术级别则是公众认知的三甲二甲什么的。除了级别，公立医院还有综合与专科之分，综合医院科室齐全，什么病都能看；专科医院大多只针对专科病症，比如肿瘤医院主要以肿瘤为主业，对人体各类肿瘤，尤其是恶性肿瘤分门别类，详尽细化，各科室的主攻方向都是肿瘤。患者发现自己生了肿瘤，是有着多种选择的，可以到肿瘤医院，也可到综合医院的肿瘤科治疗。也有不少患者出于多种原因，会选择综合医院的其他科室，在设备设施以及治疗手段都差不多的情况下，很多患者更愿意把自己托付给熟悉和信任的医生。何无疆就收治过不少肿瘤患者，患者经他手术及治疗，或是痊愈出院，或是就此终结。他每次都提醒患者，是否要去肿瘤医院，或是我们医院的肿瘤科？患者回答大同小异，去哪里都是先挨刀后化疗，也不知道能活多少天，就在你这里吧，咱们熟人好说话。何无疆说要打起精神，能够挨刀，就是有生机。我最怕不能挨刀的，连手术价值都没了，那才是数着手指头度日，也不知道能数几天。

私立医院不同于公立医院，私立医院姓私，属于私人所有。私立医院是以投入和规模来划分档次的，有些大城市的大型私立医院，占地面积和设施设备比公立医院还要恢宏，还要先进，就是贵，贵得让普通人进都不敢进。这类医院以超越星级酒店的服务取胜，医生护士对患者软语轻声，详细解释和沟通，随叫随到，永不厌倦。患者住了院，比在家里还舒服，套房配有接待室，有专人负责招呼慰问探视者；病房有四季鲜果，有中餐西餐的点餐服务；如果要吃什么地方的特色食品，毫无问题，护士会用最快速度进行安排，从没耽搁过任何患者及时品尝。这里的患者都是非富即贵，不怕花钱，就怕没人围着转。这类医院只针对高端人群，从横空出世那天起，就跟普通人群天然绝缘。

丹青是座中等城市，这类医院只有一家，名叫爱命医院。爱命医院很出名，以顶级服务和顶级价位出名，丹青医疗界有很多人都认识爱命医院的院长，却没人知道院长的老板是谁。这个院长很活跃，跟很多大医院的名医有来往，有重大手术时，他手下的医生往往是压不住患者的，他会盛情邀请名医莅临主刀，如此才能够留住那些既要服务也要名医的患者群。王惊雷何无疆和韩心智都到爱命医院走过场子，每次走完都很满足。老板多次开出高薪，想把名医收归手下，王惊雷说不，我患者太多，他们当中百分之九十九点九九的人，都进不起这里。我这把刀不认人，只认病，学医从医半辈子，哪能只为了百分之零点零一的人，说不过去。何无疆私下打趣，惊雷也会说漂亮话了。什么百分比，我倒是担心爱命医院哪天又被查得关门了，都三关三开了，太不稳当。韩心智说医患平等，我可不想到那里去当服务员，我同学冲着高薪去了，结果手术后患者要求他在病房陪床，陪了好几夜，给了个大红包。我同学现在最怕陪床。王惊雷说治病救人这回事，有时候跟挣钱有关系，有时候就没关系。咱们医院要是不给我发工资奖金，我肯定回家歇着；可爱命医院要是让我陪床，给多大红包也不干。何无疆自嘲，咱们也没少陪床，都是白陪，大手术术后有情况，不都得待在病房死守，寸步也不敢离。韩心智说何老师，咱们也不算白陪，起码在救治过程中，患者对咱们言听计从，治好了病，哪个不是无限感激？我同学陪床可就惨了，患者说睡，他就得乖乖躺下睡觉；患者说起，他就得起来；患者说尿，他得递上小便器。何无疆说那么个红包，我看不要也罢。

爱命医院是丹青私立医院金字塔的塔尖，塔尖都是矗立于塔身和塔基之上的。塔尖拥有特定的患者群，从不与人竞争，永远高高在上。塔身和塔基就不同了，越往下越广大，越是广大越要竞争，不争就要挨饿，不争就会关门。林纵横和满不满不敢与人竞争，因为资金太少，想争也争不过人家。中等以及偏下的私立医院，大多都是选择常见病，把某种或者某类的常见病作为治疗目标。疾病也是分等级的，患有高精尖疾病的患者，都会首选大医院，这家感觉不好了，那就再换另一家，换来换去都是公立医院，谁也不会轻易去到私立医院摘除恶性肿瘤的。常见病就不同了，有些患者在大医院治不好，看到措辞夸张的广告，不由心动，抱着试试看的心理，也就走进了私立医院。私立医院的场地以及设备设施，跟大医院是没法比拟的，有些还能带个院子，有的干脆就是几间临街房；医生都有简介摆在挂号处，简介都不简单，都是荣誉加身的专家，有些跟大领导合过影，有些拥有千年传承的私家秘方。患者将信将疑，挂号就医，看病拿药，回家吃了药，有些患者有了好转，有些患者没什么感觉。常见病大多都是这样的，治疗了服药了就会有些疗效，除根是不太可能的。患者深谙此理，有的患者索性不疼不治，难受了再说。治治停停，停停治治，拖了个没完没了。

治疗效果和收费标准，是患者最为在乎的。患者都很奇怪，在公立医院治病时，只问费用，从不还价；到私立医院就不同了，患者常常跟医生讨价还价，就跟买卖货物一般，有时要求打折，有时要求抹零。这都是被广告诱导的，私立医院的广告经常推出各类套餐检查项目，患者享用套餐惯了，单点时就总觉得亏，总想着最好可以买一送一。私立医院的定价都很活泛，不像公立医院那样死板，连最末尾的几分钱都要照收。私立医院也有过硬的，过硬的就能长久，有三类私立医院能够长久。一种是确实针对某类常见病拥有治疗的真本事，真本事让痊愈的患者口服心服，到处进行义务宣传，就成了口碑。这类医院的治疗措施往往都是敢于领先的，有些良好的治疗方式由于还处于论证期和试验期间，还未能获得临床应用，公立医院还不敢用，私立医院就用上了。关于医学方式的临床应用，大都需要一个相对漫长的周期，因为有无数的数据需要采集，不达到完全合格的标准，公立医院是绝不会使用该种治疗方式的。等到该方案被批准应用于临床，这类敢于抢先的私立医院已经拥有稳定的患者群，早已在行业内站稳了脚跟。另一类长久的私立医院，是以挂靠的方式获得生命力的，挂靠就是挂牌子，大门口挂着公立医院的牌子，比如某某医院的某某分院，这就等于镀了金，比较容易获得患者的信任。挂牌子就要被管理，故而这类医院在治疗措施以及收费标准上都较为规范，医护人员也都正规，稳扎稳打的，就把道路给走长了。第三种被患者认可的私立医院，投资相对较大，管理相对灵活，专看某类疾病，治疗措施属于跟风，跟公立医院的风，公立医院怎么治疗，他们就怎么治疗，半点也不违规和越界。规范的治疗方式，如果配上良好的服务态度，以及较为灵活的收费价格，患者大多是会认账的。总之私立医院这本账册，不是行家是无法搞清楚的，就算是行业中人，如果没有长期的实践经验，也会存在看走眼的现象。因为私立医院存在着相当严重的鱼龙混杂现象，龙靠管理取胜，鱼呢，主要是靠药品换取患者。药品的门道很深，高深难测，想让正规药品迅速见效，最为简单的方式就是大量掺杂激素类药品。往中药里加西药早已是公开的秘密，给正规药品勾兑较多激素类药品，这种手法还未为大多患者所认知。患者只认疗效和价格，有了这两条，私立医院基本能够活下来。总之作为私立医院，不被患者认可，就无法生存下去。

丹青曾有几家私立医院，开张时锣鼓喧天，以大幅度的优惠活动招揽了许多患者，可是很快就被患者给集体抛弃了。患者都是来治病的，并不单是冲着便宜来的，在能够治好的前提下，便宜很重要。在根本治不了病的情况下，再便宜也是白花钱。有家私立医院胆大包天，就在肿瘤医院对面，租了几间门面房开张，号称包治所有恶性晚期肿瘤患者。有些被肿瘤医院判了死刑的患者家属，以绝境求生的心态来这里问药，药价贵得惊人，患者家属面对满屋子的锦旗和医生的坚定誓言，也就掏了钱。结果不用说，那些药不仅没有半点用处，还把患者给弄得出现了各种不良反应。肿瘤医院的医生抢救完患者，训斥患者家属，国际医学都没法解决这类肿瘤，他们要有这么大本事，早就震惊全球了。你们也不动动脑子想想，怎么这么好骗。患者家属说买药时被他们给骗蒙了，这样骗人，怎么也没人管。医生说长不了，要么被查封，要么自己关门。都是打一枪就换个地方，骗一个是一个。患者家属捶胸顿足，心疼很快要死的亲人，也心疼白扔的血汗钱。能够被这类弥天谎言所欺骗的人群，大多都没什么文化，也没什么见识，比较容易被煽动蛊惑。但凡稍有常识的人群，是不会白花这种冤枉钱的。

第十三章

在大多数的二线和三线城市，大多数的公立医院，并没有将大多数的私立医院作为对手。有能力跟公立医院叫板的私立医院，太少太少。公立医院的医生，即便多次跳槽，也鲜见有跳到私立医院里去的，就算去了，也都是退休后才肯去的。有些小门小脸的私立医院以及诊所，聘请的医生常常来处不明，学历不明，从业经历不明，会不会看病也不明。这么多的不明，患者不明白，行业内的人都心知肚明。这类小医院小诊所的小老板，请不来真正的医生，就请些不伦不类的半吊子医生，倒闭企业医务室的，乡镇卫生院的，退休的护士等，经过包装，就成了他们的精英团队。这类私立医院是靠捡漏生存的，捡公立医院的漏，捡常见病的漏。常见病大多都是医学上无法根治的疾病，比如糖尿病和乙肝丙肝什么的，这类患者在公立医院治疗，病情可以得到控制，得到好转，停止治疗和用药了，就会复发。私立医院的广告敢于承诺除根，一个疗程或几个疗程就可以除根，除根率都在百分之九十五以上。于是几个疗程下来，所有的患者都被归于百分之五的特殊人群，只好自认倒霉，想追究也是无从追究的。

林纵横和满不满都是业内人士，对私立医院的状况极为了解。因为了解，满不满从未想过要开私立医院；因为懂得，林纵横觉得这当中还有空间，还有着相当幅度的可发展空间。空间都是需要内核来做支撑的，内核选错了，再广袤的空间也会日益干瘪萎缩，就如春蚕般吐尽了蚕丝，却换个作茧自缚，白白地忙活，白白地丧命。开设私立医院的想法，在林纵横心里由来已久，从满不满找他那天起，他就开始琢磨了。琢磨的日子越多，他就觉得越是可行，每回外出，林纵横在经过私立医院时，都会驻足观望，门可罗雀的他会进去看看，人流不断的更要转转，楼上楼下都要转转。转来转去，林纵横就有了完善的构想，打算在具备条件时，不妨与人合作，开间可以长久运作的私立医院。就如同所有门类的商业运作，若要开设私立医院，最关键的焦点问题不过三个，资金来源，合作伙伴，以及经营门类。满不满是林纵横的老部下，老部下成为合伙人，林纵横没有顾虑；资金问题也解决得很单纯，不涉及贷款及融资；那就只剩下经营门类了。对私立医院来说，选对了疾病，就是成功的开始；在此基础上，如能够正确地选择医生，并与他们落实双方满意的合作方式，那就成功了大半。至于其他的事物，例如申报备案以及审批手续等等，满不满是完全有能力拿下的。

林纵横圈定的疾病，也是常见病，是常见病中的常见病。这类常见病最是常见不过了，据不完全统计，每个地区的一半人口或是近一半人口，或轻或重的都已罹患该种疾病。这种疾病就是鼻炎。现而今的中华大地，说起鼻炎这种毛病，如果要做统计，那都不是统计得病人口了，而是应该统计未得病人口，然后用减法减去总人口数量，即可得出较为详尽的概率。丹青是座临海的城市，空气质量还是不错的，蓝天白云的日子居多，但是由于四季分明，海风强劲，常年湿度较高，而人们又都惯于夏吹空调冬使暖气，空调和暖气较为干燥，冷暖与干湿交替，因此患有鼻炎的人群也就很多，并不比其他地区少见。丹青的私立医院，还没有专治鼻炎的，以鼻炎作为附带项目的倒是不少。如此并不是私立医院的老板不懂得选项，而是太会选项了。鼻炎这个毛病，一旦得上了，大多都会时轻时重，如影随形，不治自愈的也有，久治不愈的更多。作为疾病，鼻炎是完全可以耐受的，它并不能够影响患者的生存和生活，也毫无生命危险，因此很多患者对其不予理会，犯得严重了才去药店买点药吃吃，不严重就不管它。由于患者都不把鼻炎当病，私立医院的老板也就没把鼻炎当作重要项目来运营，他们经营的都是人体无法耐受的疾病，无法耐受就得寻医问药，公立医院中规中矩，私立医院就有了较大的盈利空间。

鼻炎分为多种，按照轻重程度，按照患病周期，按照不同的发病表现，有着不同的划分概念。林纵横不管那些，他是按照患病人群来划分的。人群无非是男女老幼，林纵横锁定的主要人群是少年儿童，少年儿童都是了不得的人物，都是家里的小皇帝，是全家族的未来和希望。少年儿童得了病，家人没有会怠慢的，都很舍得，舍得花钱，也舍得花时间。林纵横对满不满说，医院地址就选在学区，中小学校越密集越好；广告主要讲清楚鼻炎的危害和影响，比如它会损害呼吸系统和记忆力，严重的还会影响大脑思考能力。危害度越高，家长就会越重视。家长们对自己的鼻炎破罐破摔，对孩子的鼻炎可摔不起，记忆力受损怎么考出好成绩，没有好成绩怎么会有好前程。要让他们明白治疗鼻炎的重要性，要让他们重视。重视了就会想办法治疗，只要他来，就好办了。我们的医生，全部聘请正规大医院的耳鼻喉科医生，这一点绝不含糊，否则不能长久。退休的可以请来长期坐诊，在岗的可以按照他们的时间，每周来上两天班。退休的按月发工资，在岗的按天发工资，按月发和按天发要实行各自的统一标准，还有奖金，就按照患者数量以及治疗情况来发放。满不满疑虑，要是这样，人家患者直接去大医院多好，挂个耳鼻喉科的号，还能随便挑医生，何必要来找我们。林纵横说就是挂号让人烦，挂号要排队，看病要排队，划价取药要排队，检查复查要排队，太耽误时间。现在的中小学生，时间堪比黄金，都是起早贪黑的，哪个家长也不舍得占用他们的学习时间。咱们可以把这些环节都省了，尽量压缩就医时间，你要把这个优势打到广告上，要重点强调。满不满说记住了，我已经找过从前给咱们策划广告的那家公司，他们问我要什么风格，我说就像以前那样，风格不要太夸张，也不能太低调，要让人看了不反感，能够看下去。林纵横说很好，跟我想的一样。不满你要有个准备，我们这种经营模式在丹青属于首家，经营不好就不说了，要是干得红火，必然出现盗版的，甚至克隆的，这样很可怕，会把我们挤兑得坚持不了。所以我们必须严防，要有别人无法仿制的治疗手段。满不满追问什么手段。林纵横说用中医中药，在以西医西药为真正治疗方式的基础上，同时采用中医中药辅佐治疗，增进疗效，这就叫作标本兼治嘛。满不满说对啊，大医院还没有这样呢。我们可以在每间诊室同时安排两个医生，西医中医同时针对患者进行治疗。林纵横说即使这样，也不能杜绝盗版，我们必须独家推出几种中药，让任何人都不能仿制。满不满说那只能是中草药，不能是中成药。只有中草药，才可以引申概念，发挥概念，引申成百年传承，发挥成独家秘方，就成了百年传承的独家秘方。林纵横说正是，你负责去请几个中医吧，西医我负责，我们医院就能请到。不过你要记住，合伙只是咱俩的事，不必跟任何人提起，尤其是我的同事。满不满说当然，我跟谁也不会说的。林纵横交代最后一件事情，不满，我对中药略有了解，在山上待了三年，当地山民常用草药治些个小毛病，我也跟着学了点皮毛。中医治疗鼻炎多采用通窍去燥以及活血化瘀的药材，这里头没什么玄机，要搞玄机，就要在药引子上下功夫。药引子一定要用别人搞不到的。你要跟他们好好沟通这个问题。满不满大大咧咧，太容易了，打工的哪有不听老板话的。林纵横说不满，你要这么想这么干，再好的医院也得让你整垮。医院是靠患者来发展的，患者只认医生，没人认你这个小老板。患者和医生，都是你的衣食父母，你要往上看他们，不能往下看。佛家说，一善念生为佛，一恶念生为魔，我对你的要求是把人做好了，别成魔就好了。满不满说开医院不就为了挣钱吗？林纵横说当然，所以挣钱的手段才是根本。诈人钱财如同害人，你得控制好药品的引进和使用。在药品领域和治疗领域，我都比你专业，我看着你呢，你不得瞎搞。

满不满郑重承诺，绝不瞎搞，永不瞎搞，再想发财也不瞎搞。林纵横稍稍安心，他说慢慢来，我预计两年可以收回成本，往后就有盈利了。满不满憧憬，要是做大了，老板你来坐镇指挥，你那个急救中心的医生，当不当都没啥大不了的。林纵横说不求做大，但求做成。这个行业不同其他，做成就是做大。我当我的医生，你当你的老板，各守本分，我没打算过改行。满不满嬉笑，我没别的意思。林纵横也笑，我也没别的意思。暴富和赤贫，我都经历过。富贵时总想更富贵，想钱想得发疯；潦倒时总想着翻本，还是发疯。现在也很缺钱，可是这个职业让我没法发疯了，每天目睹生生死死的，看得多了，想疯也疯不起来了。我定力不够，为免发疯，我是不会改行的。满不满惊叹，你还定力不够，我们当年都说你稳如泰山，多大的事都不急不躁。林纵横唏嘘，你们是否知道，泰山底下火烧火燎，泰山心里常如油煎，泰山嘴里总生溃疡，定夺大生意时，泰山几天吃不成饭，满嘴都是泡，都烂了。你们都看着我，我能怎么样，不是山也得稳如山。满不满毫不同情，装神装鬼容易，装山可不容易。我这人不行，什么也装不像，我就做我自己吧。林纵横说如此需要更高境界，太多人不是做自己，而是装自己，装得久了，装成了习惯，就再也回不去了。不过不满，你最大的优点就是装不成，继续保真吧。

日出东海，月落南山，满不满每天顶着旭日出门，踩着月光归巢。几个月下来，医院的事情基本落实到位，只待开张了。林纵横跟于立秋请假，要回山上去，于立秋说十天也太多了吧，减几天行不。林纵横说不行，两头来回就得三天，我在山上满打满算，也不过一周。你要难批，我就休年假，休半个月，你批不批？于立秋说去吧去吧，别又出家了就行。林纵横说出家和还俗，都是一辈子只能做一次的事儿。于立秋说我看未必，反反复复的人多了。林纵横说凡人在哪儿都差不多，穿袈裟和穿白衣殊途同归，工作本质没有区别。我很幸运，能穿两种工作服，穿来穿去都很合体合心。于立秋说我也可以哦。林纵横摇头，去留之心太重，所以你哪里也不会去。林纵横交代手头几个患者的情况，细枝末节再三叮嘱。于立秋说放心，你是怎么对我患者的，我也会同样对你患者。林纵横说患者就是患者，没有你我之分。拜托了立秋。于立秋说纵横，此行顺风。于立秋追出门去，纵横，你不叫我于主任了？林纵横回头，立秋，今天咱们共事满三年了。梁祝同窗三年定终身，咱们也得改改称呼了。

跟王惊雷辞了行，林纵横给项点心打电话，项点心深情向往，可千万别忘了给我带些土特产回来，还有你说的干花干果，我买个大花瓶等你回来。林纵横说，你是不是地球人，这季节哪有干花。山上的干花都是在枝头自然风干的，没有防腐剂，夏天都晒成沫了。项点心交代，总之不要空手。林纵横很开心，入宝山岂能空手回。项点心说我就不信你是探亲去了，必然还有其他目的。林纵横说面佛即是探亲。你要养成胡猜的恶习，这辈子可怎么办。项点心说早认命了，这辈子也不指望出手了。再有几天就是我生日，我自己给自己隆重庆祝。林纵横吃惊，这么大事也不早说，就这么又剩了一年。提前过吧，就今天晚上，我给你庆祝。林纵横想就近，就在医院门口的饭店，项点心反对，理由很铿锵，这样会被人看见，让人误会了可不好。林纵横笑说点心，你在我宿舍进进出出无数次，只差没配钥匙了。到底什么情况？项点心吞吞吐吐，是这样，我科室的小向，向医生，她给我介绍个人，也是咱们医院的。林纵横说在我的视野里，咱们医院好像没有比你大的未婚男人吧。项点心说，是个离过的，你说我见不见？林纵横说见，必须见。不然明年人家又结了，我还得给你祝寿。

去吃饭时，林纵横叫上了急救中心的两个护士。散了局，项点心捧着脑袋说头晕，林纵横打出租车送她回家。林纵横说装吧，你酒量我有数，再喝几轮你也不会晕。项点心说，你为什么要叫外人？林纵横说免得影响你终身大事呗。项点心喃喃自语，见不见呢，说好了不要离过婚的，还有个孩子跟着女方，小向整天催我。林纵横就问，你跟谁说好的？项点心闭着眼睛吐出一个字，我。下了车，林纵横说点心，小事得过且过，大事万勿勉强。我的建议是见见面，感觉好了就不作难了。感觉不好，也还是同事。项点心问，要是你呢？林纵横坦然，假设不成立，因为男女不一样。你心里是想成个家的，你不见人怎么往下走。这个岁数很难遇到未婚的了，还是见见好。项点心抬脸，仰望着万里星空，每天上班下班，独来独往这么多年，怎么还没习惯呢，还是想着身边能有个人，两个人就不寂寞了。林纵横说两个人也许更寂寞，要看是什么人，要看他对你好不好，要看你们俩过得亲不亲。项点心说这么长的日子，也没顾上问问你，你是怎么耽搁的。林纵横也望星空，他说我没耽搁，我是人多眼花，过尽千帆皆不是。我是人多导致剩下，你是人少导致落单。男人不怕名声坏，女人名声坏不起。所以刚才叫了俩护士，以免毁你声誉。项点心又问，深度渴望过某个人吗？林纵横想了想，深度渴望过有个人，不曾深度渴望过某个人，因为不具体，所以迟迟不得落实。项点心说，你比我还难办，因为你的要求太抽象。林纵横说点心，预祝相亲顺利。

林纵横以为山河如故人如故，谁知道山河从不变色，人却不比往昔，才走了小半的山路，就累得大口喘气，歇了走走，走了歇歇，怎么提神提力都是枉然，再也走不动了。眼看着夜色压身，林纵横不得不向寺里求救，寺里很快来人相迎，林纵横这才跌跌撞撞地走到山顶。

一觉醒来，月光如昼，看看墙上的挂钟，是夜里三点半。想接着睡，睡不着了，起床又分明太早，就在床上耗着，闲极无聊，林纵横打开手机，看朋友圈。平时他从没在这个时候摆弄过手机，这下子就很惊奇，惊奇于朋友圈的热闹，惊奇长夜里，怎会有这么多的不眠人。林纵横的朋友圈很杂，新同事老同行，新患者老患者，各行各业都有，有的人他还认识，有的早忘了是谁。忽然看到于立秋居然也发了信息，林纵横就问他怎么不睡。于立秋回复，刚把你患者送进太平间，抢救了两个多小时，我和值班医生轮流上。身体极度疲乏，精神高度亢奋，玩玩手机求个放松，然后回家睡觉。林纵横问，患者家属如何？于立秋说他们接受不了，个个神经紧张哭天抢地，我怕再出什么事，所以明知救不过来，也硬是抢救了两个多小时，直至他们从心理上接受了这个事实。林纵横说立秋，辛苦你了。于立秋说进了太平间才辛苦，家属都是老弱病残，我就帮忙给死者换衣服，换好了推进冰柜，他们又嫌冰柜号码不是吉祥号，又要换冰柜，可是吉祥号里头都有人，挑了好半天，才挑了个过得去的。他们还在祭奠，又要烧纸又要放炮，我劝得嘴干，才答应不放炮了，不然大半夜的，崩得方圆十里睡不成觉。这会儿太平间师傅还陪着他们烧纸呢。林纵横说老师傅辛苦，估计得陪到天亮。你快回家吧，睡一小会儿还得上班。于立秋问，你怎么不睡，是不是也太兴奋？林纵横说相反，我是爬山太累，反而睡不着了，老来倦极不成眠。

林纵横上山，是为药引子而来的。药引子就是古荷塘的藕，藕根。经过和几个中医的反复交流，他们都认可了这味药引。林纵横说当地山民常来寺里讨要藕根，入药，也做药引，藕根本身具有药性，对呼吸系统以及消化系统疾病，比如哮喘和咽炎，还有腹胀及便秘等都有疗效。也有山民把藕根焙干，焙成粉末，冲了开水来喝，用以治疗鼻炎和风寒感冒。中医说焙干藕根单独为药是可以的，但是药引需有形，焙干就成粉末了，入药也影响效果。林纵横说，我们可以使用烘干的办法，如此留住形态，也保留适度水分，便于运输也便于储存。有个中医说，我惯常治疗鼻炎的药方，有味药材，和这个药引配伍犯忌。林纵横说那就换味药材吧，藕根相容千百种药材，做药引再合适不过了。治疗鼻炎的药材大多平常，无须名贵，也无须奇巧，关键是搭配组合，这正是各位的医术之所在。

林纵横特地归来，讨要藕根用做药引，寺里应承得极为爽快。林纵横说感激，感激佛祖感激师傅感激各位同门，这位私立医院的老板并不白要，愿以市场价格长期收购。烘干机也会随后送到，我们就要秋冬时节的藕根，往后你们每年都要采藕了。以前都是我采的，采了给大家吃，吃不完的晒干，能吃到来春。我刚才下塘看过了，今年的藕长得太密，个头也不大，看来去年是没好好采吧。几个僧人都笑，纵横，自你还俗，那间瓦房也没人住了。我们每年也都采藕，就是没你采得干净。林纵横说就知道会是这样，这几天我跟你们一块采吧，我还给你们做压桌菜，顿顿都做。有个小僧人说，你的压桌菜，我每回想起来，都想流口水。林纵横失笑，这是修行不够，心存妄念。无妄念，你就不流口水了。

林纵横领着小僧人大干三天，满荷塘的藕几乎被搜刮殆尽。诺言总是要兑现的，林纵横餐餐推出压桌菜，全寺僧人交口称赞。他的压桌菜是道甜食，蜂蜜拔丝藕，用山上的野蜂蜜熬成滚烫的糖稀，浇在炸得金黄的藕条上，夹起来都是丝，咬一口满嘴的丝，蜜丝和藕丝丝丝牵绊，每根丝都能拉出好长好长。林纵横曾经创出五米长的蜜丝记录，把全寺僧人都给看痴了。林纵横走后，寺里僧人也曾练过这道菜，练不成，上了桌没人吃，也就失传了。林纵横说没秘方，就是个火候，要两口锅同时操作，一口锅炸藕条，一口锅熬糖稀，糖稀的加水量要控制好，熬到刚冒泡，熄火，用大勺舀起浇汁，一勺浇透，不能回勺，因为片刻之间，两种食材的温度已经产生变化。一盘菜是不可以在口感上有落差的，必须口口相同。僧人们说也太讲究了吧。林纵横说参禅更讲究，你们不也整日参禅。现在山下流行生活禅，做每件事都可以参禅，深山是道场，红尘也是道场啊。僧人们感兴趣，追问道场有何不同。林纵横说参禅最忌做作，很多人搞生活禅，太流于形式，也就失了本质。形式为禅意，本质是禅心，有意而无心，那不是禅，是演出。僧人又问，山下和山上有何不同。林纵横说山上也有红尘，山下也有道场，都向往禅，都在修禅，也都在修心。我也不知道山上山下，到底是哪里修成的多。小僧人"斯哈斯哈"嚼着拔丝藕问道，你结婚了没有？林纵横摆摆手，现在还没有，以后不好说。小僧人不信，他们都说你还俗是为了结婚，还说你在山上就找好了对象，偷偷谈好了，才脱掉袈裟下山的。林纵横说所以，是非深山仍难免，禅心红尘照旧修。我当年上山是对人性彻底失望，来找佛祖收留我的。念了三年的阿弥陀佛，做了三年的佛前功课，真正信了佛，也就信了人。佛本人中人，人善即为佛。下了山重归人群，此念得以印证。修佛何需行远路，好人总比坏人多，我现在见到每个人，都如同见佛，他好我也好，他坏我不坏，我就离他远远的。小僧人偷偷对林纵横提要求，等我长大了，下山去找你吧？林纵横说我不反对，你自小就在寺里长大，也没什么亲人。既然动了这个念头，也是有缘于红尘。你要来就来，我会照顾你。待腻了想上山，我会送你回来。小僧人无限神往，我下过几次山，花花世界真好看。林纵横问，最远去过哪里？小僧人自豪地，镇上，镇上可真大，集市上到处都是人。林纵横不由伸手，轻轻摩挲小僧人的头顶，不经红尘洗练，哪能修得佛心，过几年也就长大了，想来就来吧。小僧人跺脚，真想快点长大，日子太慢了。林纵横劝慰，时光最公平，从来不由人。你把石板跺烂也没用，留点力气长个子吧。

第十四章

药引子的事务处理妥当，林纵横浑身轻松。还有三天时间，他又去了山间的几个村子，村里有不少老熟人，见了面都很亲热。都是找他给治过病的，心里存着感激，招呼得就极为周全。林纵横进村是空手，出村都是肩扛手提，满载而归。晚上就睡在从前的瓦房里，和坛子里的思无邪说三道四，说完了就说晚安，夜夜酣梦至破晓。最后一个夜晚，林纵横又下了荷塘，摸到角落，把手里的木棍插进淤泥，使劲向下捅，很快触了底，手感邦邦硬，是那块石碑。林纵横放心了，上岸独坐好半天，才回了瓦房。他对坛子说无邪大哥，就算石碑被人发现，那上面也没有关于你的任何蛛丝马迹。隋代栋梁和元代重臣在碑上刻字，都是为了在光阴中留痕。你跟他们不一样，你什么也不想留下，你刻那么多字，就图个无痕无迹。总是无法忘记你，当年我在这个世界上，除了我的家人和我的老师，我什么也没有了。没朋友没信任也没有任何温暖，没人等我，我也无人可等。那三年那么长，比半辈子还要长，那么长的日子，我只有你。我知道你的一切，你了解我的所有。没有人比你更懂我。等我再回来，我会按照你的心意，把你送到风声里。临走，林纵横给寺里留了笔钱，他说这是医院老板给的，给别人叫买卖，给寺里叫作捐功德。往后每年他都按时捐功德，拜托各位按时邮寄藕根到丹青。多谢成全，各自珍重，我还会再来的。

几个僧人要送林纵横下山，林纵横说不用，我还想去镇上的卫生院，看看几个老朋友。进了卫生院，林纵横没见着任何老朋友，坐诊的都是新人，他谁也不认识。外科内科问遍，才知道从前的几个医生都走了，有的去了县里，有的去了市里，都是去了医院，也还都在从医。林纵横翻出这几个人的老号码，挨个拨打，好不容易联系上了。几个小时的车程，终于颠到了县城，县医院离汽车站不远，林纵横就在两者之间找了家酒店，开好房休息一会，正好和几个老朋友吃饭。席间，林纵横问他们怎么都离开镇卫生院了。几个人七嘴八舌，有人是因为收入太少，糊得了口却养不了家；有人是想往上走走，赢得更广阔的发展空间；有年纪较轻，在镇医院不好找对象的；也有跟风的，看着别人纷纷跳了高枝，自己也就跟着跳了。林纵横自作多情，是不是跟我的风呀，你们可都是走在我之后的，我下山时跟你们告别，你们都是很震惊的，并且当时也没听你们说过要走。众人爆笑，我们才没有跟你的风，我们都是以你为反面教材的，和尚都下山了，我等岂能坐守贫困之地。林纵横自嘲，看看，没有我还真不行，我就下个山，就把你们都给带动得上进了，奋发了，我真不得了。众人举杯，纵横，当初我们都可惜你，那么好的医术，非要在山上白白浪费了。现在多好，副高职称也过了，事业顺遂，就差成家了。林纵横说回头再看山上岁月，参佛倒成了副业，唯一可以告慰自己的是，我曾经协助你们，整整救回来九条人命。有那九条命，我没枉过那三年。快快告诉我，我那九条人命可还安好？有个年轻人当场笑倒，报告老师，八条命安好，还有一条不怎么好，就是最老的那个老太太，经你抢救脱险，她回家后给你弄了个牌位，初一十五都要给你上香磕头。原先那个牌位，本来是土地爷占着的，你把土地爷都给顶掉了。林纵横若有所悟，怪不得那些日子百爪挠心，每时每刻都想离开这里，奔向红尘，原来是得罪了土地爷，这才待不下去了。年纪最大的医生说，纵横，你太自谦，其实那九条命是你的功劳，是我们协助你，不是你协助我们。当医生的做了什么，做到了什么程度，只有患者最清楚，所以人家老太太，就是不给我们几个弄牌位。林纵横扪心自问，我能够得上牌位吗？不够。倒是我老师，他的患者也有给他弄牌位的，他根本无所谓，对什么都无所谓。我就不行，刚才听到有牌位了，心里头悲欣交集，还是火候不够，跟我老师没法比。众人就说，你老师肯定是位大医，大医才有这个境界。你也不错了，起码你脸上没什么风波。我们这些小医，要是哪天有牌位了，我们会兴奋得内分泌失调的。林纵横问道，为什么呢，为什么我今天这么希望一醉方休？

这几个人，和林纵横相识相交三年，经过无数次的合作，彼此十分信任，可以说是交情深厚。与别的行业不同，医生之间的合作往往关乎生命，联手救人成功，那种喜悦与感受，是任何语言都无法描述的。三年前林纵横也曾特地与他们告别，只吃了顿饭，没有喝酒。他说等我再来，再见之日再喝。他们都说好，就等你来。林纵横说强烈的预感，你们在这里也不会太久。现在流行换号码，你们可别都换了，让我回来找不着人。他们就说不换，给你留着旧号码。我们看见你走，也高兴，也心动。为你高兴，为自己心动，也想换个活法，可是我们没法跟你比，我们学历不够，镇卫生院的工作经历也没有什么竞争力，出去了怕是没地方落脚。林纵横说至少试试，学历和工作经历都还可以继续补充，不试试看，就得一辈子用旱厕。说实话，我在这里三年，什么都能适应，就是始终不能适应旱厕。什么时候几亿农民都能用上抽水马桶了，那咱们就再也不用崇洋了。众人都笑，城里人都怕旱厕，我们怕也没用。卫生院不是旱厕，可我们家里都是，早就习惯了。林纵横说好习惯令人敬佩，坏习惯必须改进，再困难也得改，不然到死也没有进步。这回见了面，头一个动作自然是握手，每握一个，林纵横就问，旱厕好还是马桶好？所有人都说，那还用说吗？今天必须为马桶干杯。

故人相逢饮新酒，新酒也如老酒，滴滴透着旧意，杯杯承载时光。直到酒店打烊，林纵横他们还没喝够，就又换了个地方，换到街边大排档接着喝。林纵横说各位兄弟，我明天还要早起，坐长途车到市里，赶飞机。咱们别喝白的了，换成啤酒漱漱口吧。众人反对，那可不行，白酒是庆祝旱厕换马桶的。还有友情酒呢，先搞两瓶软的，就喝红酒庆友情，喝完了再漱口。用整箱的啤酒漱罢口，众人承诺，纵横，等你结婚的日子，我们都要去丹青。和尚兄弟的喜酒，必须要喝。林纵横也不客气，会坐飞机吗？坐过飞机吗？众人都摇头，奋斗来奋斗去，不就图个开开眼界，长长见识吗？就等你的喜酒了，我们也好找个借口坐坐飞机。县里地方小，我们上班时间又紧，家里老的小的都要养，轮到自己了，总是舍不得。林纵横说必须有目标，这三年是为马桶奋斗，全部奋斗成功。再三年就为了飞机，我们都好好努力吧。

飞机落地丹青，林纵横等着领取托运的行李，满不满冷不丁窜到身边，林纵横极为不满，你又找什么关系领你进来的？满不满说，是机场派出所的一个朋友。老板，我的车也违章停在门口了，咱不怕，咱有人。林纵横说不满，你这个心态开医院，我怕。满不满赔笑，老板，我这不是着急咱们的千年药引子吗？我都打过广告了，来了很多咨询电话呢。林纵横纠正，是千年古荷塘，神奇药引子，你没弄错吧？满不满说没错，这么大的事，我敢错吗？

回到林纵横宿舍，满不满迫不及待地打开行李，捧出把烘成了黑褐色干条的藕根，凑到鼻尖闻味儿，几个深呼吸，满不满说好闻，就咱们这个味儿，没人能仿造。林纵横说不满，你呼吸系统出毛病了吧，这东西原本还有泥腥味儿，烘干后根本就没味儿了。满不满说明明有味儿，不信你闻闻。林纵横俯身闻了，他说这是返潮了，这东西喜欢吸水，越干越贪水。你明天赶紧再烘一遍，烘干后放入冰柜，冷冻保存。我也得给寺里打个电话，让他们把烘干机的温度再调调。满不满掏出几沓资料，林纵横大致翻看，看到广告时，眉头越拧越紧，指着纸上的佛像佛光，他说不满，这些都不要。我是跟你说过，佛国也叫莲国，佛室也叫莲房，袈裟也叫莲衣，荷花也叫佛花，菩萨的宝座也叫莲花宝座。我是跟你讲常识，不是让你用这些打广告。你这么做广告，很不正规，就像江湖郎中开的医院。尤其是这里，藕根怎么能叫佛根呢，简直就是瞎搞。满不满委屈，广告不夸张，就不是广告了。林纵横说夸张不是造谣，你这种广告，等于造谣惑众，等于欺骗患者。满不满退几步，不认识似的打量林纵横，老板，我还真不知道，你现在正义感都爆棚了。原先咱们搞的药品广告，可比这个夸张多了，你还总嫌保守呢。林纵横也退后几步，半躺到床上，不满，那是不得已而为之，全行业都在比拼，拼的就是夸张，保守就没活路了。受众群不一样，你的广告就不能墨守成规。当年的广告是面对各个医药代理公司，各个机构以及各个医院。都那么搞，咱们自然也不能免俗。现在的广告没有任何中间环节，你是直接面对患者。太离谱的自我吹嘘，会让患者反感，都反感了，谁会找你看病？就这句话，治愈率百分之百，简直就是自找没趣。满不满问道，那你说这个治愈率怎么说？林纵横沉吟，治愈率嘛，也要分个长期和非长期的。你查查医学资料，该是多少就是多少。患者心理你要明白，看小毛病时，哪怕治愈率是五五开，他也会把自己主动划进前五成，他是抱着成功的信念的。要是恶性肿瘤呢，你即使同样告诉他是五五开，他也会把自己扔到后五成里头去。所以治愈率这个概念，对医学有意义，对整体有意义，对个体呢，基本没有什么意义。就算治愈率百分之九十九，可某些人偏偏没治好，那是什么意思？那就是他们得认命，谁让他们不幸属于那百分之一呢。

满不满重重点头，老板，我照你交代的，让他们再改。林纵横说告诉广告公司，换个年轻人来写，这个写手太老了，连引经据典都老气横秋。满不满嘟囔，他还没有咱们老呢。林纵横说心老笔就老，再不改良会没生意的，换人。满不满提议，要不换个公司吧，连尾款都省了。林纵横说，在已经开始合作的前提下，没有原则性分歧，不要轻易更换合作方，否则只会越花越多。花大钱要狠得下心，花小钱要收得住手，不然小钱也会变成大钱。还有，让他们把佛教的概念给去掉，不懂的东西不能乱说。何况咱们也不是慈善机构，这样会对患者产生心理误导，以为咱们收费低廉。咱们才不低廉呢，低廉了还怎么交房租怎么留人才？满不满这才掏出关于收费的标准，让林纵横好好过目。林纵横没细看，只是问，如此是不是可以维持？满不满说可以。林纵横说那就先行开始。等过些日子，患者逐渐增多了，你再引进几台相关设备，逐步增加检查项目，以及鼻部手术项目。就目前情况，患者不会选择在这里进行手术，也不会接受过多的检查项目。建立起医患双方的初步信任，这才是当前的主要目的。

林纵横让满不满挑些土特产带回家，满不满大致翻翻，深感失望，什么也没拿。林纵横说不要正好，土鳖出身的都追洋货，洋鳖出身的都爱土货。半土半洋的最好办，什么都爱，我几个老师都是这样，明天送给他们去。林纵横给王惊雷何无疆送了野山菇，给韩心智送了笋干和莲子，给于立秋和几个同事带的是荷叶茶，大家都很满意。轮到项点心了，只剩下几只干莲蓬，还有两小包藕干儿，林纵横天花乱坠，点心，你把莲蓬插花瓶里，这可是千年古荷啊，当地人都把这个叫作荷攥拳，你看看像不像小拳头；你别扔，别扔，我知道你不吃藕，藕干儿是给你妈炖汤的，炖猪炖羊炖鸡都是顶级配料，买都买不来。项点心直言不讳，我想要野山菇野莲子野笋干，我还想要于立秋杯子里泡的荷叶茶。林纵横低声说，那当然，就是今年山上雨水多，他们的东西其实都是阴干的，不是晒干的，品质不太过硬，明年给你最好的。项点心大笑，你就骗吧，明年可能雨水更多。林纵横说你这么不好骗，相亲是很难成功的。项点心说正相反，初次见面很成功，接下来我也很有信心。林纵横说尽管我不想失去你这个朋友，但是我还是深深希望，你这次能够脱单。项点心说这两者好像没什么关系吧。林纵横叹气，怎么会没关系，对方很快就会提醒你，让你少往宿舍楼跑。

过了没几天，项点心和同科室的向医生同台操作手术，剖腹产手术只是她们的常规手术，两人配合得恰到好处，极为顺利。临近收尾，向医生说点心，你的藕干儿真好吃，我都当点心给吃了。项点心说还有一包，下了台就给你。向医生说那个，就是那谁，他让我问你，周末有没有兴趣去郊外野餐。项点心含笑不语。向医生又说，要不我就不去了吧，灯泡的角色也不好当，总不能回回跟着你们白吃白喝。项点心说不不不，你一定要在。向医生说你希望我在，他可不这么想，你说我该听谁的呢。项点心低眉垂眼，嘴角抿得满满的，都是笑。向医生说得了，我真是该退场了。具体时间地点，我让他跟你联系。

项点心周六值班，忙得停不下脚，妇产科全楼爆满，连走廊都加了不少床位。项点心成了穿梭机，在病房和床位之间穿来穿去，夜里刚躺下，急救中心又拉回来一个下腹部剧烈疼痛的女患者，项点心被叫去会诊。同时参与会诊的普外科值班医生对项点心说，这患者表述不清，不过所有检查都已加急处理，很快会出结果。根据经验判断，我认为八成是你们的事儿。项点心说根据疼痛点，要么肠道，要么子宫。检查结果很蹊跷，同时支持两个医生的判断。这患者肠壁有两个穿孔，晚饭吃的食物溢出，溢满了腹腔，本来是和妇科没什么关系的，可是患者子宫受到了较强的压迫和刺激，导致子宫产生痉挛性收缩，患者疼得满地打滚。双重的疼痛感，患者无法清晰表述，120的随车医生在给患者紧急止疼后，只得同时通知普外科和妇产科医生都来参与会诊。患者被送进手术室，肠穿孔手术只是普外科的常规手术，普外科医生对项点心说，我上台，你晚安。项点心说未必，她晚饭吃的麻辣火锅，按理说这种情况，子宫受到刺激也有可能产生痉挛，但是我还是得看看，不然睡不着，可别有什么万一，咱们就怕出现万一。项点心问患者，你妇科体检都正常吗？患者说都正常。项点心又问，子宫有肌瘤你知道吗？患者说知道，有三个，两个大一点，一个小一点。项点心再问，平时有什么感觉吗？患者说没有，所以就没管过。项点心说你即将手术，属于全麻，为了稳妥起见，我想在手术过程中彻查你的子宫状况，如有任何疑问，或是需要立即采取必要措施，我应该和什么人商议？患者说我儿子住校，他爸出差了。你就跟我说吧。项点心说你是全麻，没法跟你说，有什么亲属？患者问朋友行不行？项点心说不行，必须是亲属。实在不行，就叫你儿子吧。患者说不，他才初二，你别吓他。项点心极为意外，这患者年纪太大，都半百之年了，她的儿子不应该只是初二的学生。患者说医生，我头一个儿子念到初二出了车祸，没了。这个是老二。项点心说对不起。那么请把你先生的电话给我们，我们立即通知他赶回来，手术过后你身边不能没人。患者说不叫他，他出差就出在本市，住在情人家里。你们给我请个护工吧。项点心握住患者的手，好的，你会平安无事的，不要害怕，也不要担心。

普外科手术进行到一多半，项点心给患者彻查子宫，项点心惊叹，这么千疮百孔的子宫太少见了，难怪。普外科医生问难怪什么。项点心说难怪那么容易痉挛，难怪她丈夫家外有家。普外科医生说肠穿孔我也见得多了，同时引起子宫痉挛的还真没见过。苍蝇不叮无缝的蛋，这种子宫状况，确实经不起任何风吹草动。项点心说取样活检吧，确保万无一失。活检结果出来后，项点心连声说，这可怎么办，她怎么就这么倒霉呢。普外科医生说项医生，我的建议是先结束本台手术，住院就在我们科室。等她清醒了，再议。项点心说只能如此，我会每天都来。她的子宫肌瘤早已变质恶化，子宫是必须全切的，只是不知道有没有扩散到其他部位。普外科医生说根据肉眼观察，腹腔目前还看不到扩散迹象。但是，落刀的感觉，怎么说呢，她的肠道又脆又薄，基本没有弹性和韧性，要么是长期营养太差，要么就是肉眼看不见的扩散现象。项点心说可以放心，她儿子才初二，她只能选择求生。普外科医生吐出口气，那就好，有些患者一听见癌字，心理上就崩溃了，丧失求生欲望的癌症患者，谁也救不活。

出了手术室，回到妇产科医生值班室，项点心倒下就睡，睡了三个多小时，睡到早晨七点钟准时醒来。项点心起床洗漱，然后开始查房，给几个患者调了药，给另几个患者的刀口换过药，给值班护士下过医嘱，星期天的值班医生来了，两人进行常规交接班。项点心脱下白衣，走出病房楼，这时已是上午十点钟。

项点心吃了两顿野餐，中午在东郊的农家小院，吃的野鸡野兔；晚饭是南郊的野菜宴，各种各样的野菜，炸的蒸的焖的炒的，还有红烧和凉拌的。回到家里洗了澡上了床，项点心打了两个电话，先打给那个女患者，落实护工问题，女患者连声道谢，表示满意。项点心说明天我来看你，有些情况要跟你沟通。患者说项医生，我都知道了。给我做手术的医生都跟我说了。你能不能告诉我，我还有多少天？项点心笑出声来，只要没有扩散到重要脏器组织，你的生命该有多长就有多长。你还真应该感激这顿火锅，它让我们发现了这个重大隐患。患者说我不谢火锅，我要谢你。当时的情况，你完全可以不再往下追查的，可是你穷追不舍。我要是能活下来，你就是我的救命恩人。项点心说都是分内事，你言重了。你要尽快恢复体质，还要再上一次手术台呢。我想特别提醒你，无论遭遇了什么，都要保持淡定良好的心态。为了你儿子，你得好起来，对不对？患者不出声，项点心又说，大姐，好心情能把癌细胞吓跑，真的，明天我讲几个例子给你听。癌症这种东西，特别欺软怕硬，你越悲观，它就越猖狂。你务必要乐观起来，我们共同战胜它。

项点心还没来得及拨号，向医生的电话就到了，项点心说真巧，我正要找你呢。向医生说可别再重复了，我刚听过全程汇报。点心，我提前祝贺你们了。项点心说就吃两顿饭而已，没什么可祝贺的。向医生说，下周去外地旅游吧？要是赶上你值班，我替你值。项点心问道，他自己怎么不说？向医生说不好意思呗，怕你拒绝，下不了台。项点心说都四十多了，都结过婚了，都离过婚了，有什么不好意思的。向医生说很简单呀，对你太喜欢了。项点心嗯嗯。向医生不依不饶，点心，你对他是不是也喜欢？项点心说很周到，很含蓄，也很得体。向医生说点心，就是还有个小事儿，你别往心上放。他这人吧，对自己要求很高，对家人和朋友都特别好，就是认真，对人对己都认真。你们这眼看着也都确定关系了，要是还有别的追求者，你是不是也都应该给回绝了才好。项点心说我没别的追求者，真没有。向医生就说，当然没有，我都跟他说了，可他心里多少还是有点小疙瘩，都在一个单位工作，人多眼杂的，让人说闲话就不好了。项点心心跳加剧，她说什么意思？你直说吧，我没明白。向医生说点心，你的人品我最了解。我都替你解释过了，你就放心吧。项点心说我不放心，这都涉及人品了，还是说明白的好。向医生绕来绕去的，就是说不明白，项点心就说了，他是不是希望我不要再去宿舍楼了？向医生说是呀，本来就不是个事儿嘛。同事之间来来往往的都很正常，就是你们俩吧，都还没成家，也难免会引起些误会。项点心说我知道了。向医生软语温声，点心，虽然他离过婚，可也不乏追求者，是个很优秀的人，以后也会很顾家。女人再能干，也是嫁鸡随鸡嫁狗随狗，就看你能嫁给谁了。他才这年龄，前途会越来越好的。项点心忽然问道，他为什么好好的科主任不当了？向医生说这还用问，当医生当到退休，最高不也就是个科主任？现在多好，医院最年轻的处级干部，前途远大着呢。他前妻就是没眼光，整天抱怨他，只顾事业不顾老婆，听说现在后悔了，想复婚也复不成了。

项点心周末没去外地，连着好几个周末都没去。宿舍楼也不去了，每天上班来医院，下班就回家，周末自己逛街，主要是买衣服，给自己买，也给父母买。那段日子，项点心全家穿戴光鲜，弄得邻居还以为她就要出嫁了。林纵横也没跟她联系过，偶尔遇到了，也就是擦肩而过时，随口打声招呼。项点心忍不住问话，林纵横，还是朋友吗？林纵横说点心，我历来很识趣，不想对你有任何不良影响。项点心说黄了。就像登台演出，男女演员的每句话都是台词，每个动作，每个眼神，完全按照剧本设定往下走，没有任何个人权利，以及可发挥空间。我只好下台了，不然这辈子就活成戏了。林纵横说理解，并深表同情。项点心不解，你同情什么？林纵横吃惊，点心你不知道？项点心说知道什么？林纵横说无比同情。医院很多人都知道，人家正在筹办婚事，新娘是你科室最漂亮的小护士，芳龄二十二岁，介绍人也是你科室的，也是你的介绍人。项点心说真不知道，太快了吧？林纵横说不快，这都几个月了。人生如戏台，当然要抢着登台献艺了。是你太慢了，点心。项点心捂着胸口笑，边笑边咳嗽，她说笑死我了，我还掂量着怎么回话呢，怕说得太直伤人，又怕不直说不清楚。我台词还没编利索，人家就又换戏码了。林纵横说我连观众都算不上，可我知道是你不要他。项点心说这种事情，成不成才是关键，除此之外没有要点。林纵横说没要点，更没热点。就算有，也是那个小新娘。过了就是空了，空空如也，再过些年头，你会连这个人的名字都想不起来。项点心说还是有些难受，我跟向医生同事多年，相处得很亲近。林纵横说也好，认识人这回事，再迟也不迟，路还长着呢。项点心说要是成了处长夫人，她就跟我亲如姐妹了吧。林纵横说要是处长翻船了，姐妹也就陌路了。要是处长又升了，兄弟姐妹此生不渝，情比金坚。项点心说我还真傻，没正式给人家回话之前，我还想着就先不去宿舍楼了，也算是彼此尊重，好合好散。林纵横说不要紧，关键时候，友情总是最先被牺牲的，亲情总是最后才肯舍得的。项点心问，那么自己呢？林纵横说要看个体，这个没有规律可供参考。不到紧要关头，人是无法真正认识自己的。有些人的勇敢超乎自己的想象，有些人的懦弱同样出乎自己预料。项点心又问，我以后如何和他们相处？林纵横说照旧。向医生什么时候跟你说，你都是刚知道。她要是不说，你就永远也不知道。

妇产科全体人员都收到了小护士的结婚请柬，项点心也随着大家去吃了顿饭。席间新人敬酒，新郎说谢谢捧场。大家说祝福新人，项点心也随着大家说了祝福。谁也没多说，谁也没少说，这顿喜宴就过去了。向医生始终没对项点心提起过这件事，项点心也不提，两人相处仍如从前，不亲热，也不冷淡，该合作就合作，下了班各走各的。偶尔相对吃顿工作餐，也是吃着聊着，该说什么就说什么，谁也看不出来，两人之间曾有过什么异常。

第十五章

项点心给女患者做了手术，愈后状况理想，为保险起见，患者出院后又进行了长达数月的放化疗治疗。患者每次来治疗，都会到妇产科找项点心，项点心不忙，就多说几句话，项点心要是不在或者很忙，患者就等着，实在等不着了才走。项点心给患者的丈夫打过多次电话，相互沟通病情，项点心说长期心情恶劣，也会导致肿瘤恶化。目前治疗顺利，患者极为需要亲情的慰藉。你们既然没分开，想必也还是要在一起终老的。人在重病状态，要么极为脆弱，要么异常坚强，她是两种心态兼具。作为她的医生，我是完全从患者病情做考虑的，因此我很希望你能够前来陪伴。患者说我不用他，我死了也不用他。项点心说死不了，不用白不用，为什么不用？就让他来陪你，看看你是怎么受罪怎么挣扎的。老妻患癌，是个人都不可能不管不问，你得给他机会，不然他会被人们的口水淹死。他帮你你帮他多好，就听我的吧。疗程结束时，患者来跟项点心告别，项点心把她送出了大门口，项点心说注意营养，注意心情，多动多走多锻炼，千万不能太劳累。患者紧拉着项点心的手，项医生，我是高攀不上你，不然早就认你做妹妹了。项点心眼角就湿了，她说大姐，你这个姐妹，我是总会记得的。无论什么时候，身体出现问题，你要随时找我。

急救中心副主任上任，于立秋召集所有人开会迎接。林纵横正好下夜班，早晨看过自己的几个患者就走了。刚回宿舍，于立秋来电让他立即回来。林纵横说昨晚上没睡成，跟急救车跑了好几趟，明天我专门去拜见领导吧。于立秋说今天，现在，立即。这个会议很重要，院里几个领导都来，一个也不能少。林纵横说唬人吧，小赵比我早走，他住北郊，他要来了我就来。于立秋喊了一嗓子，于是小赵就接过了电话，林老师，我可是从北郊赶回来的，就差你一个了。林纵横没好气，是谁呀？小赵说不知道，可能于主任知道。于立秋说纵横，你过来看看就知道了，会前不让传播小道消息。林纵横问几点开会，于立秋说十点钟。林纵横看表，九点半还不到，就倒下打了个盹，醒来已是十点半。回到急救中心，林纵横正好赶上开会。尽管几个领导都讲了话，会议还是很快就结束了，前后还不到半个小时。会后，于立秋又分别召集医生和护士，到主任办公室开了两个小会，之所以分散开会，是因为主任办公室面积不够，不能同时装下那么多人。

副主任姓李，女性，原是消化内科的医生，五十几岁了，职称早过了正高，是主任医师，就是没有职务，从来就没有当过官，也从没惹上身过什么官司和纠纷。李主任中规中矩，做人行医从无越界，话也少，对同行话少，对患者更少。于立秋提着的心终于落肚，林纵横的心却提了起来。于立秋说李主任好相处，对任何公事从不指手画脚。林纵横说这么个实在本分的人，她是怎么把自己给运作到这里来的。于立秋说辛辛苦苦几十年，这岁数离退休也不远了，临了升个职务，也属常态。我看也就是这样吧。林纵横说急救中心可不是常态的地儿，天天都是非常态患者，非常态病情，以及非常态事件。消化内科才是常态，患者不消化了，只要排除消化系统肿瘤，剩下的都是常态病，看了半辈子常态病，临了却要来个非常态的地儿，这勇气这心态可都不常态。于立秋说纵横，这年头办事不容易，换地儿更不容易，想升职就不能挑肥拣瘦，她要真有办法，也不至于到咱们这里来。我很理解你的感受，本来你是最合适的人选。林纵横说打住，往后给我打住这个话题。幺蛾子都是你出的，非要让我当什么人选去给你垫底，垫就垫吧，你还没完了。欢迎会我迟到一小会，就有同事赶着安慰我，好像我是没当上官，故意闹情绪。于立秋说这才是常态，没人信你没情绪，但是我信。林纵横说你信？我才不信你信，你要真信你就不会让我当人选，算了，我不跟你计较，不然我都不常态了。于立秋火了，纵横你不识好歹。林纵横不温不火，立秋，我知道你多次找过院长谈人选，也多次为我争取过。谢谢了立秋。于立秋连忙问，你怎么知道的？林纵横说隔墙有耳，我凑巧听见了。

林纵横把心掰成了两瓣儿，左瓣儿给了急救中心，右瓣儿用于私立医院，不偏不倚，公私兼顾。他给医院起好了名字，丹青市鼻炎专科医院。满不满想在前头加字，林纵横不准，他说你用的医生都是正规军，名字也得正规。满不满做过调查，丹青市的私立医院，几乎都有自己的名号，多以天地日月以及仁义道德命名，还有部分以传统文化为名，也有直接冠以某名医大名的。这当中的有些名号已经叫响，有些名号有待叫响，还有些名号成了绝响，没来得及叫响就倒闭了。林纵横起的名字太过于简单，满不满认为没有内涵，他说咱们不比公立医院，人家本身就是名号，几院几院的，患者都认。咱们凭什么没名字？没名字连个称呼都没有，患者怎么能记住咱们？林纵横说也对，那你就起个名吧。满不满居然羞红了脸，老板，你看我的名字怎么样？人生在世活个什么，看病求医图个什么，无非就是个满不满嘛。我本来给医院起的名字叫满意，后来一想，不行，要谦虚要低调，满不满得让患者说了算。老板，你觉得呢？林纵横说老板，我觉得很有见地，相当到位，我赞成。

医院开张那天，林纵横没去，第二天去了，往后隔天就去看看，再往后就不怎么去了。看看转转是看不出什么名堂的，满不满的流水才是名堂。满不满每月都给他送流水，流水账册极为详尽，大账小账毫无遗漏。林纵横说不用这样，半年一次吧。满不满说那样不好，时间长了就没规矩了。林纵横说不满，我也没什么远大目标，开医院也没能给你什么资本支持，目前这个流水也就是个基本持平，也算在行业内活下来了，要想站得住，要想发展起来，还得往后看。满不满说活下来就不容易，再怎么困难，也得往下好好活。我房子都砸里头了，要是医院完了，我都觉得没活路了。林纵横说你这整天上下奔波的，可别把身体给搞垮了。满不满说先以身体换成功，再以成功保身体，不成功连养生都养不起。林纵横说确实，跑步打拳都不要钱，可那不是中年人的项目，老年人才那么养生。满不满说我也没多大胃口，就想着好好干几年，多挣几套房就成。等老了，干不动了，孩子要成家了，自己得什么病了，家里出什么事了，大不了卖套房，也就支应过去了。林纵横说很实在，房子比存款实在得多。我赞同你的想法。你是老板我是股东，你想多挣几套，我就想着先挣一套就行了。满不满嚷嚷，那可不行，志向太小了。林纵横说不小了，安居乐业不就是个房子加工作吗，工作我有，就差套房，不然没法安居。满不满遥想当年，神色迷离，老板，那时候你要及时收手就好了，上亿元，几辈子都够花了。林纵横说那么多，那么好挣，市面上都是钱，到处金海银山的，谁能舍得收手。满不满说也是，你要真想收手，我们还不答应呢。我们这帮人，都是跟着你挣钱的，比我挣得多的人多了，没我挣得多的也不少，你让我们都有钱了。林纵横说，好在没连累你们跟着我破产，不然可就真过不去了。满不满最终吐出一句话，老板，你有没有后悔过？林纵横说真话是没有，假话是有。信假话的人多，信真话的人少，所以我对大多数人少说话，对极少数人多说话。因为假话说多了会漏，真话说少了不够。其实钱这东西，来了又去，去了又来，就跟人一样，留得住留不住，都不在你。就像你跟我，聚散都有过，现在还能一起开医院，往后呢，其实你和我都是无从把握的。满不满说怎么不能把握，好好把握，牢牢把握，就什么都能把握。林纵横说那只是意愿，这世上每时每刻都有无数人的意愿化为灰烬，同时也有无数意愿美梦成真。物质守恒，交替循环，只能努力，无法主宰。满不满说老板，你现在还念经不？林纵横说太忙，没空念了。我患者日渐增多，下班都不能按时，还怎么念经。满不满顿了顿，老板，我现在每天都念经，念了经心里才安生，再忙我也念。林纵横问满不满，念的是什么经，用梵文还是中文。满不满说当然是原版，我是照着拼音念的。林纵横说还算上路，有些册子是寺庙自行翻译的，属于意译，都是大慈大悲保佑我什么的。念经得念梵文，许愿却都是中文，菩萨不用翻译，心念到了就通神了。

林纵横不时和王惊雷聚会，吃吃饭，或者散散步，王惊雷都是夜里散步，下了班回家，吃过晚饭了就出来走走，也不走远也不走长，走上个把钟头就回家了。林纵横是偶尔碰到王惊雷的，之后就常常碰到了，林纵横也养成了夜里散步的习惯。王惊雷说你这年龄，应该早晨跑步，晚上早睡，早睡早起。林纵横说老师，这世上也就只有你还认为我是个小年轻，我在急救中心都混成老人了，刚开始都叫我林医生，还有叫我小林的，现在是清一色的林老师。开始我还沾沾自喜呢，后来才觉得不是味儿，老医生都是老师，我呢，我是老而不师，也没什么可以传授给晚辈的。王惊雷说太快，连你都成老师了。我更惨，上次去那个爱命医院做了台手术，你知道患者家属怎么称呼我？他们叫我王老。林纵横笑得合不拢嘴，王老，再过上几年，我大概就是林老了。王惊雷说你要真想当林老，你得来心外科跟我干，不然你再老也是老林。老林还是林老，你再不选择就没机会了。林纵横说王老和老林，就是咱们师徒的此生。王惊雷动肝火，怎么就不肯上进，非要在急救中心耗日子，我连个满意的继承人都没有，你就是这么对我的，这么多年了，怎么请都请不动你。

每回谈及这个话题，林纵横都会把话岔开，总谈总岔，王惊雷也就很少提起了。林纵横和同事朋友聊天，都是聊当下，当下的人和事，当下的热点事件，当下的感受感悟。当下是每个人都要面对的，是所有人共同的当下，就很容易取得共同的情绪和语境。至于从前和未来，他只跟王惊雷聊，他们拥有着数不尽的从前，每个昨天都是从前，每个从前都如昨天，随便聊聊，就把那么多僵死的日子给盘活了，活得朝气蓬勃的，像是死灰里喷出了怒放的花朵，远看近看都是欢喜。王惊雷不太看好私立医院，他说纵横，别指望这个发财，发不了的。林纵横说没指望它发财，对我而言只是多些收入。满不满搞这个还行，我们俩都没存着发大财的心思。王惊雷说跟我干，有空到爱命医院接接手术，也能多些收入。林纵横说吹了三年的山风，吹得我心里空空，自己发过誓的，此生再不染指药企行业，还有心外科手术。做药企我是兔死狗烹，做心脏手术我是骨断筋折，连累你都差点成了植物人。王惊雷说我当年收你为学生，就是看中你胆子小，每次给人看病都无比细心细致，生怕出了什么闪失，给患者造成不必要的痛苦和花费。后来我觉得你行了，让你单独操刀，你足足拖了一整年。别人都是急于当主刀，你倒是乐于做助手。后来那台手术，患者死在手术台上，那是谁也无法提前掌控的。所有指标概念符合手术标准，术中突发意外，你所采取的所有措施毫无任何错误，可是人死了。换成是我，同样无力回天。纵横，如果一定要找原因，只能说那是天意。林纵横说命运和天意谁都无力抗拒，患者的死亡确实如此。可是他家属的暴力呢，是天意还是环境？是命运还是人性？是偶然还是必然？老师，心外科手术风险太大，几乎每台都关乎天意，天意迢迢，谁也不知道下一秒会发生什么。王惊雷抬头看天，笑容灿烂，天意也迢迢，天意也昭昭，不用去想，只要去做。我从来不琢磨天意，我只办人事，办我该办的事。大半辈子修好多少心脏，也不过就那么一回头破血流。有什么关系，植物人也没当成，我还是当我的王医生。林纵横说我也是林医生，我同样未曾放下过我的手术刀。你是大医，我是普通的医务工作者。除了名声和威望，没有什么不一样。王惊雷说不一样，你可以成为大医，甚至是超越我的大医。我干什么都不自信，可我对自己的刀法很自信，对眼光更自信。纵横，我为你遗憾。我看你参佛也是白参，修炼也是白炼，你连自己都过不去，越活越回去了。林纵横说我做不了大医，大医不光是医术，还要心术。你心术最大，大到近乎无，都无我了，所以你从来不败。我不行，我再尽力尽心，这辈子也成不了你。

林纵横数星星，像在山上那般数星星，山上的夜空华光万里，繁星璀璨，怎么也数不过来，数着数着就乱了。丹青的夜晚，头顶上的星星从没超过两位数，稀稀拉拉的，数过来数过去，数的几颗星都成了熟脸。王惊雷说望天不如望人，看地不如看己，你是知天知地不知自己。林纵横说自己是什么，皮囊加心智而已，我里外都平平，甘于平凡就是境界。王惊雷说狡辩，你经商就学了个狡辩，参佛就参了个糊涂。拿狡辩当哲理，拿糊涂当明白。林纵横说阿弥陀佛，老师别动气，动气如自残，快上楼吧，晚安，好梦。王惊雷转身上楼，走得咚咚的，从楼梯上扔出来半句话，没梦才能晚安，我从不做梦。

林纵横也不太做梦，偶尔有梦了，也是吃饱了撑出来的梦，梦境支离破碎，影影绰绰的，连带着消耗脑细胞，起床时比上床时还要劳累。做梦总是难免的，心情好就会吃得多，吃得多就会睡不香，睡不香了就会做梦。林纵横的心情总是不错，吃得也就不少，又不想做梦，就总得散步消食。每回散步，他都要把王惊雷送到单元口，站上片刻，直至王惊雷的脚步声消失了，他才离开。有危重患者在手，就拐到急救中心看看，没有的话，就直接回宿舍待着。这个季节，林纵横很少会去荷塘，初冬的荷塘，好比黄昏后的菜市场，是甩卖收摊的光景。西风飕飕，满塘憔悴，荷叶经不住连番的降温，叶边都冻成了枯黄的，仿佛盛夏的韶华都用来祭了水色，水面显得幽深，绿茸茸的深，深得犹如没有了底。没底的水无波也无痕，风怎么过塘，也搅不起半丝的涟漪，这塘水就像入定般，定住了满塘的命脉。荷的命，蛙的命，小鱼小虾的命，还有蜉蝣和虫卵，都在水里睡着了。就等着来春了，当早春的晓风剪破水面，淤泥里的藕根最先萌动，很快的，满塘的生命都被惊醒，那个欢腾的劲头，就是荷塘的来生，是它波光留影的春和夏，淤泥深处的秋与冬。

第十六章

项点心哀求林纵横，无论如何都要帮个忙。林纵横大脑狂转，使劲检索，他说这个事吧，我可以给你借辆车，配司机，你看行不行？项点心说，我还没说呢，你怎么知道。林纵横说咱们彼此也算生平尽知，你能有什么事，撑破天也就是到监狱门口去接个人吧。林纵横盯着项点心的熊猫眼，点心，你不去是对的，没有未来了，何必徒增伤悲。可你派我去也不合适呀，我没车没口才，没法准确传达你的心思。项点心说有重要东西想让你带去，别人我不放心。

林纵横看完东西，没辙了，他说行吧，那我就替你跑一趟吧。林纵横跟满不满借了车，开到监狱门口等候，接头，交接，回来时正好赶上下午上班。瞅了个空闲，林纵横到妇产科找项点心，项点心不在，打电话也不接。直到晚上，项点心才出现，林纵横正在宿舍吃饭，门也没锁，项点心推门就进来了。林纵横说锅里还有，你也吃点，吃完再说。两人埋头吃饭，林纵横比狼吃肉还快，项点心慢过鸟啄米，半碗饭吃了好半天，不是一口口吃的，而是一粒粒下咽的。林纵横说对不起，有负重托，完璧归赵。这么说着，就把外衣口袋里的东西给掏了出来。项点心没接，林纵横，你看了没有？林纵横说没有，他出来时我交给他，他也没看，接过去捏了捏，让我拿回来给你，他说送给你的，就是你的。以后他有去处，你不用操心。

项点心说，还有呢？林纵横说没了，就这么几句话。项点心苦笑，这么好的东西，怎么就送不出去？林纵横说我也捏了捏，应该是首饰之类的玩意。项点心说你打开看看，看看值不值钱？林纵横就看了，看完了又重新装好，他说对一无所有的人来说，是笔大钱；对见过大钱的人来说，也不过是几件女人的首饰。变卖一下，省着点用，也能支撑几年。但是对于有想法的人，用这些东西重新开始，无异于饮鸩止渴。你觉得雪中送炭，他认为不堪回首，你送的有理，他拒绝也没错。项点心说都是当年在国外买的，后来他出事，那套房子被没收了，这些东西也没人问起，我就留着了。本来就不是我的东西，人都出来了，当然要还给他。林纵横说看来要你自己去送，才能送出去。不过我要是你，我会当这件事从没发生过。当初你既然要了，现在就没有必要还给他。项点心说我也不想多事，可又怕他活不下去。林纵横笑道，妇人之仁，天宽地广的，大男人有气死的病死的自己寻死的，就是没见过饿死的。你放心好了，那里头出来的人，都能活都能受都能熬，也都能扛，死不了的。只不过有些人变得胆小如鼠，有些人更加胆大包天，他这个人呢，我感觉他还是常人，和外头的人没多大区别，没什么新生，也没什么变化。项点心说要是你，这些东西你怎么办？林纵横说戴呀，为什么不戴。东西是东西，人是人，根本就是两码事。古往今来的好东西多了，落谁手上就是谁的，就像那些古玩珍宝，谁也不知道它有过多少个旧主人，帝王将相也不过几十年风光，风光过后都是腐朽。倒是那些东西寿比天齐，千万年不死地往下活，谁得着谁高兴。你这几件东西也不错，国际品牌呢，以后还能传给子孙。项点心气结，林纵横，都怪你没表达清楚，人事已断，原物奉还，这是必须的。林纵横说我已尽力，点心你太执拗。

医院开大会时，林纵横来得晚，就在最后排找个位置坐下了，开到压轴讲话也要完了，就该鼓掌的时候，项点心猫着腰进来了，两人都有点意外，这时掌声乍响，潮水般吞噬了会场，林纵横只看得见项点心的嘴在动，动得飞快，像条搁浅在沙滩上的鱼。出了会场，林纵横才顾得上问句，你刚才嚷嚷什么？项点心喜笑颜开，东西送出去了。林纵横不明白，什么东西？项点心四下望望，小声说，就是那几件首饰，我刚才溜出去送的，打车来回，也没耽误开会，可算卸了件心事。林纵横还是没想起来，这时距离他去监狱接人，已经过了好些日子了。项点心说完就走了，林纵横回到急救中心诊室，难得的片刻清闲，居然什么人也没有，也不过十几分钟，有患者进来了，就在这时，林纵横忽然想起来了，想起来项点心说的是哪档子事儿。

夜里临睡，林纵横习惯性地盘点当天，把所有患者盘点完毕，顺带盘点了下午的大会，也就盘点了项点心的表情，搁浅的表情，和欢喜的样子。林纵横拨通电话，点心，下午太忙，也没顾得上祝贺你。项点心说是得祝贺，事实证明你说的不对。我跟他联系几次，他才肯收下东西。起先不收那是自尊，后来收下那是互谅。他真是需要那些东西开始生活，我真是需要还给他才能安心，这样就都好了。林纵横说天意厚道，总会给人留余的。项点心说人心不厚道，有些人因此走入绝境，再也没有劫后余生。林纵横说勿偏激，你说的只是绝症患者和死刑犯。项点心沉默，之后说，我说的是自己。当初要是晚上几个小时，我和他就是夫妻了。听到他出事，你知道我心里第一个念头是什么吗？林纵横，我竟然很庆幸，庆幸自己没被拖累。后来去看他，害怕极了，就怕他对我说，点心你等我。林纵横说人渣也不会提这种要求，这跟殉葬差不多。项点心说海誓山盟都是泡沫，他坐牢没多久，我就开始相亲了，每次相亲都是偷情的感觉，看不起自己。林纵横耐心开导，点心你不是王宝钏，他也不是平西王，能够给你挣回座万世牌坊。饮食男女皆如蝼蚁，你们双方都算是仁至义尽，他对你，你对他，都很对得起对方了。换个女人，也未必肯送还那么贵重的东西。项点心声音不由大了，你这是什么话，那是结婚信物啊。我又不跟人家结婚，我凭什么留着那些东西。归根到底是我嫌弃他了，人都不要了，怎么可以扣着人家的东西不还。林纵横说当年我出来时，身无分文，幸亏还有个王老师管我。点心，要是早些年认识你多好，至少可以多个人投奔。项点心信誓旦旦，现在也不晚，你以后要是倒霉了，尽管来找我。林纵横问，他所有给你的，你都还了？项点心笑，你当我缺心眼？那套婚纱我可没还，反正他也用不着，特别好看，留着它在，我不敢瘦也不敢胖，可以管住自己的嘴。林纵横嘀咕，还真是个缺心眼的。

林纵横和李主任相见好，相处欢，气氛极为融洽。和于立秋就不行，总有不同意见，时常发生争执。原因特别单纯，李主任只看内科病，从不过问外科的任何患者病情，没有导火索，就引不起火苗子。于立秋是外科医生出身，当了急救中心主任，眼光自然也就全局化了，内科外科都得盯着，盯着是盯着，盯完之后还要有个凝眸，他总是对着外科凝眸，凝就凝吧，他还总要做指示。于立秋的指示都是宏观调控，纵横，你那个患者要赶紧处理；纵横，快去看看那个腹部异常凸起的，是不是引流管堵住了？纵横，那个刀口渗血的是怎么回事？林纵横说，处理过了，正在等待药效发挥作用；腹部凸起是积液引起，引流管太细，引出来要有个时间的；刀口渗血是术后正常反应，过两天就好了。于立秋说都是常识，我怎么越来越胆小？林纵横说行业潜规则，医生都是越老越胆小。别说你了，王老师也这样，他现在上手术要提前打腹稿，还要反复打好几遍，哪像从前在西北，上台就是上台，下台就是下台，上台时不想下台的事，下了台也不多琢磨上台。于立秋如遇知音，纵横，我师傅师爷也这样，他们俩都有点走火入魔，在台下总担心台上出事，下了台又要回忆台上的每个细节，生怕留下什么隐患。你是否也具备这种不良状态？林纵横说惭愧，我还不够格，我做的都是常规手术，术前也时常需要看看手术图谱，术后也会回忆台上有无失手。但是我还远远达不到他们那种杯弓蛇影的境界，他们都是大手术，差不多每台手术都直接挂着条人命，他们出不起错，出错如同杀人。我和你吧，要是不幸出错，没有他们那么严重，还可以二次手术进行补救。于立秋说道理是这样，可我就是管不住自己，白天夜里都放电影，脑子里都是手术片断，有时还断片，想不起来现场状况，于是重头回放，睡觉比干活还累。林纵横说吃药，你可以吃安定类药品。于立秋说恶性循环，越吃越迷糊。林纵横说锻炼，早晨夜里都可以跑步。于立秋说早晨起不来，夜里跑不动，只能走路，每天走万步，有时候就在家里绕着床走。

和他们比起来，李主任的日子云淡风轻，花在林梢鸟在叫，梦里花落，可以储存到白天细细地回味，从容淡定，永无出错的机会。李主任只看内科病，只看消化系统的内科病，有患者挂了急诊号来了，李主任也接诊，几句话问清楚，只要超出消化系统范畴，她会转给手下的内科医生处理。李主任的患者并不少，有时还要加床，除了从前相熟的老患者，上任急救中心副主任后，她又就地发展了不少老年病患者。李主任手上无险情，有险情的患者她从不过手，120 救护车拉人回来时，于立秋跑得比猴子还快，李主任坐得比熊猫还稳。等于立秋忙完回到办公室，李主任有时候在，有时候不在；上班时间她总是在的，下班后自然就不在了。于立秋很满意，和之前的几个副主任相比，李主任从不给他找任何麻烦，于立秋愿意给李主任打满分。可是几个内科医生很不满意，经李主任筛选淘汰的患者，都成了他们的患者，他们无权拒绝，李主任给几个，他们就得收几个，再麻烦也得收，不收就是拒诊，患者闹腾起来，都是他们的错误，和李主任没有半分关系。几个内科医生分别和于立秋反映过，也联合向他反映过。联合反映时，于立秋说的都是桌面话；单独反映时，于立秋就说，从前人家没来，不也都是你们干活？就当成没她，不就结了？内科医生质问，从前轮到谁是谁，现在都是她先挑，挑剩下的给我们，没麻烦的自己留着，给我们的都是难缠的，要么病情难缠，要么人难缠，要么人和病都难缠。于立秋说急救中心本来就以急救为主，急救哪有不难缠的？内科医生说于主任你别讲大道理，我们知道急救中心是什么地方，是阵地是前沿是沙漠，可她的阵地怎么没有硝烟？她的前沿怎么没有危险？她的沙漠怎么都是绿洲？于立秋说别老是盯着别人，守好自己的阵地才是根本。

于立秋先和李主任沟通，李主任十分无辜，立秋，我毕生研究的就是消化系统疾病，术业有专攻，不是我的专攻范畴，我怎么敢对患者不负责任？出了事怎么交代？再说患者看病，说实话也有点世俗化了，不太纯粹，他们太计较医生的职务和职称，我职务职称都比他们高，患者要找我，我有什么办法？有些病我治不了，不交给他们我又能给谁？于立秋说李姐，这里是咱们两个人当家，虽然也分个正职副职，可要真是出了什么事，谁也脱不了干系。我是外科出来的，你是内科出身，自打你来了之后，咱们这里内科的事，我都很少过问了。我跟几个外科医生的工作流程你也清楚，说白了就是各干各的，各管各的患者。有危重患者就通力合作，不分彼此，平常患者也就不用这样了。李主任很为难，立秋，我支持你的所有想法，可是要再有患者来找我，而我又治不了，你说我应该把患者交给谁呢？于立秋说交给谁呢？最好是谁值班就交给谁。李主任说明白了，只能交给当天值班的医生。好吧立秋，就按你的办法执行吧。

就如同那个古老的成语故事，朝三暮四作用于人和猴之间，是毫无障碍的战略战术，施展过后，人和猴都没意见。可是换作人和人，这个办法就行不通了，急救中心就那么区区几个内科医生，值班是轮流制度，轮着谁了，谁就得 24 小时守在岗位上。李主任不用值班，她是正常的八小时工作制，在这八小时之内，有处理不了的患者，原本她还是看谁不太忙，就把患者交给谁。现在可好了，值班医生原本就忙，忙得团团转，转得停不下来，再插上李主任这么一杠子，值班医生简直欲哭无泪。于立秋说别跟我诉苦，是你们嫌她分配不公平，我才想办法给你们调整公平的，现在至少数字公平了吧？内科医生集体抗议，每人一天轮着来，数字公平不假，可劳动量不公平。于主任，你是最不想让急救中心出事故的，可你这么个办法，出事是迟早的，值班医生工作量太大，她又来个百上加斤，顶不住啊。

于立秋召集几个医生和李主任当面开了个小会，商讨解决方式，会议开得很团结，和和气气的，直至结束也没有拿出任何可行性方案。于立秋对着林纵横撒气，这几个人对我硬得很，什么狠话都敢放，见了李主任都很和谐，有意见也不提。狗咬吕洞宾，我里外不是人。林纵横说你要主持公道，还不能得罪人，多动动脑子吧。于立秋说脑细胞告急，没招了。林纵横说挂号处，从挂号处解决。于立秋说李主任的简介是内科病以及消化系统疾病，其他人各有长项，患者非要选择职称职务，你能怎么干扰？林纵横说你找挂号处想想办法，他们这批简介也该更新了，趁着更新的机会，把李主任的简介处理处理，把她会看的毛病细化，多列几条，不会看的去掉，免得误导患者。于立秋说那得事先和她沟通，经她同意才行。林纵横说先办事，后沟通，不然你就办不成了。于立秋说同时进行，才是稳妥。林纵横说还有咱们自己的护士，你也交代交代，患者来了多做引导。于立秋说拉倒吧，人多嘴杂，传到李主任耳朵里，话就走样了。林纵横啧啧，谁让你私下传话了，你就开会时候说，当事人都在现场，谁还传话。对你来说，稍微得罪某个人不要紧，出事故才真是不得了。于立秋说唯有如此了。对了纵横，你最多领导过多少人？林纵横微笑，比你多点，加上药厂，管过几千口人。于立秋说佩服。林纵横笑容更浓，管人的行不行，不在得意时，要看他衰败时。我那时候看哪个手下，看到的都是笑脸和顺从，我还真以为自己天纵英才呢。后来不行了，万马千军鸟兽散，身边就剩下一个残兵败将跟着我。于立秋双手抱拳，更加佩服，很多倒台的半个人都剩不下，你还能剩一个囫囵个的，知足吧。林纵横说很知足，当医生当得出了人命，有人给我挡棒子挡拳头；做药企做得倒闭垮台，有人倒贴钱还跟我干；现在有你们几个同行兼朋友，风雨兼程也不觉得路长。这日子过的，除了缺点钱，样样都满足，跟从前正相反，那时候是什么都不够，就是钱过剩。

于立秋用最快速度，解决了李主任和几个内科医生的问题。李主任没有意见，几个医生相对满意，于立秋认为这事办过了及格线。自当主任以来，于立秋心里总在打分，给自己打，给手下打，也给领导打。他的口头禅是，干得好，满分；不错，给你个六十分，再接再厉吧；怎么搞的，完全不及格，要好好吸取教训了。有次院长冷不丁问他，立秋啊，你心里给我多少分？于立秋不明白，什么分不分的？院长说你不是搞了套打分制吗，听说急救中心个个都有分数，就连患者你都要打分。于立秋说庄严发誓，我从来就没搞过这种名堂，顺口说说而已，称不得制不制的。院长说患者至上，你给医生护士打分可以，给患者打分可不行。从那以后，于立秋封杀了分数这个字眼，上班时间再也不给人打分了。他是嘴上封杀的，心瘾戒不掉，遇到好不好的人和事，心里还是会立刻给出分数。有次他给某个患者做完手术，愈后不太理想，于立秋想尽办法，终于稳住病情，期间和患者家属多次沟通解释，几次生出口角，随着病情好转，双方前嫌尽消，医患关系急剧升温。患者出院时，全家都向他道谢，于立秋问道，你们给我多少分？患者家属连声说，满分都不够，必须加分，你是最高分的好医生。几天后，患者病情有变，再度住院，患者家属就把于立秋给告了，院长说立秋，人家说你连零分都不够，应该得负数。于立秋宠辱不惊，院长，这家人还行，只是告个状，没有提出其他非分要求，我给他们及格分。院长说病情反复属于常态，我也是医生出身，就治疗手段而言，你没有错误，谁也不可能给他终身包好。从满分到负数，都太过于随意，也就没有任何意义了。于立秋说懂了，这毛病我会改掉，无论对任何人，我都不会再打分了。

年尾收官，医院各部门都要评先，每个科室限评一人。评先采取无记名投票方式，每人发张表，表上按顺序排列着全科室名单，每人只能打一个勾，得勾最多者即为该科室本年度先进。急救中心历年来都是当场统计票数，今年破了规矩，于立秋把选票给没收了，回到办公室自己做了统计。统计结果是李主任票数最高，就作为先进给上报了。医院的先进是从科室先进中产生出来的，结果李主任又荣获全院先进。李主任当之无愧，实属众望所归，她没有与任何患者及其家属发生过任何形式的纠纷，跟急救中心全体医护人员也没有任何的工作冲突。全年零投诉的医生实在不多，全年零纠纷的科室领导更为少见。于立秋就总有投诉，什么患者都接，什么手术都上，什么事都要管到底，麻烦就总也免不了。与其他科主任相比，于立秋还算好的，他的投诉基本上都是来自患者方的，急救中心内部还没有什么人去领导那里，正式告过他的状。李主任领过证书和奖金，要请急救中心全体人员吃饭，不值班的护士都去了，医生去了没几个，内科医生都正好有事，一个也没去，去的都是外科医生。于立秋给几个内科医生分别打了电话，想把他们都给哄上饭桌。内科医生说于主任，我们选的都是你，你风格太高，我们都不太习惯了，来不了。于立秋说心照，感激。你们选我也是白选，我今年被患者告过好几次了，何必浪费选票。内科医生说，那也不该是她，哪个人都比她干活多。于立秋说团结最重要，你们总和她拧着，影响整体工作。无论如何给我个面子，来吧。

林纵横负责点菜，吃到最后李主任又加了几道菜，林纵横随口补叫了几道主食。结账时李主任惊呼，怎么这么巧，正好吃光我全部奖金。林纵横对收钱的服务员说，有个小炒没上，给我们退回 28 块。又对李主任说，李姐，足够你打车回家了。于立秋坐在林纵横的电动车后座迎风呼喊，纵横你也真够缺德的。林纵横也喊，本来要给她剩下 333 块的，她还叫菜，那就陪练呗。于立秋哇哇，这本事是在商场上操练的吧？林纵横单脚点地，停了车回头，立秋，商场上可不兴这种鸡零狗碎，我是在菜市场练出来的。于立秋仰慕，你嫂子也天天买菜做饭，她就不会算账，猪脑子。林纵横说嫂子最会算账，她这辈子就算你的账，女人算准了男人才是账底，菜钱可以忽略不计。

第十七章

丹青迎来了入冬后的头场雪，这是场暴雪，直下了两天两夜。天地换了颜色，路上绝了人迹，到处都是白，纷飞的白落了地，来不及化掉，越积越厚，越积越高，都积到成米的高度了。中小学都停了课，全市少年儿童欢欣鼓舞，爱煞了这场暴雪，恨不得集体化身为翱翔的海燕，让暴风雨来得更猛烈些。成年人总是理性的，从爱到恨都有依据，初见雪花人人爱，超过半米就有点拿不准情绪了，眼看着积雪湮灭归家路，人们再也忍受不了，纷纷抄起铁锹扫把冲出门去，指天咒地铲雪清路。很多人因此受了伤，有扫雪扭伤的，有铲雪摔伤的，还有没戴手套冻伤手的，帽子被大风刮走以致重度感冒发烧的，这些都是小伤，各医院的急救中心都按常规处理，医患双方在治疗过程中还能随口聊几句天气，都没有太当回事。可怕的是有些老年人，由于气温和湿度的骤然剧变，引发了心脑血管系统疾病，心梗脑梗患者不断出现。这类疾病必须争分夺秒，只有抢时间，才能保人命。急救中心的几台电话响个不停，几辆 120 救护车都困在了路上，有拉了患者回不来医院的，有堵在半道还没接着患者的。于立秋给车上的医生下命令，立即下车，抬着担架往回跑，脑梗是不是？把你大衣脱了盖患者身上，不然冻也冻死了。医生叫喊，我没抬，有几个路人帮忙抬着跑的。于立秋也不由喊道，他们跑得不专业，要平要稳啊。

医院很多相关科室进入紧急状态，所有医生加班，谁也不准离开岗位。于立秋成了专业接线员，站在电话旁随时指挥调度，半步不敢离开。有医生向他求救，于主任，我车上患者腿部骨折，已打上支架并进行补液处理，处理时发现出血量异常，太多太快，我怀疑腿部动脉血管破损，十万火急，你快派人来接我。于立秋说立刻就地解决，止血要紧，能否用止血钳赶紧钳住动脉？医生声音哆嗦，是冻的也是急的，于主任不行啊，该部位骨头没断开，撬不开，掰不动，我无法接触到动脉血管，进行探查处理。于立秋说那就弃车抬人，用最快速度往回跑，我派人去接你们。于立秋环顾四周，派不出人了，急救中心的男医生都被他给派出去了，剩下的都是女医生和护士，女人抬担架是不行的，抬不稳，也跑不快。于立秋向医院刚成立的应急指挥办公室求援，很快，几个其他科室的医生就赶过了。于立秋顾不上看科室，只看岁数，挑了两个最年轻的，交代了地点，又赶紧强调，请务必保持平稳，不然断骨压到神经，这人就再也站不起来了。两人重重点头，转身就跑，瞬间就没入了风雪中，再也看不见踪迹。于立秋通知骨科医生准备手术，又通知手术室备血，他说怀疑动脉破损，速备血液血浆。患者正在路上，很快就到。手术室护士说于主任，今天手术太多，胸外科普外科脑外科都在手术，很多患者都是你们接回来，又分流给他们的，用血量太大。我们的常规备血就快用光，血站的送血车也困在路上了。于立秋说，他们是在等，还是在跑？要是在跑我就等着，要是在等我就派人去接。护士说这种时候谁还敢等？都在跑！

林纵横也在救护车上，这辆车以乌龟般的速度，抵达救护现场时，距离患者拨打 120 电话，已经过去了半个多小时。这是一起车祸现场，公交车因路滑发生侧翻，当时车上挤满了乘客。这样的天气和路况，很少有人会选择自驾上路，必须出门的人们，只有地铁和公交车可以搭乘。地铁爆满，于是采取限乘措施，长长的候车队伍蜿蜒排到了入口处，后来者见状，就都奔向了公交车站。风和日丽时，公交车看起来都是高大威猛的，这会儿就像是挨了打，豪气和威风都被打没了，都成了忍气吞声的蜗牛，在肆虐的暴风雪中，慢吞吞地喘着爬着。这辆公交车的司机才二十几岁，是不服气的年龄，不服人，也不服天，就把蜗牛给开得有点快了。转弯时是个红灯，司机当然要踩刹车，路上都是残冰，刹车刹得太急，怎么也刹不住，轮胎在冰面上打转，发出刺耳的声响。司机知道坏事了，回头大喊，要翻车，快抓牢扶手。正是这声叫喊，让很多反应迅速的乘客侥幸逃过了灾难。林纵横赶到现场时，只见十字路口的马路上，横七竖八的都是人，有些人躺着，有些人坐着，还有些人走来走去的，帮那些不会动的人捡拾着散落的皮包和手机，还有围巾和鞋子。公交车也是躺着的，躺得很安静，没有爆炸，也没有冒烟，和灾难片中的车祸场景大相径庭。见到医生来了，地上的伤者都在叫，林纵横大声说，后面还有救护车，足够拉人，不要挤，也不要急，先处理重症先处理内伤，外伤往后站。

林纵横立刻被包围，几十双手同时伸向了他。有的手血肉模糊，有的沾满污垢，没有干净的手，一只也没有。林纵横拼命挤出包围圈，再度大喊，我们这辆车来了两个医生两个护士，现在听我的，排成四队，一个一个来。人群喧嚣，声浪频起，林纵横喊话不起作用，他只能改为对着自己人喊，先给他们查内伤，内伤！没有内伤就查骨伤！外伤让护士处理，内伤骨伤来我和小赵这里。几个满身是血的人拥到了最前面，林纵横对他们说摇头，大脑清醒吗？呼吸，内脏顺畅吗？解开衣服轻拍两肋，看看肋骨断了没有？然后双手向下，按压两侧肋下肝脾部位，有没有异常和疼痛感？最后试着动动四肢，看能否动弹自如？都没有？很好，都到护士那里去。

林纵横和同来的小赵医生，收了四个内伤患者，还有一个胸部麻木的男人，林纵横不让他走，他说你得跟我们回医院，经进一步检查后，有病就要住院，没病才能回家。男人说不疼不痒，就是麻木，翻车时我胸口被顶到椅子边儿上了，应该没问题吧。林纵横说你不许离开我的视线。实话实说，你要是有问题，就是大问题。坐下不要动，也不要再说话，保持呼吸平稳，等待我们来人来车。男人不愿意等了，我说医生，你连心电图都给我做了，心电图都说我没事，你怎么非说我有事？林纵横说这会儿没事不等于一直没事，心电图只认指标，我是认指标更认经验，我的经验就是觉得你有问题。不要再说话，你先给我坐下吧。公交车司机伤在头部，护士给他打得满头绷带，司机让所有人都留下联系方式。林纵横说小伙子，你把自己的联系方式说给大家就行了，非常时期要用最简便的方式。司机痛哭，都是我，都怪我，我开那么快干吗，这下子工作也完了，我才上班三个月啊。林纵横说别哭，你也跟我们回去，你眼珠充血严重，我怀疑有玻璃碎屑溅你眼里了。闭上眼睛，什么也不要看了。大脑也不要想事，不然脑部血流量加速，连带影响眼部毛细血管。司机闭起眼睛，泪水仍然汩汩溢出，林纵横说失业算什么？再哭你就瞎了，想当盲人你就哭吧。

尘埃落定，林纵横跟所有人交代，没事的可以回家了。回家后不管有没有不适，有没有问题，都要就近到医院进行检查，本次检查只属于非常规检查，鉴于天气原因，不得已而为之。你们到任何医院检查都可以，各医院针对车祸伤情的检查措施都是同样的标准。请大家记住我的话，对自己的身体务必高度负责。有人就问了，医生你什么意思？我们没病也要去医院？林纵横点头，要去。有没有问题你说了不算，医生说了也不算，要医学仪器得出结论才算数。有人就很不满，医院的全套检查太贵了，我们白花钱找谁报去？林纵横指着公交车司机，善后事宜与他联系，报不报赔不赔，报多少赔多少，都有具体规定。记住，24 个小时之内必须去检查，这是丹青市人们医院急救中心的郑重要求，否则所有后果与我们无干。回程路上，护士低声咨询小赵医生，刚才伤者里头有我妈一个熟人，她们总在一起跳广场舞，她没什么事，还用不用去检查？小赵医生回答，要是你妈就不用去了，这个大妈最好还是去去。这年龄的人都有各种各样的老年病，车祸极易引发旧疾，要是哪天犯了病，要告公交公司索赔，那还不得把咱们连带也给告了？

林纵横忙到后半夜才下手术台，回到急救中心见于立秋还没走，正要开口，于立秋抢先说话，纵横对不起，又拉回来一个。林纵横说行，让我歇片刻，我再进手术室就是。于立秋说我也是刚下台，这个刚麻醉，咱俩合伙干吧。林纵横打哈欠，以你为主，我给你打下手，眼睛都睁不开了。于立秋很体贴，你先吃晚饭吧，食堂也都加班了，刚送来的套餐，吃饱了再干。林纵横接过来就吃，连汤带水吃个精光。于立秋说还有，要不要？林纵横摇头，立秋，十五分钟，我得躺躺，到时间你叫我。林纵横是以枕戈待旦的姿态倒下的，睁开眼天都亮了，出门找于立秋，护士说于主任在他办公室睡了。他自己做的手术，怎么叫你也叫不醒，越摇鼾声越响亮。林纵横说他这回怎么不捶我了？以前加班他都是叫不醒就摇，摇不醒就捶，我怕捶。护士吐舌，这回看你睡得满嘴流口水，他发慈悲了，他就使劲捶自己，捶完就自己上台了。林纵横又问，我那个胸口麻木的患者呢，你给我问问胸外科什么情况？护士就去打了电话，回来时笑眯眯的，林老师，你可真行，他是心脏遭受瞬间重度外力挤压以致破损，俗话就是心烂了。这个患者开始特别英勇，做检查很不耐烦，可是一听检查结果，当场就被吓得休克了。胸外科把他转给心外科，你王老师已经把他的破心给收拾好了。胸外科医生抱怨鸡犬不宁，忙乎半天，都是替你们师徒白干活。林纵横说活该，咱们不是号称白衣天使吗，人间有难，天使活该连轴转。我再睡会儿去，八点你叫我。林纵横要进诊室，诊室沙发上的被窝还是热的，他好想钻进去补个觉。护士拽住林纵横，朝主任办公室努努嘴，林老师你去跟于主任睡吧，还能多睡会儿。诊室八点钟就得接诊。林纵横说李主任不是八点钟来上班吗，我在哪儿睡都得八点起来。护士抿嘴笑，雪大路滑，李主任这两天都是九点多才到的哦。林纵横满脸的意外惊喜，直奔主任办公室而去。

主任办公室满堂春色，姹紫嫣红，到处都是李主任精心养育的盆栽花草，李主任种花养花的技艺是跟公园的园丁正式拜师学来的，凡花凡草无不听从她的号令，她让谁早开谁就得早开，让谁迟开谁就得憋着，憋到指定时间才敢尽绽芳华。对于牡丹之类的富贵花卉，李主任经过多年磨合摸索，采取顺势引导的种植手法，也总能让它们在对的时间，遇见对的欣赏者。在消化内科上班时，李主任窗台上的姚黄魏紫曾令无数患者惊艳惊呼，完全忘却了疾病的痛苦和烦恼。很多患者向她请教养花秘籍，李主任说静心沉心专心，做到这三个心，人跟花就合心了，只要同心同德，哪有催不开的花朵？李主任年轻时模样不错，同事们都叫她百花仙子，岁月更迭最能够印证故人情分，到急救中心工作后，李主任的有些老患者和老同事不改初衷，见了面还是这么叫她。急救中心的医护人员以年轻人居多，每次听到有人这么称呼李主任，他们都被雷得头皮发麻，后来听得多了，也就觉得理所当然了。

李主任早年样貌如花，而今是性情如花，见谁都笑，不笑不说话，出了名的好脾气软性子。对同事如此，对自己的患者更是如此，有些患者把自己的消化道交给她，一口气就交出去了半辈子，虽然消化道时好时坏，患者也从没怪罪过李主任。李主任本次之所以被提拔，凭的是本事和实力，而不是任何的歪门邪道。医院建立于五十年代初期，每个时期都曾涌现出医术昭著的医生，这些医生在各自的专业领域，医治过无数的患者，挽回过无数的生命。他们的名字始终被患者深深铭记着，他们都是行业的杰出者，是大医。但是他们都有个通病，那就是他们都被告过，都给医院和领导找过麻烦。王惊雷就被告过，何无疆也被告过，韩心智和于立秋也是同样，干活太多，又总是干大活，干险活，干危重活，干百次千次不出错，干千次万次总是要出错的。何况有些错误，压根就搞不清对与错，患者复发了，患者没好透，患者这个病好了，那个病却犯了，凡此种种，患者就很容易告医生。医生的道理只有医学，患者的诉求极为人性，你没给我治好，你没给我除根，让我白花钱，让我白受罪，我不告你我告谁？

当今的医患关系，治病是要点，防范也是要点，因为告状早就成了要点。至于医疗纠纷和医疗官司，更是要点中的要点。医生对感激很麻木，治病救人本身就是职业，他们的职业精神唯有理性，高度的理性，不能容下任何情绪化的理性。带着个人情绪给人看病是不可以的，怀着喜怒哀乐上手术台更是行不通，心无定力，下手很容易失了准头，有些手术的成败就在分毫之间，手一哆嗦，毫米间的误差就是人命。王惊雷和韩心智常做这种级别的手术，王惊雷专事心脏，韩心智总割肿瘤，恶性肿瘤，从医多年，早把自己训练成了机器人，不管身上背着什么事，只要上了手术台，万事浑忘，就是个机器人，只会补心摘瘤的机器人。机器人是没有情感的，王惊雷和韩心智属于正常人类，拥有各种常规的欲望和哀愁，悲喜难免。所以他们只能在上台时当机器人，下了台还是要做人的。他们的家人和朋友都知道，当他们化身为机器人时，是六亲不认冷酷无情的，家里就算房倒屋塌，朋友就算要死要活，也休想让他们放下手里的刀。由于在台上太过于冷硬，他们下了台就极为亲和，不然会把所有亲朋好友给得罪个精光。韩心智的假期怎么安排，去哪里，吃什么，全听老婆孩子的，他只拥有建议权，不具备表决权。王惊雷每逢与同事朋友聚会聚餐，总要抢着买单，买完了还要道歉，因为他经常不接他们的电话。等到手术结束，给人家回过去，朋友就说算了，已经解决了，刚才是老父亲突然发病，向你求救的。

何无疆的手术有大有小，做大手术要当机器，做小手术要当半个机器，比半人半妖强不了多少。手术这种事，对医院和医生均属常态，对患者不是，不管割什么，只要是动刀子，患者全家都视作滔天大事。何无疆有次给个熟人割阑尾，由于手术小，没有太当回事，边做边和助手说着话，稍微一走神，手术刀就把患者的肠壁给戳了个小孔，立马补救，用最高级的缝合线缝补那个小孔，这种缝合线几百块钱一根，何无疆用了两根。何无疆事后好生道歉，熟人说幸亏是我，也幸亏是你，换个医生我告死他。从那以后，何无疆连半人半妖也不敢当了，不管手术大小，上了台就得当机器，全身心的机器人。

以机器人的状态从事职业，这种医生不在少数，由于多年专注，所以医术精湛。他们收获的感激和感恩也就特别多，多到数不完查不清，王惊雷总说不用谢，就是这种工作性质，你坐公交车难道还要谢谢司机开得稳？百业同理，各自尽职就是和谐社会。患者说那可不同，公交车开不稳，我下车打个的，多花几块钱的事。你要是开刀没开稳，我命就没了。韩心智对何无疆说，要是患者不再感激我们就好了，越感激我就越害怕。任何职业都会出错，有感激就会有暴力。何无疆说我们不能出错，因为医患互不信任，没有信任就没有理性。如果彼此信任，情绪就不会那么夸张，手术成功感激涕零，手术出现反复，就要怀疑我们别有居心，就要怨恨，就要报复。王惊雷说岂止医患关系，我看所有关系都差不多，谁也不信谁，个个防范心理太重。只不过医患关系关乎生命财产，所以冲突强烈，暴力事件不断。只有彼此信任，才能理性对待任何错误以及事故。丧失信任的医患关系，无法杜绝暴力。

王惊雷遭遇过暴力，因为林纵横的缘故。韩心智遭遇过暴力，曾被患者家属群殴，肋骨被打断两根。何无疆遭遇过准暴力，报警报得快，得以及时脱险。他们都被告过，都被辱骂过，辱骂不算什么，用唾面自干的心态，都能成功说服自己，很快也就过去了。被告就有点麻烦，要跟领导解释沟通，自我辩白；要跟患者达成共识，做好下一步的救治工作。对于告状和官司，医生和领导都是高度敏感的，有些时候，领导甚至比医生还要敏感，院长每次遇到患者推门进屋，仅凭面部表情和肢体语言，就能大致判断出这事儿有多大，严重指数如何。至于如何平息事态以及患者情绪，每个领导都有自己独到的心得和手段。有个患者向院长控告于立秋没把病治好，还多收费用，光是换药费就多划了六次。院长当即落实情况，满脸赔笑对患者解释，你都听到了，你这个伤口属于深度刀伤，于主任的处理方式都是常规医学手法，之所以再度感染溃烂，是有着多种原因的，除了你说的医生的问题，你本人是否卧床了？是否不遵医嘱乱走乱动了？是否吃得不好，营养没跟得上？是否心情抑郁等等，这些都会对伤口愈合产生不良影响。这样，我让于主任给你进行再度处理治疗，就按半价标准执行。至于这六次换药费，具体情况也是误会，护士是按照每天换药的标准给你划的价，于主任对你采取的是隔天换药的治疗措施，你住院十二天，护士多划了六次。这是我们医护人员没沟通好才造成的，立刻退掉，很对不起。患者说我要求他们给我正式道歉，于立秋和护士都得道歉。院长站起来，半鞠躬，我先给你道歉，都是我管理无方，我难辞其咎。

赔笑和鞠躬越来越多，院长脸发麻颈发酸心发寒，身心不胜负荷。在给急救中心安排副主任人选时，院长终于把目光聚焦在李主任这类医生身上。这类医生平时都不怎么受到关注，同行不关注，领导不关注，患者也不关注，他们活得太过于安静，也就太过于安宁了。随着医患矛盾的不断升级和激化，随着暴力事件的不断攀升，越演越烈，这类医生得以浮出水面，并受到医院和领导的重视。院长找李主任谈话时，李主任还以为自己犯了什么错误，有些诚惶诚恐的。待院长说清楚意图，李主任被惊吓得说话都变了腔调，她说谢谢领导信任，可我这辈子从没想过当官，也从没有担任过任何职务，没经验没魄力，我真不行啊。院长说你行，你怎么不行，几十年从医生涯，你从没有让任何患者告过你，零投诉零纠纷零事故，当下的环境，就得重用你这样的医生。于立秋给我惹麻烦太多了，急救中心三天两头就有患者告状，你去给他当副职，让他们都好好跟你学学。李主任也不含糊，院长这么说我，是在表扬我，可我听着就像批评。我们科室的专业领域，很少会涉及危症重症，大多都是些长期慢性病。我工作干得平平，和于主任那样的医生相比，我是望尘莫及的。院长说李老师，你不要谦虚，这么多年我就只顾着关注他们了，你这样的医生也难免会受到冷落。李主任说他们才是医院的牌子，领导关心他们是应该的。我们只是最普通的医务工作者，只求不给医院惹麻烦，不给领导添事情。我离退休年龄也不远了，能升个职谁都高兴，可我真怕胜任不了，急救中心主要就是急救，我业务不过硬，当不好副主任的。院长说于立秋业务过硬，还有林纵横那几个医生，他们都很过硬。可他们就缺你这种气度，经常搞得硝烟弥漫，我就是要让他们都看看你是怎么工作的，你是怎么经营医患关系的。学到你三成功夫，我就能省不少心了。

李主任走马上任后，于立秋冷眼旁观，很快得出结论，李姐，领导上是给我们派来一个榜样啊，真得好好跟你学习。李主任笑道，立秋，我从心里羡慕你们，个个生龙活虎，干活干脆利落，当了大半辈子医生，我不如你们。我来这里也没有任何其他想法，也就是给大家搞搞服务，你手上要有多余的杂活，交给我干就行了。你杂事太多，患者也多，你可别耽误了上台和后续治疗。于立秋试着交给李主任一些杂务，她都很尽心地给干好了。光阴荏苒，李主任的花花草草陆续盛开，给急救中心增了光，也添了彩，而她的为人处世，也让大家打心眼里接受了。只有那几个内科医生不乐意，他们都怀念从前的那几个副主任，尤其是外科医生出身的副主任，那几个副主任和他们处得都不错，就是和于立秋处不好。

第十八章

李主任是个毫无侵犯性的人，脸上常年带笑，周身都是和气。谁夸她的花草，她都乐意随手赠送，养不好了也不要紧，拿回来给她，她调理好了会主动给送过去。林纵横宿舍摆了盆倒挂金钟，就是李主任送给他的，这花原本寻常，经过李主任摆弄，就弄出了风情和异彩。这种花是肉质的，没骨头，长大了站不住，得用支架缠绕定型，李主任的支架都是细细的斑竹丝，花枝搭着竹丝，稳妥妥地颤悠着，无骨若有骨，无风自生风，摇曳的香气四溢，幽幽荡漾，极为惹人怜爱。李主任很想给几个内科医生奉献花草，他们都不要，都说不会养。于立秋都看不下去了，李姐，你别当个事，他们都太年轻，还没活到欣赏花草的岁数呢。李主任说心里过意不去，给他们添了太多麻烦。于立秋垂头，把脑袋扎到桌上的茉莉花丛中，深呼吸，吐出满口的芬芳，李姐，说句难听的，等你退休了，他们再想起你，也许会眼含泪花。就你这样的领导，谁遇上就是谁的造化。多看几个患者算什么，最怕的就是挑事的翻舌的掸弄是非的，你是什么毛病也没有，他们不懂得惜福。李主任苦笑，立秋，我连急救内科病都拿不下来，想给他们几个打个下手，他们也不肯用。于立秋斗胆问道，李姐，从医多年，你就从没想过换个科室？听说你年轻时就爱养花，你怎么就没顾上拓展拓展业务呢？李主任就说起了养花，慢条斯理话百草，就是不接于立秋的问号。

于立秋很忙很累，李主任很闲很轻松，于立秋想把工作分给李主任一些，李主任欣然接受，好的立秋，你说吧，能干的我都干。于立秋说李姐你看，我经常要跟患者做解释，患者对医生护士不满，咱们这个办公室是第一关，咱们挡住了，他们就不会再往上走。我每回都要说得口干舌燥，应付不过来。你性情最好了，可否以后分担些这类工作？李主任摆手，立秋，这个我干不了，你让我干别的吧。于立秋万般无奈，没别的，李姐，那就还是我来干吧。

林纵横重披白衣，急救服换来换去的让他不耐烦，尤其是裤子，上班先脱裤子，下班还得重复，脱了穿，穿了脱，消耗的不是时间，而是心态。急救中心开会时，满堂蓝绿色的急救服，当中横亘了三抹雪白，是于立秋和李主任，还有林纵横。会议开到最后，不待于立秋宣布散会，林纵横抢话，我从今天开始穿白衣了，没有任何意思和意义，就是喜欢简单，好穿好脱好打理。借此机会解释，会后可别再单独盘问我了。于立秋说咦，我看你是别有用心吧，是不是想当候补副主任呀。林纵横说候补副的多没志向，我就候补你。哄堂大笑中就散了会。

公交车司机正在诊室坐等，见了林纵横直眨巴眼睛，好像认不出来的样子。林纵横说是我，换了衣服还是我。公交车司机亲热无比，林纵横说打住，不用谢，眼睛怎样了？公交车司机下意识地伸手摸眼睛，林纵横也是下意识地伸手，挡住了公交车司机的手。林纵横说眼科医生必然跟你交代过，不准摸，你不遵医嘱。公交车司机说林医生，多亏你火眼金睛，那天我眼睛里扎了七个碎玻璃屑，太严重了。眼科医生上了三个人，才给我取出来。今天是特地来谢你的。林纵横说偷换概念，很多患者为了夸大病情，总爱这么忽悠我们。你那点毛病，在眼科医生眼里，那是小儿科。上了三个人是怎么回事呢？林纵横伸出三根手指，头两个医生要么眼花，要么近视，看不清楚，因为你那些碎屑太小了，太考验眼神。最后上来个眼神特别好的，给你成功解决了七星伴月的问题。公交车司机满脸涨红，林医生，你猜得太准了。你们医生都很会猜谜，我跟眼科医生说，你们急救中心的林医生说我就要瞎了，快救救我啊。你猜他们怎么说？他们竟然说，你先等着，你这毛病想瞎也瞎不了。林纵横关切地问，失业了没有？公交车司机说没有，那天发生好几起车祸，谢天谢地没死人，我们领导还来家里看我呢，过几天我就上班了。林纵横说当时风雪呼啸，现场又是十字路口，八面来风，我是只顾着那几个危重的，怕他们耐受不来那个低温，意外之中再出意外，所以连救护车也不让你上，车里挤满了，只能让你干冻着。其实好几个伤者都说你不错，翻车那刹那间，你是只顾着回头大喊，提醒他们抓牢，要是不管乘客只管自保，你有足够的时间抱住头闭上眼，这样你就不会受伤了。公交车司机紧紧抓住了林纵横的双手，林医生，谢谢你这么理解我。我那样做只是本能，什么也来不及去想。林纵横说这种本能属于本性的爆发，以后好好开车，我再也不想在车祸现场看见你了。

林纵横下班后去了心外科，先进王惊雷办公室，王惊雷说纵横，你那个宝贝早应该出院，可他就是赖着不走，你去劝劝他，我们床位太紧张。林纵横就进了病房，站在病床边想笑也不敢笑，车祸现场那个胸口麻木的男人，这会儿正捧着心口掉眼泪呢，看见林纵横来了，男人的泪水呈现决堤态势，哗啦哗啦的。林纵横说我们的心脏手术王牌给你做的手术，手术成功，愈后良好，你还有什么可哭的？男人呜咽，精神上受不了，怎么也想不通。满车的人就我最倒霉，我打听过了，谁也没我伤得重。为什么是我，凭什么是我，我这辈子什么坏事也没干过，上天为什么这么对我？林纵横说你先出院，回家好好休息，歇着想着，歇烦了你就想干活了，干起活来你就没空琢磨这么高深的命题了。男人说我没好，我不能出院，我要跟公交公司索赔。林纵横说索赔程序无非公了和私了，私了是和公交公司协商具体数额，公了是走法律程序。无论公了私了，关于你的病情状况，是以我们的病例病案检查单以及手术记录为依据的。并不是你住在这里不走，就能多得赔偿款。男人说主要是精神赔偿，我精神受到重创，这几年都没法正常工作和生活。林纵横说你可以转院，到精神病医院论证精神体系的疾病。我们只负责你的心脏，心脏已经痊愈，你不能住着不走。男人说王医生每天都给我用镇静剂，这不是精神病是什么？林纵横呵呵笑，那一定是你高声喧哗或者放声痛哭，干扰了其他住院患者。你这是术后综合征，过于紧张悲愤所致，这样，你要真不想走，明天转到我们神经内科治治吧。他们有办法让你放松，放松了也就平静了。男人深思，勉强同意。林纵横乘胜追击，夜里是不是总是胡思乱想？越想越觉得命运不公，于是忍不住泪流成河？男人无辜地点头，再度泣不成声。林纵横说那又何必等明天？现在就转科室吧，今儿晚上就能睡个好觉。男人说这个王医生医术太差，只会搞心脏怎么行。林纵横说就是，当医生要当全才，不然会被患者抛弃的。怎么样，咱换地方吧？

林纵横亲自把男人送到了神经内科，用轮椅推的，男人说林医生，你这样的医生打着灯笼也难找，那天要不是你，这个世界就没有我了。那个王医生给你当徒弟都不够格，他每天都逼我下床走路，也不怕把我心脏再给颠破了。林纵横忍无可忍，停下了轮椅，你给我下来，明明能走还要我推。我告诉你，王医生逼你走路，那是医学，是为了让你心脏增强活力。真正救你性命的是他，我只是发现问题，他才是解决问题。不得再诋毁我老师了。男人恍然大悟，原来你们是同伙呀？林纵横说没错，我们都是医生，只希望你尽快康复，无论是心脏，还是精神。神经内科是个女医生值班，林纵横私下交代了男人的情况。女医生就问，真有病还是诈病？是不是那种为索取高额赔款装病的？林纵横说你按照正常程序检查治疗吧，脑部扫描看看，不就知道真假了，反正精神病患者的脑部扫描图和正常人不同。女医生提示，是某些精神科疾病，而非全部。林纵横说所以作假空间极大，不像多数疾病那样，丁是丁卯是卯，毫无弹性可言。王老师请你每天都让他多活动，不能总在床上窝着不动，只管撵他下床。女医生说好，我会照办。有情况会及时和你沟通。林纵横说不是我，是心外科，你找王老师和他助手都行。

林纵横回到心外科复命，王惊雷说全才，这患者扬言出了院就要告我，因为我只懂心脏，不听心语，毫无服务意识，从不耐心听他倾诉心中苦闷。林纵横说那多好，让他去跟院长倾诉吧，保证还没诉完，院长就得吃降压药了。王惊雷笑了，真是个宝贝，自己拿自己当宝贝，每天夜里都痛哭，我就让护士给他上安定。都说女人是水做的，这宝贝比女人还水，那天检查结果一出来，他当场就吓休克了，抬到我们这里，好家伙，满裤裆的屎尿横流，把我们熏得够呛。患者因疾患原因引起的大小便失禁，我们同情并尊重，可他活活就是吓的。林纵横说现在有无数的精神病患者，就潜伏在正常人群和生活中，不到事上看不出来，他们自己也不知道。我看他八成就是这样的，也好，这下子身心都给他治了。王惊雷扒拉柜子上的报纸堆，纵横，这宝贝把你整报纸上了，说你是神医转世，在车祸现场仅凭肉眼就看出他心脏破裂，比心电图还厉害。不过你就是个陪衬，主要是讲他自己怎么碎心的传奇遭遇。林纵横说别翻了，都是灰。要是这样啊，那他还真是装病，病床上还给报纸爆料，都是为索赔做准备。王惊雷说这年头呀，真相比假象显得还假，假象比真相显得还真。真里有假，假里有真，谁也分不清楚。就这宝贝，咱俩都是他的医生，可咱俩谁也弄不清他精神上到底有没毛病。林纵横说老师别悲观，真作假，假作真，都是时也势也。

时长了势消了，真还是真，假还是假。真与假本就势不两立，各有归属，人力岂可强为之。王惊雷说医学不容掺假，可人学处处有假。回头打起索赔官司来，咱俩都得出证词，医学之外，我们没有任何个人观点。纵横，你要记住。林纵横说记住了，我不会心慈也不会手软，因为心慈手软的结果往往是混淆真相。

大半夜睡得正香，林纵横被电话吵醒，是赵阿姨。赵阿姨喘得说不上来话，林纵横说你把家门打开，等我们来接你。赵阿姨急促的，小林我要你来，这回我真不行了。记住我跟你说过的话。林纵横不由分说挂断电话，先安排急救中心派车去接，然后他边穿衣服边回拨赵阿姨电话，他说救护车已经出发，很快就会到，我在急救中心等你。赵阿姨剧烈喘息，林纵横跑着下楼梯，始终对着手机说话，他不敢挂断，他得让赵阿姨的精神聚焦，有根弦紧绷着，她就能等到医生进门。林纵横说赵阿姨你放心，我没忘，我都记着呢。你要求最后关头选择放弃，不割喉不插管，不受罪不抢救，不上任何没有必要的仪器及设备，不进重症监护室，宁可清醒着死去，不做植物人苟活。还有，死后再通知你的儿女，不让他们从国外白跑回来。

赵阿姨已经几次死里逃生，每次都是半夜犯病。从几年前的功能性周身疼痛及各种常规老年病，发展到后期的哮喘病以及心肌梗死，谁拿她的病都没办法。她的身体每况愈下，要治疗这个病，往往会牵涉那个病。她无法经受任何的手术治疗，只能是对症处理，犯什么病就治什么病，得过且过，过得去就活着。赵阿姨每次都以为自己会过不去，所以早早就安排好了后事。跟林纵横和国外的儿女都做了交代，赵阿姨说我就等着死了，这辈子也就只差个死了。没什么牵挂的，孩子孙子都好好的，也不需要我给他们做什么。也不留恋什么了，整天都是一个人在屋里待着，吃不下，睡不着，玩不动，连下楼都没力气，早就活到尽头了。林纵横劝慰，好好活着吧，百岁老人都还没活够呢，你才八十几岁，还有大把日子呢。等身体好了去国外转转，儿孙满堂其乐融融。赵阿姨说都是海市蜃楼，国外我早待够了，跟在这里一个样。白天他们都要上班上学，家里就我一个人，儿子家有只金毛狗，女儿家有只加菲猫，成年累月的我只能跟猫狗聊天。晚上他们都回来了，我也该睡觉了，孩子们都孝顺，回家了先来看我，站床边跟我说晚安，说完晚安我就睡了。早晨起来说早安，说完他们就都走了。晚安和早安，就是我和孩子们的日子。小林，过日子过的是自己，只能是自己，谁都过不进别人的日子里去，都是过自己。林纵横说活着最重要，只有活着，你才是自己。什么日子都有人过，你的日子强过无数同龄老人，你的儿女从不啃老，就业不用你求人，买房不用你援助；你的孙子不用你带，不用你接送上下学，不用你给学费补课费；子孙反过来还都给你钱花，都从心里关心你。跟身边的老年人比比吧，比比你就知足了。人生总得为点什么，不然活着也真没动力和快感，你的子孙都想让你长寿，你就成全他们吧。赵阿姨说也只能以此自勉了。林纵横说我也很希望你能长命百岁，作为你的医生，我将以此为荣。赵阿姨说小林你别唬我，活到九十岁，十个傻九个。我常年出入医院，见过很多老傻子，没情感没思维，不知道自己是谁，不认识自己的孩子孙子，吃饭要人喂，大小便用纸尿裤。孩子们条件好有孝心，还能给请个护工，每天抱上轮椅推出去晒晒太阳；孩子们没条件，那就整天躺着等死，浑身都是腐臭气。你说这样活着，是不是还不如不活？林纵横无话可说，赵阿姨看见的都是实情。人生最大的悲哀不是老去，而是老来多病，老来痴呆，越老越病越痴呆。有钱治病的还可以专注地体会疾病的痛苦，没条件治病的只能忍受贫穷的摧残，熬着等死。林纵横经手过不少高龄老人，前不久刚给一个98岁的老人做了手术，成功摘除胆囊肿瘤。这颗肿瘤折磨得老人每天剧疼，嗷嗷叫，连水都灌不入口，全靠输营养液维持生命。围绕这个手术，他跟老人的家属进行过多次沟通，他说不做手术的话，最多也就是两个月的时间，但是这两个月丝毫没有生存质量可言，他每天都要承受剧烈的疼痛感。虽然他早已痴呆，没有任何喜怒哀乐，但是人类对于疼痛的反应，从出生那刻起就是本能的。如果选择手术，那么情况会稍微改观，最起码可以不再疼痛，并且你们将可以通过胃管方式给他灌注流质食物，直至他的生命结束。至于存活周期，主要取决于你们的照顾，照顾得好，医疗手段跟得上，也许能够活至百岁。老人的长子也是老人，已经七十几岁了，长子说林医生，你的建议呢，我们全家多次商量，悬而难决，我们恳求你的意见。林纵横说亲情和孝心，每个人的感受都是一样的，就这样放弃，谁也舍不得。最可悲的是，患者本人对于自己的生死存亡，毫无任何发言权。这种情况我见过太多，因此我不用问也知道，你父亲几年前还清醒时，一定对此毫无交代，因为我们都避忌死亡的话题，晚辈向长辈就此提问是大不孝。当他逐渐地痴呆了，各种功能都退化了，完全丧失自主意识了，他的亲人想问也问不成了。我理解你们的心情和处境，因此我没有任何建议，因为换作是我，我也是难于抉择的。

这个手术本身只属于常规，最大的风险在于老人的岁数。这个岁数上手术台，任何身体指标出现异常，都会带来致命后果。林纵横请何无疆担任主刀，何无疆推辞，纵横，你勇气可嘉，我给你当助手。林纵横坚持，何老师最擅长肝胆手术，务请帮忙。何无疆说原先肝胆都归我们普外科，现在各科室之间专业相互贯通，你们于主任做这类手术也很到位。其实你最担心的不是手术，而是患者高龄。给青壮年做手术，可以慢工出细活；给八十岁以上老人做手术，必须抢速度，你切记要快。他们大多身如朽木，经不住任何细微的变数。我全程给你坐镇，如何？林纵横说说起来是98岁，可他的身体机能以及各项指标，只看数据的话，相当于80岁人群。何无疆说生活条件好，多年注重养生保健，这种人群不在少数。乡下老人就不行，劳作一生，身体透支太大，晚年又不懂得保养，很多患者需要手术治疗时，身体指标不匹配，只能先行保守治疗，以培养手术条件。

这老人术后一直住院，再也无法离开医院。家里给他请了护工，护工照顾得精心，老人没生褥疮，也没有任何异味，就是好几次拔掉了胃管，导致医生还得重插。胃管是条细细的长长的管子，从鼻腔插入，直通胃里，在胃里圈圈盘着。胃管开口较大，可以灌注流质食物，经由管道流入胃部，经过人体吸收后的残液，顺肠道蜿蜒而下，排出体外。至于是什么时候排泄的，排泄量多少，老人早已丧失知觉。老人常年戴着纸尿裤，护工闻到异味，会立即给他更换。对于这一切，老人时而清醒时而糊涂，糊涂的时候比清醒的时候要多得多。清醒的时候他可以忍受，糊涂的时候就会拔掉胃管，换取片刻的舒爽。医生来插胃管时，老人会惨叫会挣扎，护工和护士会按住老人，让他动弹不得，医生从容地将胃管插入老人的鼻腔，向里，再向里，直至胃管进入胃部，缓缓地盘成了圈状。老人的长子看得痛彻心扉，几次邀请林纵横吃饭，林纵横以各种合理借口推脱。长子说林医生，我没别的意思，就是不想重蹈这样的命运。我想请你给我好好讲讲，根据我的身体状况，我以后犯病时，我的孩子们是不是也要面对这种抉择。我想提早立个遗嘱，要是我也这样，还是放弃的好，何必几代人相互煎熬。林纵横说那是你的家事，我不便发言。就医学角度，很多老人最后都会遭遇这种状况，按说你爸爸条件不错，儿孙都很尽孝，可是怎么说呢，光是那条胃管，24 小时插在鼻腔里，也确实不好受。不插又不行，没有渠道输送人体必需的养分，很快油尽灯枯。我们的传统观念，遗嘱都是关于存款和房产安排的，很少有人会就医学角度做出考虑和事先的应对性规划。你的意识很领先，有涉及医学领域的问题，你可以随时咨询我。

第十九章

赵阿姨这次在劫难逃。救护车上的医生抵达赵阿姨家里时，她已经没有任何知觉意识，只是右手还牢牢地攥着电话听筒。医生给她静脉应用强心、利尿以及扩血管药品，同时进行心肺复苏抢救。赵阿姨悠悠回神，等救护车开到医院，赵阿姨又不行了，林纵横和值班医生用尽各种手段，赵阿姨的指标跌破极限，怎么也无法拉升。林纵横让护士全程拍摄抢救过程，护士说不要再等了吧，赶紧跟她儿女连线吧。林纵横说还连什么线，刚才我电话里叫她没回应，我就通知她儿女赶紧回国了。林纵横大声命令，通知 ICU 全套应急预备，立即把她送 ICU 重症监护室，给她开喉插管，上所有手段设备，快!

就在这刹那，林纵横的腿被打了，是大腿，紧贴着抢救床的大腿部位。尽管打得很轻很轻，轻得就像羽毛落了地，林纵横还是感觉到了。是赵阿姨打的，赵阿姨虽然弥留，大脑还有残存的意识，她知道他们在抢救她，在挽留她，她什么都知道，就是无法做出任何回应，也不想做出任何回应。是离开还是留下，赵阿姨无所谓，她对什么都无所谓了，她只是渴盼着拥抱，死神的拥抱。她已经十多年未曾得到过任何人的拥抱了，她乐意在拥抱中长眠，不管这个拥抱来自人类，还是鬼神。死神也是神，神的拥抱会比人类更加温暖与热烈，赵阿姨等待了好多的日子，一切都已就绪，只差最后一个动作了，那就是和死神紧紧相拥，归去来兮。赵阿姨这辈子恩怨分明，无视荣辱无畏死亡，可她就是不能容忍背叛，尤其是亲人友人的背叛。她怎么也没料到，在生命的最后关头，林纵横居然就这么背叛了她。当她听到林纵横说出要给她开喉插管时，赵阿姨不由得心念大恸，恨不得立刻跳起来，左右开弓，狠扇林纵横几个耳光。

林纵横不能置信，赵阿姨居然还能够打他，他看看赵阿姨的手，再看自己的腿，没有错，她的手只能够着这个部位。林纵横临危不乱，吩咐护士，把你手机视频回放，慢镜头回放，看她的手，看我的腿。护士照做，惊呼，天哪林老师，真是她打你。她怎么还会打人？林纵横俯身，贴着赵阿姨耳朵说道，我知道你还有意识，你给我赶紧求生，用所有信念求生，不然我就给你开喉插管，给你全身上满各种设备，让你生不如死，让你想死也死不了。你快给我活过来。我要你活着。林纵横边说边抢救，分秒不肯停手，值班医生也是争分夺秒，丝毫不给死神任何可乘之机。就这么僵持了大约十几分钟，死神怏怏而去，带走了那个约定好的拥抱。赵阿姨醒了，目光涣散，眼含热泪，她说小林，不得好死。林纵横就问，你还是我？赵阿姨吃力地说，是我，也是你。林纵横轻握着赵阿姨的手，对不起赵阿姨。我们是朋友也是医患，我别无选择。等你好起来，你可以用拐杖打我，我由着你打，但是现在你必须听我的。

赵阿姨的儿女都回来了，由于林纵横的通知太过于紧张严厉，他们是以奔丧的心情赶回来的，还带来了配偶和孩子，儿子儿媳女儿女婿连带两个孙女和两个外孙，共计八口人，齐刷刷站在了林纵横面前。林纵横让他们集体观看了抢救过程的视频，然后带他们来到 ICU 重症监护室门口，他说，我也不知道她还要多长时间才可以从这里出来，她最为抗拒这个地方，但是她目前还在危险期，只能待在这里。等情况稍微好转，我会接她回到急救中心再行康复性住院治疗。也请你们理解体谅，她这次心梗心衰太严重，纯属死里逃生。要不是个性太要强，她不可能活过来。赵阿姨的儿女连声道谢，他们都是典型的国外中产阶层，家教及个人修养兼具，喜怒哀乐不形于色。赵阿姨的儿子说，大恩不谢，林医生，我母亲蒙你多年关心照顾，我们全家铭记于心。林纵横说请你们稍等，我先进去看看。如果她的情况可以见亲属，我得问问她最先见谁。ICU是隔离区域，都是危重患者，每次最多可以进去两个人。

赵阿姨全家急切地等待着，两对成年人面色凝重，沉默无言；四个孩子猜来猜去，都猜着自己能够最先进去。林纵横出来时，手上拿了两件隔离服，他的脸上带着些许笑意，问道，你们谁叫波比？谁叫凯迪？她要见波比和凯迪，她想抱抱波比亲亲凯迪。放心，她的状况日见好转，只是意识有些混沌，还不怎么清醒。如此有某些药品作用的原因，等到该类型药品撤下就好了。此言既出，四个孩子静了下来，再也不猜了；赵阿姨的女儿转过身，伏在女婿怀抱里一动不动；赵阿姨的儿子清清嗓子，还没说话，就伸手捂住了脸，泪水自指缝间不断渗出。林纵横不明白，看向几个孩子，催促道，请波比和凯迪快换衣服，跟我进去看奶奶，哦，也可能是姥姥。个头最矮的孩子率先哭了，紧接着，几个孩子放声哭泣，哭着哭着，就抱成了一团。赵阿姨的儿子哽咽，林医生，波比是我家的金毛狗，凯迪是我妹妹家的加菲猫。我母亲在国外，和它们最亲，整天都是它们陪着她。我们都太忙了，每天上班上学，都没好好陪过她。

那就请你们兄妹先换衣服吧。林纵横轻声劝慰，老人都寂寞，老年患者最为脆弱。其实这很正常，我有些患者濒死时，置满堂儿女于不顾，只拉着护工的手不肯松开。寂寞和脆弱的老人，他们的心态和情感犹如儿童，最为直观，从不掺假。他们最需要的是陪伴，谁陪伴她，她就跟谁最亲。

你母亲此刻的反应，完全属于本能意识，其实她心里最牵挂的还是你们，亲情是永远也不能打问号的。我坚信当她见到你们，会比见到波比和凯迪高兴得多。它们只是她的念想，你们才是她的寄托。

赵阿姨的儿女在丹青待了一周，每天都进ICU看望她，每次看望只允许几十分钟，都是唠家常，几十年前的陈年旧事也都翻了出来，赵阿姨就总笑，笑得天高云淡的。她说真幸福，幸福原来就是有人听你唠叨啊。小林还真没骗我，活着还真是比死了好得多。以前总以为白养你们了，这回知道没白养，再往下活也有个奔头了。你们都回去吧，忙你们的事业去，去给你们的老板拼命去，等我身体好过来了，我就去看你们去。赵阿姨的儿子说，让我妹妹他们先走，我再多住几天。赵阿姨呵斥，你也走，都给我走。别让老板扣工资，也别让自己误了前程。回去给我照顾好波比和凯迪，我好了要去看它们。赵阿姨的女儿说妈妈对不起，以后每天都会跟你通话，就这么闲聊几句，多长的日子都会变短。赵阿姨说那倒不必，把我当成个任务，都是敷衍，我不需要。赵阿姨闭目养神，兄妹两人见状退出了。

到了林纵横跟前，两人立马改口，赵阿姨的儿子说林医生，我母亲喜怒无常，随时变脸，我陪她比陪大客户还要艰辛，稍微说错了话，所有辛劳泡汤。赵阿姨女儿控诉，妈妈让我们给她冲洗两张大照片，放在爸爸遗像两侧，左侧是波比，右侧是凯迪。而我们的全家福，她让放在抽屉里头。林纵横说你们越宠她，她就越发肆无忌惮。说错勿怪，很多时候，她也会撒娇，只是火候太猛，会被人误以为她在撒泼。我们ICU的医护人员还不太习惯这种风格，经常跟我诉苦。我说你们再苦也没我苦，我千辛万苦救活她，她咒我不得好死。赵阿姨的儿子又流泪了，笑出来的泪，他说林医生，我母亲不同于常人，我们兄妹从小就听惯了她的诅咒。她惯以恶毒的语言表达温情与爱恋。难听话留给至亲至爱，礼貌用语全部对外。林纵横说没关系，是我的荣幸，能让患者视我如至亲，也算工作业绩。赵阿姨的儿女都说，林医生，我们全家对你，此生难以为报。林纵横说好报，等我去国外旅行时，少不得给你们添麻烦。也顺便看看波比和凯迪到底何方神圣，实不相瞒，它俩已经就此成名了，请发几张照片给我，急救中心全体医护急于看到它们的尊容。

赵阿姨完全清醒后，林纵横不敢再踏进 ICU。他知道冤有头债有主，赵阿姨是要跟他清算的，清算他的承诺，也清算他的背叛。赵阿姨是个清算高手，几年前犯病时，她跟林纵横说救我，你要救活我。单位那几个败类还没死，我不能死在他们前头。当年我老伴挨批斗，被他们活活打断了腿，后半辈子都是个瘸子。可他们都活得好好的，这种败类法不收人收，人不收天收，天不收病收。我得看看他们的收场。他们不死光，我就绝对不能死。

天若有情天亦老，遥遥幽恨难禁。天要人亡只在旦夕，人等天意总是无期，赵阿姨等啊等啊，直等到 83 岁高龄，才终于跟老天结清了账单。她单位那几个所谓败类，死的死，瘫的瘫，肿瘤的肿瘤，痴呆的痴呆。赵阿姨说如愿以偿，天意比人意公道太多，让他们这样活着多好，想跳楼都跳不成。林纵横说当年那么叱咤风云，整人害人时从不惧怕人心所向，更不忌惮天理天意，这下子好了，老天给出标准答案了。从那以后，赵阿姨就没盼头了，她就改了口，小林，再犯病别救我了，我这辈子清算归零，活够了。林纵横说赵阿姨，你的命太硬，天不灭你我奈何。不少患者和你是同样的病况，有些人犯病犯得还没你重，我们施以同样的抢救措施及手段设备，可他们往往救不过来，只能送进太平间。就医学解释，这属于基因及人体指标的差异性，可是人们更愿意相信这是命运。这样的事情我经历过太多，就某些特定状况，医学远不及命运强悍。

出乎林纵横的意料，赵阿姨本次对他的清算，居然是那般的惠风和畅，打出手的全是化骨绵掌，让他蚀骨销魂，继而骨软筋酥。ICU反复催促，林纵横只得前去接人，赵阿姨住到急救中心病房后，让林纵横去把于立秋和院长都叫来，林纵横以为赵阿姨要告状，只叫来了于立秋和李主任。赵阿姨十分自豪，你们懂不懂，人只有死过，才知道活着最好；也只有死过，才会懂得死这东西，它没啥可怕的。人要是死过一次，就再也不会怕死了；同样的，人要是死而复生了，就会特别珍惜生命，珍惜活着的日子。以前我是错了，不拿自己的生命当回事，每天都祈祷死神来接我。死神很讲信义，人家按时来了，可小林把他给撵走了。开始我特别恨他，恨他背叛了我们之间的承诺。现在我不恨他了，恨不起来了，为什么？因为活着的每时每刻，我心里都有盼头都有希望。我以前的盼头都是那几个坏人，没有自己，也没有亲友。太傻了，他们才不配呢。从今往后，我就为自己活，我为活着而活。对我这个年龄的老人，活着本身就是所有的意义和成就。所以于主任和李主任，你们要表扬小林，这个月要给他多发奖金，年底要让他当先进，要跟你们领导多吹风，这样的医生太好，也太少，他不仅能救命，他还能救心，你们说呢？于立秋说了很多，都是对，是，嗯，好之类的，都很诚恳，没让赵阿姨察觉出任何敷衍和应付。李主任送给赵阿姨一盆盆栽，盆栽不大，刚好搁在床头，微景观大风貌，是女贞树和柳枝嫁接而成，夏季柳絮纷吹，整棵树身白蒙蒙的，如披月华，故而盆栽名曰六月飞雪。李主任说祝贺赵阿姨，我们都希望你能够长命百岁。我们做医生的，最喜欢的就是热爱生命的患者，最怕的是那种消极厌世的患者，同样的病患和治疗，前者给我们以成就感，后者常令我们深感挫败。

林纵横说赵阿姨，我很意外你的转变。如就医学理论深入论证，你可以被称为传奇，你的病例极为罕见。我们都见过不少被气病的，甚至被气死的，只有你是被气活的，并且是被医生给气活的。你是我从医生涯的经典，现在流行向经典致敬，所以我们都要向你致敬。赵阿姨对李主任提要求，能不能给我换个盆栽，我不喜欢窦娥冤，杀错了人，再飞雪也是白飞，砍下的人头再也飞不回脖子上。最好给我盆荷花的，咱们小林最爱看荷花了。李主任略显为难，还是答应了，好的赵阿姨，我想办法给你种盆荷花。

李主任不辞劳苦，亲手破冰，从荷塘底部捞了几节残藕，兑了多种营养泥，用紫砂大盆培育荷花。紫砂盆很快见了绿，几枝莲叶绿意苍翠，长势喜人，每天都有新的生机和变化。就是不生荷花，李主任本是催花高手，这回也犯了怵，心里没底就猛加养分，结果把莲叶养的比洗脸盆还大，荷花依旧无影无踪。李主任常常对着紫砂盆发愣，林纵横说李姐，强扭的瓜不甜，强扭的花不开，荷花虽然柔弱，却重本性。你这么逼着它享受中央空调，它受不了，不信你挪到大厅门口，让它吹吹自然风，兴许还能生出个花苞花芽来。李主任半信半疑，还是试了试，结果花苞花芽都出了，只是不肯开花，再给营养也不开，半个月不到，花苞花芽都枯了，枯在了枝头，枯缩成了豆粒大小的死胎。李主任决定再养一盆，林纵横劝阻，李姐，人性无非善恶，花性各有不同。你虽是百花仙子，却不了解荷花，这东西冷处偏佳，别有根芽，喝不了那么多营养液，它不是人间富贵花。李主任痛惜无比，纵横你看，这几枝莲叶也黄了，就连藕根都黑了，还真是营养过剩。我给它用的都是复合养分，是最好的制剂。再养一盆吧，不然没法跟赵阿姨交代。

荷花才不管人事，它最好养也最难养。你按照它的节令来，随便弄盆烂泥，它给你开出满盆风光。你要不守时令，非要用营养液闷它，它就跟你玩自杀。林纵横苦口婆心，李姐你不要再养了，赵阿姨等得起来春，荷花也等得起，你又何必等不起。李主任说好吧，纵横，我也等得起，我等来春再养荷花。

过些日子，林纵横就得参加几场婚礼，同事的朋友的甚至患者的，初婚的再婚的甚至再再婚的，也就是兑个份子外加吃顿饭的事，林纵横习以为常。遇到有人追问他的婚事，他总说快了快了。若是有人问他，女朋友呢，怎么不带来喝杯喜酒。林纵横的回答多种多样，她今天有事来不了；她正加班呢；她去外地出差了；有时懒得多话，他干脆会说，她爸住院呢，她想来也来不了。于立秋每逢听到这种对答，都要偷着乐，纵横，谎言如纸不包火。林纵横抬头看天，不理于立秋。于立秋就问，你怎么老是问天？天上有答案吗？林纵横说立秋，人多的场合要说天问，这样显得比较有文化。于立秋不服气，儒商，你谈谈《离骚》和粽子，会显得更加博览群书。林纵横说时令不对，年前当忆风波亭，年后应论艳阳天，端午节才适合谈谈汨罗江。于立秋说我发现了，只要有人问你女朋友，你就要抬头搞天问，别幻想天仙配了，你是拿刀的，不是放牛的，仙女下凡也看不上你，你还是就地取材吧。就咱们全医院的护士，你可着劲儿看，看上哪个跟我说，我派你嫂子去做工作。林纵横目光中写满了悲凉，立秋，原来你还说是急救中心的护士，这回变成全医院了。你加码了，说明我又贬值了。于立秋被林纵横眼中的悲凉所打动，忍不住开始八卦，纵横，咱们急救中心那谁，我听李姐说她多次打探你的个人生活，我们俩都认为她对你有意思。林纵横冷笑，这就是急救中心主任和副主任的日常工作，没事议论我干吗。于立秋说明白了，你看不上她，你嫌她样貌平平。林纵横说于立秋，人家小姑娘才二十出头，站我身边就像父女。于立秋说项点心跟你倒像兄妹，你怎么不出手。林纵横拍拍胸口，晚了，迟了，完了。我跟她已经熟得不得了，就像跟你这样，早就混成兄弟哥们了。于立秋深表同情，也是，没有性别感怎能激发荷尔蒙？男女关系全靠化学作用，激素飙升才能成就恋爱。

这场婚礼比较独特，急救中心好几个医生护士都接到了请柬。李主任问道，怎么没有我的？于立秋说那时候你还没来，这男人因外遇被老婆用电熨斗烙伤了脸部，重度毁容，几度轻生。后来经过多次外科整形手术，终于被整成另一个英俊的男人。林纵横补充，李姐，他的脸无法恢复原貌，不过整形效果很好，虽显僵硬，但他若不滥用表情，仍然属于帅哥行列。只是原先的朋友都不认识他了，于是他又结交了一批新朋友。老朋友认老脸，新朋友认新脸，他换了脸，如同新生。李主任说多可怕，没人想要这样的新生。林纵横说正是，脸变了，心也跟着变了，要不然灵肉分离，只会更加痛苦。本来他老婆和他情人都抢着要他，我们也都以为他会择其一。谁知道他都不要了，他又找了新人，这个婚礼由此而来。李主任说他请你们出席，说明他并不想割断过去。于立秋说非也，他在我们面前早已没脸，也就不拿我们当外人了。不仅我们，整形美容中心他也请了不少人去。林纵横说都要去，我们几个人都去参加。他仍然很敏感，去捧个场很有必要。李主任说不要紧的，纵横，回头你结婚，咱也请他们，可以把所有捐款给收回来。林纵横庄严地说，涉及捐款使命重大，看来我恋爱结婚，已是势在必行了。

这是林纵横最满足的一场婚宴，场地豪华仪式简单，菜式极为丰富可口。新人来敬酒时，林纵横没看见，只顾着吃了。新郎说林医生，让我单独敬你，用大杯。林纵横放下筷子，新郎官，我祝你们白头偕老。新郎说笑话，那是不可能的。我比她大了 33 岁啊，往后的人生使命就一样，使劲保养使劲多活，少不得你们这帮兄弟的专业指导，我的幸福全靠你们了，拜托了。于立秋抢下新郎手中的大杯，指导就从此刻开始，少喝点吧，晚上还要洞房花烛呢。新人离开后，于立秋愤愤地说，德性，娶个这么小的，简直坏良心。林纵横大笑，嫉妒死你，男人都想坏良心，咱们想坏也坏不成，君子固穷吧。

林纵横值班，救护车拉回个大出血患者。这女人当时疾步行走，忽然倒地昏迷，裤子上渗出大片血迹，是路人给她拨打的120急救电话。林纵横以最快速度将该患者转至妇产科，直接交给了项点心。这女人是宫外孕，自己并无察觉，已经两个多月了，胚胎生错了位置，没生在子宫里头，而是扎根于输卵管中部，越长越大，终于撑破输卵管，引起大出血，女人是因失血过多而导致的休克。手术台上，项点心让护士赶快翻包，想从这女人的皮包中找到有关身份证件，也好确认年龄并联系家属。护士找不到，女人的包里没有任何有价值线索，她的手机也在倒地时被摔坏，完全黑屏。项点心说看年龄也有三十几岁了吧，可是经彻查整个生殖体系，她应该还未曾生育过。不过子宫有陈旧伤痕，有人流手术史，应该是多年前的手术方式所遗留，至少三次。护士说项医生，那我们应该怎么办？项点心叹气，尽力吧，让我试试看，看看这条输卵管还能不能给她保住，实在不行再摘除。幸好这个胚胎还不算太大，剥离下来不算太难。手术毫无悬念，只是颇费时间，项点心下台时，已是午休时间，错过了饭点。

项点心先交代护士，要看好这个患者，用药和输血都要特别当心，过一会就要去看看，她身边没有家属，出了什么事都得算是我们的。护士说放心，你去吃饭吧，她醒了我就叫你。项点心说不会太快，失血那么多，身体极度透支，麻药作用会因此增强，晚上能醒就不错了。护士说那我跟下个班也交代清楚，还有，她的衣物等下还是交给你保管吧。项点心接过护士提来的大塑料袋，拎到医生办公室继续翻找，袋子里是女人的外衣外裤内衣内裤棉鞋袜子以及手套围巾。但凡要上手术台，医生和患者都是要消毒更衣的，医生自然是自己更衣，患者多由护士和家属帮助完成，这个患者没有家属，也没有知觉，全是护士干的活，两个护士协力，很快将她剥了个里外精光，擦干净满身的血污，又将她全身上下的饰物去掉，封存于小号纸袋子里，再换上手术服，才推进了手术室。项点心翻了个遍，只从大衣口袋里翻出几片口香糖，两包餐巾纸，皮包里也没有什么新奇的东西，不外乎钱包钥匙化妆品，比项点心的日常装备还要简单。只剩下那个纸袋子了，项点心拈出来了三条链子，项链手链以及脚链，都是白金的，分量很足，工艺不行，像是那种务实的人家。项点心意兴阑珊，这女人的所有费用都是挂账，看来只有等她醒来，叫来了家属，才能把挂账给抹平。这台手术不大，输血量却多，未来几日仍需输血，每天费用都较为可观。每逢这种情况，医生在跟患者及其家属解释沟通时，都要消耗大量口水，多数家属好说话，少数家属不太认账，认为医生是看患者没人陪，借机狠宰猛割，纯属宰人，不给减免费用就拒不付款，反正手术也做了，病也给治了，给不给钱，给多少钱，就不是医生说了算了。还有更绝版的家属，谈判议价失败后，干脆偷人逃跑，直接带着病床上的患者逃出医院，再另外找家医院或者诊所进行后续治疗，如此能够省下大笔的费用。每家医院都有大量的此类挂账，数额惊人，医院就出台了具体措施，那就是谁的帐谁追，谁的帐谁平。患者如果逃跑，医生就得连坐，项点心可不想被连坐，她决定先把这三条链子给没收了，待这女人的家属全额补足费用，再把链子奉还。项点心把大塑料袋搁在墙角，拉开自己的衣柜，将小纸袋扔了进去，忽然觉得不对，又拿起小纸袋，倾囊倒出。然后，项点心就傻掉了，就在三条链子当中，她看到了一枚钻戒，正是她无数次把玩过的那枚钻戒。

第二十章

女人的精神好了许多，梳洗过后，面貌显得娟秀清丽。项点心从头到脚，把女人看个通透仔细。女人说项医生，多亏你救了我，等我出院再好好谢你。项点心说不用，你能及时结清费用，我也就放心了。前几天不好意思，你家属也不来，挂账越来越多，我只能给你安排专人看护，别放心上。女人说我包里有卡，不用叫我家属，自己能办的自己办。项点心说也是，是这么个道理。可是你也太过于坚强，做这种手术也没个人陪，终究还是少见。女人笑得满足，没办法，我们是开店的，小本经营，他在外地跑货，经常不在家。我怕他担心，没跟他说住院的事，反正也不影响以后的日子。项点心说不影响，你生育功能良好，休养几个月，可以正常怀孕生育。项点心把小纸袋递到女人手中，欲言又止，最终还是说了，其实是这样，我们有我们的行业规则。尤其是我这个科室，不该说的我们是不会随便跟患者家属乱说的，你的担心纯属多余。女人低头无语，项点心接着说，谁的青春都有故事，谁的婚姻都想长久。你做这么大手术不叫他来，反而容易让人多想。女人低语，我知道你都看到了，我在你眼里再也没有秘密。项点心说对不起，妇科医生就是这样，一眼望去，患者所有的人生经历，基本也就了然了。女人说项医生，他从没问过我从前，我也不问他的从前。我们俩都是没有从前的人，所以特别珍惜现在和未来。项点心不甘心，继续追问，你这颗钻戒非常漂亮，是结婚戒指吧？女人说是呀，他说挺值钱的，我也不知道值多少钱。开店时钱不够，我还想着卖了，他不让卖，非要让我每天都戴着。就留下这个戒指，当时还有几件首饰，都给卖掉了。项点心开玩笑，整套卖掉才能卖出大价钱，留下这个戒指，会影响那几件首饰的价格。女人惊奇，项医生真是行家，当时还真是这样。可他非要留下不可。后来生意还行，他又给我买了几件白金的，跟从前那几件是没法比了。项点心笑了，你就不怕让人给抢了，这东西很扎眼，还是收起来安全。女人说他非让我戴，不让我搁起来。我也嫌干活碍事，想收起来。他说丢了也不要紧，戴着丢了好过搁着丢了。项点心点头，他可真够深刻的，你婚龄不短了吧？女人当即报出个日子，项点心用心默算，又问，什么时候要孩子？女人说等我好了就要吧，他年龄比我大，也该要了。项点心说让他戒酒戒烟，不然影响生育。女人说烟早戒了，他说一抽烟就难受，最难熬的日子全靠抽烟才过去的。酒戒不掉，每天晚上都要喝两杯。项点心说改成小杯，半两装的小杯。

女人出院时，还是让家属来接了。女人拉着项点心的手，项医生，你说得对，这么大的事不告诉他，以后他会多想的，所以我就叫他来了。一会你跟他讲讲我的病情？项点心说我不是都跟你反复交代过了吗？你要有什么情况，随时给我电话就行了。女人说求你了项医生，他听到我宫外孕急得不行，又担心你们医生太忙，没空跟家属做沟通，非要让我先跟你约约。项点心脱口而出，什么世道，跟我约约？行啊，来吧。

项点心是在病房见到男人的，两人都堆出了满脸的笑容。握了手，说了你好，项点心不再说话，两个人都不说话。女人催促男人，你给项医生带的礼物呢，快拿出来呀。男人拍拍脑袋，哎哟，我怎么给忘了，这样，我们先回家，然后我再送过来。项点心笑说，不用不用，千万别再跑了，真的没必要。以后生孩子再来找我吧。忙到快下班，护士给项点心提过来个大果篮，项医生，上午出院那个患者家属给你送来的，让我们转交给你。项点心说我一直在办公室，他怎么不进来？护士说没见过这么老实的，我们让他直接送给你，他说你说过没必要，所以就不打扰你了。项点心说那就给你们吃了吧。护士揭开果篮上的遮纸，兴奋得直叫，项医生你快看，这都是什么水果呀，我一个也不认识，怎么还配了瓶酒，也太奢华了吧。项点心翻弄，全是进口的，是我最爱吃的，就是太贵，还买这么贵的东西，怎么洗心革面的。

项点心没吃晚饭，吃了几只水果，吃饱就回家了。父母正在追看抗战连续剧，客厅里炮火连天，项点心回房间百无聊赖，就把那瓶酒给打开了，整瓶酒喝干，项点心要出门，父母双双阻拦，项点心说有个急诊，我得去医院，你们先睡吧。出了家门无处可去，项点心随意散步，散了两条街，看见有家酒吧，进去又喝了两杯，出来接着散步，散到脚步蹒跚，项点心上了出租车，一路绝尘，回家睡觉了。

项点心早晨还没起床，在被窝里接到林纵横的电话，点心对不起，我刚看到你发来的照片，大半夜的，你发个酒瓶给我干什么？项点心说头晕，没有的事，我什么时候给你发照片了？林纵横说半夜两点多呀，是个空酒瓶，蓝莓酒，你不是喝多了吧？项点心说要是这样，那可真是喝多了，我不知道给你发照片了。林纵横就问，有什么喜事？我知道你最喜欢这种蓝莓酒，以后要是有人送给我，我就留给你喝。项点心来了兴致，要不这样，就今天晚上吧，我发现有家酒吧不错，离医院也不远。林纵横说成呀，咱俩反正晚上都没事，我用电动车带你去。

喝了两瓶干红，项点心问林纵横，他到底什么意思？林纵横说通俗说法是整件事纯属巧合，文艺点的说法是天意弄人。你的感受是死水泛波，他的做法是无以为报。至于我把这个患者转给你，还真像是柳毅传书，我就是那个老树精。项点心问柳毅是谁？影星还是歌星？林纵横没辙，又要了几瓶啤酒，喝光了，才讲清楚整个故事。项点心说都是书生和仙女，要不就是妖怪妖精，反正男一号都是书生，没新意，不好听。林纵横说撕心裂肺这回事，三年后只配下酒，五年后入土为安，十年八年的懒得扒坟，于是悉数腐朽化灰。三四十年后走不动了，由于健康原因也不喝酒了，正好挖出来重新回忆，点心，你可以躺着摇椅慢慢地摇，摇呀想呀，可惜怎么也想不起来那个人，他的样子和他的名字了。并且鉴于大脑功能退化，记忆常常呈现假象，如同幻觉，故而往事大多美如画卷，只是严重失实，不足采信。项点心说林纵横，我再退化也能想起来你的名字。林纵横举杯，那是，兄弟如手足，情人如衣服。他都换过新衣服了，你还是裸奔状态呢。光脚的不怕穿鞋的，裸奔的不想穿衣的，点心，为他喝酒纯粹浪费。项点心泪盈于睫，可他怎么那么老态，头发染过了，底下露出白茬，全白了。林纵横铁面无私，头发白了是自然规律，染好染不好，那是他老婆的事，跟你没有任何关系。管好你自己的脑袋才是王道。怪不得世间英才少见女性，你们都被闲愁给扼杀了。项点心振作起来，到吧台点了瓶黑牌威士忌，林纵横，把这瓶黑酒喝了，我就再也不会弱智了。林纵横说要喝，为智慧干杯。

林纵横是练出来的酒量，喝白酒之外的任何酒类，皆如喝水，他只拿白酒当酒，所以出了酒吧还能闲庭信步。项点心在喝酒领域纯属天才型的，无师自通，什么酒都能喝，酒量也不小。只是天才往往都是很偏门的，项点心如果单喝，喝单种酒可以撂倒两个大汉，喝混合酒就不行了，还没等威士忌见底，项点心就坐不稳了。林纵横说到此结束，这半瓶存吧台，过几天咱们再来。项点心嚷嚷，不，还有青春没干杯，友情没干杯，医术没干杯，美貌没干杯。喝到最后一杯，是为美貌而喝的，项点心把林纵横的酒杯也给抢了，喝了双份的美貌酒。

用电动车送项点心回家已不可能，林纵横站街边打车，项点心扶墙呕吐，出租车司机最怕深夜送酒鬼，哪辆车也不肯停下来。林纵横扶着项点心走，架着项点心走，通通行不通，项点心已经走不成路了。林纵横把棉衣给脱了，锁到电动车车篓里。他打算送完项点心，再回来骑车回医院。林纵横弯腰，他说点心，上来吧，我只能背你回家了。项点心腿脚不顶事了，口齿还伶俐，这条路离我家不远，背着不好看。要是不幸遇见熟人，你就说我病了，跟我爸我妈也要这么说。林纵横说你又脑残，你浑身酒气，病什么病。再说两个医生，哪有背着看病的，你当是冷兵器时代啊。项点心说你才脑残，我都吐干净了，你先给我买盒口香糖，酒气都是你身上的，我才没有。

林纵横从没有关注过项点心的身材，他看她都是看脸，目光坦荡，视线锁定在脖子以上部位，该说什么就说什么，想说什么就说什么。身体接触也有过，登高望远时，相互拽一把扶一下的，极为自然。项点心常年宽袍大袖的，最爱穿韩版的衣服，穿得体了如同小妞，不合体时就像大妈。上班时又都是白衣，林纵横对项点心从未产生过身体上的意识，项点心说我要节食，林纵横说不用，咱不胖。项点心说我要增肥，林纵横说不用，咱不柴。不胖也不柴，就是林纵横对项点心脖子以下部位的全部概念。

这个夜晚，短短两条街的路程，颠覆了林纵横对项点心的所有认知。刚开始还没有，他只是发牢骚，你多少斤？你怎么这么沉？项点心说我才不沉，我每天早晨都过称，今天比昨天还轻了半斤。你先放下我，让我把棉袄解开，满身酒汗，让我放放气儿，我妈鼻子赛过警犬。项点心下了地，敞开棉袄，再度趴到林纵横背上，高喊起驾。林纵横本想跟着喊一声奴才遵旨的，谁知道竟然喊不出口了。林纵横一下子就说不出话了，走完两条街，他半个字也没出过口。心脏跳得太狂烈，人是无法说话的，不然说什么都是颤音，还不如守口如瓶呢。林纵横越走越快，走到最后都成了小跑了，一溜小跑着就到了门口，林纵横卸货般卸下了背上的人。卸下来就又跑了，连头都没顾上回一下。项点心低声喊叫，别走啊，我拿瓶饮料给你喝。林纵横是跑回酒吧门口的，骑上车接着跑，风驰电掣跑回了医院，直到进了宿舍，他才发现忘了穿棉衣了，也没觉得冷，也没觉得热，就是汗多，浑身上下都已经湿透了。

多年来钢铁般的友情，就这般摧枯拉朽，俱化作断壁残垣。那两条街道是邪恶的，每一步都洋溢着邪恶的气息。走在那样的邪道上，林纵横几乎折断了脊梁。是被项点心给压断的，项点心的胸部太过于饱满，身体也太过于温软，软绵绵地紧贴着他，压迫着他。林纵横从不怕硬，只是怕软，特别怕软。硬碰硬的时候，他总是很硬；软对软的时候，他总是最软。他经历过的女人很多，只跟身体有关；经手过的患者也很多，对女性患者的裸体司空见惯。单以身体对他是没用的，就像从前的女人们；单以灵魂对他也是没用的，就像从前的项点心。可是当身体交融了灵魂，当软绵绵的身体与硬邦邦的灵魂完美相融，就那么都让他扛在了脊梁上，林纵横再也没法子承受了。摧眉折腰只为胸，大丈夫当如是也。

林纵横后来坦白了，点心，就从那个时候开始，也不知道怎么回事，我心里竟然生出了邪念，是啊，我知道这很不地道，我就拼命压制。可是邪念这东西真是罪恶，你越压它越猛，我当时心脏狂跳，血压失常，肾上腺指标飙升。满脑子都是你的身体，满脊梁都是你的胸，早知道你的身体这么美好，你的胸脯这么美妙，傻子才跟你搞肝胆相照啊。项点心斜倚枕上，嘴里烂嚼着生藕条，笑向枕边人唾去，流氓，你就是个流氓，是个最会伪装的流氓。林纵横掀开被子，以流氓般的专业眼光浏览项点心的身体，点心，把你的衣服全部扔掉，我给你买一批紧身的，亮瞎他们的眼。真是太屈才了，怎么就埋没了这么多年，幸亏那天你喝多了，要是不背你两条街，咱俩可真是白白痛失大好姻缘。

林纵横是在背过项点心的次日黄昏，就直接向她求爱的，求爱地点不是宿舍，而是荷塘。项点心从拒绝到接受，共计耗时五个钟头。林纵横说从生人到熟人，从熟人到朋友，从朋友到铁杆，从铁杆到弟兄，点心啊点心，我们浪费了多少年，再也不要虚度好时光了。项点心说我想不通，我怎么也想不通你的转变从何而来，从天到地怎么就是那两条街？林纵横说男人的世界你不懂，男人的心思很单纯，这些无聊的问题留待以后，你现在就想一件事，要我不要？项点心扭扭捏捏，可是你的理由，也真是的，也太不纯粹了吧。林纵横说这才是最纯粹的爱，只有心灵是不够的，现在加上肉体，多完美啊。项点心说林纵横，可是我对你没邪念呀，半分也没有，你让我怎么办？林纵横没说话，伸手就抱，抱住就吻。吻了好几分钟，林纵横才肯松手，松了手接着问，点心，这回有没有邪念了？项点心揉揉满头的乱发，后退几步，对不起，还是没有。林纵横说我太急了，实在不想再等，不然慢慢来，也不至于吓着你。项点心忽然间满眼泪光，她说无论如何，我都不想失去你。也许我们都需要时间。林纵横从口袋里掏出把铁锤，点心，我要送你样东西。你要是不要我，这东西就算我赔罪，往后还当朋友。你要是接受我，这东西就当个信物吧。林纵横说完就敲，铁锤敲破荷塘的浮冰，他就下塘了，项点心惊叫快上来，太凉了。林纵横趟到荷塘中央，俯身摸索，很快，就举着团污泥上岸了。坐岸边清洗好半天，洗干净了，是串佛珠。他说山上三年，每天揉搓，下了山埋到这里，也要每天都来看看。这串珠子就是我的半生岁月，所有苦厄尽在其中。我不是故弄玄虚才埋在荷塘的，而是没地方安置它，宿舍里吃喝拉撒，诊室里血色不断，都不宜供佛。我面佛三年，暮鼓晨钟，也未知西天是否真有极乐。那些日子只弄明白了一样事，点心，我弄明白了自己，弄明白了自己是谁，自己应该怎样活，自己应该和什么样的人在一起，共同活过这辈子。点心，那个人就是你。所以我把它送给你。佛门最讲究缘分，它就是我的佛缘。而红尘缘分，最亲爱者莫过于姻缘。我以佛缘奉姻缘，我会给你足够的时间，点心，我愿意等你。项点心说，你先回宿舍换裤子换鞋，你快去，别落下关节炎。林纵横说太冷，你也快回家吧。明天见。

项点心没走，在荷塘边坐下了，独坐了两个多小时。她的身前身后都是病房楼，楼上灯火通明，几乎每个窗口都亮着灯。荷塘却是漆黑的，没有灯火，没有声响，就连风也停了，这方天地万籁俱寂，如同尘外。项点心的目光定格在病房楼上，然后层层上移，就移到了楼顶，楼顶是连着天空的，找不见月亮，月亮隐身云后，浓郁的月光不时破云而出，几点寒星忽而就失了光芒，匿了踪影。项点心缓缓起立，给父母打电话，我要加个夜班，有台手术要做。

林纵横开门时衣履齐整，点心，我正要去找你。项点心倚着门，没进屋，你怎么知道我没走？林纵横说不知道，就是去看看，你要走了我就回来，你要没走我就送你。项点心直视林纵横的双目，林纵横，你和我将会风雨同舟几十年，对不对？林纵横说对，荣辱与共同甘共苦，只可惜不能够生死相随，生离和死别总要选一样，我们就选死别吧。按照岁数和性别，我可能会比你先死，所以死前的每一天，我都会珍惜你。点心，我们还有后半生，还有几十年，三餐一宿日夜相伴，再也不要分开。项点心讶异，你怎么也会落泪？林纵横回答，喜极而泣。项点心说我只想笑，一直笑，天天笑。林纵横说我正相反。因为你是平常岁月喜上加喜，我是跌宕浮沉苦尽甘来。

清晨醒来，项点心愁眉不展，我们怎么跟他们说？林纵横问他们是谁？项点心掰着手指，我爸我妈我叔我舅我姨我姑，还有王老师何老师韩老师于立秋，以及急救中心和妇产科全体人员。林纵横说点心，咱俩可都是单身啊，又不是偷情，直接公开就行了。项点心说可是，全医院都知道咱俩之间，那可是多年纯洁的友情啊。林纵横说那不正好告诫他们，友情这种东西很不牢靠，同性之间常常亡于利害，异性之间总是休于邪念。咱俩友情升华了，升级了，咱俩合成升级版了，多好啊。

第二十一章

王惊雷兴奋地直拍桌子，纵横，真好啊，总算是了我一桩心事。那就快点领证吧。你们之间有了解有信任，什么都不缺，还拖着干吗。项点心细声细气，王老师，我爸我妈还没来得及说呢。还有我家亲戚挺多，他也都要见见的。王惊雷望向林纵横，怎么搞的，点心的父母你怎么还没说?林纵横说事发突然，最先告诉你。老师，我今天晚上就去她家求婚。王惊雷打开办公室柜子，纵横和点心，你们俩挑吧，有烟有酒有茶，看看老人家喜欢什么，你们多拿些过去。项点心蹲下，仔细挑了几样东西。王惊雷重重拍着林纵横的肩膀，拍过了还拍，拍了好几下。

何无疆喜上眉梢，祝贺你们，这是我今年听到的最好的消息。有情人终成眷属，我特别开心。希望你们越快越好，都这个年纪了，赶紧按部就班吧。可千万不要再拖了，这都拖了多少年了。要是早点结婚，现在孩子都该上小学了。林纵横解释，何老师，以前那是友情，没有其他想法。何无疆笑说，没有才怪，我早就跟你老师下过结论，我说别相信他们什么友谊，迟早的事儿，跑不了的。林纵横说何老师慧眼，看我太准，比我自己还准。何无疆说定下日子快告诉我，我们全家都要参加。

韩心智进手术室了，没找到。于立秋鼓掌，纵横，恭喜你终于开窍了，友情升级为爱情，能省下很多程序和麻烦，直接修成正果。林纵横说谢谢你立秋，还是你理解我。你师爷就没你善解人意。于立秋说姜是老的辣，那是他火眼金睛。我就被你们的所谓友情骗得不轻，还给你介绍对象呢，都是白忙乎。林纵横说今天下午我要早走哦，去她家里求婚。于立秋失声叫道，天哪，昨晚上的事儿？林纵横打他一拳，于主任，脑筋太快讨人嫌。于立秋说下午我替你坐诊，你忙大事去吧。李主任关切地说，纵横，我有个外甥是做地产中介的，你是否需要他帮你物色合适的房子？林纵横说谢谢李姐，我需要时再跟你说。

中午顾不上午休，林纵横和项点心忙着算账，两人把所有存款汇总，算来算去，还是不够交首付。医院地处丹青市黄金地段，房价太高，买郊区附近的稍微便宜些，可那样还要买辆车，总之怎么算账都是窟窿，填不平。林纵横说我汗颜，惭愧万分，容我再想想办法。项点心说你有什么办法？无非就是借钱，纵横，我不同意借钱买房，那样我们又要还借款，又要还房贷，压力太大了。我爸我妈一定会给我钱的，凑凑也差不多了。林纵横摇头，啃老？这不好吧？我父母比不得你父母，你父母退休工资都比较高，我父母都是农民，当年我有钱时，给他们在县城买了房，也算安置得不错。可他们手里那点钱，我总不能再去要吧。项点心说你别这么小心眼，不让你啃亲爹亲娘，只让你啃岳父岳母。就我爸我妈那样的，你不啃他们还难受呢。他们早认命了，认准了我是个给人当后妈的命，这下子见到你求婚，还不得乐疯？上哪儿找你这种没有婚史的大好青年？林纵横说不啃，我谁也不啃。长话短说，点心，我要说我有个什么绝世至宝，你信不信？项点心笑岔气了，我信，你说你是外星人我都信。林纵横说头发长见识短，等我的宝贝面世，我吓晕你。

项点心先给父母打了电话，晚上林纵横要来家里，你们做好准备。项点心的爸爸接的电话，他说点心，小林不是常客吗，有什么可准备的？是不是又要教你妈做菜，需要准备食材？项点心说你先含几粒速效救心丸，我再告诉你。老人极为不满，点心不要胡闹，有话快说，我们还要出去散步呢。项点心说是这样，经过多年了解，我和林纵横决定改变关系，这个是要经过你们同意的。他晚上要好好跟你们说说这个事。停顿片刻，老人问话，点心，是不是工作关系要变？你要调到急救中心，还是小林要到妇产科？项点心嗔笑，气死我了，我现在就让他给你打电话。林纵横很快给项点心回了电话，点心，我跟他们说过了。放心吧，听得出他们都很高兴。项点心说可不是，多年的心病彻底痊愈，高龄剩女终于出手了。林纵横说你列个单子，那么多亲戚要见，咱们也得有个顺序呀。项点心说我可不敢，晚上你跟他们俩商量谁先谁后吧，我估计还是外戚们占上风。林纵横说我会建议先从姓项的开始。半个月也就差不多了，咱们还要回趟西北老家。项点心感叹，结婚好麻烦啊，明明只是两个人的事，怎么这么大动干戈。林纵横说该见的人该做的事无从减免，你只能选择是噘着嘴做还是咧着嘴做。项点心说好吧，我选喜洋洋。

整个求婚过程极为顺利，项点心的父母无比开通，你们要买房子呢，我们这里有钱；不想啃老呢，就住家里也行；要是想过二人世界呢，小林的宿舍也能住。怎样开心就怎样来。对于婚事和婚礼等，我们也没有任何要求。项点心说你们怎么能这样把我白送给他，弄得我好像没人要似的，赶快跟他要彩礼呀，没有汽车洋房，要点真金白银也好哦。项点心的妈妈说，我们早就看中小林了，本分实在不浮不躁，性格好脾气也好，还那么会做饭。我们就等着这一天呢。林纵横微微脸红，当场就改了口，爸爸妈妈，谢谢你们这么对我。点心是你们的掌上明珠，我会像你们这样对她，她不讲理的时候，我就装聋作哑。她好的时候，我会比她更好。我们打算先在宿舍安家，同时尽快买房。每周末我们都会回来陪你们，我做好吃的，咱们全家共享。

两人进商场买了几套衣服，项点心穿着新衣上班，同事争相夸耀。向医生极为惊讶，点心，我从没发现你身材这么好。不过也难怪，你从前穿衣服只图舒服。项点心说我的青春全被自己糟蹋，你看这种收身的衣服，其实并没有束缚感，穿着也很自在。向医生说眼光惊人，以后我买衣服要求你给参谋。项点心说我不行，林纵横最会买衣服，这套衣服挂在最偏的位置，没人注意，他说上身好看。果然是这样。向医生意味深长，男人怎么这么懂女装呢，是天赋吧。项点心说当然，他是天生的，懂女装也懂女人。

项点心的所有亲戚都对林纵横很满意，他们说真没想到，点心才是笑到最后的人，我们都担心她会嫁给再婚男人，无法应对前妻和前子女那种复杂的关系。林纵横说把我所有优势聚焦，也不过就是未婚而已。众人立刻反对，哪里哪里，你条件太好了，职业高尚前途光明，落落大方一表人才。林纵横笑道，众位长辈，我没房没车没编制，委屈点心了。众人都说她才不委屈，她得意着呢。没房没车算什么，就凭你们两个，又有医术又能苦干，很快就会有的。至于编制，吃香度早已不比从前，只要你手术刀握得好，哪家医院都能安身。林纵横说谢谢理解和鼓励。我会努力让生活好起来。

项点心没去过西北，一路上喋喋不休，你家乡有没有大漠孤烟和长河落日，是不是到处山丹丹花开红艳艳？林纵横说闭嘴，让我睡睡。项点心恼怒，还没领证就原形毕露，现在就跟我主仆颠倒。林纵横说主子，奴才家住小县城，原本偏僻荒凉破败不堪，近些年也跟着高速发展了，有了广场公园人工湖，跟丹青附近的县城差不多，没什么风光可供欣赏。项点心遗憾，我还以为可以远眺巍巍昆仑和滔滔黄河。林纵横说你还想驾长车踏破贺兰山缺呢。世界不是你以为，快点闭眼闭嘴养养颜，我家亲戚也不少，都等着看你呢。项点心问，那我用不用抹点粉，还有口红要不要涂？像所有的婚后男人般，林纵横闭目养神，充耳不闻。

回来的路上，两人发生了小小的争执。就在万米高空，项点心掏出个超厚的大红包，开始点钱。林纵横问是哪个亲戚给的，项点心说是妈妈给的呀。林纵横脸色微变，点心，我不是跟你说好了吗，我父母不容易，别要他们的钱。项点心盯着林纵横，我不要，可她都哭了，她说全家都是靠着你的，你给他俩和弟妹都在县里买了房安了家，你什么都给他们做过了。轮到自己倒霉了，他们什么忙也帮不上你。她一定要我收下。我觉得我要了比不要好，我要了她心里才舒服，不然咱们走了，她会难过很长时间。林纵横就问多少？项点心说都是新钱，就差一分，十万。林纵横说你不该要，点心，你不知道他们是怎么攒钱和花钱的。这笔钱一定是我全家凑的。我爸我妈我弟我妹，是他们凑的。我当年是给过他们很多，可是这么多年了，老人生病孩子上学，样样都要消耗。你就没看见我妈，她连件新衣服都没添。项点心说如果你觉得我错了，你回丹青给他们打回去不就完了。林纵横说点心，你永远也不会懂得稼穑艰难，你不会明白这个数字对庄户人家意味着什么。项点心说你别侮辱我，我给无数乡下患者看过病，我知道什么叫作血汗钱。你是心疼父母才什么也不要，可你想过父母也同样心疼你吗。纵横，你做人强势强惯了，你要尽孝，她要爱子，我都懂。可你领着媳妇千里归家，然后两手空空地走了，你倒是心里干净了，又高尚又满足。可是妈妈心里呢，那又是什么滋味呢。

点心，你很重视心理感受，我只在意现实状况。这就是我跟你的不同。林纵横说出身不一样，处事就不一样。你没做错什么，可他们将会为这笔钱俭省很久很久。项点心说那怎么办？要不我退回给他们吧。林纵横说不行，那会让他们更难受。反正家里有什么大事都是我管，以后父母有什么大病了，再给他们吧。项点心说神经呀，有什么大病了，肯定是要来丹青治病的。养老送终和治病是人事，不是钱事，光给钱怎么行。咱俩都是医生，就这么点便利，怎么能让他们在县医院治大病。林纵横说相见好相处难，我担心你们处不好。项点心说你对我父母如子，我对你父母如女。别拿自己当女婿和儿媳，直接就做儿女吧，咱俩共有四个爹娘呢。父母和子女再吵再打，也是至亲骨肉。这是中国式婚姻的前提和底线，不然夫妻关系是怎么也好不了的。我要和你好一辈子，我知道轻重。飞机降落时颠簸得厉害，林纵横说点心，即便机毁人亡，我已无遗憾。项点心温顺如猫，那可不行，我要和你一起共度无数的时光，看风雨，也看彩虹，半天也不能少活。

满不满有日子没来了，林纵横也不好追问。年底是要结账分红的，追人如追账，林纵横决定坐等。私立医院自开张以来，整体发展态势还是不错的。正如林纵横所预计的，头两年收支基本持平，之后就开始产生盈利了。盈利虽少，却也逐年递增。林纵横心如铁石，对待药品毫不手软，满不满多次吹风，老板，这行也有这行的潜规则，就跟化妆品同理，激素类药品可以快速提升药效。不少同行都这么干，患者只认见效快，还夸他们医术高超，比公立医院强得多。林纵横说绝对不可以。我是医生，也做过药企，对于医药极具发言权。不错，激素类药品是个好东西，单独使用或与多种药品同时使用，具有极强药效以及良好辅助性作用。公立医院对每种药品的使用方法以及用量，严格遵循国家药典标准。尤其涉及每次用药量，没有医生敢于违规超量。激素类药品如按规定使用，对人体不会构成任何威胁与伤害，也毫无任何后续性隐患。但是如果用量超标，无异于饮鸩止渴，不错，是可以迅速见效，但是病症必然反弹，并且每次反弹都会更加严重。不满，激素超标属于严重违规，一旦有患者家长较起真来，去做个药物检测，最轻处罚也是高额罚款，重者没收执照，关门停业。你要是这么做，害人害己害医院。满不满说那么多私立医院都敢做，我们为什么不能做？

富贵险中求。老板，看到他们日进斗金，我心里受不了，我手痒。林纵横说，那你再看看他们如何破财消灾，如何自取灭亡，你心思就定了，手也不痒了。不满，你要是想走钢丝，我就退出。我们这个岁数，应该稳扎稳打，如此干到退休年龄，也不少挣也不少花，何必非要先暴富，后暴死?

满不满长吁短叹，每年盈利虽有增长，可是远远不如房价涨得快。老板你看，我每年也就挣辆车，还是日产车系。林纵横说我比你强，我每年都挣个车队回来，电动车车队。不满，你的日产车已属高配，收入不错了。并且自己当家做主，比你给人打工强得多。现在患者群体稳定，彼此也算相互信任，这就是底子。有这么个底子，你怕挣不来英产车德产车？继续加大广告费用，别指望什么口口相传。现在最流行骂人，咱们不让人骂就是成功。满不满挠挠头，老板，我在医院大厅和每间诊室，都挂满了锦旗，你那几个耳鼻喉科的同事都说很不习惯。林纵横说正规医生收到锦旗也大多都是卷起来搁着，江湖郎中喜欢自己订制锦旗挂个满屋。满堂红不好，尤其使用精密仪器检查和治疗时，会影响他们的视线。诊室的锦旗你可以挂在走廊，一切以治疗为重。满不满说走廊早挂满了，都是我自己做的，诊室里头才是真的。满不满每次告别，林纵横都会送下楼，给他拉开车门，再反复叮嘱，不满，走正道可要心如磐石，就像开车，急躁只会引发意外。满不满说老板，你很会给人洗脑，我每次见过你，正能量都能顶个十天半月的。林纵横说洗人容易洗己难，每次你走后，我都得接着给自己洗脑。满不满说你就放心吧。林纵横说我没法放心，你要常来洗脑。

满不满这么长时间也没来洗脑，林纵横越等越不安。打了几个电话，满不满都说太忙。林纵横说现在不比从前，从前过年如过关，老板们都得到处拜码头，现在码头都缩起来了，你忙个什么？满不满说忙业务，你和我小舅子都是甩手掌柜，里里外外杂事不断，都是我在跑。老板放心，年前给你送流水送分红，等我啊。林纵横果断派出几拨人马前往医院搞暗查，全是项点心家的亲戚，七大姑八大姨的，拖儿带女都去看鼻炎了。都按林纵横交代的，挂号看病，划价拿药，把正常看病程序走完，所有单据和药品都带回来给他。项点心的二姨说纵横，我孙子没鼻炎呀。林纵横说二姨只管去，看看医生怎么说。项点心的四姑问，纵横，你让我坐大厅干啥呀？林纵横说统计患者人数，四姑你帮我好好坐几天班吧，把人数给我记全记细。项点心说你信不过满不满？林纵横说信，怎么不信，只是盲目的信任很不可取。我最喜欢拥有坚定不移的信任感，如此方能够两情相悦矢志不渝。谁让咱们家兵强马壮呢，彻查清楚我会更加信任他。项点心嘲讽，你怎么不派人查查我？查完你就无怨无悔了。林纵横说点心，在这个世界上，我完全无条件信任的只有两个人，王惊雷和项点心。我是通过你们才重拾对整个世界的信任的。项点心说你爸你妈你弟你妹呢？林纵横说也信，只是由于无知，他们都曾无意识地给我造成伤害和麻烦。我热爱他们如同爱你，但是重要机密我不会告诉他们，我只会告诉你和王老师。项点心撇嘴，什么机密，不就个小小的私立医院吗，还有，不就是那个破烂古代人头骨吗。林纵横说熟悉带来轻蔑，你和王老师都对我的机密不感兴趣。项点心说我对排名最感兴趣了，我和王老师谁先谁后？林纵横说家事你当先，其他事情我更看重他的意见。

项点心家的众多亲戚出色完成了获取情报的重要任务，林纵横的代价是给他们报销所有费用。深夜，林纵横放下计算器，抖着手中厚厚的单据，点心，医院运营正常，收费合理，二姨的孙子没病就是没病，只收了相关检查费用。四姑的统计跟不满的每月流水也都吻合。就是厕所太臭太脏，几支队伍都跟我反映快被熏晕了，看来满不满就是个驴粪蛋，外头光鲜里头毛糙。项点心说你也是，你几天没洗澡了？林纵横说虽然没洗澡，可我天天换内衣。对了，你明天找找关系，把这些药品想办法给我做做检测，尤其中药，要好好检测各项指标。西药我已仔细目测，应无问题，不过也都做做吧。项点心说找人也要交检测费的。林纵横说交呗，买个放心。

满不满来送分红时，林纵横执意要请他吃饭，还要喝酒。满不满说我开车来的。林纵横说让你嫂子陪你喝，我不喝，我开车送你回家。满不满就问领证了没有。林纵横指着项点心，不满，你的分红不来，她不跟我领证。满不满说罪过啊，老板，明年我保证提前送来，绝不耽搁。满不满穿上刚脱下的大衣，老板，咱去哪儿吃呀，走吧。项点心说不满，把你大衣脱了，就在这儿吃，他去厨房给你炒菜，材料都备齐了，咱俩可以先吃先喝着，让他当跑堂。满不满大感意外，今天这是怎么了？老板，我跟你多年，你可是从不轻易给谁做饭的呀。林纵横说不满，你不是谁，你是自家人。林纵横穿梭般上菜，满不满和项点心对饮，嫂子，什么时候买房呀？项点心说过完年吧，年前没空跑楼盘。满不满去厕所时，林纵横跟着去了，不满呀，你看这厕所多败胃口，这么脏这么难闻，咱们医院厕所的卫生你可要重视呀，可别把患者都给熏跑了。满不满说我重视得很，整天都让保洁员喷香水。林纵横说胡闹，鼻炎患者要么闻不到味道，要么就是嗅觉灵敏异常，廉价香水会让他们很反感。多雇个保洁员，专门负责全医院的厕所。满不满说成本要用在看得见的地方。林纵横说看不见的地方才是脸面，听不见的好话才是口碑。顾头不顾腚的人太多，你得两头兼顾才对。满不满酒意上头，老板，你当这是当年做药企呀，家大业大的，我现在是死抠成本，能省的都得省。林纵横说高见，往后每周末，我派你嫂子去给你扫厕所去，不用雇人。

次日，满不满给项点心打电话，嫂子，保洁员请过了，你替我跟老板说一声。项点心说你自己说，不关我的事。满不满说我不想跟他说话，他现在有点阴阳怪气的，跟从前不同了。项点心说婚前综合征，懂了吧？你别跟他计较，他都憋了半辈子了，好不容易找着个发泄渠道，由着他折腾呗。满不满说什么渠道？项点心说婚姻呀，自由进入倒计时，他整天百感交集胡说八道，我都不想理他了。满不满说别别，嫂子你还是赶紧跟他领证吧，结过婚这病就好了。

领结婚证只用了几分钟，林纵横往兜里一揣，点心，我的后半生就这么给你了。项点心说让我好好看看。林纵横说看活人，看证书有什么用。有名无实的夫妻和有实无名的男女都已太多，咱们这种实至名归的已成稀缺资源，彼此珍重吧。两人心有灵犀，都想到了执子之手与子偕老，就都摘了手套，顶风冒雪牵着手闲逛。握刀吃饭的人，平时都特别注重手部保养，没有这等心境，谁也不舍得大冬天裸手挨冻，冻得手都发红发麻了，逛到了街心公园，林纵横拂净条椅上的积雪，两人落座，半晌无言。王惊雷来电，领了没有？林纵横说领过了，老师放心，我也有家了。王惊雷说我当年领完证心花怒放，带着你嫂子，把自行车轮胎都给跑爆了。林纵横说谁让你早婚，我们晚婚的都是漫步，云中漫步。

第二十二章

韩心智摊上了官司，从接到法院传票的那刻起，他就撂挑子不干了。肿瘤科群龙无首，整天乱糟糟的。科里医生要找韩主任，那得用患者手机拨电话，韩心智只接患者电话，根本不理会科里的任何医生护士。院长找他商议对策，韩心智连电话都不接。院长责令何无疆，你给我把小韩找出来，这会子耍什么威风，好歹也得共同想想办法啊。你让他别忘了，他是医院的职工，是肿瘤科科主任，太平时候拼干活，出了事情拼担当。何无疆越听越气，院长，这场官司的第一被告是医院，韩心智只是第二被告人。你是医院的法人代表，你要他担当什么？院长说无疆，你这是什么话？官司是他惹出来的，他这种态度只会错上加错。何无疆说错不错天知地知，你知我知人人知。小韩病了，病得特别厉害，没法参与任何协商。他已经请过律师了。等官司打完，病好了，他再回来上班。院长呵斥，不想干了吧？何无疆说正是，自己走也成，你撵走也成，怎么都成。院长开始苦口婆心，无疆，危难时候都这么逼我，想不到韩心智也是这种人。何无疆说我们都是研究病的，你可是研究人的。咱们小韩什么人，领导你最清楚。院长说那就今晚，你跟我去他家找他。何无疆说谁也找不着他，你搞抄家也没用，他不在家。院长切齿，不在家在哪儿？何无疆说不知道，可能是类似天涯海角的地方吧。心里冷得结冰，到海边晒晒太阳，晒透就回来了。院长失声，这场官司从头至尾都是他的了，他就不怕上法庭？何无疆说上呗，律师到场不就成了。院长摔了电话。

五分钟不到，院长推开何无疆办公室的门，何无疆起身，笑道，院长，我给你掐着表呢，走得也太快了吧。院长拎起何无疆桌上的电话，按了免提键，拨通韩心智的手机。只响两声，韩心智就接了。韩心智嘿嘿笑，何老师，你刚才不是说了吗，你把他气得够呛。活该。这种时候让我担当，他干什么吃的。尸位素餐几十年，宠出来多少小人和奸细，报应来了吧？让他另请高明接我的班，我回去给他交辞职信。我可得好好养养生了，待会儿让餐厅给我炖只王八补补身体。何无疆说小韩，院长就在我身边，这电话免提。院长正要说话，电话被挂断，只剩下嘟嘟的忙音。院长说无疆，他真病了，神经错乱。那么沉稳的一个人，多年来行事做人能忍能受，规规矩矩从不越界，这会怎么像个幼儿园大班的娃娃，尖酸刻薄率性而为。你好好劝劝他，让他想开点。你告诉他，凡事有我。我迟早还他公道。何无疆说院长，我们也都是兔死狐悲，这下子更是看得清楚，关键时刻依靠集体，那就是个传说。现在医院都在扩建，就我们这种老熟练工，到哪儿都有口饭吃。院长说你别威胁我，我什么都怕，就是不怕威胁。坐我这个位置的，都被威胁惯了。无疆，我只想知道一件事，别的都不是问题。你告诉我，到底谁是奸细？到底谁最有嫌疑？何无疆冷冷地，那是你的工作，你不是最会彻查奸细吗？

奸细，从古至今数不胜数，每个朝代都有奸细，每起事件的背后，都必然屹立着奸细的身影，或伟岸或猥琐，具体到怎么定义和结论，要看该事件成功与否。事件成功了，奸细就是卧薪尝胆的勇士；失败了，就是人人得而诛之的叛逆。奸细和卧底不同，卧底历来是由外至内的，身在曹营心在汉，大多拥有信念以及使命感，少部分则是奔着事后的奖赏而为之。

奸细则正好相反，奸细都是由内向外的，吃着饭菜砸着锅，吃谁的饭就砸谁的锅，并且吃得越香砸得越狠。奸细大多都很讲究情怀，因为情怀这东西实在太过于高贵纯真，就跟人格和道德那样，越匮乏的人越是要装，所以假情怀往往会比真情怀还像情怀。装不出情怀的奸细都很容易暴露，拥有高度仿真情怀的奸细才可以持久。

要想判定卧底和奸细有什么本质上的区别，办法十分简单，分得清楚内外远近就行了。医疗行业是以技术服务于社会的行业，技术型行业大多相对单纯，还未曾产生过太杰出的卧底人才，但是从来就没有缺过奸细。每次医院出现奸细，院长都要深挖深刨，细水长流秋后算账。院长把历年来奸细们的资料详细整理归类，没事就捧在手里琢磨分析，最终得出结论，奸细们都是显得很有情怀的人，显不出情怀的人是不配做奸细的。

韩心智就很没有情怀，不小资不文艺，没爱好没情人，从不穿唐装布鞋粗布衣，没看过任何古今中外的典籍名著，甚至连贝多芬和毕加索的职业都搞不清。他就只知道每天干活割肿瘤，专心致意地割了几十年，都把自己给割成名医了，他居然还毫不知情。每逢有同行和患者称他为名医，他都很不识趣，你们不要胡扯，我就是个普通医生，这辈子都不可能成为名医。像王老师和何老师那样的医生才堪称名医。院长也曾提醒过韩心智，要适度地培养某些情怀，大情怀可以放眼天下，小情怀能够宁静致远。韩心智说什么情怀，每天患者排着队等我，我割好肿瘤就是情怀。院长说大家都有了情怀，你没有就显得太小众了。韩心智犹豫，那我也学学吧。院长语重心长，小韩呀，只懂肿瘤是不够的。韩心智不以为然，院长，我的本职工作就是肿瘤，你的工作广阔，防火防盗防医闹，还要防事故防纠纷防奸细。咱们都要干好自己的活，那就人人都有真情怀。情怀不是嘴上的东西，情怀是要干出来的。院长说防什么都容易，就是奸细难防。做奸细成本低廉却收获丰厚，只需关键时候扇扇阴风点把邪火，或者给患者搞搞技术指导，提提专业建议，不伤筋不动骨的，就把敌人给整治了，就把银子给挣到手了，那又何乐而不为呢。韩心智说我还从来没遇到过奸细，我身边的人都不错。肿瘤科你放心。院长说你要不这么表态，我多少还能放心。你要这么说，那我没法放心。

就仿佛未卜先知，韩心智一语成谶。他所遭遇的这起官司，就属于典型的奸细支招，如果没有奸细的技术加盟，这场官司根本就无从打起。官司的起因十分简单，韩心智收了个晚期肺肿瘤患者，患者是个七十岁的老太太，老太太被肿瘤折磨得骨瘦如柴，吃不下睡不着，于是被子女送入医院。经过一系列检查，韩心智告知家属病况，你们的母亲属于肺癌晚期，但是目前状况，勉强可以符合手术条件。做手术的话就要尽快，术后治疗如果跟得上，生存周期两三年。如果放弃手术，只做保守性治疗也是可以的。患者家属就问，不做能活多久？韩心智说这个年龄新陈代谢较为缓慢，癌细胞的发展扩散也就不像年轻人那么迅猛。如果是三十岁的人，超不过半年。五十岁的人，大约能支撑一年吧。你母亲这种状况，应该可以超过一年，这就是个关口了。患者子女经过多轮协商，决定给老太太做手术。手术本身是成功的，老太太住院一个多月后，精神状态较为好转，就办理出院回家了。回家还没几天，老太太高烧不退，再度住院。之后的日子，老太太不停地出院和住院，只要回了家，老太太就会发烧。家属多次质疑，韩主任，你跟我们承诺过的，你说我妈只要做了手术，就不会太难受太痛苦，生存质量就有了基本保证，可现在弄成这样子，我们不是花钱买罪受吗？韩心智耐心解释，你母亲体质太弱，家里医疗条件也不行，引起发烧的原因众多，你在她房间吸根烟都有可能刺激到她的肺部，开窗开门次数多，也有可能受凉引起发烧。你们要给她增强营养，并想办法让她保持较为轻松的心态，总是这样愁眉不展的可不行。自从她住院以来，我从来就没见她笑过。患者家属说韩主任，我们怀疑她是做手术时感染了。会不会是刀口内遗留了纱布剪刀什么的？韩心智说那就拍片子检查吧，不然你们不放心。我们的手术器械，在术前术后都有专人负责清点核对。我们医院多年来，从未发生过这类事故。检查结果一览无余，老太太体内并没有任何遗留物。

几天后，家属带了几个人来找韩心智，韩主任，我们要看看你给我妈做手术的手术室，我们认为我妈发烧就是感染，感染原因就是你们的手术室不干净。韩心智还开了玩笑，他说这种手术如有感染，那你母亲早已垂危。我们的每间手术室，都比你家的蒸锅蒸笼还要干净。手术室都采用最为现代化的层流消毒技术，任何细菌无处容身。当时双方都挺和颜悦色的，家属说韩主任你放心，我们也不是针对你。但是我们真想看看手术室，要是有什么不干净的，我们要跟你们医院讨个说法。说话到了这个程度，韩心智只得跟手术室联系，并同时跟院长进行汇报。院长说想从手术室找细菌？没门的事。那你就带他们参观一下吧，参观完了就服气了。

换过隔离服，几个人跟着韩心智进了那间手术室，有人开始连续拍摄，另两个人拿出件巴掌大小的测量仪不断调试。韩心智说，别测了，好细菌坏细菌任何细菌，在这间屋子里的指标都只能是零。家属忽然提出要两把椅子，护士就给他们搬来了。家属将两把椅子摞起来，就摞在了手术台旁边，然后，家属小心地站到椅子上，双手高举，用力拍打天花板顶棚的中央空调排风口。

灰尘，无声无息地扑面而来，韩心智和护士被呛得连连咳嗽。与此同时，那台小小的测量仪发出尖利的警报声。家属跳下椅子，拍打着满手的灰尘，满面含笑，韩主任，这也能叫无菌？你们就在这么脏的环境里给我妈做手术，开膛破肚的能不进灰尘吗？怪不得老是感染，刀口里头落灰了！护士气愤至极，你当是地震时给你妈做的手术啊？我们做手术时可没人站椅子上拍灰。韩心智问家属，如此处心积虑，你想怎样？家属说韩主任，我们今天可不是来参观的，我们是来取证的。告诉你们院长，等着接传票吧。韩心智点头，我明白了。手术室这种地方属于禁区，非专业人员根本进不来，就凭你们是不可能想出这种手段的。是我们医院有人给你们支招吧。家属说我妈太受罪了，花那么多钱买回个整天高烧，我们得跟你们医院讨个公道。韩心智说可以理解，我就想问一个问题，我在医院工作半辈子了，自问从无敌人，这人是冲着医院的，还是冲着我来的？家属看着韩心智，语调充满同情，韩主任，你四十几岁就是名医，还是肿瘤科主任，你心里是没敌人，可有人心里总惦记你呀。对不起了韩主任，大半夜的我妈犯病没少麻烦你跑来跑去的，你人不错，但我们也没选择。送到电梯口，家属主动伸手，韩心智与家属握手，问道，是不是肿瘤科的人？家属迟疑，点点头，匆匆离去。

肿瘤科开会时，韩心智说各位同事同仁，各位兄弟姐妹，我昨晚失眠想了一夜，也没想出来这些年到底伤害过你们哪位，跟谁有过什么深仇大恨。就算有过不周，那也纯属个人恩怨是不是？个人恩怨就应当个人了结，你跟我韩心智个人算账多好啊。为什么要牵连无辜？为什么要连带医院？为什么要连带手术室？你把医院搞得鸡飞狗跳打官司，割地赔款臭名声，你得着什么了？你端的不是医院的饭碗？拿的不是医院的工资？就为跟我过不去，你就拿医院的牌子往屎坑里踩？你把医院踩成屎，那你不就成了条蛆吗，还是条吃里爬外的蛆。我也不怕打官司，干这行的都有打官司的心理准备，打就打吧，撑破天不就是个赔钱加撤职吗？我的专业就是肿瘤，撤不撤职我还都是韩医生，你要还觉得不过瘾，接着想办法呀，想办法把我这身白衣也给扒掉。你们都知道，我已经多年没有休过假了。从今天起，我开始休假，全力备战打官司。我的患者有事让他们找我，其他的事情你们自行处理。散会。

众人大多离开了办公室，几个跟韩心智平日要好的没走，纷纷安慰劝告，韩心智说你们也都忙去吧，别把自己搞太忙了，太忙了招人恨，就以我为戒吧。闲了就好好养养情怀，可别总跟肿瘤过不去。

几个人都问韩心智，是谁？韩心智说张三李四王麻子，看谁像谁。

韩心智跟两个助手详细交代手头几个患者如何后续治疗，助手说韩老师放心，关键时刻不会给你掉链子。韩心智说错了，治病这回事没有关键不关键，只要患者在你手上，任何时候都是关键。想了想又说，你们还年轻，不要把我这个事看太重，不要被这种人吓破胆。你们路还很长，对于防不胜防的人和事不要过度戒备，该干什么就干好什么，任何个人情绪不得影响工作。韩心智在办公室坐到半夜，妻子来电催他回家，罕见的柔情似水，韩心智说雌狮变兔子，你都听说了？妻子说嗯，我好歹也是儿科护士长，这个院子哪有秘密。所以坚持到现在，也没打扰你，回来吧，好吃好睡可别垮了。你要气死了，人家就高兴了。我刚才把家里存款算了算，赔光就赔光，咱们从头再攒，日子照过。韩心智说不是钱的事。妻子说怎么不是，归根到底就是钱。你别想人，你只想钱，你就不难受了。我等你呢，回家吧。

韩心智起身准备回家，就在这时，桌上的电话响了，他顺手拿起，哪位？对方是个女声，韩主任，是我，我妈是你患者，我哥我弟正在跟你打官司。韩心智说想起来了，你是家里的老二，有什么事？对方说我也是刚知道，他们之前也没跟我说，真对不起。韩心智说不要紧，就这样吧？对方说别挂，韩主任你知道，我在家里不当家，日子过得样样不如人。给我妈看病我出钱最少，所以都是我在医院陪护，我身体也不好，不是发烧就是感冒，你给我好几次药。韩心智打断，这大半夜的，你有事没事？那都不是个事儿，前头患者剩下的药，给你也是举手之劳，再说你病着陪护患者，极易引发传染。对方说我怎么也睡不着，想想你对我们，再想想我们对你，我就想告诉你，我在我弟家里看见我妈的病历了，有半尺多厚。他们就等着你改病历呢。你可千万别改啊。韩心智浑身汗毛都炸了起来，愣怔片刻，他说谢谢你，我会记住你。

医院出奸细，院长从不大惊小怪；肿瘤科出了奸细，韩心智也不再感到悲愤伤痛了，挂上这个电话，他心里豁然开朗，甚至笑出了声。奸细，果然到处都有奸细。就连亲兄妹亲姐弟之间都能藏着奸细，几十口人的肿瘤科又岂能免俗呢。既然处处都有奸细，那么每个人都有可能遭遇奸细；既然是每个人都要经历的故事，那就没有任何必要去自伤情怀了，把事情就地了结，尽快画上个句号才是当务之急。韩心智精神抖擞地去找了院长，他说院长，可以肯定是肿瘤科的人，连我病历都给弄出去了。幸亏他们家里也出了奸细，不然病历改一个字，就是罪上加罪。院长说小韩，成熟就是对事不对人，你终于不再执着于探究奸细是谁了。韩心智说正是，因为奸细对决奸细的概率，历来远高于我们正常人，他们同类相亲然后同类相残。我们倒霉是由于异类，他们则必然毙于同类之手。我才不操那个闲心。院长说你不操心可以，我不操心可不成。医院所有中央空调管道都已严格清理清洁了。整层楼二十间手术室，突击安装了空调独立循环系统。这笔费用足够再盖个太平间，我心里放不下这个奸细。这女人能不能再给她搞搞突破？韩心智说这女人极为弱势，嫂子和弟媳妇都欺负她，估计这场官司所得，也没打算给她分钱。我试过了，她真不知道奸细是谁。院长说那就没什么价值了。韩心智微笑，这才是情怀，最朴素的情怀，劳动者的情怀。我就给她几回药，她心里就这么过不去，滴水之恩涌泉相报，并且从不指望有所回报。真情怀都是免费的，假情怀都要回报。院长就问，病例有什么破绽没有？韩心智摇头，但凡这种多次住院的，我都是亲手处理病历，从医学指标和技术上，应该没有大碍。但是同行都知道，病历这东西就跟艺术作品差不多，没人抠它就是完美的，要是有人存了心狠抠，那它浑身都是毛病。院长说毛病怕什么，没有原则错误就成了。你看病治病做手术都过硬，病历也软不到哪里去。就一字不动，让他们找毛病去吧。韩心智说都是我给医院惹的麻烦。院长说小韩，医院是个集体，不是我个人的。有些事情你要理解。韩心智说前头类似例子都是撤职处理，我能理解。

韩心智做梦也没想到，院长出手比奸细还要阴毒。奸细也只不过是背后捅他一刀，还是隐姓埋名的。而院长，居然就那么光明正大地，就站在他的正前方，高举屠刀，对着他兜头就砍。按照惯例，这样的事情是必须上会的，先上小会，后上大会。大会内容自然是免去韩心智肿瘤科主任的职务，全院职工谁也不觉得稀奇，韩心智自己也不稀奇。这类事情逐年增多，大家都看惯了也听惯了，想稀奇都稀奇不起来。韩心智稀奇的是小会上的内容，照理说小会只是几个领导的会议，广大职工应该无从知晓会议内容，可是多年来，医院的小会机密总是走风，刮得到处都是风，风声四起，就连枕头上都常常风雨连连。韩心智就是在枕头上，听妻子给他传达小会内容的，妻子气得直哆嗦，边骂边哭，院长真是条毒蛇，等他过几年退休了，我见他一次骂他一次，谁怕谁呀。心智你说，他这种人渣怎么就不长恶性肿瘤呢？韩心智说院长不是这种人呀，你没弄错吧？妻子说千真万确，小会刚开始先说别的几件事，最后才是你，集体同意撤了你。然后就散会了。韩心智说那你气个什么呀，他提前跟我谈过的。妻子抽抽搭搭，小会散了以后，他又开了个小会，就两个人，他跟质检科周科长开的，开会地点也转移了，从小会议室转到他办公室开的。韩心智掀开被子坐起来了，他说别哭别骂，陈述会议内容给我听。

质检科是医院专事解决医患纷争的部门，周科长负责该部门多年，是院长的铁杆嫡系。周科长眼观六路耳听八方，口风极严，没人能从他嘴里套出话来。韩心智与周科长交往不多，纯属工作关系。但是韩心智的妻子有个表妹，两年前与周科长陷入热恋。周科长的妻子早些年因子宫恶性肿瘤做过手术，子宫和卵巢系统俱被切除，术后极为厌倦床笫之欢。夫妻本是相爱的，妻子也曾提出过离婚，周科长说胡闹，那我成什么人了？你不要陷我于不仁不义。妻子说那你找个人吧。周科长说不，那样不仁不义就成了双倍的。我不会跟你离婚，也不会跟任何人结婚，情人关系很难处理，未婚的会跟我要名分，有家的我怕遭报复。什么都不要的情人更可怕，因为我还从来没见过。如此拖过了七八年，周科长正当盛年，日子过得苦不堪言，就将全部激情转化为超强的工作能量，业务水平突飞猛进，处理医疗纠纷不在话下。周科长很善于跟对手交朋友，要论化敌为友的本领，他在丹青医疗界若是自称老二，那老大只能是个空位，没人敢往上头坐的。

韩心智妻子的表妹，是保险公司卖保险的，经表姐暗地指点，来找周科长推销人身意外伤害的各种保险险种。表姐告诉表妹，卖保险的都很蠢，成天缠着医生搞推销。其实我们周科长的工作才最危险，他从来不打领带，也不穿带扣子的衣服，穿了就被扯掉。你找他卖保险要反其道而行之，要冷艳冷淡，别套近乎别多说话，他戒备心特别强。表妹说表姐你领我去吧。表姐耳语，那样他就不会买了。他可不想让任何同事知道他心里头比医生还恐惧挨打，人家可是领导哦，平时都是很英勇无畏的。你要想卖出去，记住隐蔽咱们的关系，我和你姐夫都不能暴露。

周科长对保险不感兴趣，对表妹高度关注。因为表妹人美心更美，根本不搞围追堵截死缠烂打那一套。表妹放下几套资料就告辞了，周科长次日没忍住，打电话询问详情，两人再度见面。直到见面十几次，周科长还没买保险。大半年后，周科长在表妹的闺房里买了全套保险。再往后，周科长就常常旷工，夜里回家，白天见表妹。周科长的妻子知道后，心里不是滋味，倒是表妹主动登门，掏心掏肺地安慰了姐姐。周科长沦陷于姐妹深情，不能自拔，对表妹戒心全消，万般爱恋。鉴于这种特殊的背景和关系，韩心智的妻子哪还敢跟周科长认亲呢，不仅不认亲，她还再三告诫表妹，千万不得暴露咱们表姐妹的关系啊，不然老周脸上不好看，你们的感情也会受影响。表妹说我们是真心的，周周说了，大姐不死他爱我，大姐死了他娶我。韩心智妻子就问那她什么时候才死呀？表妹说表姐，什么时候都不要紧，我比她小二十几岁呢，总有花好月圆那天吧。就周周这种情种，我等他多少年都值。

周科长跟院长密谈后，深感此次任务艰险，不由辗转反侧，苦思对策。表妹随口问了几句，当她听到表姐夫的名字时，立刻睡意全消，抱着爱人问长问短，问了个底朝天。周科长吃了安定才睡着，表妹溜到阳台上，紧急拨打表姐的电话。表妹说表姐，这事你和姐夫可别怪周周啊，全是那条老狐狸逼他做的。韩心智的妻子说妹妹，周科长是我们未来妹夫，是一家人。你要随时打探情况，随时跟我通风报信，你姐夫就靠你了。表妹说要不咱们先认亲吧，这样周周就不会害我姐夫了。韩心智的妻子反倒冷静了，认亲不急，周科长不干，还有别人抢着干呢。这事可不能落别人手上，那样我跟你姐夫就没情报了。

第二十三章

院长交给周科长的任务很简单，迅速联系患者家属，与他们谈判并达成统一意向，让两个被告人变成一个。也就是说，医院愿意花钱买个不出名，医院出不起这种名，医院手术室的灰尘问题要全部消掉。家属要打官司，就跟韩心智个人打，从医学角度走司法鉴定程序，只告韩心智就行了。周科长当时还以为院长发疯了，他说院长，老兄，既然医院要出钱摆平此事，那又为何单单甩下韩主任不管？这事要传出去，那些科主任岂不人人自危，都会对你寒心的。院长说运筹帷幄你不懂，这是全局问题。事到如今，咱们有把柄攥在原告方手里，花钱是免不了了，但是只能花暗钱，花钱买个不出名，让他们撤诉，医院不能打这场官司。如果他们不配合，那咱们就只能花钱花到官司上了。他们的根本目的就是要钱，我给你这个数字，在这个范围内你自行掌握。周科长说这个数字有点紧，你再稍微松松手，我把韩主任也能保住。院长说不管他，你别问那么多，照我说的做。头一步就是解脱医院，你好好想想吧。周科长不肯放弃，院长，我跟韩主任并无私交。我不明白你为什么要这么对他？院长说捅出这么件大事，我只能这么对他。做事要一步步来。周科长说老兄，我执行你的命令，但我觉得不公道。院长说公道这东西，它最喜欢玩迟到，你没见过那么多平反昭雪的，都是死后才公道的。你务必要记住，我现在跟你说的所有内容都没有上会，只有我知你知。

韩心智听完妻子的转述，怎么也无法置信。他说不可能，他从前都是宁可坏事也要保人，怎么单单这样对我？妻子说变态了，只能说他变态了。韩心智好久才憋出句话，不是变态，是本性。从前他都是伪装的，现在也快退休了，本性就出来了。后半夜死寂一片，枕头上风住尘香泪成河。韩心智起床了，到客厅沙发上呆坐着，直至天色破晓。八点出头，院长来电，小韩你到我办公室来。韩心智说我没空。院长说有空没空都得来。韩心智说没必要面谈吧，你现在就说，你要我干什么，我照你吩咐做。院长说行呀，改脾气长觉悟了。那你听好了，我要你销假上班，就像从前那样，每天按时上班，该干什么干什么。韩心智说上不了，我病了。院长言辞恳切，小韩，这个时候更要忍辱负重，别让我对你失望。韩心智忽然大笑，笑够了才说，院长，当年我才二十几岁，在咱们急救中心被患者家属打断两根肋骨，你来看我时也这么说。我信你了，身上打着夹板我还坚持上班。后来何老师把我要到普外科，我们师徒干得好好的，你又要我去肿瘤科给你挑大梁，我不想去，你就对我又拉手又拍背，你说任重道远要我迎难而上，什么都不用怕，你会永远站在我身后支持我，顶住我。我又信你了。就这么上了这么多年，没请过假没休过假，手机 24 小时开机，科室有事随叫随到。辱也忍了重也负了，忍辱负重无数次无数回无数天，因为我不想让患者失望，也不想让你失望。忍到今天负到今天，还是让你们都失望了。现在回头看看，我身后哪还有人，你逃得可真够快的。不就是让我自己堵枪眼吗，行啊，我还给你好好堵，给全医院堵出个太平来。要上战场的人就不用上班了吧？你要不认请假，那我今天先跟你口头辞职，记住日子，别把我上半个月的工资也给扣了。

韩心智看看眼如烂桃的妻子，再度开口，院长，夫妻本是同林鸟，可是我们没打算各自飞。我们俩得全力迎战这场官司，我代我老婆跟你请假了。你要觉得不解气，可以搞株连，你把她儿科护士长也给撤了吧。院长被噎得说不出话来，韩心智就把电话给挂了。此后，院长所有来电他就一概不接了。

院长百思不得其解，只得盘问周科长，你泄密没有？周科长发誓，绝对没有。院长说那就奇了怪了，小韩为什么那么对我？听他那口气，他好像是什么都知道呀。现在两口子都不接我电话，他老婆更厉害，直接把我给拉黑了。我可是谁也没说过，我连我老婆都没告诉过，我只跟你说过呀。周科长赌咒，我也没跟我老婆说过。我要是跟我老婆说了，让我天打雷劈。院长说就我和你，总不至于也有奸细吧。周科长说老兄，暗室亏心神目如电，人间私语天闻若雷，是不是韩主任跟你有什么心灵感应？院长说屁话，我跟你还没有呢，跟他怎么会有？这世上压根就没那回事儿，你别给我装神弄鬼的，我怀疑你是不是喝多了泄密的？周科长跺脚，自从接受了这项特别任务，我可是滴酒未沾啊。

周科长心里忐忑，回家就问表妹，那天我跟你说的机密，你跟别人说过没有？表妹嗷嗷叫着扑上来，直接堵住了周科长的嘴。她是用嘴堵的，嘴对嘴堵了好半天，周科长就把所有的事情都给忘了。周科长临走对表妹说，跟谁也不能说，包括你父母。表妹含情凝睇，周周，我要是跟我父母说过，让我出门就被汽车撞死。你就这么不相信我？周科长抱紧表妹，你才不会出卖我呢，你要也是奸细，那全世界都没好人了，谁还能信谁呢。肯定是院长说出去的，哼哼，恶人先告状。表妹说你们那个韩主任可真瞎了眼，跟着这种领导卖命，你可别学他，死都不知道怎么死的。周科长说还真够寒心的，以后我也不能对他那么赤胆忠心了。枉我信他半辈子，以后我就只信你。表妹小鸟啄人，啄着问着，哎周周，你跟那个患者家属谈到哪步了？这事咱们俩可得好好商量着办，可别做得太绝，小心你们院长事后对你卸磨杀驴。周科长说就是，可得上心防着他了，知人知面不知心啊。

关上房门，表妹立即跟韩心智的妻子联系。韩心智的妻子放下电话，对韩心智说，老狐狸做贼心虚，还怀疑周科长也是奸细呢。韩心智说从此刻开始，咱们别再说这个事了好吧。横竖都是没指望了，你别总跟我说老周的谈判进程。我现在心理很阴暗，看谁都是奸细。这种心态很要命，会直接影响我以后给患者治病割瘤。等这事过去了，我还是要靠手术刀谋生养家的，心理不能崩溃。你回娘家歇几天，好好陪陪老人。我也出去散散心，没什么大不了的。

何无疆给韩心智搞了个小规模送行宴，王惊雷和于立秋到得早，推开包间门，见到林纵横和项点心不免意外，你们怎么这么早？林纵横说先来点过菜了，这样韩老师进来时，看到人菜俱全，就不至于感觉太悲壮了。何无疆说老的等小的，本来就很悲壮。韩心智进来时，何无疆和王惊雷没动，于立秋林纵横和项点心立即起立，韩心智就笑，平时都不站，非要这时候站，让我想到了行刑前的杀头酒。王惊雷说小韩，不就个区区院长吗，就他那只巴掌能有多大，不遮天不遮地不遮人，他最多也就是遮住他自己的眼。晚节沦丧，老瞎子这是自掘坟墓。何无疆慢悠悠的，我看他是内分泌失调，可别是由什么大病引起的，人若发疯必因病嘛。要是疾病原因，小韩你更不该跟他计较。于立秋迟疑，韩老师，我还是没法相信，这事真是他干的。买通患者平息官司，花的都是公款，又不是他家的存款，他干吗非要把你给撇出去？就算把你也给包圆了，也不会多花多少呀。林纵横也想不通，韩老师，这事严重不合理不合情，傻子才会这样，花钱给自己买冤家，除非你跟他原来就有过节。咱们院长可不傻，那智商高的，几十年风口浪尖，连脚面都没被打湿过。韩心智满不在乎，纵横也许说对了，可能我跟他老早就有过节，只不过我没搁心里，他却念念不忘，终于等到这个机会公报私仇。众人都问，什么过节？韩心智说好像十几年前吧，我给他老婆的舅妈家的亲戚做过手术，肝癌晚期，术后没活过半年。何无疆问道，手术有什么问题？韩心智说毫无问题，打开腹腔一看，已经呈现扩散迹象。他当时也在现场，他说只管割，能割多大就割多大。王惊雷说这是常识呀，割完了就是赌命了，怎么能怪你呢。韩心智说除此之外，我实在想不出来他为什么要报复我。项点心插话，韩老师，会不会是嫂子曾经得罪过他？韩心智说没有，我们俩日思夜想，也没想出原因。所以就再也不想了，因为恶人作恶和小人伤人，都不需要理由。

接下来都是闲谈，没人再提这件事。于事无补多说无益，韩心智接了个电话，他说周科长？众人立时安静，整间包房鸦雀无声。韩心智说好的，知道了，明白了。兄弟？不不不，咱俩可不止兄弟这么简单，咱俩可得来日方长呢。挂了电话，韩心智举杯，咱们周科长大概是怕我记恨他，不想跟我结怨太深。本次来电主要强调，他干什么都是奉命而行，让我理解他的无奈和苦衷。何无疆说周科长是个人精，他认定泄密是院长干的。院长为什么泄密？那还不是要把责任推给他？所以周科长也要自保，他可不想里外不是人。小韩，你这连襟心眼特别多，跟院长不相上下。韩心智笑说，就跟肿瘤差不多，个人命运纯属天意，我这辈子摊上过多少好人好事呀。在座各位都是我此生无价之宝。所以这件事不算什么，很快烟消云散。我心里都没事了，你们可别再多思多虑的。我去好好歇几天，养精蓄锐储备体能，咱们回来再聚。林纵横小心翼翼，韩老师，你要想散心，我给你介绍几个地方？韩心智摇头，也不能走太远，我就在郊外度假村住着。所有事宜都已委托律师代理，最坏就是多赔点，最好就是少赔点。你嫂子才是高瞻远瞩，不就是个钱上的事吗？

韩心智上车摇下玻璃，我说立秋，我说纵横跟点心，你们就不能长点出息？看看人家何老师跟王老师，影子都没了。有事没事都是日子，每天都是 24 小时。你们要是这样过日子，好日子能过短，坏日子能过长，反过来才是聪明人。都散了吧，别给我搞目送，我是到海边度假去，可不是易水河边去刺秦。于立秋依依不舍，老师，你路上开慢点。韩心智说废话，真出事了也跑不出你手心，120 会把我拉回来交给你。林纵横挥手，祝韩老师身心愉悦。韩心智说纵横，你就比立秋会体贴人，因为你吃过大亏。于立秋和项点心抢着表态，我也吃过大亏。韩心智教训晚辈，别说你们，就我这个事，就具体数额而言，又哪能跟当年的林纵横相比。记住了，往后无论处理什么事，要把人先摘出来，莫要追究人心人性人格等等，只论数字方可以永葆情怀。

住进了海边度假村，韩心智整天不亦乐乎，要多忙就有多忙，要多闲就有多闲。上午跑步下午散步，带上午休和三顿饭，时间紧张得不太够用；晚上望月亮追星星，静听潮落潮涨，听得满耳朵回音鸣荡，打道回府洗澡睡觉。起初几天醒得太早，就站窗前等日出；过了几天睡不醒，要定好手机闹钟，才不至于耽搁早餐和跑步。运动使人忘情，韩心智常常懒得回复电话；观天令人明智，韩心智初步掌握了很多气象学知识。韩心智对何无疆说，何老师，我终于也有个人爱好了，现在每天都赌博，就跟专业气象台发布的天气预报 PK，赌输了我吃素，赌赢了我到餐厅点只王八补身体。何无疆问，你每周吃几只王八？韩心智挺自豪，上周三只，本周已经三只。何无疆哈哈笑，小韩，当你和气象台意见一致时，你吃什么？韩心智说也吃王八也吃素。何无疆又问，乐不思蜀？韩心智说蜀人才会思蜀，我再回去得换地方了。易地换处境，谁人思故国。何无疆说很好，你这样我就放心了。你要好好开拓。我继续跟着刘阿斗往下混，混不下去了我也好另有去处。

历经多轮鏖战，周科长和患者家属达成初步共识。共识是要建立于情感之上的，情感是要以称呼来体现的。周科长对两个患者家属的称呼，已经成功更新为大哥和小弟。周科长说大哥小弟，就这个数字，你们愿意接受呢，咱们就化干戈为玉帛。要是觉得少呢，那就法庭上见。我相信你们早已做过相关评估，即便官司获胜，你们所获赔偿金，只怕也超不过这个数吧。家属百思不得其解，周科长，你这个数字，怎么就跟专业评估不相上下呢。周科长长长叹息，身经百战啊，要没这点专业技术，我还能干好本职工作吗？给多了医院吃亏，给少了你们不干，不多不少就是我的专业水平。家属说你们医院可丢不起这个人。周科长说丢得起，我们不怕丢人就怕赔款。看起来家大业大，实际上财务十分紧张。所以就算你们赢了官司，我们也需要很长的时间来筹备赔款，日子不够是凑不出来的。家属出去商量很久，回来就问，要是不打官司，赔款什么时候能给我们？周科长拍胸脯，我跟领导求了无数次，你们撤诉我们给钱。这就不叫赔款了，这是出于人道主义精神，对老太太的医疗费用所做出的相关补偿。因为老太太的莫名发烧，虽然不是我们的责任，但毕竟与我们医院有关系。我们过意不去，我们愿意承担部分相关费用。家属被绕得头晕，周科长，叫什么名目，它不都是钱吗。周科长庄严否定，名目决定性质，名目是神圣的，金钱是庸俗的。钱跟人一样，都得穿着衣服走世界，裸奔是会掉价的。你们要是不认可人道主义精神，只谈钱可是谈不下去。家属说好吧，我们接受你们的人道主义，但是我们觉得不公。周科长伸懒腰，大哥小弟，谈到这步，咱们就不用见外了。还嫌少是吧？那你们可以接着告，只告韩主任，告他医疗事故，导致老太太长期莫名发烧。再从他那里告出笔银子来，不就皆大欢喜了。家属大眼瞪小眼，你们不兜着韩主任？周科长斩钉截铁，不兜。

等你们告他告赢了，我们正好借机开除他，杀一儆百。他给医院惹出这等事，我们绝不姑息养奸。我们领导就等着拿他开刀呢。家属面面相觑，周科长起身告辞，大哥小弟，你们好好议议。我的私人建议是，赶紧找几个懂行的人给支支招，看看单告韩心智能得多少赔款，看看值不值。动作要快，赶紧动手，他已经被撤职了。你们再添把火，不愁整不死他。

周科长每天都跟院长汇报，办公室没人就在办公室汇报，如果有人，就等晚上再去说。周科长白天跟家属谈判都要用嘴，嘴累得受不了，晚上见院长时就不爱说话，直接掏出手机，放原版给院长聆听。院长听完，宣布最新指示，很好，继续鼓励他们，让他们告死韩心智。周科长这几天都不太敢端详院长了，办公室灯管黑了一根，屋内有点模糊，院长的面目日见狰狞。周科长说老兄，韩主任就算赔光家底，那银子也落不到咱俩口袋里。这是何苦啊。院长说，你现在跟我交流，为什么不再直视我？有话你就直说，别搞腹诽。周科长跳起来，我可没腹诽你，我最讨厌肚子里骂人，我骂人都是直来直去。院长嘿嘿，你要是个直人，全丹青只怕也没几个弯人，不过你是弯中见直，比起那些个直中藏弯的本质不同。弯中见直多为周全气节，直中藏弯可谓包藏祸心。周科长说，那我就直说吧，我觉得这么对待韩主任，损人不利己，百害而无一利。院长沉默，周科长又说，这不是你的为人风格，可我想不出来究竟。院长说这事我连小会都没敢上，就只有你知我知。咱医院的小会从来就没法保密，可就你我之间，为什么也会走漏风声呢？你说现在还有秘密吗？周科长要说话，院长说不要发誓赌咒，你就只管执行。这几天先别给钱，继续煽风点火，就让他们告韩心智。吊吊他们，晾晾他们，也烤烤他们，这不都是你长项吗？周科长闷闷的，老兄，是你长项才对。

如此又拖了几天，家属沉不住气了，每天来电催促周科长打款。院长说不熬不成器，每个人都得熬。这些日子最难熬的，不是你们而是我。现在终于熬到时辰了，你去揭底牌吧。周科长说，你先把牌底告诉我呀。院长说你能这么问我，我心里特别温暖，说明你还是对我没死心。交情这东西，可真是半丝不掺假，到事儿上就见高低了。韩心智就不行，临阵脱逃当逃兵，何无疆王惊雷心里整天骂我，于立秋现在也对我阳奉阴违，简直蠢到家了。周科长从院长办公室再出来，已是满面春风，只觉得满院子的碎冰都如奶酪，踏在脚下酥软细滑，可爱极了。见到大哥小弟时，他还忍不住吹了几声口哨。

周科长说大哥小弟，咱们先确认最重要的问题，你们对这个数字毫无异议，完全接受了吧？家属说我们接受。周科长说可是我们想做些调整，行不行？家属急了，不行，就这我们还嫌少呢。你们要调整，我们就打官司。周科长呵呵，别急呀，大哥小弟，我这辈子最爱做的，就是在最后关头给自家兄弟奉献意外惊喜。经过跟领导的软磨硬泡，我要给你们涨价，非涨不可。你们不要都不行。你们要是拒绝，那就是看不起我。家属完全石化了，两人直愣愣盯着周科长，谁也接不上话。周科长软语温存，大哥小弟，一字万金的故事听过没有？咱们也搞个现代版的暖暖心窝，一个字一万块，我就想买个名字听听。就我们医院手术室的空调，是谁跟你们做出友情提示，让你们现场掏灰的。你们现在就告诉我。不管几个人，我按字数给钱。家属还是不说话，周科长恍然大悟，哎呀，咱们中国人的名字呀，真是不够规范，有的俩字儿，有的仨字儿，可不能就这么吃了亏了。这样，要是俩字儿的，每个字一万五。

家属正要开口，周科长忽然猛拍脑门，嚷嚷道，瞧我这脑子，只顾着给兄弟争取惊喜了，还有件小事，咱们先把它也给顺手落实了吧。就是那个韩主任，实不相瞒，我们领导认定他就是奸细，监守自盗，想跟你们联手搞垮医院。我们领导就想到了将计就计，让奸细沦为风箱里的老鼠，人人喊打，不得好死。所以我们领导希望你们继续告他，彻底搞垮他，搞臭他，让他在丹青医疗界没法立足，滚出外地谋生去。不过我替你们做过仔细的调查和评估，你们要是跟他打官司，周期至少半年，就那个肺癌手术术后持续高热现象，要是跟空调里头的灰尘牵扯不上，单单就只论医学的话，你们怕是很难打赢。因为这类官司首先要做医疗司法鉴定，这类鉴定可都是行家来做的，也就是说，这属于医生鉴定医生。我就是医生出身，实话实说，这个问题可真不好下结论，只能就事论事，以医学阐述医学。你们肯定也都打听过了，知道这有多难吧？家属不由得双双点头。周科长接着说，我心里其实很清楚，韩主任不是奸细，可我们领导非说他就是，咱们说句私房话，我们领导这智商，你们说还算人吗？我觉得他就是头猪，是不是？家属说真是，这种人怎么能当领导呢，就是猪。

第二十四章

周科长接着说，不过我跟韩主任也没什么交情，懒得管闲事。你们要告他就只管去告。奔波大半年不说，你们还得先支付各类相关费用，弄到头来兴许能捞回个三五万五六万甚至十万八万的，可是刨刨成本，那也没多少纯利润呀。再说韩主任本身就有司法鉴定资质，肿瘤科就他自己有这个证书。圈子里熟呀，他要是豁出去跟你们血战，那你们的胜算可得大打折扣。家属说就是呀，我们原本也不是针对韩主任的，我们是要用灰尘让你们医院低头，告他也就是搂草打兔子，你们医院才是兔子。周科长说为什么医院会沦落成兔子？那是因为领头的是头猪。家属说不光是猪，还是头最蠢的猪。现在是你们那头猪非要让我们告韩主任。我们要是不告了，猪不给钱怎么办？周科长拍桌子，大哥小弟，咱们说句掏心窝子的话，我虽然对韩主任无所谓，可是长久以来，我真是受够了那头蠢猪的气。他特别爱整人，整完这个整那个，我们私下都说他是个搅屎棍。我这些年呀，没少挨他的整，我心里对他，那可是想起来就恨不得动刀子啊。我当年也是个业务骨干，医生干得好好的，可他逼着我到这什么质监科，活活毁了我专业。这么多年我不容易，整天受气挨骂，像你们这样的好兄弟我还从没遇到过。大哥小弟，帮我出口气吧，那头猪不就是想整死韩主任吗？咱们就不让他整。我就想看看他整人整不成的小样。周科长站起来，把手上的提包重重顿在桌子上，大哥小弟，我把现款给你们提出来了。我怕那头猪反悔，用最快速度跟财务提的款。快点点钱，钱过手心干净，接下来怎么干，那头猪说了就不算了。

钱都是整捆的现金，很容易清点。两个家属点得额头冒汗，异口同声，不对呀，这怎么多出来两捆呢？周科长深情款款，大哥，小弟，这是那头猪批给我的活动经费，让我跟你们吃吃喝喝洗洗泡泡，也好收买你们，瓦解你们的斗志。猪是永远也不会理解人类的情感的，咱们之间哪用得着这样。我每次都到你们家里来谈，就是为了把这笔经费给省下来。咱们是兄弟，这笔钱就当我孝敬给老太太补身体的。两个家属眼眶都湿了，分别握紧了周科长的左手右手，好兄弟啊，你就放心吧。我们哥俩说什么也要给你出口气，我们就是不告韩主任，我们非要气死那头蠢猪不可。兄弟你别怕，有事全往我们哥俩身上推。他管得了你们，他可管不了我们。告不告轮不到他当家，都是咱们兄弟说了算。这回我们就要让这根搅屎棍搅不成屎，让他自己臭自己。他想臭死韩主任？做他的猪头梦去吧。周科长感动得直抽鼻子，大哥小弟义薄云天，真是当代关云长啊。那咱们就剩下最后一件事了，说名字吧。我知道你们特别重情义，不忍心让奸细暴露身份，可是我也得交差啊。就这个一字万金，可都是我跟那头猪拍过胸脯做过保证的，我们医院可从来都没有买过这么贵的字儿啊。大哥小弟，保兄弟还是保外人，你们选。

周科长本以为三万元就能买回奸细的名字，可他支付了六万元，带回来两个名字。院长听了名字，忍不住破口大骂，这两个名字按年龄排列，可谓一老一小。老的是肿瘤科的老医生，小的是肿瘤科的小医生，同时也是韩心智的助手。院长没骂小的，小的只是偷了韩心智的病历，老的才是针对空调灰尘的人物。院长说他奶奶的人渣败类，医院哪里对不起他了，我哪里对不起他了，韩心智又哪里对不起他了，怎么能干出这种龌龊下流的勾当。咱们要是私家企业，我立马就要清理门户；咱们要是江湖帮派，我就把他们杀无赦。周科长说老兄息怒，你还是赶紧把这事上会吧，不然又要有人说你独断专权，说咱俩联手欺上瞒下。有人背后给我起外号，叫我周二号，说我是这院子的二号人物。我气得都吃降压片了；就咱们这院子，排几十号也排不到我呀。我这工作活活就是个戏子，正派反派都得演。身心备受摧残，有时候做人都像演戏。我图个什么，我就只求这院子平平安安的，上上下下谁都平安。可那些人不理解我这工作的特殊性和保密性，背后总爱胡说八道。

周科长多年来享受国际刑警的特殊待遇，每办完大案要案，都要歇几天，美其名曰出戏，以便下次可以更快地入戏。周科长在家猛干了两天家务，然后就带着表妹出门逍遥了。表妹是在旅途中给表姐通风报信的，表姐分秒不误，旋风般卷赴海边度假村，想跟韩心智好好庆祝劫后余生。韩心智说贤妻，你的信息慢了一步，我刚才分别接到周科长和患者家属的电话。咱未来妹夫是祝贺兼表功，使劲讴歌院长的英明睿智，说得可真恶心，他说院长才智不逊诸葛孔明。患者家属是套交情的，反复表白他们的初衷和苦衷，希望我以后继续给他妈好好看病。韩心智妻子瘦了一圈，她说多年减肥都没成功，想不到老狐狸弄掉我十几斤肉。心智，咱们快回去谢谢他吧，我已经把他从黑名单里又给拉出来了。韩心智观天，妇人之见，就让他黑着，赶快给我再拉黑。你减肥虽然成功，可是不够紧实，多住几天好好锻炼，皮光肉滑了咱再回去。韩心智妻子强烈反对，急于双双返程，想要明天就上班才好。韩心智说女人啊，你们的名字为什么叫弱者，就因为你们只重感觉而毫无理性，从爱到恨只需要五分钟，从恨到爱五秒钟足矣。你就这么急着去给他精忠报国？听我的，咱这假期属于带薪休假，不休白不休。

韩心智妻子细看丈夫，忽然发怒，你个没良心的，你怎么把自己养得这么容光焕发？你现在看起来简直就像比我小十岁。韩心智说，比之人心山不险，你每天都搞将心比心那种古老桥段，你不老谁老？可别再那么落伍了，不然你后半生都得捧着心口过日子。你看我多好，我把心给掏出来扔了，我以海天填心，胸襟万丈且再无波澜。

韩心智夫妇始终没回去上班，院长追踪周科长，你跟小韩都说清楚了？周科长说竹筒倒豆子，半粒不剩。院长狐疑，那他怎么还不露头？周科长说这还用问，你的苦肉计感动不了他，他对那头猪的牺牲精神无动于衷。院长说坏菜，他是不是要跳槽？周科长说很有可能，管他呢。反正咱医院人才济济，你就让他去留随意呗。挂掉电话，周科长对怀里的表妹说，咱姐夫可以坐等，他必会上门。人家诸葛孔明先是三顾茅庐，接着三分天下，然后六出祁山搞北伐。他可倒好，全是颠倒着玩，还装孔明呢，我看也就是盏纸糊的孔明灯，不过寒夜里有这盏破灯笼罩着，也能暖暖眼窝是不是。表妹说周周哦，你才是孔明呢。经过此事，我这辈子没法不爱你，一天也不能。周周，你不会怨我事先不告诉你吧？周科长说这是天大的好事，多美好的裙带关系啊。医院派系林立，我多年来苦于跟各派斡旋，心力交瘁。这下子多好啊，从此后肿瘤科普外科心外科还有急救中心以及儿科，全是咱自己人当家。谁再想背后毁我声誉，可就不是那么容易了。

院长依据天气预报，择定了良辰吉日，命令于立秋带路，直奔度假村而去。韩心智对妻子说退房，站大门口候着去。韩心智妻子说神经吧，今天强台风登陆，脑子有病的才站外头。韩心智说他是故意的，风雨中衣袂飘飘，更显得他爱才如命，咱得配合领导。院长和韩心智是在停车场见面的，当时度假村的大门口狂风呼啸，怒涛翻卷，根本站不住人。于立秋车还没停稳，院长就开门下车了，韩心智伸手扶住院长。几个人都被吹得东倒西歪的，只想赶紧上车躲躲风。可院长偏偏挺风而立，目光深邃地凝视韩心智，也不说话也不笑。韩心智只得先开口，院长辛苦，咱们上车吧？院长缓缓摇头，纹丝不动。韩心智就说，明天我就上班。院长挥手，快，全部上车，回市里再说。就在路上，院长问韩心智，小韩，你是否明白我为什么要那么对你？韩心智回答，我懂，你怕走漏风声。院长说你不懂。保密是很重要，可那只是一部分。最关键的是，你在我心里一文不值，从始至终我就没打算为你花钱。我只为奸细花钱，因为奸细再贵他也有价，有价码的人我都是买。没价码的人怎么买？花多少钱不都是白花？小韩，我跟你只论情怀，不论钱。

韩心智妻子冲口而出，算了吧院长，你是怕那俩家属拿我们家心智当筹码，跟你狮子大开口。你又要省钱又要情怀，害得我们白白遭罪。韩心智呵斥妻子，你不许说话，好好待着去。韩心智对院长说，我怎么不懂？我什么都懂。你要是从开头就把医院跟我打包，捆在一起跟家属谈，他们要价至少翻番。你既想给医院省钱，又想同时保住我，唯有自己作践自己，甘当那头蠢猪。还有就是保密问题，你逼我去上班，是怕惊动肿瘤科的奸细，免得他们跟家属勾结，有所动作。至于为什么不提前告诉我和周科长，你是怕他演戏失真，影响发挥；也怕我直人直面，让奸细看出破绽，那就影响全局了。院长说还有至关重要的一条，就是那两个家属，他们能连自己的姐妹都瞒着，就怕姐妹分了他们的好处。这种人只认钱不认人，我得按他们的思维逻辑来跟他们走棋，不然就不够逼真了。他们不认姐妹，我就不认你，如此会让他们从心理上减低防范意识，也就容易达成共识。人跟人交，鬼跟鬼亲，先搞成同类，才好谈价嘛。韩心智微笑，这些日子我越想越明白，我知道就算他们真跟我打官司，你也会在我背后陪打到底。院长激动地说，小韩，正是这样，难得你知我心。韩心智说海天一色，心如明镜，我理顺了很多事情，这个假真没白度。院长做深思状，可是我还是想不通，你说就我和周科长两个人知道的事，究竟是怎么泄密的？韩心智说理顺的事情要放下，想不通的事情更要放下，因为所有的答案都藏在时光深处，早早晚晚，你必然是要面对的。假使无须面对，那本身即是最佳答案。院长说是，就像这场台风，来去骤然，没人知道起点和终点。所谓天气预报，也不过是现代仪器所得的具体数据分析。天地无涯，而我们所知甚少，所以做学问讲究执着，而做人要懂得适可而止。于立秋感叹，听院长和老师对话真长见识。院长说立秋，你是明白真相后，才对我再度归心。前段日子你看我的眼神，就如同深夜遇鬼。于立秋急忙否认。院长说我是在赞美你，是非对错对所有人都应采用统一标准，岂能因人而异。

院长和韩心智没回家，先去了院长办公室。院长说两个奸细都在肿瘤科，而他们之间各做各的，互不知情。家属跟他们都是单线联系的。这个老的是双重仇恨，他恨医院也恨你，所以又要整你又要整医院。他没跟家属要好处，白干都要干，那得有多恨。韩心智说五十几岁的人了，每次提拔都轮不着，到现在还是个副高职称，正高也没评过去。他不是双重仇恨，他是多重仇恨，恨天恨地恨所有比他活得好的人。其实我对他很尊重，前辈嘛，可我患者太多，整天排队等我，他总坐冷板凳，患者都不找他看病，他就怀才不遇愤世嫉俗。院长说真有大才岂会不遇？他压根就没才。做医生的有才没才，那不是领导给他定的，患者心里都有杆秤。患者不认就是没才。韩心智淡淡的，行业内也不乏患者不认而领导认可的人物，不是照样呼风唤雨。也有不少好医生默默无闻，寂寂一生，从未获得过领导青睐与眷顾。院长说都是事实。可是肿瘤科行吗？都是恶性肿瘤，手上功夫不过硬，上手术台就露底。我敢提拔他吗，我要提拔他，那我不得天天打官司？

韩心智说这个小的是我助手，他干出这种事，我也有责任。我两个助手，一个本科生，跟我多年，实践经验丰富。这个偷病历的硕士毕业，学历稍高，可他做手术不行，对手术似乎没有感觉，我每次带他上台都十分辛苦，他学东西太慢。手术台又不是讲台，我当然要用能干活的。后来每逢重大手术，我都带本科生去做。小手术才带他上台，因为小手术没那么紧张，我也好慢慢给他讲解。可能他无法理解我的做法，恨意由此产生。院长问，被自己的助手出卖，是不是特别悲伤？韩心智说出卖就是出卖，我只在意出卖本身，从不在意是谁。我对肿瘤科任何人都视作同事，从不多情，因此构不成伤情。院长说这个小的，小韩，由你处置。这个老的我得上会讨论，你有什么看法？韩心智摇头，我从不替领导操心，我只做分内事。院长笑意弥漫，行啊，主意很正。小韩，我说个假设，假设这事是于立秋干的，你还这么镇定？韩心智说，我这些年带过多少学生？于立秋只有一个。我之所以能跟于立秋天长地久，就因为他是于立秋，他不是别人。院长说小韩，我对你也是如此。你打算怎样处置这个小奸细？韩心智说撵出医院？好像不成立，他是带编制的，不那么好撵。撵到别的科室？好像更不成立，出了这种事，哪个科室也不会要他。剩下的就是继续留在肿瘤科，我的可发挥空间也不过就是，要么每天都找茬，让他过得很难受；要么什么也不教给他，几年过去就是个废材；要么照旧，该怎么合作就怎么合作，该教什么就教什么。院长，我就选最后一样。因为此事对我虽属磨难，但从客观事实上，并未构成损失与伤害。反而，我从中所获良多。权衡起来，收获大于失去。

院长说我很失望，我更愿意看到你严惩叛逆。韩心智说我更失望，因为多年来也未曾见到你大刀阔斧地严惩过哪个叛逆，上行下效。院长说医院姓公，它不姓我的姓氏。韩心智说肿瘤科也姓公，它不姓韩。

韩字没有公字大，这个小奸细所为只是对着我姓韩的，个人恩怨个人消解。要是公报私仇，那我比他还不如。院长忧虑，只怕咱们儿科护士长不答应。韩心智笑道，她什么都听我的。院长说别吹，我的看法正相反。韩心智说要吹，枕头风也不是女人的专利。

韩心智的枕头风吹得天花乱坠，贤妻息怒，求你好好想想。我身边盘着两条蛇，有惊无险已是万幸。老蛇轮不到我管，小蛇还得跟我共事呢。蛇对蛇比的是毒，人对蛇不能比毒，因为你怎么也毒不过他。唯有喂食，方可平安。狗有狗粮猫有猫粮，蛇粮呢，只能是医术。我把他喂得肥肥的，咱不愁他不攀大码头去，这小蛇野心勃勃，迟早都会另觅高枝。韩心智妻子深思，那我要是见到他，忍不住想骂人怎么办？韩心智说克制，当克制成为习惯，那就叫作修养了。你就用蛇练修养，多好的道具啊。韩心智妻子呢喃，心智，你才是孔明呢，他们全加起来也没你智商高。韩心智说冷脸只可对挚交，笑脸献给全人类，对那条小蛇，你更要笑颜如花，口蜜腹剑。韩心智妻子嗯嗯，我以后对他加倍热情。

过了没几天，那个老的被医院人事部门叫去谈话，然后就被调到了后勤部门，也算是个闲差，每天只需坐在办公室喝茶看报接电话，医院有什么规则通告或是讲座通知什么的，他会站在布告栏前负责张贴，再给每个科室进行分送。这人走得无声无息，连招呼都没跟韩心智打上一声，科里自然也没搞任何欢送仪式。有次来送通知，韩心智给他签收，签完了递给他，说声慢走。这人没走，踌躇片刻，问道，韩主任，你们是不是都很高兴？韩心智说你想多了，我们上班怎么样你还不知道？个个忙得赛陀螺，下了班也不得闲，走廊里都是加床，上班下班没个准点，哪有闲情想闲事。这人就说，我从前的专业是医学，现在的专业是刷布告。韩心智低声说想开点，也没几年就退休了。什么都没有身体重要，晚年光景长着呢，别跟自己过不去。这人又问，韩主任，你是不是仍然恨我？韩心智说不是仍然，是从没有。你怎么我了？你什么也没做成，我没有任何损失，恨从何来？真的，人生比刮风还快，若干年后，当你我都在公园里头打拳下棋时，青山依旧夕阳红。

韩心智从没跟那个助手提过病历的事情，一切都如同未曾发生，风过处，何尝有遗痕。助手后来干得还算不错，几年后前往一线城市发展，肿瘤科集体给他践行。助手端着酒杯，脚步有点趔趄，非要跟韩心智再喝个谢师酒，韩心智笑说你超量了，不得再喝。助手说韩老师，此生不知道该怎么谢你。韩心智满脸不明白，谢我什么？助手说当年你放我一马，不然哪有今天。韩心智说，就是为了有今天。你能成才，我比谁都自豪。往后天高任鸟飞，好好干，别让我后悔。助手说，韩老师传我医术毫无保留，我是个幸运的人。韩心智说把幸运传给患者，你会更加幸运，是人都会犯错，但是有些错误必须犯得空前绝后，此生无二。

第二十五章

天上银河老，人间离歌新。林纵横和项点心送往迎来，只送那水火更迭的流年光景。婚后头半年的日子都是属火的，须臾不离动辄燃烧；后半年就属水了，偶见飞流滔滔，多数夜晚风平浪静。就这么送走夏与秋，又迎来了新冬。这个冬天不太冷，是个暖冬，腊月天两人也不忘初心，穿着毛衣走街串巷，尝遍了藏在丹青犄角旮旯的美味小吃。待新房装修完毕，通风半月，两人乔迁新居。房子不算大，近百平方米的样子，距医院也不算远，上下班骑车快捷，走路来回也不累。两人住宿舍时，家居用品都极为简单，桌椅床凳都是宿舍本身的配置，属公共财产，只有电器和衣服等才是私家物品，故而搬家时连搬家公司都没有用，只让于立秋开车跑了几趟，就全给拉过去了。

入住新房当晚，林纵横归拢杂物，项点心在屋里跳来跳去，丈量情感与财产，纵横你看，洗手间这四平方米王老师占半，何老师和韩老师合起来占半，玄关换鞋这平方米是于立秋的，卧室是你岳父母奉献的，厨房是我公婆给凑的，还有阳台，是满不满和急救中心以及妇产科全体同事给买的。咱俩可真了不起，全医院最老的新郎新娘倾囊而出，只够这个客厅和书房的面积。人们都爱唱时间都到哪去了，我要唱给他们听，时间就在地板上，每毫米都是血汗和光阴。林纵横说点心你能不能安静，这都好几个小时了，你嘴不停脚不停，晃得我头昏眼花。另外你忘记统计寺庙给的红包，还有那几个山下的医生朋友特地来到丹青，千里送鹅毛。项点心大呼小叫，我才没忘，专款专用，寺庙的红包我买床了，鹅毛就是这套沙发。

项点心坐下，抱起个点心盒子，清点整盒的红包，纵横你说，这些红包咱们藏哪儿？林纵横说空包藏什么藏，银子都在地上呢。项点心不满，这上头有名字呀，以后忘了怎么办？要是那些没结婚的给的，等他们结婚请咱们时，我还要看看红包决定数额呢。林纵横说你不会忘，你在家每走一步，踩的都是人名。项点心说大额才有名字，并且给大额的都有家，也不会离婚再娶。越大的钱越是白给，小钱反而都要还。林纵横扔给项点心鞋油和刷子，点心你要兴奋过度，就在地板上刷名字，给大钱的都刷上名字。要是天良未泯，你就把皮鞋都刷刷，我给你擦鞋已擦了三个季度，就剩冬天的靴子了。项点心乖乖擦起靴子，擦了半只开始自责，我怎么这么多双鞋，我怎么这么败家，鞋柜里都是我的鞋，你才只有三双鞋。林纵横说厚鞋单鞋运动鞋足够了。我曾经有间鞋屋，满屋子都是鞋，根本来不及穿。那都不是浪费，那叫缺德。项点心说恨不相逢缺德时，不然我也可以打着飞的，满地球扫货去。林纵横说那时纵然相识，你也不会要我。满身铜臭恶俗不堪，王老师都对我忍无可忍，约他十次最多见我三次。现在多好，有约必至，再也没人嫌我了。项点心仰天狂呼，林纵横你真是好缺德啊。挥金如土都是跟别人，轮到只剩三双鞋了，你让我来收摊。林纵横说你这种人，也就只配三双鞋。要是让你穿着金缕玉衣下葬，你得诈尸起来脱衣，你嫌箍身。

项点心每晚临睡前都要看杂志，以妇科学为主的医学杂志，有时翻书翻得哗哗的，林纵横会提抗议，看什么看，就凭你还想当大医？项点心说大医小医都是医，技术进步这么快，你不跟上怎么行。林纵横说你订的杂志太多，减半，水货期刊不得再入家门，别忘了房贷。项点心说减大半，只订两本就够使。还真是水货太多，看也是白看。林纵横说这就对了，去伪存真。要是故事书，越假越好看，医学可是绝对不容掺假和兑水的。有些假大师的医学理论剽窃加粘贴，剽窃国外最先进技术，粘贴伪造基础数据，毫无应用价值，真学他的反而会贻误患者。项点心说我分得清真假，假的跳过，真的好的才做参考。我从毕业就订了很多杂志，这么多年看下来，眼光精准，可以立辨真伪。林纵横嘟囔，男人忙于家务，女人立志医术，没天理，睡觉。刚睡着，林纵横又被推醒，项点心说我始终忘了问你一个问题，你为什么名叫纵横？父母大人都不识字，你应该叫作大牛或者狗蛋才对呀。林纵横气极，我要是狗蛋，你就是狗蛋婆娘。我名字是村里文豪给起的，我们村山高路远，集体不识字，就那么一个识字的，虽然只认识百十个字，却特别擅于就地取材，给我起名时他到山上小树林转了转，我就成林纵横了。项点心问现在呢？林纵横说早死了，下葬时棺材里搁了本新华字典，听说他死前已经自学了两百多个字儿了。项点心说村级文豪真不得了，就靠本字典混酒混饭。林纵横说可不是，不给他吃喝他就说没灵感，起不出来好名字。纵横两字，还是我爹杀了只老母鸡给换回来的。项点心说乡里乡亲的还搞技术垄断，人品也不咋地。林纵横说这文豪毕生都没下过山，只能宰熟，越熟宰得越狠。听说他死的时候，都没人给他哭灵，不过也真是奇了怪了，凡是他给起过名字的人后来都下山了，有的读书有的打工，村子里都没剩下作品，你说惨不惨？项点心说真惨，因为你们这些作品都没长良心，走远了就忘本，回去了也不给人家坟头添把土。

项点心和向医生始终不远也不近，不亲也不疏，聊天从不涉及医院人事，只谈穿衣吃饭美容减肥；如有必要合作，项点心都会格外上心，高度注意所有细节。项点心患者比向医生多，她有很多回头的患者，这些患者之所以回头，是给她介绍和带来新的患者，因此她上班总是很忙。向医生没有项点心患者多，上班也同样很忙，甚至比项点心还忙。项点心只在妇产科忙乎，向医生则是忙于全医院，去的次数多了，每个科室她都很熟络，办公楼里也都是熟人熟面。向医生说点心，我真羡慕你那么多患者，我的患者就很少回头。项点心说哪里话，我这些患者不少都是乡下或者城中村的，这类人群大多生育率较高，家里亲戚就多，看病喜欢找熟脸的医生，有什么要求好开口。向医生说真是的，听说有些要求极为荒唐，生孩子还要赶时辰，非要你给提前剖腹产。项点心说非合理要求，我都是拒绝的。有些正好赶巧的，当然要成人之美。向医生说这么多年的好朋友，点心你别怪我传是非，有些人背后说你收了患者好处。项点心指着办公室墙角的牛奶饮料和水果，你看，好处不都在这里堆着吗，这种夯货提过来，我总不能再给人家提过去吧。再说好处这东西要论体积，越小的越厉害，越大的越无妨，我又没收过小的，也不担心什么。向医生说有些人说的很难听，点心，我学都学不出口。项点心说千万别学，我还真不想知道。

项点心和向医生的姓氏写法不同，发音一样，有些患者来了会问，谁是项医生？我要找项医生。有时项点心不在，向医生就说我是向医生，什么事？患者就说那谁谁介绍我来找你看病的。向医生就问什么病，请跟我过来吧。患者当然是要跟着走的，走进办公室落座，细说了病情，然后检查，再然后，向医生就给开了住院单，患者办妥手续，该治疗的治疗，该手术的手术。等到那谁谁来看望患者，患者才知道自己投错了医生。有些患者就要换医生，向医生说好的，只要项医生肯收，我马上就把你转给她。项点心从来不收这类患者，怎么说都不肯收。有些患者也就罢了，有些患者会找科主任继续理论，科主任总是承诺未来，这次就算了吧。反正咱们女人这辈子都难免各类妇科疾病的，下次吧下次，下次你们自己要提前搞清楚啊。

医生的奖金和手术费误餐费都跟患者数量挂钩，患者多的医生，每月收入也就会相对高些。除了收入问题，更能体现医生价值感的就是来自患者的认可以及口碑。所以谁都喜欢自己的患者多，在力所能及的前提下，当然是越多越好，多到看不过来，患者有两个选择，要么另找医生，要么等待，宁可排队也要等待。王惊雷的患者已经排到半年后，何无疆和韩心智的队伍也都排出了几个月，项点心还远远不能跟这几位前辈相比，不过她的不少患者也都已经习惯了跟她提前预约，不然来了常常没床位，得等上个十天八天的。向医生说点心，你似乎正在往名医的道路上飞奔。项点心捂紧胸口，你吓死我吧，我心脏都让你给吓得不会跳了。你可别再这么吓我了，我真挺害怕的。向医生说你要这么说我，我就不怕，我会很高兴的。项点心说你心理素质太好，我跟你可比不了。

科主任私下找项点心密谈，点心，咱们科室副主任的位置空了那么长时间，怕是不能总那么空着。你也该好好争取争取了。项点心问，我该怎么争取？科主任说幼儿园孩子都知道，能不能当班长主要看老师，次要看家长。家长能说的话，我可是都已经替你说过了。点心呀，我这主任办公室要坐两个人，我个人当然愿意跟你脸对脸。项点心回家就跟林纵横下令，快想办法，我想当官。林纵横说我还不是官呢，官官才能相护，我什么都不是，怎么护你？项点心说不管，反正你得让我当官。本来那个位置好端端的空着，可是有人非要往上头坐，我们主任肯定是得着风声才催我活动的，不然她还巴不得永远空着才好呢。林纵横就问是向医生？项点心说要是别人我才不争呢。是她我就得争争了。我们同年毕业，同年进医院，同年进妇产科，同年评的职称，所有条件都一样，就是她人脉比我多，我患者比她多。林纵横说那就尽人事呗。你自己去跟领导表态，那几个开小会的领导你都要找一遍，哪个也别落下。我跟咱们几个老师说说这事，让他们也都帮你说说话。项点心说明天我就去，你把名单给我。林纵横说啥名单？项点心说就那几个开小会的有几个，都是谁，他们在哪个办公室，我不是很清楚。林纵横捶胸顿足，点心，咱还是别整这事了。认识自己比认识别人更重要，就你这种人还想当官？连我都觉得说不过去。项点心说纵横，我真想当。我怕以后穿她小鞋，我必须全力争取。舍不得孩子套不住狼，你把银行卡给我，我买也要买回来这个官。林纵横说点心，你可千万别胡来，你可别把公职也给弄没了。你没做过买卖，这可是门学问，不是菜市场买菜那样当场银货两兑的。你去说你该说的话，往下该怎么办，那也得按顺序来操作。

半夜，项点心辗转反侧，呓语连连，当官，我要当官。林纵横拧开床头灯，轻拍项点心的脸，点心，从至交变成夫妻的最大好处，就是彼此太了解本性，所以就算你说梦话要去杀人放火，我也不会信你半分。林纵横起得很早，弄好早餐，端床上给项点心吃，多吃点，今天要有足够精力体能，你还要去抢官呢。黄昏还没消息，林纵横不放心，打电话到妇产科，护士说项医生全天都在手术室，连中午都没出来，林医生你恐怕得自己吃晚饭了。林纵横说那就好，该在哪儿就得在哪儿。

半个月转瞬即逝，项点心终于把所有领导都给找齐了。林纵横说几个老师也都替你说过话了，不过我看也不顶什么事。人事上的事，再小也是大事，因为事关个人前途。几个老师不过区区科主任，他们看病虽然无敌，决策人事却没什么发言权。再说韩老师现在啥也不是，普通医生一个，他连自己都保不住，又哪有能量推你上位。项点心说他们跟院长都挺近，说话不会没用。林纵横说院长只会为平息官司搞独断，因为事关医院安危和自身声誉。你这事他可犯不着得罪人，小会不和谐，医院和他个人都不得安宁。向医生如果没人力挺，你还有可能；如果有人落力为她说话，那么院长为你说话的概率为零，他甚至连开口都不会开。项点心信心满满，我认为院长不是这种人，我工作干得怎么样，谁都看得见。林纵横说院长不是这种人或者那种人，他是院长，你记住这点就够了。项点心说接下来呢？林纵横说没有了，该怎么活就怎么活。已尽人事，其他的不在我们掌控之中。项点心说纵横，听天由命就是这么演练出来的吧？林纵横说那是境界，你还差得远呢。不过这种事情经历几次也好，有助于你成长和成熟。项点心不高兴，我都多大了？你还说成长和成熟。林纵横说世上有三岁之翁，也有百岁之童，成长关乎历程，成熟是种心态，和年龄有什么相干？

向医生搬进主任办公室时，项点心还帮忙搬了几样东西，回到家里正吃着饭，忽然扔掉筷子，号啕痛哭。林纵横也没劝也没哄，进厨房刷锅洗碗，接着拖地，拖到项点心脚下，他说点心抬抬脚。项点心使劲踩住拖把，哭得更响亮了。林纵横递上整盒餐巾纸，然后就开始看电视。项点心磨磨唧唧的，也挪到沙发上看电视了，边看边擦鼻涕眼泪，林纵横忽然指着电视问，点心，这演员的下巴是不是做出来的？项点心凝神细看，终于开口，不光下巴，还有鼻子眼皮和脸型，都是人工产品。林纵横说脸假戏不假，这剧挺抓人的，就是不知道结局怎样。老规矩，赌不赌？我赌他死不了，战功赫赫载誉归来。项点心说我赌他死，赌注老样子，半个月家务。

关掉电视，林纵横开了电脑，直接跳到这部剧的最后十几分钟，当主人公身中数弹，以慢镜头缓缓倒下时，项点心拊掌大笑，死了死了，我赢了，后半个月还是你干活。林纵横说点心，我们要是生在剧中年代，生死存亡分分钟，粉身碎骨也难免。现在太平岁月好好的，学会惜福吧。那样的人和事，不值你半滴眼泪。人生有多长，风雨就有多长，我最爱看见你笑。你笑的时候，我觉得活着还是挺美好的，因为有所爱也有所乐。可你要是哭了，我就觉得自己一无是处，连个笑脸都不能给你，男人当得太窝囊。

项点心说对不起，真是白哭，那点事还真不配我哭。还没这部剧有意思有价值呢。往后我可能还是会哭，但我再也不会为这类人而哭。笑容无价，眼泪更贵，都要献给值得的人。你要气我我就哭，别人再也气不着我了。

项点心很少去急救中心找林纵横，平时有事都是电话联系，几句话匆匆说完，各忙各的活。当项点心站在林纵横诊室门口招手，林纵横难免有些意外，赶紧放下手头的患者，过去低声问道，有事？项点心四下张望，纵横你快找个没人的地儿。林纵横带着项点心进了抢救室，林纵横说快说，忙着呢。项点心双手环绕，使劲勾住林纵横的脖子，一双大眼睛惊涛拍岸的，纵横，你说和尚当爹，会不会太过于惊人？林纵横反应了好几分钟，方才如梦初醒，点心，和尚娶妻才惊人，和尚当爹只有惊喜。多个身份更得好好活好好干，不然养不起你们。项点心说刚确认，赶紧跑来告诉你。林纵横频频点头，结婚这么久，我还以为这只母鸡不会下蛋，也不敢问，怕伤了母鸡自尊，毕竟母鸡的专业就是研究下蛋的。项点心说我还没说完，我怕把你吓休克。也不知道公鸡母鸡怎么这么厉害，这可是个双黄蛋。林纵横跌坐在抢救床上，脱口而呼，老天，这可怎么养啊。

于立秋很纳闷，林纵横下了班也没走，独坐诊室面无表情，眼神直勾勾盯着桌上的计算器，状如老僧入定。这台计算器特大号，一看就是从收费处借来的。于立秋过去看看屏幕上的数字，纵横，这组数字令我心律失常，你要搞大额投资？林纵横说立秋，养孩子到大学毕业，这个数够了吧？于立秋说根据常识数据，应该是够了，还有富余呢。林纵横哭丧着脸，要是两个呢？于立秋愣住，随即热烈祝贺，纵横你真威武，恭喜恭喜，几个月了？性别鉴定做了吗？林纵横忧心忡忡，做什么做，做不做都得养。要是俩男的可怎么办，结婚得提供两套房。于立秋说土鳖吧你，你买房没用岳父岳母的银子？养男养女都一样，为人父母的唯有鞠躬尽瘁死而后已。我真希望点心给你生出个龙凤呈祥，儿女双全该有多好，真让人羡慕。林纵横反问，那你怎么不生二胎？于立秋说养不起啊，不光是钱，太操心也太费力，想起当年半夜起来喂奶换尿布，我还哪敢再来一回。再说都这岁数了，搞不好二胎还没养成才，我和你嫂子先累死一个，那不就成半拉孤儿了吗。林纵横说我跟你同岁，活到今天才重蹈你的老路。可见人生不能欠债，欠债总是要还的。往后得提口气拼命了，把中年过成青春期。

日子忽然就乱套了，林纵横每天都要按照四口人的标准买菜做饭，项点心抗议，你当我是猪？别弄那么多，都浪费了。林纵横说就这我还觉得不够呢，很快这屋子人满为患，我是掌勺的，不能让你们挨饿。项点心重复，挨饿，挨饿，你当是你老家那个小村子啊。你好歹也是富贵过的，怎么老惦记着挨饿。林纵横说近来老是遥想童年，不然怎么跟婴幼儿进行沟通。项点心说你是否赞成母乳喂养？林纵横说不，让他们吃奶粉，我可不舍得让他们把你吸干。项点心啧啧，爱老婆胜过爱孩子的男人，我还真没见过。林纵横说二十年后，他们海阔天空去了，这屋子里只有你跟我，相依为命直至尽头。点心，爱妻爱子没有高低远近，就像人奶和奶粉那样，吃什么都会成长。

林纵横每晚都陪项点心散步，也不远走，就在楼下转来转去，半个多小时就回家了。回家也不闲着，钻厨房做宵夜，营养搭配荤素合理，项点心很快胖得像只气球。七个月时，项点心哀叹，纵横，我得减肥。我们两个医生，怎么如此灯下黑，连基本常识都违背了，我再这么吃下去，生产时会有高度危险。本身就是高龄产妇，冒不起任何风险了。我们主任今天问我，你家林纵横是不是很想当单亲爸爸。

由于连续陪吃，林纵横也胖了不少，他说多年好身材，就这么毁了。减肥，我陪你胖，也陪你减。没啥了不起的，咱们两个成年人，岂能败在两个小婴儿手上。项点心说你有当爹恐慌症，并且潜意识嫉妒子夺妻爱。很多男人都这样，等到孩子出生就好了，那一刻，他们眼里只有血脉，老婆早就抛到脑后了。林纵横说我才不会那么目光短浅，我是什么人你最清楚。项点心说当然，你是男人。

九个月时，项点心肥胖依旧，林纵横瘦成了干柴，他每晚都要无数次起床，仔细观察项点心的超大巨腹。项点心睡眠很好，对林纵横深夜的多次专业检查毫无察觉。早晨醒来，项点心讶异，纵横，你把听诊器搁床上干什么？林纵横说怕你爆胎，偷听好几个月了。项点心笑倒，我是干什么的？有任何异常我都会先知先觉。你可别再这么熬了，不然老都更快，不像孩子他爹，倒像是他爷爷。临近生产时，林纵横跟项点心商量，反正咱俩带不过来，要么请保姆，要么两个老妈择其一，家事你说了算。你要不嫌我妈不讲究，我叫她过来。你妈年纪太大，身体也不好，我担心她受不了。项点心说我想过了，我爸我妈最多也就是搭把手，真要带孩子，他们已是力所不能及了。纵横，你就把父母都给接来吧，老伴老伴，人家是老来做伴的，怎么能为了带孙子，就把人家硬给拆开。小牛郎小织女还有个盼头，老牛郎老织女可真是惨绝人寰。都来吧，卫生习惯慢慢来，我不会让你为难。林纵横说那会很不方便，屋子里硬搁六口人，也实在太拥挤。项点心说五口人就不挤？说到底你是担心我搁不下他们。那次在飞机上我就跟你说了，都是亲爹亲妈，真的，你别小看我。林纵横双手合十，佛祖保佑，但愿但愿啊。

项点心不负众望，林纵横一夜间儿女成双。最是那头一眼的风情，让林纵横失望极了，怎么这么丑？怎么这么皱巴巴的？他不住地追问负责接生的妇产科主任。妇产科主任严厉训斥，林医生，有你这么为夫为父的吗？刚生出来的孩子，哪个不是又丑又皱？有本事你多看几眼，看多了你会觉得他们比天使还美好。林纵横照做，看了又看，摸了又摸，果然是越看越好看，越摸越抓心。他对项点心说，你们主任神了，你看看这俩孩子，真是比咱俩好看多了。我怕偏心，刚才专门去你们科室看过了所有新生儿，点心，还真就咱们这俩孩子最好看。项点心说纵横，你这都是陈词滥调，天下所有父母都是这么说的。

林纵横给孩子起名字，抓耳挠腮好几天，项点心幸灾乐祸，你连村级文豪都不如。林纵横说村级文豪要是没死就好了，多少给点封口费，他就能给起出个不太丢人的名字来。项点心说名字也就是个符号，你也学他就地取材呗。林纵横很大度，点心，这俩孩子咱俩平分，一个姓林一个姓项。老大是男的，名字硬气点，林连天。我纵横他连天，青出于蓝而胜于蓝。老二就随你的姓，岳父会特别高兴。女孩子名字温柔点吧，项江东。你看怎么样？项点心说至今思项羽，不肯过江东。就这还温柔？不行，咱可不能站在乌江边，明明有船也不上，非要自己杀自己。林纵横解释，人家西楚霸王是真贵族，生死都是贵族风范。咱俩算什么，咱就是俩读过几天书的草根。草根生草根，草根的人生虽无霸业，也总是风雨兼程，免不了失败与挫折。真要一败涂地怎么办？过江东！有船坐船，没船游泳也要游回去。到了江东休养生息，卷土重来未可知。等他们都长大了，我会重点培训项江东，让她懂得前进和回头同样重要，不会回头哪能向前，大不了从头再来。项点心说，我看人家西楚霸王兴许是怕汉兵追至江东，连累家乡父老惨遭屠戮。林纵横说真是那样，再站出来自刎不迟。死有什么可怕的，死的时候身后没人才最可怕。其实我当年也想过不活，可是身后只站着家人和王老师，要是死在丹青，还得让王老师火化收灰，那得有多缺德。现在身后队伍大了，更不怕死了，所以更要好好活。无畏于死的人，总会活得更快活。项点心仍有疑问，纵横，写这首诗的人最后过了江东没有？林纵横说当然过了，再不甘心她也得过。要说也是个贵族，可是怎么也贵不过西楚霸王去。所以看诗和看人，从来就是两个概念，人如其诗的千古罕见。项点心这才点头，那好吧，就叫项江东。林纵横说点心，项江东的江东就是我和你，往后做人周正处事端庄，咱不愁她的江东不壮大。大到人多势众了，她会对这个名字无比喜爱的。项点心不乐意，你是说项江东的名字比项点心要好？林纵横连忙表白，没你的好，我哪有岳父有才啊。

第二十六章

满不满最爱到林纵横家里蹭饭吃，进门时永不空手，实在没东西可带了，就在楼下提兜水果干货什么的。倒是王惊雷和于立秋来得少，偶尔来了，也都是只带着嘴来，吃饱就走。项点心说不满太客气。林纵横说从前还不是这样的，这几年变了。到了年节，满不满回回给林纵横送大礼，都是大礼盒，吃的喝的娱乐的，洋奶粉老积木纸尿裤什么的，新鲜玩意层出不穷。后来就更离谱了，就连二十四节气，他也要送礼。林纵横问满不满，钱多烧的？满不满憨笑，老板，你家里添丁进口，这么多人吃饭，你买也是买，我买也是买，我怕你跟嫂子买东西费事。你们工作太忙，我比你年轻力壮，多跑跑腿太应该了。

林纵横很会对账，对明账暗账的来龙去脉成竹于胸。做过大企业的人，核对小账更是不在话下。林纵横夜夜加班，突击对账半个月，把私立医院历年来的流水都快背熟了，还是没对出来任何问题。项点心深夜发火，林连天吃多了正拉稀，项江东奶还没喂，你干点正经事行不行？林纵横只得合上账册，忙于换纸尿裤和热奶喂奶，刚洗了手，重新翻开账册，项点心又叫，纵横，又拉了。林纵横说，多拉几次再换，这个纸尿裤特别吸湿，不要紧。项点心就问，你不换？林纵横说不用换。项点心下令，那你上床睡觉，你搂着拉稀的睡觉，太臭，我受不了。林纵横说你把他搁我被窝里，你先睡。项点心跳下床，抢过林纵横的账册就撕，林纵横急于保护账册，和项点心战作一团，床上的两个小人儿受了惊吓，齐声大哭。很快，林纵横的父母开始敲门，纵横你把孩子给我们，你们赶快睡吧；点心快开门，你们明天还得上班呢。林纵横低声对项点心说，你别像个泼妇。项点心声色俱厉，我就是个泼妇，不想过就不过，你再找个不泼的搂着去。林纵横低声下气，点心你小点声，我求你了好不好。项点心喘着粗气，开始抹脸，从脑门抹到下巴，奇迹发生了，她的整张脸就如同恶鬼画皮，刹那间春花烂漫。开了门，项点心说爸爸妈妈，我们俩逗孩子玩呢，没事，你们睡吧。林纵横的父母坚持抱走了孩子。

房门刚关上，两个人同时扑向账册，项点心抢不过林纵横，干脆手脚并用，连踢带打。林纵横把拳头塞到项点心嘴边，咬啊，接着咬。有本事你别乱咬，你咬我的手啊。项点心推开林纵横的手，呜呜抽泣。林纵横深呼吸，点心，你总找我的茬，都是借题发挥。项点心说这日子没法过了，林纵横，我到今天才发现，咱俩其实并不适合做夫妻。林纵横说就是，可是现在纠错也来不及呀，好歹得把孩子养大再离婚吧。项点心含泪问道，那得多少年？林纵横说很快，二十年足够了。项点心绝望，那还有谁会要我？林纵横说抢手着呢，往广场舞大妈群里头一站，何愁老爷爷们不献殷勤。项点心说倒也是，可他们太老了。林纵横你休想离婚，你找小的我找老的，好处都是你的，做梦吧。林纵横说不离就得好好过。你不能不让我对账，更不能再撕我账册。过日子不就是过账册吗？项点心说你心理阴暗，你心里有鬼，你连满不满都不相信，查账查账你查个鬼账呀。他要真作弊，也不会让你从账册上看出来。林纵横竖拇指，点心，你终于有点才情了。我查账不是要找毛病，而是这些账册太过于完美，完美得都不像账册了。我每夜睹账思人，追忆过往。不然我白天工作都没动力。

项点心提议，再派我姨我姑我表姐妹她们，去医院卧卧底？林纵横说只有蠢材才会重复使用同样的手段。那都是小儿科，压轴技术必须更新。林纵横约满不满打球，满不满震撼，老板，你从前都是高尔夫，这怎么要打羽毛球呀？林纵横说俱往矣。羽毛球你打不打？满不满说我不会。林纵横说不满，我教你。高尔夫打的是感觉，感觉好就有准头；羽毛球相反，有准头才能出感觉。满不满问要什么装备？林纵横说 NO，就我楼下，不用准备，破衣烂衫就能打。

打了半个多小时，满不满要求歇歇，林纵横说坚持，不满你要控制节奏，别那么快。快到两个小时了，满不满累瘫在地，说什么也不肯再打。林纵横说不满，此刻最想怎样？满不满说洗澡。林纵横说好，我陪你洗。满不满挤眉弄眼，就怕嫂子电话不断，洗也洗不透。林纵横幽怨，不满，要论土鳖，咱俩不分上下；要论装洋，你还欠把底火。刚到急救中心做医生，那是我最为破败穷困的岁月，就那我也没断了洗澡。每月工资大半洗澡，小半吃饭。饭能将就，澡能将就吗？满不满肃然起敬，老板真是高品位啊。我就不行，钱多了两头兼顾，钱少了就只顾上头亏待下头。林纵横说穷到尿血也不能亏待感觉，感觉是什么，看不见摸不着的就是感觉。满不满说老板，自打医院利润逐年上升，我越来越找不着感觉。

两人衣冠楚楚地步出洗浴中心，已是朝霞满天，换了人间。林纵横问满不满，感觉如何？满不满意犹未尽，我都好到没感觉了。老板你真是的，挑人挑得真毒，我本来还不太满意，谁知道那感觉，没法说。林纵横哈哈笑，你就只认得大胸，多年不改初衷。满不满说老板，我也搞了个大书柜，占满两面墙，满屋子都是书香，很多人都夸我是儒商呢。林纵横说不上路，教都教不出来。从前流行亮书，现在讲究藏书。你要想当儒商，得专门辟个屋子，把书全藏起来。有人来了，谈到高兴了，就领着去看你的藏书。还有，书不可全新，都要做旧，越旧越好。品种应多样，摆放宜无序，万万不可整齐划一。要让所有进入你藏书房的人，都拥有强烈的共鸣感。有了共鸣，你们就立地升华了，都是儒商。满不满点头，老板，也不是谁都能进藏书房吧？林纵横说是人就能进，但你要让那个人觉得，别人都不是人，只有他才配得上满屋才学。总之进屋前要故作神秘，进屋后要高山流水，出了屋子接着议事谈价，先儒后商，半文不让。满不满似有心事，老板，我不是你，我装不成你，这些年我使劲模仿你，就是学不像。其实从很多很多年前，我就把你当偶像，总想着哪天要是做大了，我也可以成为第二个林纵横。后来你破产了，我觉得我怎么也比你强了吧，可是每次见到你，我还是要抬头看你。老板，你永远都是林纵横，而我呢，永远都是你的手下满不满。因为你总是知道我在想什么，我想要什么，我却总也搞不清你。就像现在，老板，我根本不明白你想干什么，可是你呢，你肯定知道我是怎么想的。

不满，当年领着你们那么多人做企业，我最重要的工作就是你们。不把你们全给摸清楚，企业怎能发展和壮大，我又怎能高枕无忧。所谓人尽其才，无非是以心换心。只有摸清每颗心，方能掌控每颗心。对于你们的心术心思和心路心理，我是下过大功夫的。林纵横望着满不满，不满，天下无不散之筵席。我只想跟你友情永驻，所以，我们的合作就到此为止吧。你把我那百分之二十的股份，折现给我如何？至于山上的古荷塘，我乐意促成你们的合作关系。其实有没有我林纵横，那口荷塘都不会变，你的医院也不会变。

满不满死不放手，穷追猛打，白天到急救中心表白，夜里到林纵横家待着，吃饱喝足也不走，抱孩子干家务，什么活都抢着干。项点心开玩笑，不满，我给你在阳台上加张床吧，你就住在家里得了。满不满哀痛无比，嫂子，你跟老板求求情，我不想跟他分开。项点心说你比我认识他还要早很多年，我都知道他精神不正常，你怎么就没发现呢。他要跟你好，那是谁都拦不住的，疯子才会那么执着。你可是个正常人，咱正常人能跟精神病较劲吗，不满你就让让他吧。你把股份给他折现了，往后虽然不是合作关系，可你要是需要他给搞搞策划啥的，他肯定愿意帮忙。你们俩就这样地老天荒该有多好。满不满忽然牵住项点心的衣袖，嫂子，我错了，我对不起老板。项点心打掉满不满的手，不满你胡说什么？谁说你错了？你哪里有错？错的是林纵横。他当年非要跟你合作搞医院，现在又非要退股不干了。不满你想想，他为什么要这样，我知道你是怎么也想不通，对吧？我告诉你，他这都是破产恐惧症。眼看着挣钱越来越多，他是怕你重蹈覆辙，万一要是资产过亿了，嘎巴一下子，又让人搞破产了，那可怎么办？作为股东兼全局操盘手，他就怕吐钱。这么多年吃到嘴里的分红，要是让他再给吐出来。项点心停下不说了，反手拽住满不满的衣袖，不满，要是再来一次，他会自杀的。你不想让他死吧？那就让他退股吧。满不满说嫂子，我不会破产啊。项点心说我信，可是林纵横不信。家丑本来不该外扬，可你也不是外人，我跟你说，他当年破产后，吃了好几年的精神科药品。病还没好透呢。不满啊，你可千万要装成不知道啊，他就怕别人觉得他有病。自尊心太强，受不了。

满不满和项点心执手相看泪眼，双双无语凝噎。满不满哽咽着，嫂子，其实我早就觉得老板他不太正常了，做药企时飞扬跋扈，张口闭口都要一统江湖。那时我们这些中层私下里都叫他林半疯。后来他上山当和尚，我们都说他彻底疯透了。再回来当医生，我看着他倒是好好的，可他脑子太快了，根本就跟咱们正常人不一样。敢情这是病还没好透啊。我做过多年药品，知道精神病的基本症状，说白了就是要么很傻，因为脑子不管使；

要么就是太精，因为脑子太管使。老板就是精过了头，脑子才生病的。满不满起身直冲卧室，抱着两个孩子出来了，嫂子，老板这病不会遗传吧？项点心满脸忧伤，从医学角度应该不会。可是林纵横要是天天在家犯病，那也会对孩子产生巨大影响。不满，这病可不能受刺激，什么都得顺着他。他视你如手足兄弟，你就成全他吧。

满不满用最快速度折现了林纵横的股份。林纵横说不满，根据医院目前状况，你好像有点自视过高，我觉得你给多了。满不满说不多，老板，我真舍不得你。林纵横说不满，我更舍不得你，所以才要跟你分开。咱俩都太能干，合作无法天长地久。就这样多好，只剩下情分了。单走交情，咱们就能走到头了。因为你和我，都是特别注重情感的人。当年我下山回来，那么多手下朋友，通通风流云散，也就只有你还认得我，不满，你看重的是我林纵横，而不是林老板。从咱俩合作建立医院那天，我就下定决心，如果有一天情感与利害发生冲突，我首先要保住的，必须是满不满。满不满说老板，其实我知道你什么都知道。我从来就没有事情可以瞒住你。林纵横说不满，我是学医的，学医的人都很理性。我跟其他从医者的不同在于我不光理性，我还特别无情。因为无论从医从商，我都多情不起。可是越是无情的人，要是偶尔用情了，那就会特别扎本。我对你就很扎本，你说扎了这么大本，我能弄到最后，弄成个全都赔光吗？满不满说老板，你别总用脑子，你脑子快得吓人，你得让它慢下来。林纵横说好脑子能看到光阴的背面，我也就是看个皮毛，我脑子不行，以后还得多动脑子。满不满担忧，老板，身心健康都很重要，你要好好保护脑子，可别累过头了。林纵横说不满，有空就来家里玩呗，每次见到你，我都很高兴。满不满说当然，我从前怎样，往后还是怎样。

满不满屡次催促林纵横发货，医院库房的藕根已经所剩无几，药引子就快引不成了。林纵横用无数种理由进行推搪，久而久之，彻底掐断了古荷塘与医院的合作关系。山人不解凡尘事，寺院也多次来电，询问何时发货。林纵横说再也无须发货，此事作罢。具体情况，容我回头上山再详谈吧。电话那头就问，那烘干机不就没用了？林纵横说山上潮湿，何不用它烘干袈裟呢。

满不满说老板，你这不是断我后路吗？林纵横笑说，不满，我猜你早已使用普通藕根作为药引。医院那么多患者，就凭我从山上发来的货，又哪里够用。丹青也不缺藕，哪里的藕都是藕，往后再做宣传，我建议去掉古荷塘的概念。还有，药引子的概念也要逐渐淡化，毕竟你已拥有稳定患者群，无须再搞那类卖点。立足于医术本身，才是现阶段发展方向。满不满问，过了现阶段呢，那又该拿什么当方向？林纵横说医术，这是你永远的方向。作为私立医院，你还要注意服务意识与收费标准。另外我要提醒你，丹青虽然私立医院众多，但是鼻炎专科医院只有区区几家，而你已经成为最前头的。你务必要低调做人，也要低调做事，不要让人抓住硬伤。满不满说老板放心，我没有硬伤。林纵横说是人都有伤，软伤也能变硬伤。不满，我不希望你成为林纵横第二，我还有医术可以垫底谋生。你要倒了，可就没法站起来了。

项点心问林纵横，满不满会不会出事？林纵横说我不是诸葛亮，不会掐算。项点心就说，告诉我，为什么非要跟他分开？林纵横说论交情的话，我是心里太清楚，没法装糊涂。再就是真怕他出事，他连我这两成的分红都能昧，又岂能不在药品上头做文章。私立医院有多少是死在药品上的？数不胜数。要是这样，我作为股东和药引子专供方，是怎么也不能幸免于难的，及早抽身才是上策。就这两条理由，够不够？项点心吃吃笑，貌似够了，可我知道还有呢。林纵横长叹，你这女人蛇蝎心肠，非要戳我心窝子。

没错，现在这世界谁都没秘密，我想办法让人查了他的住房和存款。他每年给我分红，你知道是按照什么规律？就是越昧越多，昧心率每年上升，昧心钱水涨船高。要这么搞下去，迟早反目成仇。与其人财两失，不如就此分开，涛声依旧。项点心不解，满不满是个老实人，对你也很真心实意的。林纵横说就是太老实，才会让钱给骗晕了。我就不老实，所以要用钱骗我，那可没门。老实人最怕走邪道，因为老实人都很勤奋刻苦，生怕落后于人，都是赶着走的，越走越快，又不会防人，难免遭到暗算。项点心说纵横，心里真没疙瘩？林纵横说昧我钱财如夺我妻，不恼才怪。可我看他比我还累，整天都要送礼，你当他是送给我的？他是用那些东西给自己搞平衡。太贪钱做不成好人，太贪情做不成坏人，咱们不满又要钱又要人，他心里纠结啊。项点心说回不去了，我悼念你们曾经的深情厚谊。林纵横说连悼念都不必，随缘吧，来了还是客，不来莫挂怀。

满不满起初常来，后来就稀疏了，有事要问就用电话，林纵横有时给他支支招，有时忙着也顾不上。再后来就变成了每天都见面，只不过是在微信上。满不满很喜欢晒图片，吃的没晒过腐乳，穿的没晒过内裤，家居没晒过马桶，其他的样样公开，任人点赞。林纵横说这货顿顿离不开腐乳，越爱吃的越掖着。项点心说纵横，你还是惦记他。松松手这朋友就没了，招招手也就回来了，何必这样呢。林纵横说你不了解他，他目前对我深感没脸。等他没脸期过了，我再约他。等到林连天和项江东上幼儿园时，林纵横深情邀约满不满，不满，咱们约个会？这几年特别想你。满不满扭捏，老板，我有时候会梦到你给我托梦。林纵横说可见你已把我当作死人了。满不满争辩，是你把我当死人。以前你给我们开会，最爱说杀无赦，对企业叛徒杀无赦，对背叛友情更要杀无赦。林纵横说杀得太多，把自己杀成孤家寡人了。我现在的字典没有杀字，只有留字。能留住的我都要留，对你更是绝不放手。都在丹青待着，见个面也不过几里路，何必要搞托梦呢。两人就此接上了火，每逢年节都要聚聚，满不满精气神很足，表情总是亢奋的，却也难掩倦容。满不满说老板，我也算功成名就了吧，可我找不到快乐感。林纵横说无病呻吟，不过应该祝贺，从小老板升级为大老板，这个感觉可谓前奏。满不满问，成为大老板就好了吧？林纵横说乐子可以随便买，只是快乐感越发稀罕，梦中偶尔得之，醒来即如泡影。不过你可以用成就感来做替代品，很多大老板都是如此，所以成就越做越大。

林纵横买了辆车，橘红色，七座位的越野车。开到医院很打眼，于立秋说你家人多，父母孩子加上你跟点心，确实不能用五个座位的，可你干吗不买灰色黑色白色的？林纵横说点心开车都走 S 形路线，这颜色引人注意，或许可以减少刮擦。于立秋说那就应该首选大红色，跑到街上像喷了血。林纵横说整天上班都要看血，早已够够。于立秋说，点心比你嫂子强太多，她开车都是 Z 形走法。林纵横说那也得让她们开，不然坐在副驾驶座位上更可怕，不停地说话，严重干扰驾驶感觉。于立秋说就是，我情愿让她动手不动口，你嫂子能从起点说到终点。我看点心话不多，你比我日子要好过。林纵横摇头，项点心是从发动说到熄火，车动嘴动，车停嘴不停。于立秋说纵横，有个会议为期两天，去不去？至少可以摆脱叨叨。林纵横说去去去，以后有会你都叫我。大概男人就是因此才热爱开会的。

林纵横办公桌上杵了个大茶缸，白底蓝边的搪瓷缸，这只茶缸浑身是疤，斑驳不堪。最抓人眼球的是缸体上的几个鲜红大字："医学神圣 救死扶伤。"由于茶缸太落伍，也太破烂，有些患者看不下去，就给林纵横送了不少新款茶杯，可林纵横就是不肯换杯子，年复一年地捧着搪瓷缸子喝茶喝水。急救中心的老人都知道，这只茶缸是林纵横刚上医科大学，跑运动会跑来的奖品，是冠军级别的，是谁也不能小看的。李主任不明就里，拿了只双胆的钢化玻璃杯来找林纵横，纵横，送你个好杯子，你这只大茶缸给我吧，用来养棵雪松当盆景，最合适不过了。林纵横下意识抱住大茶缸，李姐，你要什么都成，这茶缸我打算用到退休呢。李主任呵呵笑，你早该换新的了，你这茶缸就像古董。林纵横说对呀，它是古董，我是墓主人，李姐你可不是盗墓贼哦。李主任说纵横，你这么宝贝它，总要有个来头，是不是初恋女友送给你的。林纵横说不是，我在大学就没恋过。李姐，这茶缸我是从不离身的，都二十多年了。就这几个字，我每天上班都要瞄几眼，因为我怕失节。李主任就问，失什么节？林纵横说失医学的节，失医生的节。咱这工作干久了也会疲的，可是咱疲不起啊。动辄开膛破肚做手术，稍有懈怠，人家患者可就惨了，又要受罪又要多花钱，你说咱敢失节吗？特别累的时候，我抱着它喝杯水，劲头也就提起来了，还能往下撑。咱们守的这个节，可比王宝钏的妇节大多了，她守十八年也不过是守她自己，咱守几十年，守的可是无数患者的性命。李姐你说，咱这个节是不是绝对不能失守？李主任有些失神，盯着林纵横的大茶缸，好半天也没说话。林纵横以为李主任还不死心，只得继续补充，李姐，都是真话。我干药企的时候，也用这只大茶缸，也是怕失节，因为做药也是医学，医学是什么？换成大白话，那不就是人命吗。你要真是想用它养雪松，我回头去土产店给你买个特大号的搪瓷缸子，你看行不行？李主任起身，看了眼林纵横，又看了眼大茶缸，默默离开。

第二十七章

林纵横赶紧拆封李主任的玻璃杯，泡了杯茶，让两只杯子并肩而立。将近下班时，于立秋来问林纵横，你怎么咱们李主任了？林纵横说她没这么小气吧，她给我杯子我要了，她要我杯子我不给，就这点事。于立秋说邪门了，从你这里回去直到现在，心事重重失魂落魄的。从没见过她这样，我还以为你刺激她了。林纵横说是不是想起初恋情人什么了。于立秋说拉倒吧你，五十多岁的老太太，没你这么风骚。林纵横说人家当年不是百花仙子吗，估计往事少不了。于立秋指着大茶缸，纵横，把你这个节操杯给她不就得了。守节都是心里守，哪有用茶杯守节的？林纵横庄严回答，不给，我可达不到物我两忘的境界，我得盯着实物才能自我鞭策。我就是靠着茶杯守节的，节操怎能送人。于立秋说，守节都是从一而终，你用两只杯子干吗。林纵横阴阳怪气，这个有讲究，大茶缸是正职，玻璃杯是副的。

林纵横每周都有夜班，差不多每个夜班都睡不成囫囵觉，不是住院患者有情况需要处理，就是要跟着120救护车出车。林纵横同情救护车司机，你比我还忙，我就只管外科患者，你是内科外科都得接。司机说我喜欢跟内科医生出车，回来基本不用洗车；跟你们外科接了患者，回回都得用水枪猛冲，常常满车厢都是血，前几天夜里出了趟车，回来冲半天还不干净，窗玻璃上沾了好几块脑浆，得用刀片刮下来。林纵横说血雨腥风就是这样，没办法，谁让咱们选择这个职业呢。司机闷闷不乐，林医生，我这职业可不是自己选的。我以前在部队开车，转业到了医院就给院长开小车，都说有才不可外露，我就是开车开得又快又稳，还特别擅长抢道，他就把我忍痛割爱，割给急救中心了。我就不明白，你们可都是读书读出来的，你说你读什么书不好，你干吗非要读医呢？林纵横说我是被骗的，当年我以为救死扶伤是人间最为神圣的事业。等到穿上白衣我才发现，这个活又脏又累又高危，专业选错了，悔之晚矣。司机问道，那要是穿越回去，你还选不选医学？林纵横说，我选择放弃本次穿越的机会。换专业如同换人生，我这岁数悔得起，换不起。我就悔到底吧，不换了。

林纵横不知道，他在于立秋家里还另有其名。每当半夜有危重患者拉回来，林纵横需要跟于立秋同台完成手术，他就往于立秋家里打电话。于立秋放下电话要出门时，妻子会在被窝里发问，立秋，又是那个瘟神？于立秋说正是，要是别的医生，早就把患者转往其他相关科室。瘟神手艺了得，艺高胆儿肥，能拿下不少大手术。于立秋妻子愤怒，我最讨厌瘟神半夜来电话，他干吗不找别人？于立秋说因为在他眼里，急救中心能跟他搭台这种手术的，舍我其谁。于立秋妻子说，我祈祷瘟神值夜班时，方圆几十里人人平安。于立秋说你该祈祷手术顺利，明天见。于立秋妻子说我祈祷瘟神升官发财，再也不用值夜班，再也不要来跟我抢人。于立秋出门前回头轻喊，为我祈祷，不许在被窝里想瘟神。上了手术台，于立秋和林纵横总是配合默契，水到渠成，下台时林纵横问话，立秋，总这么叫你跑，嫂子没意见吧？于立秋说纵横，你嫂子每次都说，幸亏急救中心有纵横撑着，不然科室整体收入哪能那么屡创新高，她总提醒我要感恩，感林纵横的恩。

李主任开始早出晚归，上班早早就到，下班也不按点归巢，总在急救中心耗着。不仅如此，她还几乎包揽了保洁员的工作，扫地擦桌子，端茶添水归拢垃圾，什么杂活都抢着干。本来于立秋还没有注意到，是保洁员来找他哭诉，他才发现李主任不对头了。保洁员认为李主任抢活干，是于立秋背后撺掇的，是急救中心的两个主任精心设计的陷阱，目的很明确，那就是要借此解雇保洁员。至于解雇了之后谁来干活，那就肯定不是李主任了，而是于立秋或者李主任老家的什么亲戚要来接班。保洁员送给于立秋两瓶酒，冤屈无比，声泪俱下。于立秋对保洁员的哀求和指控迷茫万分。

退掉两瓶酒，安抚了保洁员，于立秋不得不跟李主任正面交锋，李姐，你对咱这个保洁员不满意？李主任说没有呀，她吃苦耐劳，有目共睹。于立秋说现在找工作不容易，就这个活也有人抢。以前曾有保洁员因此遭到解雇，我总觉得咱们不至于吧。李主任说谁要跟她抢活，咱们可不能答应，就这么点小正义，立秋，咱俩也还主持得起吧。于立秋就问，李姐，不是你老家要来人？那你干吗要跟她抢活干呀？李主任说立秋，我没别的意思呀。我这也快退休了，我就想多干干活，干什么活我都高兴。于立秋说李姐，你这就差半年了，也赶不上今年评先进了，还是好好养花吧。堂堂主任医师兼急救中心副主任，你可不能把自己当成保洁员使唤啊。李主任神情抑郁，立秋，多干点活也不成吗？于立秋说要干就干本职工作，李姐，你是看病的，不是扫地的。李主任半晌无语，立秋，你们上班都是忙不过来，我是没事可干。月月工资奖金只比你略少，却比其他医生护士都要高，你们领奖金都是欢天喜地的，我就像过鬼门关，又想要又怕要，心里总也不得安宁。于立秋本来是要出去的，闻言只得坐下了，对坐片刻，他说李姐，我能理解你的感受，可我帮不上什么忙。个人以为，你这半年应该就像从前那么过，养花种树栽盆景多好哇。

李主任历来是个很顺从的人，顺从生活顺从规矩，顺从上级甚至顺从同事。由于顺从，她成功化解了几个内科医生的不满情绪，与急救中心的所有医护都很亲密，每间诊室每个医生的办公桌上，都在显要位置摆放着李主任的作品，就连护士站的台面上，也巍然耸立着金刚菩提的大型盆景。李主任就如春风雨露，润物无声，说话从没噎过人，做事最爱成人之美，几个年头了，李主任每年都要先当先进，再让先进。她当先进是大家评出来的，除了头一年，于立秋多少做了点弊，后来的先进都是货真价实。李主任从来就不肯当，每次都要让，先是笑着让，没人敢接，她就求着让，总之是非要让给别人当。好几个科主任问过于立秋，你那块地真就那么邪？于立秋说邪，俺们的地界就是邪。你们不够邪，所以什么都要抢，俺们流行让，服不服？那几个科主任都说服，心悦诚服，立秋你从哪里挖出来这么一尊大神，搞得全科室都成了善男信女。于立秋说鬼才是挖出来的，神都是从天而降，这叫天赐懂不懂？那几个科主任就坏笑，立秋，听说你那里四季如春百花齐放，号称丹青植物园精缩版。于立秋说，俺们就喜欢在花丛中工作奋斗，俺们的肺都特别好，负离子多呀。

李主任年年让贤，不仅感动了急救中心的医生护士，也感动了全院上下，院长在大会上每每提及此事，都会静场，于无声处的静场，然后就是惊雷般的掌声。院长想让李主任上台讲讲心得，李主任鼓足勇气，终于对领导说出了不。于立秋奉命劝解，李姐，何必要拂院长美意？李主任说立秋，这里人人都比我工作干得好，我原本就不该当先进的。让给该当的人多好，我是只图心安，没什么心得可讲。于立秋说向你学习，每年评先进，我得票都没你多。李主任认真了，立秋，那是你干活太多，操心费力也太多，难免跟人有摩擦。我是没机会得罪人，你别往心里去。于立秋恋恋不舍，李姐，咱俩要是同龄就好了，我真怕你退休。李主任说我也舍不得你们，这辈子最快乐的日子，就是在急救中心。

当退休进入倒计时，李主任争分夺秒搞创作，抢在临行前，给急救中心的每个人都亲手送上独特别致的作品。于立秋得到的榆树盆景名曰立秋，林纵横获赠的作品个头最大，花盆也最沉，这盆作品是先取了名字的，纵横嘛，那就得多栽几棵方能成就纵横之势。林纵横抱着纵横，呼呼哧哧地回了家，项点心惊叫，这是什么怪树？林纵横大口喘气，这是胡杨跟本地泡桐杂交的树种，也叫杂胡，很能活，只长岁数不长个子，李姐说咱俩加起来也活不过这盆树。项点心说我的天，咱俩没了谁给它浇水？林纵横说省省吧，这树极为泼皮，只靠空气中水分就能长命百岁。项点心给林纵横盛饭，林纵横说还有盆花在车上，是给你的，叫作点心，我得去搬上来，李姐说这盆点心最最娇贵，半天没热气就会冻死。项点心拿了车钥匙下楼搬花，好半天不见回来，林纵横打电话追人，项点心说纵横，我在车里看点心，我已被它石化，从没见过这么美的花朵，这是什么花种啊？林纵横说这花来头大，是咱李姐历经数十年反复试验，以多种花卉品种杂交繁衍而得之，又名心花，心花才能点心哦。

李主任的送行宴热烈而缠绵，就连急救中心正在值班的医生护士都到齐了，这是从没有过的事情。由于每个人都要来，于立秋就让几个不上班的医生护士先吃先喝，先跟李主任告别，然后再回去替班去，把值班的人都给换过来。几乎每个人都给李主任回赠了礼品，林纵横的车堆得满满的。李主任平时从不喝酒，这回破了例，跟每个人都干了杯，很快醉颜微酡，白里沁红，依稀可见当年风采。李主任每天都是淡妆，从不素面，也从不浓艳，淡淡的妆容浅浅的笑意，就连目光中的惆怅也总是那般温婉。常相见时是等闲，真要离开了，就显出了不寻常。轮到于立秋敬酒，他已找不出合适的祝酒词，好话都被别人给抢先说尽了。于立秋凝视着李主任，李姐，我就敬你的化妆术吧，祝你容颜不老，永远好看。李主任一饮而尽，谢谢立秋，其实我不爱化妆，只是我这年龄，要是不化妆，脸色又黄又暗的，不想让同事和患者看了不舒服。于立秋说李姐，我这辈子没见过凡事都替别人想的人，是你让我见着了。你这年龄的多了，要么黄脸黑脸，要么抹得比日本艺妓还要白。像你这样的，也就你一个。李主任微笑，立秋，衷心祝你能有个更好的副手。你别担心，接班人一定比我强的。

林纵横没喝酒，他的任务是送李主任回家，并将满车礼物给李主任搬进家门。李主任上车时，脚下已经走得不那么稳当，张了口，更是扑出满嘴的酒气，林纵横说李姐，你怎样，要不你躺下歇歇吧？李主任说纵横，你去把立秋也叫来，我还行，可你一个人搬不动这么多东西，你明天上午有手术呢，别累着。林纵横就把于立秋也给拉上车了。开到半道，李主任说纵横你停停，我胃里直翻，好像要吐。林纵横停车，和于立秋一左一右，扶着李主任下了车。李主任没吐，站了片刻，又上了车。

林纵横递给李主任一个塑料袋，李姐，我的大茶缸，就送给你养雪松吧。你别嫌它破烂，节操都是老东西，守节的哪个不是守得千疮百孔伤痕累累。临别相赠，节操无价。李主任剥开袋子，双手捧着林纵横的大茶缸，沉默不语。这个夜晚月光如练，一泻千里，从车里望出去，丹青的街道美若幻境，不似人间。而那只大茶缸，就像是成了精，不光学会了跳舞，还学会了喷水，上上下下抖个不停，前前后后水珠飞溅。那是李主任的手在抖，那是李主任的泪在流。

李主任毕生修行，被林纵横的大茶缸摧毁殆尽。她从来就没有在人前失过态，没有人知道她也会流泪，也会发抖。林纵横和于立秋不知所措，又是拍背又是递纸巾。李主任忽然说，月色太美，咱们下车坐坐吧？下了车，三个人并排坐在马路牙子上，李主任举头望月，林纵横和于立秋望着李主任，静静等她开口。李主任问于立秋，立秋，因为我的存在，急救中心早已沦为笑柄了吧。全医院都知道，咱们急救中心副主任医术不行，只会养花。于立秋说那是他们嫉妒咱们生态环境美过公园。管他人口如刀，你不过心就砍不到你。李主任又问林纵横，纵横，你觉得我能配上这只杯子吗，你把它给我，你是重情，可不是重节。林纵横说李姐，节也不单是医节，虽说副主任官职不大，可再小的权力，也会让有些人人性生癌，身体生癌者可怜，人性生癌者可憎。你的德行人品令我钦佩。李主任说，本来不想说的，可是此刻，我改主意了。我知道你们对我充满好奇，因为你们从没见过我这样的医生。其实我的职业生涯，刚开始跟你们一样，只知道救死扶伤医学神圣。后来就因为一颗牙，烙在嘴里三十年，我再也没法往回走，就一颗牙，它打倒了两个好医生。

李主任的牙非常好，半颗也没掉过，连松脱的迹象都未曾有过。五十多岁尚且如此，二十多岁就更不用说了。李主任从没想到过，自己的从医生涯会跟一颗牙有什么关联，可她就是让一颗牙给砸倒了，医节俱毁，再也无力重整河山。这颗牙的主人，是李主任当年的老师，也是消化内科的科主任。李主任大学毕业后，由于品学兼优，被分进丹青市人民医院，经一年轮转，几个科室抢着要。那年头大学生比较金贵，想进哪个科室，基本上还能自己说了算。李主任本来想去眼科，所谓金眼科银外科嘛，女医生的首选往往都是眼科。李主任没能如愿，因为消化内科主任追着她不放，后来又通过医院人事部门做工作，好说歹说，硬是把她给抢到手了。李主任有些失落，科主任耐心开导，小李你看，我这里青黄不接，几个老医生都是工农兵学员出身，年纪轻的又都是医专毕业的。小的缺经验，老的缺学历，我不怕你笑话，有个老医生给人看病，他的法宝是针灸加上食用醋。你说这还像不像个大医院？我年年要人，年年抢不到，你就看在我这张老脸上，也给咱这小科室贴贴金吧。医学虽有专攻，但是你要真有心上进，好好干几年，遇到有什么发展机会了，我不留你。

老前辈把话说到这个份上，李主任不忍抗拒。她是个天性温良的人，必要的时候，宁可自损，也不愿意伤人。科主任如获至宝，直接把李主任的办公桌安排到自己屋里，两人整天脸对脸工作。那时的医生，都是侧着脸给人看病的，患者进了屋，就在医生办公桌侧边坐下，双方就病论病，关系相对单纯。患者大多信任医生，医生也无须防范患者，治得好治不好都是医学概念，基本不会涉及其他。科主任十分敬业，李主任有样学样，一老一少相处融洽，传道授业乐在其中。那几年，李主任的医术突飞猛进，科主任逢人就夸，我们小李没话说，无论恋爱结婚和生子，都不耽误工作，教什么就会什么。我这摊子以后就指着她传承了。李主任说老师，你别总夸我，免得别人不爱听。科主任说不夸怎么行，就是要让领导都听见。我也不是为你，更不是为自己，医学就是医学，再小的科室也得学术至上。

科主任只懂医学，不怎么懂得人学。他是五十年代的大学生，六十年代中后期由于出身不过硬，加上口无遮拦，先是下放到农场接受改造，后来回到医院就改了行，放下听诊器，拎起了扫把和拖把，专职负责打扫门诊楼的男女厕所。扫了几年厕所，科主任也没能脱胎换骨，待到七十年代末，科主任重披白衣，秉性丝毫未变。那个年代都是大锅饭，干多干少没什么区别，有些医生就比较清闲，科主任却总是很忙，他的患者太多，下班时间常常走不了。李主任说老师，你回家吃饭吧，我留下就行了。科主任就笑，大病小病都是病，我这辈子就是专看小病的。大病夺人性命，小病让人痛苦。医学就是给人家减轻痛苦，保住性命。我管不了命，可我管得了苦。小李，毕生术业都已传你，你真没让我失望。李主任说以后更加不会，因为有榜样，老师就是我榜样。

科主任一生吃过无数苦，受过许多罪，可他从没敢冒犯过医学。学术本身总是最为仁慈慷慨的，人与人相处常有背叛与出卖，人若是虔心向学，是绝不会被学术所辜负的，明里暗里总会硕果累累。科主任的硕果就是患者，平生患者无数，感谢信和土特产从没断过档，就在扫厕所的日子里，也有患者抱着孩子追到厕所找他看病。科主任说我现在臭不可闻，不敢给人治病。患者说医生不会看病，再香也是白香。我们不嫌你臭，浑身是粪也不臭。科主任说你找他们给你看吧，我不能再犯错误。患者说找了好几个医生了，先背语录后看病，他们只会给我孩子开酵母片和山楂丸，根本不管用，孩子几天不吃不拉，我们全家求你了。科主任说不好，有脚步声，有人要来上厕所。你快走，去楼下杨树林里等我。

科主任是把患者当作医学来供奉的，同样的，患者也把他视作医学的化身。以医学对医学，远远简单过人心换人心。科主任以医学收获无数人心，每治好送走一个患者，都要深深叹气，叹得意蕴悠长，心满意足。

科主任遭遇袭击，是谁都没有想到的奇事。可他就是被患者给打了，那一拳，打掉了他毕生的职业尊严，和所有深藏不露的自豪感。那个患者身强力壮，胃口超好，每顿都不少吃，遇到喜事更要大快朵颐。只是有个毛病，吃得太多就要呕吐，上吐下泻，不到医院输水打针就止不住。患者拿不准自己是不是生了肿瘤等恶疾，经检查并无此迹象。患者看过多家医院，直接告诉医生用什么药最管用，医生就给开了，患者打完针病症全消，如此已是两三年了。患者是在最为疼痛时来找科主任给开药的，科主任说不行，我先给你止疼片和止泻药，你吃了去做检查。患者着急上火，跟你要说多少次？我做过无数次检查！我没病！科主任对所有患者一视同仁，都是直来直去，说话从不绕弯子，他说那些检查也能算数？都是胃肠道检查，有什么用？我要你去做个脑部扫描，如果脑部可以排除其他问题，那么根据你的病况自述，你这个病属于神经系统疾病，而不是普通的肠胃病。患者怒吼，我肚子疼跟脑子有什么关系？你脑子才有病，你才是神经病。

科主任挤出丝笑意，你不要怕，脑子有病也不用怕。我可以把你交给我们脑科专家进行治疗。我真希望你不是脑部疾病，而是神经系统疾病，那样就只需治疗，而无须手术了。患者低声问，你到底开不开药？科主任说不开，今天你落到我手里，我绝不会这样让你离开。

患者没再说话，直接挥出拳头，这是一记铁拳。力道之大，无与伦比。这记铁拳结结实实地砸在了科主任的脸上，拳落牙飞，而那颗牙就如同长了眼睛，笔直地冲进了李主任口中。当时李主任的嘴张得特别大，由于过度的惊恐，她只是本能地张大了嘴，却忘记了发声求救。科主任当场昏迷，脑袋垂在办公桌上，桌面上好大一摊血沫。李主任奔出去叫人，等她领着几个人回来，患者已经跑了。

李主任直等到科主任苏醒，才感觉到自己也是满嘴生疼，奔到洗手间对着镜子一照，李主任拔足狂奔，直奔口腔科而去。科主任的那颗牙，始终就在李主任的嘴里，就钉在了李主任的舌头上，钉得牢牢的。是口腔科医生给李主任拔的牙，牙根插入太深，舌面上两个血洞止不住血，口腔科医生无奈，只得给李主任缝了几针。李主任的舌头上落了个疤，这个疤谁也看不见，只有她自己感受得到，每时每刻都能感受。她很想遗忘，努力遗忘，就在快要遗忘时，科主任找她谈话了。这次谈话极为正式，比当年抢她还要正式。

第二十八章

科主任老态毕现，就连声音都苍老了，小李，我从前只知道医学，不关注任何人与事。我错了，不应该那样教你。要单单是我挨打，那不算什么，可是放眼看看，现在怎么成这样了，怎么会有这么多医生被打骂被侮辱。照这么下去，医生难免被杀，并且会越杀越多。我们这个行业的从业风险将会越来越高。你不要全跟我学，你得学会自我保护。医学是给人保命的，可是医生要连自己的命都保不住，那医学就不是医学了。就像那个患者，他那个病并不高深，可是之前找那么多医生看过，谁也没敢坚持。为什么？怕挨打怕挨骂，我坚持了，结果是什么？是我挨揍，而患者并未得到确诊和治疗。也许会很快，当他疾病爆发，他会因此付出惨痛代价。医生和患者，双方损失都是如此巨大。我不明白这是为什么，我想不通怎么会这样。我这辈子受过无数屈辱，可是从没有患者骂过我，打过我。从医一生，如此收场，我心里难受，不光难受自己，我更难受医学。李主任说老师，我真不知道往后应该何去何从。科主任说小李，你是我最好的学生，记住我的话，别跟老师学，老师的人生是失败的。我这辈子都用医学来支撑人生，现在我懂了，单靠医学是撑不住人生的。

从那以后，科主任学会了不再坚持。当患者坚持时，科主任选择放弃与顺从。李主任历来把科主任当作榜样，老师怎样，她就怎样，比葫芦画瓢，瓢比葫芦还要出色，还要愈发地温良恭俭让。师徒两人高度关注有关医患的所有信息，信息越多越恐惧，当医生被杀现象不时发生和出现时，科主任也到了退休年龄，临走送给李主任整套的书籍，不是医学书，而是园艺书。科主任说，却将万字平戎册，换得东家种树书。小李，相对那些更为高危的科室，咱们这里还算好的。不要离开这里，就这么躲尽危机，消磨壮志，养花栽树吧。当老师的只希望你这辈子不要挨打，平平安安的。李主任说每当心有不甘，嘴里头转转舌头，念头也就按住了。老师放心，我不会重蹈你的命运，不仅患者，我对同事也会无比忍让。老师这辈子，大半生都是吃自己人的亏，到最后才吃了患者的亏。科主任说小李，别让你的孩子学医。好好保重。李主任说记住了，老师慢走。李主任送科主任下楼，科主任的背影略显佝偻，挺了一辈子的腰杆就这么折了，科主任回头，小李，也不知道他是不是脑瘤，当时要是先问问单位和地址就好了。以后要是再碰到这样的，你要特别注意态度。李主任凄然而笑，老师，我连你三成功力都没学到，我就只能靠着态度从医了。科主任说小李，我此生晚节未保。李主任说我还年轻，已丧医节，我不如老师。

从一颗牙，到一只大茶缸，这当中的三十年岁月，逼真而又恍惚，如同这个夜晚的月光，潮起潮落永无止息，浪尖上光芒万丈，却总是转瞬即逝，想留也留不住；浪峰里洪流滚滚，过耳的只是涛声，风中的涛声，掌中的明月，注定了只能是幻景，只能是归去。李主任说不如归去。我老师已经归去，我今天也要归去。而你们还在。于立秋和林纵横还在。你们敬我的为人，我敬你们的医节。医学的灵魂就是医节，没有医节又谈何医术。李主任站起来，从车里拿出来那只茶缸，递给林纵横，纵横，你给我我收了，但是我还想回赠给你。还是把它搁你桌上吧。那天听了你的话，我就想，其实人这辈子，无论守节与失节，都是免不了伤痕累累满身疤痕的。怎么活着都得留疤，谁也躲不过留疤。既生为人就得留疤，做人只能选择留什么样的疤，我选的是失节的疤，舌尖心头都是疤；你们身上也都有疤，你们人未失节，疤也有节。是你们让我明白，很多时候，失节的疤要比守节的疤更为惨痛，至死无法愈合。所以我对你们的临别赠言，跟我老师一样，别学我，我这辈子是活败了。

林纵横说李姐，我会长相铭记。那我就收下了，打仗都爱说人在阵地在，我要对你说的是人在节在。生命有多神圣，医学就有多神圣，这个节还真得死守到底。我不会变，因为我知道，变了我会后悔。这辈子什么滋味都吃过，就是不知后悔。其实对与错，就像这只大茶缸，只要不掉底，也都用不着后悔。做对的我都坚持，做错了我就结账，账单能有多大，也不过就是个疤呗。李主任说世间百味，就属后悔的滋味最不好吃，这滋味我细品了三十年，真是不好受。于立秋说李姐，请停止品尝吧，你无须后悔，做人做到这个份上，你此生功德圆满。李主任抬头，满脸的月色流淌，晶莹剔透，就连笑容也显得光华绚烂，她说我老师临终很懊悔，他说当年对我的交代有些意气用事，他要收回成命。你们都知道，我历来都是极遵师嘱的，咱们这行业不同其他，学历固然必不可少，实践经验也无比宝贵，就如手艺人，不尊师是学不到好功夫的。这回我不仅遵了师嘱，我也圆了自己的心意，两全其美。我的孩子就是学医的，我没让他学园林。于立秋惊叹，李姐深藏不露，我仰视你。李主任说每个晚上，我都要在家喝杯酒，不然哪有这样的酒量。我孩子说妈妈戒酒吧，母债子偿，我要做个全丹青最好的医生。林纵横说李姐，这孩子胆儿太小，志向还不够大，我祝愿他的将来，会成为我们医学的骄傲。

顺理成章地，林纵横接了李主任的班，成为急救中心副主任。于立秋帮林纵横从诊室搬杂物，他说纵横你相信不，我比自己当官还要高兴，你嫂子乐得都找不着北了，她比你家点心还要极乐。林纵横说你高兴也在情理之中，嫂子乐乐也对，不至于极乐吧。于立秋说真是极乐，比范进中举还抽风，还以此为借口买了两套新衣服，都是为你。林纵横说凡反常事，必有反常心，你让我想想。林纵横蹙眉深思，立秋，是半夜叫你做手术的事，嫂子在庆祝你们可以夜夜鸳鸯成双。于立秋说副职情商高于正职，这是很不美妙的。林纵横说当官不庆祝，如同锦衣夜行。你跟几个老师通报一下，就以你的名义，咱们好好聚聚。于立秋说任命通知早已下发各科室，韩老师跟你同榜，他是官复原职，你是就地提拔。你说他们怎么也没个态度？林纵横说不像话，也太不重视了。我从林董事长升为林副主任，这跨度大得如同穿越，你得让他们为我喝彩。

何无疆最先来电，纵横，立秋让我喝彩，我为你喝彩。林纵横说谢谢何老师喝彩。何无疆说那好，我挂了。韩心智说纵横，我可是失而复得，我还等着你为我喝彩呢。林纵横和韩心智相互喝了彩，通话不过半分钟。王惊雷没动静，林纵横只得跑到心外科去自我喝彩。王惊雷居然挺不高兴的，纵横你当官了，我就更没指望了。林纵横说老师，我可是副科级领导干部了，你觉得这跟你的指望有关系吗？王惊雷说纵横，那肯定是没有关系的，对不对？林纵横说太对了。王惊雷说那你跟我要什么喝彩？我不会给你。我只会为我的指望喝彩。你什么时候圆了我指望，我再狠狠为你喝彩。

林纵横连请客都没请成，于立秋安慰，不要紧纵横，我跟你嫂子为你庆祝，你叫点心也来。林纵横说项点心说了，等我升成正的再吃饭。于立秋说让她等着吧，我退休比你早半年。林纵横说在这么漫长的岁月中，谁知道你会不会成为韩老师第二。要是有那天，项点心就如愿以偿了。于立秋说真有那天，要是让你接我的班，我比她还要快慰。这顿饭先欠着，真到那天再吃不迟。林纵横说立秋，你把急救中心当成私家企业来看待，你这境界不行。铁打的营盘流水的兵，想想李主任跟她的老师吧，一茬又一茬的，比割韭菜还要快，时光就是那把大剪刀啊。于立秋说没错，都得被割掉，可是一天没割，咱们就得当好一天的家。林纵横历来拥有前瞻性战略目光，他说立秋你要死守底线，底线就是咱俩的战友情啊。于立秋反问，你什么意思？林纵横说，我可不是李姐，你说什么就是什么。早就觉得有些管理措施急需改进。于立秋说早就？不在其位不谋其政懂得吗？记住你刚才说的话，急救中心可不是什么私家企业。

当李主任留下的花花草草，因着喝不着独家秘制的营养液而纷纷凋落，急救中心的医生护士，常常会听到主任办公室传出的各种声响，争吵声拍桌声，偶尔还有摔杯子的声音。于立秋从不敢摔林纵横的大茶缸，林纵横跟他打过预防针，立秋你摔什么都成，就这只缸子不能摔。于立秋说摔了又怎样？林纵横说我会克制，要是克制失败，那就只剩下玩命了。咱不能那样，有伤体统。于立秋说你也记住，不得碰我手机，刚买的。于立秋的脾气都是被李主任给惯出来的，当家做主当惯了，林纵横每有质疑，于立秋的第一反应就是先行否定，然后就会产生争执，小事小争执，大事大争执，大到忍耐的极限，于立秋就会拍桌子，拍桌子无效就要摔东西。他最喜欢摔茶杯，林纵横的茶缸碰不得，他就摔自己的茶杯。摔的次数多了，两人桌上的茶杯，已经分不出谁比谁更为破烂，更为沧桑。

就如同戏剧须有高潮，于立秋的高潮就是茶杯。当他摔过了茶杯，林纵横会从地上捡起来，给那只杯子加了水，重重顿在于立秋跟前，由于落力太重，茶杯常常溅水，所以于立秋高潮过后，总是水色满怀，茶渍斑斑。于立秋说林纵横，你没法跟李姐比，你修养不及她一个零头。林纵横说于立秋，她就是修养太高，才把你搞得毫无修养。两人之间极有默契，谈完了修养就会拐回头接着议事，有些事各让半步就算定了，有些事不行，非得要有个高低取舍的。伤人的话都说过，说过了就很难忘记，林纵横的记忆力不如于立秋，于立秋记仇能记半个多月，林纵横最多十天半月。于立秋说你当这里是你那药企集团啊，早就破产了。林纵横说我再破产也没做过交际花，满院子乱窜，上下左右都是缘。于立秋说林纵横，你当是山上当和尚时给人治病啊，就你那野路子野医学，你这方案我不同意。林纵横说你哪儿毕业的？就你那破大学你跟我拼正规？连教育部都向着我，我出身比你高端。于立秋拍案而起，林纵横，我到今天才认识你。林纵横端坐不动，冷笑道，女人闹离婚才会这么说，然后就该摔东西了。于立秋，你爷们还是娘们啊。

于立秋性别感极强，不能容忍任何人怀疑他的性别。就冲着性别，他再也没摔过茶杯，他改为摔门了。头也不回，摔门而去。何无疆致电林纵横，纵横，我们祖孙三代都是丹青医科大学毕业的，我们那个破大学水平不行，没你和王惊雷的大学卓越，所以就此治疗案例，我赞同你的方案，于立秋确实有待提高。林纵横说对不起何老师，我只是针对于立秋，咱丹青医科大学星光璀璨，不破不破。韩心智随后来电，纵横，于立秋已经深刻认识到，你的治疗方案远高于他，医学也不能完全循规蹈矩，这患者属于高龄，特殊人群也要敢于使用特殊治疗手段。但是人身攻击不可再有，尤其不得以性别攻击男人。林纵横说是他先攻击我，恶人总是先告状。韩心智说立秋是来跟我探讨具体治疗方案的，没有告状，我徒弟跟我多少年？他脸色我能不懂？我问了他才说的嘛。林纵横连连道歉。

于立秋回来时不声不响，林纵横也不说话。憋到下班，林纵横主动开口，明天手术按我的做？于立秋深沉地点头。林纵横又说，那你也得上。于立秋说纵横，别浪费时间了，赶紧去把患者家属全给叫来，事先沟通懂不懂？每个细节都要详细沟通。你方案虽好，可是较之于我的方案，你的风险系数也略高。林纵横说可是如果成功，患者可获痊愈，而你的会留尾巴。于立秋说此事无对错，所以我去征求韩老师和何老师意见。林纵横说下次咱俩屋里解决吧，不要总是劳烦前辈。于立秋说好，一言为定。次日手术阵容庞大，何无疆和韩心智都来坐镇了。林纵横说我背后就没大树可靠，王老师只做心脏手术。于立秋说风险高就得手艺高，涉及风险指数上升，我不能不搬救兵。林纵横说立秋，昨天是我不够周全。于立秋说我也火气太大，以后注意。

这个患者痊愈出院时，家属要给急救中心送块匾，怎么推辞都推不掉。这患者有个亲属是开镜子店的，制匾可以随便挑选款式以及字样。林纵横说立秋，为了表达我的歉意，我让他们在镜子上写上纯爷们三个字送给你。于立秋瞪着林纵横，那么大块镜子立在大堂，全体医患都可以整理仪容，你要这么搞，我只能认为你在变相腌臜我。林纵横笑说我没那么恶毒，我让他们不要写字，他们不干，我就让他们写上“医学神圣　救死扶伤”。于立秋说还真恶毒，这不是你这个节操杯的克隆版吗？林纵横说如果你有更好的，可以立刻更改。于立秋说这就是最好，就这么写吧，只是抬头要写急救中心全体人员，不要连带你和我。我可不想在这块镜子上名垂千古。林纵横说不垂白不垂，还有块小穿衣镜是给咱俩的，就搁这屋里。我让他们随便发挥，爱写啥就写啥，排名不分先后。于立秋说多余，女人才爱照镜子，搁护士长屋里吧。林纵横说立秋，其实你不懂我的心，我比女人还爱照镜子。青春时光我每天都要对镜贴花黄，谁说的男人就不能化妆了。这些年过得兵荒马乱的，我都没好好照过自己了。这镜子来了，我要可着劲地照。于立秋说纵横，青春期我从不照镜子，女人的眼神就是我的镜子，帅啊，其实我并不想长那么帅。谁说的性骚扰都是男对女，回想我被那些女花痴围追堵截的岁月，不堪回首。

林纵横晚上入睡极快，白天太累，挨着枕头就能睡着，睡到半夜猝然惊醒，开始回忆白天经手的所有手术和治疗，有时想完了还能立刻接着睡，有时就会睡不着，翻来覆去地想。项点心说遥想当年初婚时，你每天夜里都拿条皮尺，反复丈量我的三围。纵横，你就这么老了？林纵横说点心，我没老你也没老，是咱们的爱情老成亲情了。项点心幽幽问道，是不是左手拉右手呀？林纵横说那是普通人，咱们是干什么的，要有专业特色。点心，我跟你可不是左手右手，左手砍断了，右手还能活吧。可是心跟肝呢，心要病变肝必亡，肝若生癌心先死。心肝心肝，咱俩就是心和肝，谁都不能没有谁。项点心拱到林纵横怀里，心肝，你可别半夜回忆手术了，外科医生都是这么把自己给搞出失眠症的。林纵横说也是，王老师他们都有这毛病。没办法，出了事不得了，所以个个都是自己吓自己。项点心说咱比他们有优势，咱俩是同行，想不通了可以相互补充提示。林纵横说心肝，那样会搞到天亮的，快睡吧，我就这样搂着你共眠。

急救中心主任办公室就此太平，偶有争执，双方也都能心平气和协商解决，再没传出过异常声响。妇产科主任办公室迎来了激情燃烧的岁月，科主任和向医生也不知从什么时候开始，矢志不渝地将对方视如死敌，每天都要一决雌雄，再决高下，你死我活，狼烟滚滚。两人就连面子上的假和平都已无法伪装，遇到任何事情，科主任如果说向东，向医生必然要指着西方，以身作则冲锋陷阵，决胜千里不在话下。无可避免地，妇产科的所有医生护士都面临着向东还是向西的人生选择题。当兵的拼忠诚，当官的拼队伍，本来科主任在兵员数量以及兵器装备上都占有绝对优势，向东的队伍显得兵强马壮，而向西的人马总是稀稀拉拉的，就像杂牌军 PK 正规军，向医生的视死如归只有悲壮，没有战果，沙场秋点兵，白马啸西风，点得手指酸麻，啸得声带泣血，只是红了战袍，却攻不下阵地。

科主任死守阵地，守得脸色蜡黄声音嘶哑，眼中都是火焰，逢着机会就要倾诉，诉到收尾都不是诉了，而是呜咽。向医生很注重培养士气，每天打扮得光鲜亮丽，不急不躁，从不轻易诉说什么，而是瞄准了主攻对手才会迅猛出手，攻心为上。向医生花费好几个月，终于成功缴获了护士长的芳心，护士长以起义者的姿态背弃旧主，率领多个部下倒戈投诚。向东和向西就此局面大变，杂牌军以破竹之势，几乎就要全歼正规军于弹指之间。科主任所率残部就只剩下了几个医生，还都算不得死士，医生的思维总是无比冷静的，科主任的战前动员显得徒劳无功。向医生的队伍士气高涨，谈笑间，樯橹灰飞烟灭。科主任退无可退进无可进，困坐愁城白发如霜，连染头发都顾不上了。科主任不得不向领导求援，几位领导例行安慰，各有态度。院长很不客气，列举科主任多年来所作所为，就连站手术台时所说过的具有诋毁领导性质的玩笑话，都给扔到了桌面上。

第二十九章

科主任说我懂了，人家早就立志要取我而代之。这么多年了，从分到妇产科我就带着她和项点心，什么都教毫无保留。她和项点心争当副主任时天天晚上到我家，那时我才觉出这人欲望太大，所以我跟你们推荐的是项点心。现在我们全科室，也就剩下项点心还没跟着她跑。院长说，要论为人和医术，我对你心中有数，也信任多年了。可是作为科主任，你怎么就弄得全科室都在说你的不是，好事不出门坏事传千里。这个事啊，我和你都不能等闲视之了。我就一条底线，医院不能出事。你好好想想吧。科主任这次不哭了，反而笑了，院长，你说我某年某月某日收了某某患者的红包，收了某某患者的礼品，吃了患者家属的宴席，还接受过患者家属安排的旅游，我承认这些都是事实。可她也是同样啊，她是哪样都没落下过啊。院长说证据，给我证据，你要拿得出来，我为你主持公道。科主任说你的公道，我也要不起了。因为我从来就不会暗地里搜集这些个下三烂的东西。就从今天开始，我就只管我的患者，我不跟她斗了，我认输。我根本就不是她的对手，我在斗争中很痛苦很疲倦，只想赶快斗完，各就各位。她是越斗越开心，越斗越兴奋，她恨不得这辈子都活在斗争中。我搞斗争像喝毒药，她搞斗争是喝补药，是喝营养液。科室工作已经受到严重影响，医护人员无心向医，我这主任当得太失职。院长站起来，要跟科主任握手，科主任没伸手，她说我能理解你们所做出的一切决定。院长说不要悲观，也不用消沉，我们没有任何决定，好好工作。

斗争历来都是双方面甚至多方面的事业，如果斗争的双方，有一方弃械弃战，再也不肯接招，那么另一方要么就此休战，要么继续滋事挑衅，直至逼得对方捡起兵器，再度拼杀。向医生属于后者，她是天生的战斗家，没有斗争就没有寄托，情怀落寞无处安放。科主任的工作开始频频出错，有患者去找领导不时告状，与此同时，省市医保也查出了科主任的违规病历，寻常违规倒也不怕，罚款批评也就了事，问题是科主任的违规相对严重，涉及所谓病历造假，也就是说，这个患者所使用的医保卡，并非是患者本人的，而是借用他人医保在此住院治疗的。这个事情可大可小，科主任动用所有人脉关系，好不容易才算平息了事态。

科主任问项点心，点心，你可知道我现在最想待在哪里？项点心说手术室，因为工作可以令人忘记其他。科主任说是的，我不愿走进办公室，不愿面对那张脸。项点心说我要是你，我就看不见她。科主任说照这样子，我很快就得搬到医生办公室了。项点心说领导让你搬你就搬，没人让你搬你就稳稳坐着。这都几年了，不是也没能撵走你吗？你看看手术室，再看看全医院，不还都是老样子吗，大家对你有什么变化吗？科主任说我是妇产科主任，妇产科没一个自己人了。项点心说自己人千金难买，你没有，她也没有。她有多少好处能给别人的，没好处就没人。短期倒是蹦得高，长期那么蹦，她不累，别人还累呢。科主任说点心，没少难为你吧？项点心说哪里，对我好得不得了。科主任说你要是我，你怎么做？项点心说什么也不做，都让她做。她能做的都已经做过了，做事也是有代价的。害人这回事，常常比帮人还要舍得下本，她还有多少本钱可以下的。科主任说我只知道，她要我的位置，不坐这个位置誓不罢休。项点心笑得抱住肚子，咱们是公立医院，不是江湖武林，可以杀人灭口争当霸主。借她十个胆子，你看看她敢不敢再往大处做？真做大了医院也受牵连，医院有半丝损失，院长都不会让她得偿所愿。科主任说省市医保她都闹腾过了，我知道都是她干的。

项点心说所以呀，省市医保这个事，只会让领导对她反感，因为医院也多少受了牵连。就算撤了你，院长也不会那么窝囊，就这么把个科主任的位置送给她坐。你当院长是面捏的？你当医院是个人开的？跟你斗了这些年，她不是照样也没扶正吗。就让她副着吧，副的日子长着呢。科主任说点心，谢谢你。项点心说别谢，我是帮理不帮人，帮公不帮私。医院是治病的地方，谁守医学，我就跟着谁。再说你是我老师，我是跟你学的医术。就这几年，你是边行医边斗争，斗得再激烈，你也是公字第一，从没亏待过患者。她是早就扔掉了医字，只剩下个斗字。大家都有眼睛，眼睛都会平视，也都会往上头看。当你不相信人性了，那就相信天意，要是连天意都不信了，那你要相信时间。时间比人还会说话，并且永不撒谎。

科主任眼里再也没了东方西方，原本西方的人马，她统一看作是妇产科的同事，原先怎么对待，现在就怎么对待。科主任是正职，科里头大小事情都要过手，尤其涉及钱进钱出的，她不签字就不能落实。向医生落尽心思要争到手的，说白了也就是个签字权。护士长几次找科主任签字，科主任都很痛快，行家对行家，要是拿起单子细看，总归都是有破绽的。科主任选择不看，看也不看就给签字。护士长说主任，晚上有空咱们聚聚？科主任说有空，就等着你约我呢。护士长说那还叫不叫别人？科主任说你要叫就叫，我没人叫。护士长说那就咱姐俩吧？科主任说就咱姐俩。姐俩聚了几次，聚得两个人成功化身为老歌曲中的两张旧船票，重又登上了彼此的客船。护士长就不怎么有立场了，表面上对科主任和向医生同样亲热，暗地里却率领队伍再次倒戈，投向了科主任的怀抱。护士长手里攥的都是护士，护士都很年轻，二十出头的年纪，很容易跟风，模仿力超强。于是整个护士站也都变了风向，向医生有时候指挥护士时，护士会说这事得跟我们护士长打个招呼哦。向医生对那几个医生，原本就不怎么拿得住，医生都比护士年长，不喜欢临摹任何人，他们的工作风格比地产商还要狠还要酷。地产商的格言是地段，地段，还是地段；医生的理念是理性，理性，只有理性。当理性成为惯性，医生才是合格的医生。妇产科这几个医生都比较合格，也就比较死心眼，胸无大志目光短浅，只看得见眼下谁说了算，看不到在那遥远的未来，还矗立着一根美轮美奂的标杆。

向医生不肯服雌，科主任不肯开战，怎么挑逗都不接招。向医生破釜沉舟，科主任遭到举报，举报人是某个患者的家属，这家属似乎很喜欢送礼，送礼送红包，送了好几次。科主任警惕性极高，只收吃货不收红包，患者家属就硬给她塞到白大褂口袋里了。当时科主任刚给人做过妇科检查，两手戴着手套，根本无法拒绝。过后再找患者家属退款，找了几次没找到，也就算了。等到患者康复出院，这家属直接越过医院，把这事给告到了市里的卫生督察及医疗纠风部门，有图有真相，所有证据板上钉钉，确凿如铁。科主任对前来调查的人员陈述，用我的命跟你们发誓，我没有索要红包，是他硬要给的。你们调查过的医生也不会少，现在还有哪个医生敢索要红包的。调查人员说，所以此事性质较为恶劣。科主任说这是一面之词，我要求跟他对质。调查人员说你应该立即交出此事所有违规所得，等候处理。科主任就问，你们按惯例都是怎样处理的？调查人员说性质以及具体金额。

科主任收的红包是两千元，她在退还时经过慎重掂量，将金额处理成五千元了。交两千还是交五千，她咨询了好几个同学，有个就在纠风办工作的同学对她说，事到如今，只能加码。两千元是他们精心算准的数字，这个数字按照惯例只能扳倒你，而不至于连累医院。反正你的位置是绝对保不住了。与其自己倒下，不如拉上医院，不然搞你的人必然就此上位。让你们院长跟着露露脸，扬扬名，看他怎么办。科主任说帮我弄清楚这患者的来头。同学说这还用弄？我见得多了。这事从开始就是个圈套，这患者就是奔着你来的。副职搞正职的，学生搞老师的，我们早已屡见不鲜。科主任咬牙切齿，那我就交一万。同学说万万不可，那性质可就变了。你就听我的吧，这边我也会尽力。科主任交出五千元时，调查人员什么也没多问，她就知道同学已经插手。此事的处理结果异常迅速，科主任就地免职，医院遭到行业通报批评，院长的名字也跟着上了通报。

院长觉得不对，命令手下找出此前所有类似通报，翻看半天，知道自己是创了新高了，其他医院的院长就没有享受过这种待遇规格。院长没有老同学可找，周科长有。周科长说老兄，我同学给咱们排查清楚了。咱们妇科主任倒贴三千元，就要买你跟着连坐。院长说她这辈子都是个实在人，这回真是被逼疯了。周科长说都知道我跟你私交深厚，人家向副主任已经找过我多次，熟得都跟我老婆姐妹相称了。院长说你又不在班子，连你都不放过，这是志在必得啊。周科长说老兄，妇产科几十年风调雨顺，咱们妇科主任功不可没。本来也没两年就要退休了，怎么就这么等不得？咱俩为什么私交深厚，那是多年公交做的底子。没公交哪来的私交，你说呢？院长说我还能说什么，独裁独断的名声很不好。

开小会时，就妇产科主任人选事宜，院长力排众议，坚持要给妇产科输入新血，硬是从放射科调整了一个副主任过去接任。院长说不懂业务？谁说咱们放射科陈副主任不懂妇科业务？她年轻时在妇产科整整工作过三年，我那时还是胸外科主任，你们大多还没来这里呢。院长说到这一步，仍然有人说话，不遗余力建议就地提拔。院长说我已经跟陈副主任谈过话了，她完全可以胜任妇产科主任之职。现在会议讲究精简，时间紧张，咱们进入下一项吧。

陈主任的任命通知下发后，科主任搬到医生办公室，陈主任坐到了向医生对面。陈主任是个不冷不热的人，对向医生的热乎高度免疫，向医生告诉陈主任诸多科里的新闻和旧闻，陈主任听了都是笑，从不接话。陈主任刚来，没什么患者，科主任给她介绍了不少患者，两人年轻时都在妇产科共事，有时老话重提，很能找到共鸣。妇产科的患者，就属科主任和项点心居多，其他医生也有自己相对稳定的患者群。向医生由于多年忙于人事，手上功夫早已废掉大半，患者少得可怜，比月圆之夜的星星还要难得一见。

项点心对于向医生的深夜造访，意外至极。向医生给老人孩子都带了礼物，极为贴心周到。向医生拉着项点心的手不松，比久别重逢还亲，林纵横端茶倒水之后，也破例坐下了。平时家里来了医院的女同事找项点心，林纵横都会回避，毕竟妇科专业太过于隐私，他不走开，人家就不好进行深度探讨。寒暄过后，向医生说点心，我想跟你并组，咱俩合成一个组，你觉得如何？项点心说你多年都是自己带个助手单干，我没助手就自己干，干得好好的。我已经习惯自己干杂活，还是不要并了。林纵横说向医生，据可靠消息，你们陈主任已经跟医院提出要人，项点心很快会有助手。你们俩职称资历都一样，要是并组，那不就成了项点心给你当助手？向医生说不能这么说，并组就是共同工作，根据时间安排各自干什么，是完全平等的。林纵横说全医院所有科室的分组，都是以上级医生为主，下面配备助手。主次分得很清楚，一个组就一个人当家。你跟点心没法并组，还是各干各的吧。向医生说点心，我已经跟陈主任说过这个事了，她不反对。项点心笑眯眯的，可我知道，她也不会说赞成。陈主任历来尊重医生的自主权利。向医生说林主任，你也是领导层的，你得多开导点心，凡事要往长远看。陈主任还有一年零八个月不到，眨眼的事。林纵横说向主任，我们俩都是鼠目寸光，看不远也看不长。项点心埋头医学多年，今时今日不用给任何人当助手，我鼓励她宁可单干，也要干好。我也是单干多年过来的，多干点活不要紧。

林纵横和项点心送向医生进电梯，电梯门刚关上，项点心就说，抢不到权力就抢患者，想得真美。想让我给她打下手，我所有患者都成了她名下的。我干活她得好处，也真是敢想敢为啊。林纵横说这种人再也不要过口，说她都是多余。项点心说也怪可怜，那天陈主任来接任，她最热情周到。可是我去洗手间，听见她在里头哭。林纵横说，点心务必牢记，离她远点，有多远离多远。这种人永远不会消停，他们比癌细胞还要疯狂猖獗。项点心说，传说科主任最后是自杀式袭击，才没让她如愿。林纵横说公道这东西，不管怎么得来，终究也还算是公道。这个结局已经不错，至少她没得手。至于未来，她这种人上去多少，好人就会倒下多少。所以你对她既要远离，更要抵制，不能只是忍让。你退半尺她进一丈，不能退，寸土必争。项点心说可是等陈主任退休呢，她要是接了班，我日子不会好过。林纵横说这个世界，每天都有奇迹，每天都有公道。你有医术傍身，哪里都能立足。我就不相信未来会属于他们，因为未来总是要比今天更好的。

林纵横和项点心在科室都是当牛做马的，干活从不惜力。回家就不行了，进了家门双双沦丧为不孝子，吃饭吃现成的，穿衣每天都换，却从来就不会使用洗衣机。林纵横的父母包揽所有家务，连带接送两个孩子，什么活都给干完了。项点心从来就不太懂得人脉资源的打理和养护，只得采用人间最笨的方式来处理跟公婆的关系。最笨的方式就是遵守诺言，将老人视如亲生父母。几年过去，项点心混成了少奶奶的待遇，就连胸罩和内裤都不用手洗了，都是林纵横母亲给她洗的。林纵横说这要传出去，你就是虐待乡下公婆。项点心说这算什么，我连她的命都能要来，还让她给得心甘情愿，不信你听着。项点心就问婆婆，妈妈，咱俩要是都掉河里，你儿应该先救谁？婆婆说救你，他要救我我就不认他了。因为你能陪他一辈子，我可陪不到头。林纵横说妈你真傻，我还可以再娶。林纵横的母亲说那倒也是，可你再也娶不到这么好的了。我就愿意淹死，只要点心能活。

项点心得意扬扬，纵横，你混得还不如我呢。你要掉河里，你得自己游上来，我首先要救孩子，然后救父母。你要淹死了，我让他们四个人相依为命，我去跳广场舞，找找余热。林纵横说小人与女子最爱记仇，我就说过那么一次，你动不动就要报复。项点心说全世界就你们几个人不会对我记仇，我不报复你们我报复谁。林纵横说门里老虎门外羊，有本事你颠倒过来。项点心说脑残才颠倒，那样会被报复得体无完肤。

林连天和项江东上小学时，林纵横的父母提出回家。老人说，学校就在家门口，几步就到。我们还是回去吧。项点心说区区小县，暖气都没有，哪有丹青好。真就那么想家？难道这里不是家？难道林纵横不及老二孝顺？难道我没有弟妹好？林纵横的父亲说你们俩最好，没人能好过你们去。我们也不想家，在这里闲了没事到处逛逛，日子美着呢。就是这三代同堂早就过时了，现在都讲究私密空间，我们俩总不走，你们连个私密空间都没有。林纵横说就跟我到底吧，别走了。这里生活条件和医疗条件都比老家强太多，当年接你们来跟着我住别墅，你们嫌我没老婆没孩子，外加着整天瞎跑，也不能陪着你们。咱住别墅倒是怪有私密空间的，可你们没住满月就走了。现在多好，私密空间人多房小，多私密啊。项点心说就是，我就喜欢三代同堂，回到家里有老有小，我特别有成就感。天涯骨肉多惨呀，再惦记也看不到摸不到的。别跟我们分开，就在丹青养老吧。我们俩养得起你们，养老送终养到底。往后没事就多到公园广场锻炼身体，也让我多当几年少奶奶。等你们干不动了，我再伺候你们。林纵横的父母面面相觑，犹豫不定。

次日早饭桌上，项点心说爸爸妈妈，你们夜里听到哭声没有？老人摇头，没有呀。项点心说也难怪听不见，捂被窝里哭的。你们看看纵横的眼睛，都哭肿了，舍不得你们走啊。老人就看林纵横，林纵横的眼皮又青又红，还明显带着瘀肿。林纵横说你们要是走了，我这样得哭上个一年半载的。项点心对两个孩子说，给爷爷奶奶唱歌，预备，开始。于是童音响起，绕梁不绝，老人扛不住那首歌的古老旋律，世上只有妈妈好，没妈的孩子像根草。两个老人当场败北，此后再也没提过走字。

林纵横到了办公室，对着镜子照来照去，于立秋递给他碘伏和棉签，纵横快抹抹，让人看见了，还以为是被老婆给咬伤的。林纵横说凶手就是她，不过不是咬的，是掐的。心太毒，她不舍得掐自己，就让我当道具。讲完了来龙去脉，于立秋感叹，就这种手段和演技，你家点心影后级别的。普通演员得用道具，影帝影后可都是拿活人当道具使。林纵横说可不是，专业手法啊，掐的时候还问我，用不用搞出点紫色瘀斑。我拒绝了，不然一礼拜下不去。于立秋问，真不烦？林纵横说真不烦。于立秋说不是你，自己的爹妈你当然不烦，我是说点心，她真不烦？林纵横说真不烦。家里名义上姓林，事实上姓项，都听她的号令。我妈就连做姑娘时跟谁对过眼神，都跟她说，连我都不知道。我爹的私房钱攒了多少，都告诉她了，还不让她跟我妈和我说。于立秋不明白，项点心如此风范，怎么在医院就啥也没混上呢。林纵横说患者无数，还不算成功？于立秋说正是。纵横，我提醒你呀，项点心医术和名声眼瞅着在往上蹿，你可别让人说你还不如老婆有才。林纵横说，那就反了她了，我决不允许这样的悲剧发生。

林纵横的父母就这么铁了心，把丹青当作了归老之地，两人抽闲去给自己看了墓地，看得上的都太贵，不那么贵的又相不中。项点心自告奋勇，要给他们做工作。林纵横说不准，这可不是别的事。乡下老人最重视墓地，墓地就是信仰，你可以摧毁肉体，你有本事摧毁信仰吗？项点心说有那么严重？林纵横深深点头，很多老人活得像鬼，所以死后就要体面些。项点心说世间所有生命体都一样，猪死羊死是个死，人死也是死。人死如灯灭，没有灵魂，也没有轮回。林纵横说他们没有上过医科大学，他们坚信躺在坟墓里也能收到子孙烧去的巨额金钱，并且还可以跟隔壁坟墓里的鬼魂继续攀比。项点心说可是那么贵，比活人住的还要贵。林纵横说点心，吐钱吧，贵也得买，不然越来越贵。你要不买，他们还是会走，你别让我真变成一根草。再说我弟妹人也不错，就是太抠，我不舍得他们回去。项点心说我更抠，周末叫上我姨我姑，咱们去墓地搞团购去，她们买把青菜都能顺棵大葱，让她们杀过了价咱再交钱。

买过墓地之后，项点心每个夜晚都要数钱，把家里所有现金以及银行卡余额反复清点，纵横，每月房贷以及六口人的所有开支，这数可是不小啊；纵横，孩子越长越大，教育经费储备要加强啊；纵横，爸妈要是病了，搞不好就得花大钱了，我说咱干脆周末窝家里吧，省钱。你老是率领全家出去玩，吃喝门票加上油费，全年如按五十次计算，你知道价值多少吗？林纵横捂住耳朵，点心，你干脆让全家都练辟谷神功吧，不吃饭，只喝水就能活。项点心说都赖你，当初生孩子要是就一个，我就不用这么算计了。林纵横说那就卖一个留一个，男孩子比女孩子要贵两倍不止，卖掉老大拉升存款额度，行不行？项点心笑说，养大了再卖，他要有本事，我不愁收不回成本。

第三十章

林纵横心事重重，中午也不午休了，吃了午饭就到荷塘坐着去，坐到上班再回办公室。于立秋问，我已习惯午休醒来，看见你还在沙发上打鼾。两只沙发总空一只，你去妇产科午休了？林纵横说没有，我到荷塘透透气。于立秋说有事？我听王老师说，那个荷塘就是你的心灵墓地，你在那里多次死而复生。林纵横说我在荷塘练算术，满脑子都是数字。于立秋说我也总练算术，家家有本难念的经。林纵横说我家不同，相当于藏经阁，都是经。我妹夫生了肿瘤，肝癌晚期，你看看。林纵横把手机图片放大，于立秋举到眼前细看，纵横，最多三个月。林纵横说看片子大概三个月，可他精神崩溃，两个月都难撑过去。还治疗什么？要是每天花上万元药费，也许能拖个半年，可那种拖法生不如死。他的命没那么贵，就这俩月，还是跟老婆孩子多待待吧。我爸我妈都不知道，不敢跟他们说。我妹全家四口人，都指着妹夫挣钱养家，这下子家底全干了。再往后，我跟项点心肩膀上，又多出来三口人要扛着。我妹结婚早，孩子就快上大学了，学习都不错，我得供到大学毕业。于立秋说贫富贵贱平时最能蛊惑人心，可生命中真正的王牌是什么？是癌细胞。没有什么比癌细胞更具有无敌杀伤力，它杀的都不是个体生命，而是全家族的整体命运。林纵横说可是太多人为抢夺利益费尽心力，他们已经忘记健康也如储蓄，总是透支，最终哪有不结账的。

于立秋说我相信你妹夫并非这种情况。林纵横说他是体力劳动者，没补药没补品，也没有任何养生概念，干活比驴还狠，能吃能喝能睡，就是心事重，总想多挣点。癌细胞最为青睐心思悲苦的人，心若达观，也能防癌。于立秋说咱们这代人，凡是念书出来的，都是家里的顶梁柱。再难也得扛着全家。你还算命好呢，至少点心家里没什么事。我跟你嫂子就得管两大家人。林纵横说岳父岳母的房款到现在我都还不了，老人倒是不让我还，可我心里总欠着他们的。

林纵横请了几天假，独自上山赴约去了。这个约，是四百多年前的思无邪跟他约定的。而今思无邪的头骨还在山上等着他，等着他按照双方约定的时间前去埋葬，林纵横不能不去。他从来就是个守约的人，跟活人的约定他都守了，跟死人的约定，就更不会忘记和辜负。当初在山上的寺庙守荷塘，林纵横在塘底烂泥里头刨出块石碑，这块石碑贯穿千年，上头刻着三个人的人生，和那些朝代的风霜与隐秘。隋代的栋梁梦断法场，临死也没能魂归故乡，只因为站错了队伍，跟错了主子，林纵横极为喜爱他的文采与抱负；元代的重臣亡命深山，遗恨无穷，只为着党争之祸，朝纲溃烂，林纵横很是佩服这人的韬略与气度。这两个人个性迥异，官职悬殊，却都怀着治国安邦的赤胆忠心。林纵横对他们充满同情，也极为欣赏，所以他留下了他们的碑刻，丝毫未予毁坏。至于明代的思无邪，他留言是留在赑屃肚子上的，由于身怀超人武功，手上力道太大，他的留言刻得极深，虽然字写得不怎么样，但是笔笔都有半寸深浅。林纵横把思无邪的留言全部打磨殆尽，足足用了半个多月，磨掉字迹之后，赑屃的肚子瘪了好大一个坑，搞得那块碑只能躺着，都站立不成了。思无邪这个名字，当然不是真名，林纵横懂得武林的规矩，那里不流行真名，流行的都是大号，以号代名更显威风，比如金镖鸳鸯和浪里白条之类的。思无邪可不是为了成名才叫思无邪的，人家是个锦衣卫，身份特殊，工作期间就已习惯使用代号，逃亡深山更是为了忘记自己是谁，故而至死不露真名也是合情合理的。

思无邪的留言共计分为三个板块，按照字迹的大小和段落，层层递进，句句煽情。他煽情都是闷煽，是那种闷骚格调的压抑式抒情手法。闷骚也是骚，闷煽也是情，林纵横平生最为忍受不了的就是闷骚，闷到极致是狂野。林纵横从没遇见过比自己更闷也更狂的同类，所以他没法拒绝思无邪的殷殷嘱托。思无邪的留言，第一板块字体最大，简明扼要阐述了思无邪的平生。主要强调自己无论置身何处，始终心向正义与光明。第二板块字体稍小，主要是套近乎的，由于他无法知道这块碑会在什么时代，被什么样的人所得到，所以这个板块的文风比较口语化，而不像第一个板块那样，行文风格如同公文，高德厚仁光照万世。思无邪很会搞关系，生前身后都能收拢人心，林纵横看第一板块时还在冷笑，看了第二板块就笑不出来了，因为思无邪在第二板块的开篇就写到，我知道你就快要笑死了，因为要论公文，我是写不过前头的栋梁和重臣的。但是我比他们会说人话，小兄弟，好好往下看人话。林纵横面碑而问，你怎么知道我是小兄弟？人家思无邪用人话答疑解惑，此山地处偏远，风光寻常，那些文人骚客是不会看上这里的；此寺幽深无比，香火凋敝，哪个好人会到这里来出家？必是对红尘厌恶至极者。青年男子如是，必因男女之情，男女之情岂能靠面佛而断绝之？所以他们是没有静气静心的，也就没有闲情下塘玩泥巴，可以排除他们吧？至于老年男人，他们早已心死如灰，身衰体弱，这口荷塘水寒彻骨，他们要是想死早就在红尘自杀了，还来这里干吗？可以排除之。那就只有三四十岁的壮年男子了，所以你只能是个小兄弟，我说的对不对？林纵横当场连呼，对，对，对。

接下来的留言，思无邪在每个段落开篇，都是先写称呼，小兄弟。他说小兄弟，我估计你比我至少年轻十岁八岁的，要不你不可能把这块碑从塘底给弄出来，力气和好奇心，缺一不可。女人的好奇心二十岁就快死光了，男人到四十岁最盛。你应当没练过武，因为武人大多刚烈且无文字功夫，你能看下来，说明你是个读书人。书生能有如此体能，应该也就是三十几岁，愚兄所言然也？林纵横失声叫道，思先生，不不，思老兄，千古知音啊，小弟我这辈子都没遇见过比我更聪明也更失败的人，你可真是双绝啊。思无邪仿佛算准了林纵横看到这里，会怎么想怎么做怎么说，所以柔情万丈地对林纵横继续落蛊，小兄弟，有好奇心的男人才会成功，你好奇心如此炽烈，必然与愚兄同样，在红尘中获得过巨大成就。而成就若毁，不外两种情况，一是成就来自罪恶，如是，你已失去自由甚至生命，是不可能至此寻求解脱的。那就只有一样，你是遭人陷害，才会沦落至此，是吗，小兄弟？你不要哭，继续往下看。林纵横抹把眼泪，将视线投向第三个板块。

第三个板块的字体，简直小得不像话，就跟芝麻粒那么小。思无邪终于出错了，大概是为了保证板块内容不受影响，他还特地搞了个序言，序言开篇缠绵火热，小兄弟，要说的话儿太多，只恨写字的地儿太小，我不能不往小处写啊，你去找个火折子来看，愚兄不想让你太费眼神。我知道运碑和读碑都只能在深夜，白天没法干这种事。林纵横破涕为笑，掏出手机打开电筒，他说无邪大哥，你虽然精通多门学科，可你怎么也不会知道火折子早已被科技所取代。思无邪发出感叹，小兄弟你是书生，而书生又怎能无惧于满塘白骨呢，所以你能看到这里，愚兄认定，你我同样，皆英雄也。自古英雄寂寞，真英雄总是最寂寞。但我真是爱煞了寂寞，我平生最讨厌崇拜和欢呼，我就想结交个真英雄，引为兄弟知己。人若知心，隔着多少光阴算什么，人生最怕面对面的假情假意。你愿意认我为兄吗？林纵横虔诚呼唤大哥，无邪大哥，我是个常人，你才是英雄，但是我们都如这口荷塘般寂寞。你我都是用刀的人，你用大刀杀人，我用小刀救人，但是你的刀工，真让我五体投地。没有人可以用刀锋写出这么小的字体，大哥的刀法惊天地泣鬼神啊。林纵横趴在地上，眼贴石碑才能看得见思无邪的倾诉。这个压轴板块很是了得，思无邪全是以兄弟相称，以问号结束。

他说小兄弟，我平生杀人共计两千多个，其中好人坏人各占三成，不好不坏者约有四成。我的职业就是杀人，凡是危及我大明江山社稷者，我是天涯海角也要追踪而至，不杀不快，格杀勿论。我们拼命杀人，我大明仍然颓势日显，难逃覆灭之运。吾皇也算勤政爱民，朝臣也算尽职尽忠，然而国力艰难，苍生苦寒，天下人都说是我们祸国殃民。大明至此，果真是毁于我们之手吗？林纵横回答，史书似乎就是这么个结论，虽然改朝换代历来涉及多种因素，但是时至今日，天下人大多认为明朝亡于宦官之祸，而你们更是罪无可恕。

思无邪又问话了。他说我本江湖中人，啸傲山野自在快活，后因偶然机遇，得以入朝为官。我为官可不是图威风图官职，我就想用我这把刀，给我大明王朝杀出个江山永驻，给我大明百姓杀出个安居乐业。所以我杀人从不皱眉，就连昔日江湖故交，凡有反心者，我悉数忍痛诛杀之。江湖帮派恨我入骨，多次派人刺杀我，皆败之。为何？只因我武功太高，至今未逢对手。可惜杀人多年，也没能杀出个国泰民安，也没能杀出个天下太平。我厌倦了，既然杀不杀人都是如此，那我又何必天天杀人。我提出换个位置，我要就此封刀，我不想再杀人了。万没想到，我竟因此而遭到同行追杀，每次杀死昔日的同行与兄弟，我心中泣血，他们竟是这般无情？那么我从前所杀，又有多少无辜枉死者？又有多少不该死的好人，就那么被我一刀毙命。小兄弟你说，我是不是很该死？

林纵横答不上来，只能接着往下看。思无邪就像知道自己不会听到答案似的，于是搞了个自问自答的模式。他的回答极为铿锵，我是个该死的人。我必须死。纵然同行和江湖帮派都不再追杀我，我也无法放过我自己。我决定就在这口荷塘自尽。不如此，我就不是我了。可是临死之前我还要杀人，这是我的宿命。他们全是当今世间的一流高手，数十人联手与我死战。而我已身中多种奇毒，有同行之毒，也有江湖门派之奇异毒术。我把他们全给杀了，都是一刀穿心，掷尸塘底。他们都是全尸，你不必理会。我是断头而死，你要收殓我的遗骨，很容易辨认，我的骨头五彩斑斓，绚烂如花，这就是毒药。至于我的刀，就让它在塘底朽烂吧，我此生用刀，却从没用过好刀，顶级刀手就是用木刀竹刀，也可以瞬间杀人。是人，不是刀。思无邪接着交代了自己的职务和编号，林纵横用手机查询搜索，原来思无邪的职务在大明王朝，最多也就相当于个处级干部，还是个副处级，连正处级都没当上。林纵横就说浴血多年出生入死，武功盖世无人堪敌，怎么官职这么小？我看你也不太会混，你是不是觉得怀才不遇？这个问题，林纵横没有得到答案。思无邪在最后一段写道，小兄弟，此刻残阳似火，河山壮美，而我即将挥刀断头。大明迟早将亡，苍生必遭战乱，我不想看见那样的天下。我心中无怨无悔，我只想知道你是谁，只想知道你的人生，将会属于哪样的时代。人生从无回头，时代也是同样。我祝愿你的人生比我强，我祝愿你的时代将会是民心所向，国泰民安。

林纵横说无邪大哥，你很有远见。我是林纵横，距你的明王朝已经四百余年。我也用刀，只不过我的刀是用来救人的，而不是杀人。我这个时代再也不是谁家天下，而是万众的天下。我们每个人都吃得起肉，喝得起酒，也穿得起绸缎，这样是不是就算是风调雨顺花好月圆？我们没有战争也没有饥饿，我们正在努力向前，每天都在向前。我们最为渴望的是公正与公平，我们最为憎恨的是不公与掠夺。我们为此而奋进，为此而拼搏。

我们用血汗铺就未来，我相信我们的未来，会比今天更好，因为我们的历史经历过太多的苦难与鲜血，我们更懂得珍惜与珍重。珍惜每滴血汗，珍重每寸时光。我会按你所嘱，将你遗骨收殓，安葬于指定地点，你可以放心。

埋骨之地，是思无邪亲自指定的，位于此山最高峰的一处峭壁之上。思无邪说我要山葬，我要风葬。就在那块岩石中央，有一道裂痕，等到十年之后，待我遗骨百毒尽消，回复本色，你就将我所有骨头装个坛子，塞进那道裂痕。我身中奇毒多种，这些毒不怕水，只怕光，从见光那日起，十年光阴方可还我本色。沧海桑田万万年，那块岩石也将永存，我喜欢山风，你就让我在那道裂痕中吹风吧。小兄弟，愚兄不让你白干，我有绝世至宝相赠，你得此宝，将会叱咤风云得偿所愿。你我如此相逢，实乃人间奇缘。兄不负你，你莫负兄。林纵横说大哥学识有限，那道裂痕叫作节理，距今几十亿年。倒是怪会挑地方的，那地方据我来看，再有几百年也不会被开发，因为模样不够搞旅游，也无任何矿脉供人发财，所以毫无开发价值。大哥，我答应你了。十年之后，我将你遗骨送入节理。

这个十年之约，思无邪始终都在坛子里等待着。而林纵横，先是用盐酸漂白了思无邪的头骨，漂白之后觉得很不自然，就放弃了化学手法，没再对他的全身骨头进行漂白。林纵横下山时，以医学的名义，将那口坛子光明正大地搁在了自己屋里，敞着坛口接受光照。本来那个屋子就没人愿意来住，再加上那口坛子，思无邪的日子清净无比。下山之后，林纵横忙工作忙家庭，娶妻生子辛勤劳作，欢喜伤悲甘苦自知。当中也上过山，都是为私立医院进藕根，他曾俯身细看坛中骨殖，思无邪的骨头虽然花色褪尽，但是仍然荧光闪闪，林纵横就说我的妈，无邪大哥你们科技不行，下毒可真凶狠。你接着睡，等我哦。

林纵横这次上山，项点心千叮咛万嘱咐，纵横，要是岩石裂缝里都是金银珠宝，你可别坐飞机火车了，过安检会被发现。你就包辆车回来，日夜兼程往家赶。林纵横说你不了解无邪大哥，他是个胸怀天下的人，这种人都看不起金银财宝，不会是那些东西。项点心说那是什么？林纵横说我从不瞎猜，他说是宝就是宝。跟王惊雷辞行时，林纵横说老师等我，回来给你换辆好车。王惊雷说鬼话你也信？我就不信你能得宝。林纵横说总被人话欺骗，信信鬼话又何妨？跟于立秋道别时，林纵横说立秋，咱们苟富贵，勿相忘。于立秋说你是上山还是去大泽乡？你不是要去见见众位和尚朋友吗？林纵横悻悻地，就是，去见老朋友，想得要命。

埋骨活动可真够要命的，林纵横是在半夜两点开始行动的，摸黑爬到山顶的断崖，往崖头老树上绑紧了专业登山绳索，然后背着坛子向下降落。这个坛子上头是刻了字的，林纵横用手术刀刻下的字，先是思无邪的名字以及生卒年，最后一行字，林纵横写道：此于公元 2016 年，岁末。林纵横负重下行极为艰辛，好不容易追降到位，林纵横嘴叼手电筒，将那道裂痕照了个遍。这道裂痕很有意思，如从山下仰望，由于角度限制，只能够望得见浅浅的一道裂纹。只有舍命爬到近前，才知道这道裂痕暗藏玄机，内里斜斜向下，空间极为舒展，几乎可容下一个成年人半躺半卧。思无邪是个言而有信的人，裂痕最里头果真立着个小坛子，坛子上头也是镂了字的：绝世至宝，祭我江山。林纵横用大坛子换出了小坛子，步步寸移攀到山顶。此刻月光如昼，整个山顶如在月中，林纵横揽月长啸，壮怀激烈。他说月亮啊，我不贪心，也不用太多，够我还清房贷，再买套养老房就成了。手舞足蹈过后，林纵横挪步到崖边趴下了，悬空伸头低语道别，无邪大哥，我要走了。青山不老大河滔滔，苍烟落照水调歌头，而那疾风烈马，正在呼啸而来，那是你。你越来越近，掌中大刀血光灿烂，而你的脸上没有岁月，只有寂寞。你看见我了，却停不下来，你比风还要快，转眼就没有了。

这是我的梦，我总爱做这个梦，总也做不完这个梦。大哥保重，你就好好吹风吧，这里都是风，也只有风。你就是风，来去如风，无处不在。

林纵横上山是独行，下山时多了个伴，他带走了当年那个小僧人。小僧人个子比他还高，说话做事却极为稚气。小僧人不断催促，走吧走吧，这口荷塘有什么好看的？为何你早也看晚也看，总在看它？林纵横说看尽三生繁华，不过半朵荷花。小僧人吃惊，怎么只有半朵？林纵横回答，能剩半朵，已是人中之人。许多人连片叶子都留不住，都被繁华啃光了。我跟这口荷塘缘结千年，你们跟它白白相逢，谁也不认识谁。小僧人说认识它干吗，还不如认识你有用。我听说山下坏人很多？林纵横说，他们再多，也没有好人多。好人从数量质量上，都占有绝对优势。小僧人问，那我要是被坏人伤害，我是不是应该忍他让他不理他？林纵横说不，你必须选择还手。时光有情也无情，我们不能空等因果，我们要创造因果。小僧人又问护工这个活好干吗？每月给我多少工资？林纵横说要干好很不容易，吃苦耐脏还要懂得基础常识，我会教你。你要干得好，工资超乎你想象。小僧人欢呼，我要多挣钱，我要像你一样娶媳妇。林纵横说当然，你会美梦成真。

回到丹青，顾不得征尘满身，林纵横连夜召开小规模鉴宝聚会。王惊雷和何无疆最早到，韩心智和于立秋晚了半个多小时，于立秋进门就道歉，纵横，我拉着韩老师，先拐到机场，给赵阿姨办理登机手续，送她进闸，回来幸亏没堵车。林纵横说她带给我什么话？于立秋说她很不满，因为你没送她。她要你半年后的某月某日，去机场接她的国际航班去。林纵横笑说微臣领旨了。项点心小心翼翼地从包里掏出那个小坛子，屏气凝神揭开盖子，何无疆说点心，这坛子也算古董？跟我小时候腌咸菜豆酱的坛子一个样，卖不上价。里头是什么？快拿出来让我们开开眼。项点心从中抽出卷巴掌大小的小册子，这册子是皮质的，保存完好，图文并茂，只是边角斑驳，沁着锈迹。林纵横举册介绍，各位老师，这是我无邪大哥毕生心血，此册名为无邪刀谱，册中内容毫无花哨，只重实战。得此刀谱者，只需两年便可成就绝世刀法。都知道东方不败和葵花宝典吧？咱比它无敌，也比它仁慈，练无邪刀谱不用自宫，所以当年引无数英雄舍命狂抢，都想成为绝顶高手。王惊雷幸灾乐祸，纵横，你就好好练两年呗，练成了想办法穿越到冷兵器时代去，试问天下谁敌手？韩心智问道，纵横，这本刀谱当年也确实可谓绝世至宝，无邪先生重承诺守信义，真英雄也。只是时光改变一切，我想请问，这本刀谱目前价值几何？林纵横说咱们太平天下，习武不再是为了杀人。当今武术重搏击也重健体，还有些人练武只重花式和好看，以便于演出和成名。我找人估过价，真英雄千古寂寞，这本册子最高只值千元。我不卖它，朋友遗物自当珍藏。

于立秋说纵横，那么苟富贵，勿相忘呢？你承诺我的国际名牌西装呢？你不是要让我重温潘安旧梦吗？林纵横说立秋，你好脑残哦。我无邪大哥什么人？他是最懂得自己也最懂得时光的侠之隐者，你当他那双眼睛，就连这区区几百年都看不穿看不透？林纵横缓缓捧起桌上那个坛子，何老师，你就那么舍得？你让我用个紫金坛子来腌酱菜？何无疆愣片刻，开口道，至此，我对无邪先生致以崇高敬意。他怕刀谱在时光中丧失价值，还搞了个紫金坛子来做垫底货。一诺四百余年，可谓诺言如山。你的人生就此改变。纵横，祝贺你。王惊雷郁闷至极，纵横，我不要你给我买车。这个思无邪摆明了就是跟我抢人。项点心说王老师，他杀人只为社稷苍生，从无私心，就如同我们要救人，这是各有使命。真英雄唯有使命，我敬佩他。这个坛子因为有字，也要折价，还清房贷再买套大点的房，恰到好处不多不少。我们并未因此富贵，仍需努力奋斗。王惊雷哼哼，死了几百年还能把你们都给买通，个个都夸他。他真划算，这下子他的衣钵有人继承了，我的衣钵呢？我后继无人啊。项点心说王老师，可不要错怪好人，正是思无邪，才让林纵横懂得了什么是时光，什么是使命。时光永无停驻，故而使命不可拖延。时光与使命永远同在。

林纵横冲着于立秋眨眼，立秋，那我就说了？于立秋捂住胸口，纵横，尽管我心如刀绞，但是我支持你，你快宣布吧，菜都凉了。林纵横举杯，王老师，何老师，韩老师，立秋，点心，这口坛子虽然贵重，但是在我看来，它远远不及刀谱无价。用刀的人，就应该让手中的刀，发挥到它的极限价值。思无邪是为天下太平而杀人，他将刀法用到了极致。而我们呢，我们都是从医的，也都是用刀的。刀锋所向，只为救人。医学神圣，救死扶伤，我在急救中心是以扶伤为主，我要让我的刀，成为救死的刀。人间最大成就，莫过于救人救命。我要跟着王老师专攻心脏，你们不是都说我应该成为大医吗，这回我就做定了。受人至宝，岂能不报，王老师，你送我的手术刀，我留在那口坛子里了，你没意见吧？王惊雷说不出话，只是点头，重重地点了个头。

几只酒杯相碰，何无疆说惊雷，你好像应该说点什么。项点心也说王老师，你就鼓励鼓励纵横呗。王惊雷沉思着说道，还等什么，说不如做，先做最重要的事吧，吃饭！